"과학과 영 ～다!"

아니타 무르자니

『그리고 모든 것이 변했다』 저자,
〈세계에서 가장 영향력 있는 영성인 100인〉 8년 연속 선정

이 책에서 브루스 그레이슨 박사는 지극히 개인적인 경험을 엄밀한 과학적 감성으로 풀어내어 독자가 더 쉽게 접근할 수 있도록 도와준다. 그는 과학과 영성 사이의 틈을 우아하게 메우고, 임사체험 경험이 없는 사람이라도 자기 삶에서 변화를 기대하게 한다. 이 책을 읽는 사람들은 모두 긍정적이고 오랜 시간 지속되는 통찰을 얻게 될 것이다.

"가장 영향력 있는 임사체험 연구자의 40년 연구의 결실!"

이븐 알렉산더

『나는 천국을 보았다』 저자, 의학 박사

브루스 그레이슨은 지난 40년 동안 가장 영향력 있는 의사이자 연구자 중 한 사람이다. 그는 임사체험에 대한 과학적 조사를 체계화하여, 흥미로운 일화에서 체계적이고 객관적인 연구로 발전시킴으로써 전 세계가 이러한 깊은 교훈을 진정으로 활용할 수 있도록 노력해왔다. 그의 연구는 의식의 본질에 대한 통찰을 제공하고, 분열되고 혼란스러운 세상을 완전히 새롭게 할 잠재력이 있다. 또한 과학계 전체가 인류 역사를 바꿀 수 있는 깨달음을 향해 나아가는 데 도움을 줄 것이며, 현재와 미래 세대의 수백만 명의 영혼에 평화, 조화, 위안을 가져다준다.

이 매혹적인 책에는 임사체험의 의미를 이해하려는 저자의 개인적, 영적, 전문적인 탐구가 촘촘히 기록되어 있다. 오랫동안 기다려온 이 놀라운 책은 우리가 죽을 때 일어나는 일에 관한 연구에 크게 기여했으며, 이 분야에서 고전으로 우뚝 설 것이다.

◆ 레이먼드 무디_ 의학 박사, 『다시 산다는 것』 저자

『애프터 라이프』는 신선하고 흥미진진하며 엄청나게 가치 있는 새로운 통찰로 가득하다. 임사체험에 관한 한 가장 관련성 높고 중요한 연구 결과가 놀라울 정도로 읽기 쉽게 정리되어 있다. 죽음 이후의 삶, 과학과 영성, 삶의 의미에 관심이 있는 모든 사람에게 이 책은 통찰과 영감으로 가득한 보물창고다.

◆ 제프리 롱_ 의학 박사, 『죽음, 그 후』 저자

브루스 그레이슨은 죽음, 뇌, 의식에 관한 연구 분야에서 독보적인 위치를 차지하는 저자다. 흠잡을 데 없는 자격을 갖춘 의사이면서, 철저히 증거를 따라 놀랍고 희망적인 결론에 도달하는 용기를 가진 과학자가 이 분야를 안내한다.

40년간의 세심한 연구 끝에 그는 우리에게 삶의 가장 깊은 신비에 대해 생각해보라고 촉구한다. 즉, 우리가 그저 물질적인 존재로만 살다가 죽을지, 아니면 보이지 않는 현실로 전환되는 과정에서 죽음을 경험할 뿐인지 말이다. 설득력 있는 사례 연구와 세심한 조사를 통해 이 책은 낮

선 분야에 관한 최고의 과학적 탐구는 어떻게 하는지를 보여준다. 이 책은 임사체험에 관한 진실을 드러낼 것이다. 그리고 우리 삶의 방식을 바꿀 것이다.

♦ 바버라 브래들리 해거티_ 내셔널퍼블릭라디오 종교 담당 기자,
『신의 흔적을 찾아서』 저자

나는 외과의사이자 임사체험자로서, 브루스 그레이슨 박사가 과학자이자 정신과 의사로서 보여준 신중한 입장에 감사하며, 40년 이상 임사체험에 대해 냉정하고 체계적으로 연구하고 삶과 죽음 사이의 간극을 엄격하게 탐구해온 저자의 헌신에 경의를 표한다. 이 책은 그레이슨 박사의 개인적인 이야기와 과학적 증거를 결합하여 삶의 본질과 의미를 다루고 있다. 이를 통해 죽어가는 사람들에게는 희망을, 남겨진 사람들에게는 위안을 준다.

♦ 메리 C. 닐_ 의학 박사, 서던캘리포니아대학교 척추외과 과장 역임,
『외과의사가 다녀온 천국』 저자

저자는 탁월한 지성을 바탕으로 과학적인 엄밀함에 따라 레이저처럼 예리하게 초점을 맞추어 임사체험을 연구했다. 이 책에 기록된 그의 연구는 사실상 대체할 만한 것이 없다.

♦ 마이클 새봄_ 의학 박사, 『죽음의 기억』(Recollections of Death) 저자

그레이슨 박사는 완전히 새롭고 매력적인 방식으로 우리를 임사체험이라는 멋진 여행으로 데려간다. 종교적, 정신적, 과학적인 배경과 상관없이 누구든 읽어야 할 책이다.

♦ 앤드루 B. 뉴버그_ 의학 박사, 토머스제퍼슨대학 응급의학과 방사선학 교수,
『신비한 정신』(The Mystical Mind) 저자

그레이슨 박사는 임사체험과 정신의 본질에 대한 과학과 의학 분야의 전문가이다. 또한, 색다른 체험을 '정상이 아니다'라고 무시하기보다 그 체험을 이해하고 거기에서 깨달음을 얻을 수 있도록 돕는 방법을 잘 아는 정신과 의사이자 치유자이다.

♦ 찰스 타트_ 캘리포니아대학교 데이비스 캠퍼스 심리학 명예교수,
『의식의 상태』(States of Consciousness) 저자

매력적이고, 호소력 있고, 엄청나게 정보가 많다. … 꼭 읽어야 할 책이다.

♦ 샘 파니아_ 의학 박사, 뉴욕대학교 의대 부교수,
란고니 의료센터 중환자 관리 및 의식 회복 연구 책임자

이 책은 많은 독자의 의식을 아주 긍정적인 방식으로 바꾸어놓을 것이다.

♦ 핌 밴 로멀_ 의학 박사, 『생명을 초월한 의식』(Consciousness Beyond Life) 저자

영원히 사라지지 않을 가치를 지닌, 세계적으로 중요한 책이다.

♦ 알렉산더 버트야니_ 리히텐슈타인 국제철학아카데미 철학과 심리학 교수,
빅터 프랭클 연구소 소장

킨제이 보고서가 인간의 성에 대해 확실히 보여주었듯 그레이슨 박사는 임사체험이 무엇인지 확실히 보여준다.

♦ 리사 밀러_ 컬럼비아대학교 심리학과 교수

그레이슨 박사는 엄청나게 풍부한 지식을 바탕으로 맥락에 잘 맞는 질문을 던진다. 그는 이 책에서 우리를 개조하려는 게 아니라, 다양한 통찰력, 주제와 함께 그가 찾아낸 사실들을 보여준다. 어두컴컴한 물속을 헤치고 나가는 빛나고 열정적인 여정이다.

♦ 커커스 리뷰

애프터 라이프

한 정신과 의사가
40년을 탐구한 **사후세계,**
그리고 **지금 여기의 삶**

애프터
라이프
AFTER

브루스 그레이슨 지음 ㅣ 이선주 옮김

현대
지성

죽을 고비를 넘긴 후

가장 개인적이고 심오한 임사체험 이야기를

아낌없이 들려준 모든 분들에게

이 책을 바칩니다.

목차

삶과 죽음의 경계에서 인생을 다시 보다

50년 전, 자살을 시도했다 깨어난 지 얼마 되지 않은 여성이 내게 한 말은 뇌와 정신 그리고 인간에 대해 그때까지 갖고 있던 생각을 완전히 뒤흔들어놓았다.

포크로 말아 올린 스파게티를 입에 넣기 직전이었다. 허리띠에 찬 호출기가 요란하게 울렸고, 나는 포크를 떨어뜨렸다. 쟁반과 냅킨꽂이 사이에 펼쳐둔 『응급정신의학 편람』에 집중하다가 갑자기 울린 호출기 소리에 깜짝 놀랐던 것이었다. 포크가 접시에 툭 떨어지면서 토마토소스가 편람에 튀었다. 호출기를 끄려고 손을 뻗을 때 내 넥타이에 묻은 스파게티 소스 한 방울도 눈에 들어왔다. 욕이 튀어나오려는 걸 애써 참으면서 젖은 냅킨으로 소스를 닦아내려고 했다. 붉은색이 조금 연해졌지만, 얼룩 크기는 오히려 더 커졌다. 의대를 졸업한 지 몇 달 되지 않았던 때라 제대로 된 의사처럼 보이려고 나도 모르게 필사적으로 애쓰던 시절이었다.

나는 구내식당 벽 앞에 놓인 전화기로 가서 호출기에 찍힌 번호로 전화를 걸었다. 응급실에는 약물을 과다 복용해서 실려 온 환자가 있었고, 그 환자의 룸메이트가 나와 이야기하려고 기다리고 있었다. 나는 주차장을 가로질러 당직실까지 가서 옷을 갈아입느라 시간을 끌고 싶지 않았다. 그래서 내 의자 뒤에 걸어두었던 하얀색 실험실 가운을 도로 입었다. 넥타이 얼룩을 감추려고 맨 위까지 단추를 채우고, 응급실로 내려갔다.

나는 간호사가 쓴 진료 기록을 먼저 읽었다. 환자는 홀리라는 대학 신입생이었다. 홀리를 병원에 데려온 룸메이트가 복도 끝 보호자 휴게실에서 나를 기다리고 있었다. 간호사와 인턴 기록을 보니 홀리의 상태는 안정적이었지만, 깨어나지는 못했다. 홀리는 4호 검사실에서 잠들어 있었고, 간병인이 그녀를 지켜보고 있었다. 정신적인 문제가 있는 환자를 위한 응급실의 예방조치였다. 홀리는 환자복을 입고 이동 침대에 누워 있었다. 팔에는 튜브를 꽂고, 이동 침대 바로 옆 바퀴 달린 기계에는 가슴에 붙인 심장 감시 장치들이 연결되어 있었다. 그녀의 헝클어진 빨간 머리카락이 베개를 덮었고, 오뚝한 코와 얇은 입술이 있는 창백하고 각진 얼굴을 감싸고 있었다. 내가 들어갔을 때 홀리는 눈을 감은 채 움직이지 않았다. 홀리가 누운 이동 침대 밑 선반에는 그녀의 옷이 든 비닐봉지가 있었다.

나는 홀리의 팔에 가만히 손을 얹고 이름을 불렀다. 그녀는 대답하지 않았다. 나는 간병인을 돌아보았다. 나이 많은 아프리카계 미국인 남자인 간병인은 검사실 한쪽 구석에서 잡지를 읽고 있었다. 그에게 홀리가 눈을 뜨거나 말하는 걸 보았는지 물었다.

간병인은 고개를 저었다. "내내 의식이 돌아오지 않았어요."

나는 홀리를 가까이 살펴보려고 몸을 기울였다. 호흡은 느렸지만, 규칙적이었다. 술 냄새는 나지 않았다. 어떤 약물을 과다 복용해서 잠에 빠진 것 같았다. 손목의 맥박은 정상 속도였지만, 몇 초마다 한 번씩 건너뛰었다. 나는 홀리의 팔을 움직이면서 얼마나 뻣뻣한지 확인했다. 그녀가 무슨 약물을 복용했는지 실마리를 얻고 싶어서였다. 홀리의 팔은 느슨하게 풀려 있었다. 내가 팔을 잡아서 움직이는데도 잠을 깨지 않았다.

나는 간병인에게 수고한다고 인사하고, 복도 끝의 보호자 휴게실로 갔다. 검사실과 달리 보호자 휴게실에는 편안한 의자와 소파가 있었다. 작은 탁자 위에는 커피포트와 종이컵, 설탕과 커피 크리머가 있었다. 내가 들어갔을 때 홀리의 룸메이트 수전이 서성거리고 있었다. 수전은 다부진 몸에 키가 큰 여성이었고, 갈색 머리카락을 뒤로 바짝 당겨 말총머리 모양으로 묶었다. 나는 그녀에게 내 소개를 한 후 앉으라고 권했다. 수전은 집게손가락에 낀 반지를 만지작거리며 방을 휙 둘러보더니 소파의 한쪽 끝에 앉았다. 나는 그녀 옆에 있는 의자를 끌어당겼다. 창문이 없는 휴게실은 냉방이 되지 않았다. 버지니아의 늦여름 더위에 벌써 땀이 흐르기 시작했다. 나는 선풍기를 더 가까이 옮겨왔고, 입고 있던 흰 가운의 단추를 풀었다.

"홀리를 응급실로 데려온 건 잘한 일이에요, 수전. 오늘 저녁에 무슨 일이 있었는지 말해줄 수 있어요?" 이런 질문으로 나는 대화를 시작했다.

"늦은 오후, 수업을 마치고 기숙사로 돌아오니 홀리가 의식을 잃은 채 침대에 쓰러져 있었어요. 내가 아무리 부르고 흔들어도 깨울 수 없었어요. 그래서 기숙사 사감에게 전화했고, 사감은 구급대에 전화해 홀리를 이곳으로 데려오게 했어요. 저는 제 차를 타고 따라왔죠."

나는 홀리가 약물 과용이라고 생각하면서 물었다. "홀리가 어떤 약을 먹었는지 알아요?"

수전은 고개를 저었다. "주변을 돌아보지는 않았지만, 약병은 보이지 않았습니다."

"정기적으로 먹는 약이 있었나요?"

"네. 학교 보건소에서 처방받은 우울증 약을 먹고 있었어요."

"홀리가 먹었을지도 모를 다른 약들이 기숙사에 있나요?"

"제가 경련 때문에 욕실 수납장에 넣어두고 먹는 약이 있어요. 그런데 홀리가 먹었는지는 모르겠어요."

"홀리가 술을 자주 마시거나 다른 약들을 먹은 적 있나요?"

수전은 다시 고개를 저었다. "그런 걸 보진 못했어요."

"홀리에게 다른 건강 문제가 있었을까요?"

"그건 아닌 것 같아요. 그런데 홀리를 그렇게 잘 알지는 못해요. 한 달 전, 기숙사에 들어오기 전까지 우리는 서로 모르는 사이였으니까요."

"그래도 우울증 때문에 학교 보건소를 다니고 있었잖아요? 최근에 더 우울해 보이거나 불안해 보이지는 않았나요? 이상한 행동을 했다든가?"

수전은 어깨를 으쓱했다. "우리는 그렇게 친하지 않았어요. 문제가 있다는 걸 알아차리지 못했지요."

"이해해요. 혹시 홀리가 최근에 특별히 어떤 스트레스를 받고 있는지 알아요?"

"내가 아는 한 홀리는 수업을 잘 받고 있었어요. 말하자면, 우리 모두 처음으로 집을 떠나 대학 공부를 시작하면서 적응하는 중이었죠."

수전은 머뭇거리다 덧붙였다. "그런데 사귀던 남자와 문제가 있었어요." 수전은 다시 말을 멈추었다. "그 남자가 홀리에게 뭔가를 강요했을지도 모른다는 생각도 들고요."

"홀리에게 뭔가를 하라고 강요했다고요?"

수전은 어깨를 으쓱했다. "몰라요. 그저 제 느낌이에요."

나는 수전이 말을 잇기를 기다렸지만, 계속되지는 않았다.

"정말 도움이 많이 되었어요, 수전. 우리가 알아야 하는 일이 또 있을까요?"

수전은 다시 어깨를 으쓱했다. 나는 다시, 수전이 뭔가 다른 말을 하길 기다렸다. 그러나 수전은 하지 않았다. 수전의 몸이 약간 떨리고 있었다.

나는 수전의 팔을 도닥거리면서 "이런 일이 생겨서 힘들죠?"라고 위로했다. 수전은 "괜찮아요"라고 재빨리 대답했다. "이제 기숙사로 돌아가야 해요. 해야 할 숙제가 있거든요."

나는 고개를 끄덕였다. "좋아요. 홀리를 병원에 데려오고, 나를 만나려고 기다려주어서 고마워요. 이제 기숙사로 돌아가셔도 돼요. 원하면 아침에 홀리의 상태를 확인할 수 있습니다. 다른 일이 있으면 전화할게요."

수전은 고개를 끄덕이더니 일어나서 문으로 걸어갔다. 수전과 악수하려고 손을 내밀면서 나는 넥타이에 묻은 얼룩을 다시 흘 깃 보았고, 응급실 의료진이 보지 못하도록 실험실 가운의 단추 를 다시 채웠다.

나는 홀리가 그때 깨어났는지 보려고 복도를 따라 그녀가 있 는 곳으로 갔다. 홀리는 계속 잠든 상태였다. 간병인은 내가 떠 난 후 홀리가 꿈쩍도 하지 않았다고 확인해주었다.

그날 저녁에는 내가 특별히 더 할 일이 없었다. 나는 홀리를 검사하는 인턴과 이야기를 나누었다. 인턴은 홀리를 중환자실 로 옮겨 불규칙한 심장 박동을 추적 관찰하겠다고 말했다. 그다 음 나는 그날 밤에 나를 도와주었던 정신과 교수에게 전화를 걸 었다. 그 시점에서 내 편에서는 더 이상 할 일이 없다고 그 교수 도 말했다. 그러나 모든 걸 꼼꼼히 기록했는지 확인하고, 홀리를 살펴본 후 아침에 맨 먼저 이야기를 나누어야 한다고 이야기했 다. 오전 8시에 진료 팀의 선배 정신과 의사들이 아침 회진을 돌 때 홀리 사례를 이야기해야 한다는 것이다. 주차장을 가로질러 당직실로 걸어가면서 바보짓을 하지 않아서 다행이라고 생각했 다. 환자가 중환자실에 들어가기 때문에 그날 밤에는 내가 아니 라 다른 인턴 책임이어서 다행이라고 생각했다.

하룻밤 푹 자고 옷을 바꿔 입은 후 상쾌한 기분으로 다음날 아 침 일찍 중환자실에 들어갔을 때, 간호사실 선반을 훑어보며 홀 리의 진료 기록을 찾았다. 한 간호사가 거기에 기록하고 있다가 나를 올려다보았다.

"정신과에서 왔어요?"라고 간호사는 물었다.

나는 고개를 끄덕이며 "의사 그레이슨이에요"라고 말했다. 내가 정신과 의사라는 걸 알아보기는 어렵지 않았다. 흰색 가운 밑에 수술복이 아니라 외출복을 입은 사람은 중환자실에서 나 혼자밖에 없었던 것이다.

"홀리는 방금 깨어났어요. 선생님과 이야기를 나눌 수는 있지만, 아직 상당히 졸린 상태예요"라고 간호사는 말했다. "몇 번의 심실 조기수축 말고는 밤새 안정적이었어요." 그런 불규칙한 심장 박동은 별 문제가 되지 않는다는 사실을 알았다. 전날 밤에 먹은 약과 관련된 증상일 수도 있었다.

"감사해요. 지금 환자와 간단하게 이야기 나누러 갈게요. 진료팀이 한 시간쯤 안에 그녀와 면담하려고 올 거예요. 오늘 정신과로 옮겨도 될 만큼 안정될 거로 생각해요?"라고 나는 물었다.

간호사는 눈을 굴리면서 "오, 그래요. 중환자실에 자리가 나길 기다리는 응급실 환자들이 너무 많네요"라고 말했다.

나는 홀리의 병실로 가서 열린 문의 기둥을 노크했다. 홀리는 이제 팔뿐 아니라 코에도 튜브를 꽂고 있었고, 심장 감시 장치들은 이제 침대 위 스크린과 연결되어 있었다. 나는 내 뒤의 커튼을 홀리의 침대 주위로 당겨 닫았다. 그리고 살며시 그녀의 이름을 불렀다. 홀리는 한쪽 눈을 뜨더니 고개를 끄덕였다.

"홀리, 의사 그레이슨이에요. 정신과 팀에서 왔어요."

홀리는 눈을 감고 다시 고개를 끄덕였다. 몇 초 후 그녀는 조용히 중얼거렸고, 조금 웅얼거리는 말투였다.

"선생님이 누구인지 알아요. 지난밤에 본 기억이 나요."

나는 잠시 말을 멈추고 전날 밤에 홀리를 보았던 기억을 떠올렸다.

"전날 밤에 당신은 응급실에서 잠들어 있었잖아요. 나를 볼 수 있는 상태는 아닌 것 같은데요."

그녀는 계속 눈을 감은 채 나직하게 중얼거렸다.

"내가 있던 병실에서 본 게 아니에요. 당신이 소파에 앉아 있던 수전과 이야기하는 걸 보았어요."

그 말이 내 발목을 잡았다. 홀리가 복도 끝 휴게실에 있던 우리를 보거나 우리 말을 들을 수는 없었다. 홀리가 응급실을 이전에도 와본 게 아닌지, 그래서 그곳에서 내가 수전과 이야기를 나누었다고 추측하는 게 아닌지 궁금했다.

"지난밤에 수전과 내가 이야기를 나누었다고 의료진이 말해주었나요?"

"아니에요. 나는 당신을 보았어요." 그녀는 이제 조금 더 분명하게 말했다.

나는 어떻게 말을 이을지 몰라 머뭇거렸다. 왜 자살하려고 했는지 그리고 그녀의 삶에 무슨 문제가 있는지 홀리 이야기를 들으면서 이 면담을 이어가야 했다.

그러나 나는 혼란스러웠고, 어떻게 대화를 이끌어야 할지 몰랐다. 홀리가 나를 당황하게 하면서 그저 새 인턴을 놀리려는 게 아닌가 궁금했다. 그럴 작정이었다면, 꽤나 성공적이었다. 홀리는 내가 의아해한다는 사실을 느끼고, 두 눈을 뜨더니 처음으로 눈을 맞췄다.

"선생님은 붉은 얼룩이 묻은 줄무늬 넥타이를 매고 계셨어요." 홀리는 분명하게 말했다.

내가 제대로 들은 건지 의심스러워 아주 천천히 몸을 앞으로 숙였다.

"뭐라고요?" 겨우 한 마디밖에 할 수 없었다.

홀리는 나를 똑바로 쳐다보면서 "붉은 얼룩이 묻은 줄무늬 넥타이를 매고 계셨잖아요"라고 되풀이해서 말했다. 그다음 내가 수전과 나눈 대화, 내가 한 질문 모두와 수전의 대답을 그대로 다시 들려주었다. 수전이 서성거리고 내가 선풍기를 옮겨놓은 일까지 하나도 틀리지 않고 말했다.

목 뒤의 머리카락이 쭈뼛 서고, 소름이 돋았다. 홀리가 그 모든 걸 알 수는 없었다. 내가 어떤 질문을 할지는 짐작할 수 있었더라도, 어떻게 자세한 내용까지 모두 알 수 있었을까? 그날 아침 일찍 누군가가 벌써 홀리와 이야기를 나누었고, 내가 기록해놓은 내용을 알려주었을까? 그런데 그 휴게실에는 수전과 나밖에 없었다. 우리가 무슨 말을 하고, 무슨 행동을 했는지 누가 자세히 알겠는가? 그리고 전날 밤, 보호자 휴게실 밖에서는 내 넥타이에 묻은 얼룩을 본 사람은 없었다. 홀리는 내가 수전과 대화한 내용이나 내 넥타이에 묻은 얼룩은 물론, 내가 수전과 이야기를 나눴다는 사실 자체도 알아낼 길이 없었다.

그런데도 홀리는 알았다. 홀리의 말에 집중하려고 할 때마다 혼란스러워졌다. 내가 그녀의 룸메이트와 대화한 내용을 홀리가 자세히 안다는 사실은 도저히 부인할 수가 없었다. 내 귀로 직접 들었기 때문에 분명한 사실이었다. 그러나 그녀가 어떻게 알았는지 이해할 수는 없었다. 그저 요행히 알아맞혔거나 일종의 속임수가 틀림없다고 혼잣말했다.

하지만 어떻게 그런 속임수를 썼는지는 짐작이 가지 않았다.

홀리는 약물 과다 복용에서 방금 깨어난 참이었고, 전날부터 수전과 이야기를 나눈 적이 없었다. 그런데 어떻게 수전과 내가 대화한 걸 알 수 있었을까? 홀리가 약물을 과다 복용하기 전, 두 사람이 공모하면서 수전이 내게 무슨 말을 할지 계획하기라도 했을까? 하지만 나와 이야기를 나눌 때 수전은 불안해 보였고, 홀리는 지금 몸도 제대로 가누지 못하고 우울한 상태였다. 그런 거짓말을 할 것처럼 보이거나 느껴지지 않았다.

이런 질문들에 답할 수도 없었고, 그런 생각을 할 시간조차 없었다. 어떻게 받아들여야 할지를 몰랐던 것이다. 당시는 영어권에 '임사체험'(near death experience, NDE)이라는 용어가 알려지기 몇 년 전이었다. 당시 나의 경험과 지식으로는 이 사건을 설명할 길이 없어 좌절감을 느꼈다. 이 질문들을 마음 한구석에 밀쳐둘 수밖에 없었다.

불규칙한 호흡으로 볼 때 홀리가 다시 잠들었음을 알았고, 나는 다시 현실로 돌아왔다. 그날에는 '내가 느꼈던' 당혹감을 문제 삼을 수가 없었다. 홀리가 자기 문제를 해결하도록 돕고, 그녀가 문제를 해결하면서 살아야 할 이유를 찾도록 돕는 게 내 역할이었다. 지금 당장은 진료 팀이 회진하기 전에 그녀의 스트레스 요인에 대해 내가 무엇을 할 수 있는지 알아내고, 그녀의 자살 충동을 살피는 일에 집중해야 했다.

나는 그녀의 팔에 가만히 손을 갖다 대고 다시 이름을 불렀다. 그녀는 한쪽 눈을 떴고, 나는 면담을 계속하려고 애썼다. "홀리, 지난밤에 약을 과다 복용한 일에 대해 물어볼게요. 무엇 때문에 그렇게 했는지 말해줄 수 있나요?"

심장 박동이 위험해질 수 있는 엘라빌을 과다 복용했고, 고등학생 때도 그 약을 '몇 번' 과다 복용한 적이 있다는 이야기를 홀리에게 충분히 들었다. 홀리는 수전이 내게 말한 내용을 모두 확인해주면서 몇 가지 구체적인 사실을 덧붙였다. 그녀는 대학 생활에 대한 사회적 압박을 심하게 느꼈고, 자신이 또래들과 어울리지 못한다고 생각했다. 홀리는 대학을 중퇴하고 집으로 돌아가 그 지역의 전문대학에 다니겠다고 말했지만, 부모는 조금 더 노력해보라고 계속 설득했다고 한다. 홀리가 다시 잠들려는 것처럼 보이자 나는 자세히 이야기해주어 고맙다고 인사하고, 정신과 팀이 1시간 안에 보러 올 예정이라고 말했다. 홀리는 고개를 끄덕이더니 눈을 감았다.

나는 학교 보건소에 전화해 홀리가 동의했다고 말하며 그녀가 그곳에서 정신과 치료를 받은 기록을 달라고 요구했다. 그다음 주로 수전이 전날 밤에 한 말과, 얼마 되지 않지만 그날 아침에 내가 살핀 홀리의 기분과 사고 과정을 바탕으로 간단히 첫 상담 기록을 남겼다.

하지만 정신과 진료 팀에 보고할 내용은 거의 손을 댈 수 없었다. 잠들어 있던 홀리가 다른 방에 있던 나를 보았고, 내가 하는 말을 들었다고 주장하는 내용은 일부러 빼놓았다. 적어도 내가 합리적인 설명을 할 수 있을 때까지는 어떤 동료에게도 알리지 말아야겠다고 마음먹었다. 이야기해 봤자 내가 제정신이 아니고, 아마추어같이 행동한다고 생각할 게 뻔했다. 최악에는, 내가 정말 미쳐서 그 모든 일을 머릿속에서 꾸며냈다고 의심할 수도 있었다.

잠에 빠져 있던 홀리가 응급실 맨 끝의 보호자 휴게실에서 일어난 일을 보거나 듣는 건 분명 불가능했다. 홀리는 분명 다른 어떤 방법으로 그걸 알게 되었을 것으로 생각했다. 하지만 그 '다른 방법'이 무엇인지 알 수가 없었다. 중환자실 간호사들 중 누구도 내가 응급실에서 수전과 나눈 대화 내용을 몰랐고, 전날 밤 당직이었던 응급실 의료진 누구도 홀리가 이야기한 내용을 몰랐다. 내가 하는 일에 확신을 갖고자 애쓰는 풋내기 인턴으로서, 언젠가는 이 문제를 파헤치겠다는 막연한 계획만 품은 채 그저 밀쳐둘 수밖에 없었다. 아내 제니에게조차 말하지 않았다. 너무 기묘한 일이었다. 이런 이야기를 들었고, 내가 그 이야기를 심각하게 받아들인다고 누군가에게 말하기조차 민망했을 수도 있다. 누군가에게 말하고 나면 이 문제를 묻어두기가 더 어려워지고, 어떻게든 처리해야 하니까.

나는 홀리가 이런 일들을 어떻게 알았는지에 대해 분명 합리적이면서 현실적으로 설명할 방법이 어딘가에는 있고, 그것을 찾아야 한다고 믿었다. 그런데 설명할 방법 자체가 없다면, 홀리의 육체에서 생각하고 보고 듣고 기억할 수 있는 일부가 떨어져 나와 복도를 거쳐 보호자 휴게실로 가는 나를 따라오고, 눈이나 귀가 없는데도 내가 수전과 하는 대화를 알아들었다는 것이 된다(글쎄, 어떻게 그럴 수 있는지 모르겠지만).

물론 내 생각에는 말도 안 되는 이야기였다. 육체에서 분리된다는 게 뭔지 상상도 할 수 없었다. 당시는 육체는 곧 나 자신이라고 말할 수밖에 없던 때였다. 내 인생의 그 시점에서는 그런 일을 생각할 여유가 없었다. 당시 나는 수전을 찾아내 내 넥타이에 묻은 얼룩을 보았는지, 만약 보았다면 다른 누군가에게 그 이야기를 했는지 물은 다음, 전날 밤 응급실에서 근무했던 간호사들을 찾아내 홀리가 어떻게 그런 말을 할 수 있는지 파헤칠 위치에 있지도 않았다. 내가 구내식당에서 포크를 떨어뜨린 일이나, 수전과 이야기하는 모습을 본 사람이 누구인지 찾아낼 수도 없었다. 그런 일을 조사할 마음도 없었고, 그저 잊어버리고 싶었다.

그런데도 지난 50년 동안 나는 홀리가 그 스파게티 소스 얼룩에 대해 어떻게 알 수 있었는지 이해하려고 애쓰는 중이다. 내가 자라온 환경이나 내가 받은 과학 교육으로 미루어볼 때, 홀리를 만났을 당시에는 내 세계관에 완전히 맞서는 그 일에 어떻게 대응할지 전혀 준비되어 있지 않았다.

나는 헛소리를 용납하지 않는 아버지 밑에서 성장했다. 아버지는 증명할 수 있는 과학의 잣대로 삶을 대했고, 나도 아버지를 따라 주류 과학을 좇으며 경력을 쌓았다. 나는 정신의학자로서 동료들이 인정하는 의학 학술지에 100편이 넘는 학술 논문을 발표했다. 운 좋게도 미시간 의대 전임교수가 되었고, 그곳에서 응급 정신과를 책임졌다. 코네티컷대학교에서는 정신과 과장을 지냈다. 버지니아대학교에서는 체스터 칼슨 기금으로 정신의학과 신경행동학 교수를 지냈다. 적당한 때에 적당한 자리에 있었던 덕분에 정부 기관, 제약회사, 민간 재단이나 비영리 연구 재단의 보조금도 받을 수 있었다. 미국국립보건원의 보조금 심사 위원회와 프로그램 기획 연구회에서 활동하고, 의식과 관련된 유엔의 심포지엄에서 연설하는 특권도 누렸다. 의학 연구로 여러

상을 받았고, 미국정신의학협회에서 '석학 회원'(Distinguished Life Fellow)으로 선정되기도 했다.

나는 정신의학자로서 대체로 만족스러운 경력을 쌓아왔다. 내 성공의 많은 부분은 훌륭하고 헌신적인 멘토와 동료들 덕분이다. 하지만 그 모든 세월 동안 마음 한구석에는 이해하지 못할 방식으로 내 넥타이의 얼룩을 보았다는, 홀리가 불러일으킨 정신과 뇌에 대한 의문이 그대로 남아 있었다. 회의론자였던 나는 기어코 증거를 찾아 확인해야만 직성이 풀리는 탓에 그런 일들을 외면할 수 없었고, 이것을 과학적으로 연구하는 여정을 떠나게 되었다.

1976년, 버지니아 대학교에서 응급 정신과 책임자가 되었을 때 레이먼드 무디가 그곳에서 인턴 훈련을 받기 시작했다. 레이먼드가 1975년에 영어권에서는 처음으로 '임사체험'이란 용어를 사용하면서 『삶 이후의 삶』(*Life After Life*)[1]이란 책을 내자 그 책과 '임사체험'이란 용어는 놀랍도록 인기를 끌었고, 그런 경험을 했던 엄청나게 많은 독자가 곧장 그에게 편지를 보냈다. 당시 인턴이었던 그는 너무 바빠서 그 편지에 일일이 답장할 시간이 없었고, 응급실에서 그를 훈련했던 내게 도움을 청했다. 나는 그때 홀리와 비슷한 경험을 한 사람이 너무나 많다는 사실을 알고 깜짝 놀랐다. 레이먼드는 죽을 고비를 넘길 때 정신이 육체에서 분리되어 다른 곳으로 옮겨진 후 그곳에서 벌어지는 일을 '지켜보았다'고 말하는 환자들을 인터뷰했다.

그런 내용에 빠져들면서 그때부터 증거를 바탕으로 임사체험을 탐구하는 여정에 들어섰다. 레이먼드를 만나고 그의 획기적인 책을 읽지 않았더라면 스파게티 얼룩에서 시작된 길을 걷지 못했을 것이다. 얼마 되지 않아 나는 임사체험이 새로운 현상이 아님을 알게 되었다. 고대 그리스와 로마의 자료[2], 모든 주요 종교 전통[3], 전 세계 원주민들로부터 수집한 이야기[4]와 19세기와 20세기 초의 의학 문헌들[5]에 이르기까지 임사체험과 관련된 이야기를 많이 찾아냈다.

다른 대학들에서 우연히 임사체험을 지켜본 동료들과 함께 나는 '국제임사체험연구협회'(International Association for Near-Death Studies, IANDS)를 만들었다. 그리고 25년 넘게 협회의 연구 책임자를 맡아 『임사체험 연구』(*Journal of Near-Death Studies*)라는 학술지의 편집자로 일했다. 관련 분야의 유일한 학술지였다.

나는 수십 년에 걸쳐 1,000명이 넘는 임사체험 사례를 모았다. 그들은 내 질문지에 기꺼이 답했고, 그중에는 40여 년 전에 체험한 사람들도 있었다. 나는 그들의 사례와 심장 마비, 뇌졸중, 자살 미수 등으로 입원한 환자들의 임사체험을 비교할 수 있었다. 그리고 그런 탐구 과정에서 각 사람의 태도, 믿음, 가치관과 성격에 끼치는 똑같은 유형의 영향뿐 아니라, 문화적 해석을 넘어서는 공통의 보편적인 주제들을 발견했다.[6] 그렇게 하여 이런 체험을 단순히 꿈이나 환각으로 넘겨버릴 수 없다는 사실을 보여줄 수 있었다.

40여 년을 탐구하는 동안 수백 년을 거슬러 올라 당시의 임사체험 기록이 전 세계 여기저기에 남아 있다는 사실도 알게 되었다. 체험의 양상이 서로 다르지 않고 비슷비슷하다는 사실도 알게 되었다. 직접 임사체험을 한 신경 과학자들도 있었다. 신경외과 의사 이븐 알렉산더는 희귀한 뇌염에 걸려 1주일 동안 혼수 상태에 빠졌을 때 임사체험을 했고 그 내용을 생생하고 구체적으로 기억해냈다. 그는 이렇게 믿기지 않는 일을 이해하는 데 조금이라도 도움을 주려고 내 사무실을 찾았다.

거의 50년 동안 임사체험을 이해하려고 애쓰면서 임사체험이 체험자에게만 영향을 주는 게 아니라는 사실도 알게 되었다. 임사체험에 대해 많이 알게 될수록 정신과 뇌에 대한 우리의 일반적이고 제한된 이해를 뛰어넘어 설명해야 할 것 같은 압박감을 느꼈다. 그리고 우리의 정신과 뇌에 대해 새롭게 생각하면서 육체가 죽은 후에도 의식은 계속 남아 있는지 탐구하게 되었다. 결국, 우리가 누구이고, 어떻게 우주와 조화를 이루는지, 어떤 삶을 살고 싶은지에 대한 개념을 다시 생각하게 되었다.

과학자 동료들은 내가 임사체험처럼 믿기 어려운 경험을 개방적인 태도로 탐구하다 보면 온갖 미신을 받아들이게 될 수도 있다고 경고했다. 그런 경우, 회의주의자인 나는 그런 미신들을 불러 모으면 된다고 말한다! 우리가 가진 신념 때문에 미신에 대해 예단하지는 말자. 그런 도발적인 생각을 시험해보고, 그게 실제로 미신인지 아니면 세상을 더 폭넓게 보게 하는 창문인지 확인하면 된다. 하지만 임사체험 연구를 한다는 이유로 과학에서 멀어지고 미신에 가까워지지는 않는다. 그보다는 우리가 사는 세상의 비물질적인 측면을, 과학적인 방법으로 탐구하면서 과학의 영역을 물질로만 제한할 때보다 훨씬 더 정확하게 현실을 설명할 수 있다.

　나는 지난 수십 년 동안 축적된 과학적인 증거를 따라가면서 특정한 이론이나 신앙을 옹호하지 않았다. 그래서 이런저런 특정한 관점을 선호하는 많은 친구를 실망하게 할 수 있음을 안다. 뇌의 물리적인 변화로 임사체험을 할 수도 있다는 가능성을 진지하게 받아들이는 내 생각에 몇몇 (종교적인) 친구들은 반대할지도 모른다는 점도 인정한다. 반면 정신이 뇌와 상관없이 작동할 수도 있다는 가능성을 진지하게 받아들이는 내 생각에 몇몇 (물질주의적인) 친구들은 크게 실망할지도 모른다는 사실도 안다. 그리고 내가 어느 쪽도 편들지 않으면서 '쉬운 길'을 가고 있다고 하면서 양쪽 모두 불평할지도 모른다는 사실도 인정한다.

　그러나 사실 지적으로 정직하려면 이 논쟁에서 한쪽 편을 들수가 없다. 임사체험의 생리적인 메커니즘 그리고 뇌와 관계없이 지속되는 정신 기능 각각을 진지하게 받아들일 만한 증거가 충분하다고 생각하기 때문이다. 임사체험이 아직은 그 메커니즘을 확인할 수 없는 생리적인 과정 때문이라는 믿음은 그럴듯하고, 실제 세상은 순전히 물질적인 수준일 뿐이라는 철학적인 관점과도 일치한다. 하지만 임사체험은 영적인 선물이라는 믿음 또한 그럴듯하며, 우리 정체성에 비물질적인 측면이 있다는 또다른 철학적인 관점과도 상응한다. 둘 다 그럴듯하긴 하지만, 이중 어떤 관점도 과학적인 전제로 삼을 수는 없다. 둘 중 어느 쪽도 틀렸다고 증명되는 명백한 증거가 없기 때문이다. 그것은 믿음의 문제에 속한다.

　나는 임사체험이 영적인 선물이면서 동시에 독특한 생리적인 현상일 수도 있다는 사실을 이 책에서 보여주고 싶다. 두 가지 믿음이 서로 충돌하지 않고 모두 옳을 수 있음을 과학적인 증거가 보여준다. 덕분에 우리는 과학과 영성을 인위적으로 구분하지 않아도 된다. 두 가지 관점을 모두 받아들인다고 해서 임사체험의 의미에 대해 개인적인 의견이 없다는 뜻은 아니다.

수십 년에 걸쳐 연구하면서 나는 임사체험이 정말 실제적이고, 상당히 깊은 영향을 주고, 어디에서 비롯되었든 영적 성장과 통찰의 중요한 근원이라고 확신하게 되었다. 나는 임사체험이 그런 체험을 한 사람들의 삶을 송두리째 바꾸어놓을 정도로 결정적인 역할을 한다는 사실을 안다. 임사체험에는 정신과 뇌를 이해하는 데 꼭 필요한 실마리가 있어서 과학자들에게도 중요하다고 믿는다. 임사체험이 우리에게 죽음과 죽어가는 과정에 대해, 더 중요하게는 삶과 살아가는 과정에 대해 알려주기 때문에 우리 모두에게도 중요하다고 생각한다.

본문에서는 연구 방법론과 통계에 대한 구체적인 내용은 생략했다. 임사체험에 대해 45년 동안 과학적으로 연구한 내용을 바탕으로 이 책을 썼지만, 동료 과학자들을 대상으로 쓴 책은 아니기 때문이다. 내가 언급한 연구들의 구체적인 내용을 알고 싶다면 뒷부분의 참고 문헌에서 찾을 수 있다. 내가 전문 학술지에 쓴 논문은 버지니아대학교 지각(知覺) 연구부 웹사이트인 www.uvadops.org에서 내려받을 수 있다.

임사체험을 했던 사람들이 이 책을 읽고, 내가 그들의 체험을 제대로 다루었다고 느끼면 좋겠지만, 특별히 그들을 위해 쓴 책도 아니다. 그보다는 우리 모두, 즉 믿을 수 없을 정도로 넓은 인간 정신 영역 그리고 삶과 죽음에 대한 더 깊은 질문들에 관심 있는 사람들을 위해 이 책을 썼다.

죽음 그리고 그 후에 펼쳐질 일에 대해 많은 말과 기록이 남아 있다. 과학적인 관점, 종교적인 관점을 가진 이 말들은 대부분 서로 충돌한다. 나는 이 책을 통해 그런 논쟁에 관한 성격을 바꾸는 데 도움을 주고 싶다. 과학과 영성이 양립할 수 있고, 과학을 버리지 않아도 영적일 수가 있다는 사실을 보여주고 싶다. 오랜 연구를 통해 나는 증거에 대한 믿음과 이해를 바탕으로 세상에 과학적으로 접근하면서도 우리 삶의 영적이고 비물질적인 측면을 인정할 수 있다는 사실을 배웠다. 다른 한편, 영적이고 비물질적인 측면을 인정하면서도 증거에 대한 믿음과 이해를 바탕으로 우리의 경험을 과학적으로 분석할 수 있다.

내가 죽음 그리고 죽음 이후에 대해 많이 알게 되긴 했지만, 그렇다고 이 책이 죽음만을 다루는 책은 아니다. 삶과 살아가는 일, 인간관계와 연민이 얼마나 소중한지 그리고 삶을 의미 있고 충만하게 만드는 게 무엇인지를 이야기한다.

나는 십계명을 전하는 모세가 아니다. 나는 객관적인 자료가 무엇을 보여주는지 생각하고 이것을 해석하는 방법을 전하는 과학자다. 어느 한쪽의 관점을 믿으라고 설득하는 게 아니라, 두루 생각하도록 하는 게 이 책을 쓴 목적이다. 임사체험을 과학적인 관점으로 바라보는 일이 삶과 죽음 그리고 죽음 이후를 이해하는 데 도움이 될 수 있음을 보여주고 싶다. 나 역시 과학적인 증거를 따르면서 임사체험 그리고 그 의미에 대해 많이 알게 되었다. 독자들도 그런 탐구에 흥미를 갖도록 이 책을 썼다. 사람들이 그런 질문들에 대해 생각하고 곰곰이 답을 찾도록 하는 일, 어느 한쪽의 관점을 믿도록 하는 게 아니라 삶과 죽음을 생각하는 방식 자체를 다시 돌아보게 하는 게 나의 목표다.

홀리와 만난 일을 내 기억에서 통째로 지우고도 싶었지만, 과학자로서 무시할 수 있는 일이 아니라는 사실을 알았다. 설명할 수 없다는 이유만으로 그런 일이 일어나지 않은 척하는 일은 과학과는 정반대 태도다. 홀리가 어떻게 내 넥타이에 묻은 스파게티 얼룩을 알았는지, 수수께끼에 대한 논리적인 해답을 찾으려고 탐구하다 보니 반세기 가까이 연구하게 되었다. 내 모든 질문의 답을 아직 찾지 못했고, 이미 알았다고 생각한 몇몇 답에도 의문을 던지게 되었다. 그리고 얼마 되지 않아 상상도 할 수 없었던 영역으로 들어서게 되었다.

1장

과학은 설명할 수 없는 일들

그전에는 얼굴이 반쪽인 사람을 만난 적이 없었다.

정신과 의사 훈련을 받은 지 6개월이 지났을 때 헨리가 우리 병원에 입원했다. 병원 침대에 누워 있는 그를 처음 보았을 때 턱과 뺨이 있어야 할 그의 오른쪽 얼굴을 보기 어려웠다. 성형외과 의사들이 그의 배에서 피부를 이식해 놀라운 실력으로 얼굴 상처를 봉합하는 수술을 했다. 그렇다고 해도 그를 보면서 침착함을 유지하기가 쉽지 않았다. 그는 남아 있는 왼쪽 입만 사용해 약간 불분명한 발음으로 천천히 말했다. 그런데 이상하다고 느껴질 정도로 그는 나와 이야기하는 걸 부끄러워하거나 꺼리지 않았다. 총으로 자신을 쏜 다음 무슨 일이 일어났는지 내게 이야기할 때 그는 침착하고 차분해 보였다.

당시 40대였던 헨리는 가난한 농가의 막내아들이었다. 형과 누나들은 모두 결혼하면서 집을 떠났다. 그러나 헨리는 결혼하고도 집을 떠난 적이 없었다. 헨리가 스물세 살 때 그와 함께 사냥하던 아버지에게 갑자기 심장마비가 왔다. 간신히 아버지를 집으로 모셔 왔지만, 아버지가 자기 팔에 안겨 세상을 떠나는 모습을 지켜만 보아야 했다. 그 후 어머니가 농사일 관리를 떠맡았고, 몇 년 후 헨리의 아내는 그를 떠났다. 도시에서 친정 부모와 함께 살겠다고 아이들까지 데리고 가버린 것이었다.

헨리가 자살 시도를 하기 10개월 전, 어머니가 폐렴에 걸렸다. 헨리는 어머니를 차에 태우고 병원에 갔고, 어머니는 입원했다. 어머니가 옆에 있어 달라고 부탁했지만, 헨리는 닭들을 돌본다며 그날 밤 집으로 돌아갔다. 다음 날 아침, 병원에 왔을 때 어머니는 의식이 없었다. 그리고 몇 시간 후 사망했다.

헨리는 그 사건에 엄청난 충격을 받았고, 술을 마셔대기 시작했다. 어머니를 병원에 버려둔 일 때문에 죄책감에 시달렸고, 밤마다 어머니가 살아계신 꿈을 꾸었다. 차마 어머니 물건에는 손을 댈 수 없었고, 집에 있는 다른 물건들도 그대로 남겨 두었다. 술을 마시면 실의에 빠져 "이제 집이 더는 집이 아니야"라고 계속 중얼거리곤 했다. 그는 몇 달 동안 우울증에서 벗어나지 못하다가 아침 내내 술을 마신 후 결국 사냥총을 가지고 부모님이 묻힌 묘지로 향했다.

몇 시간 동안 무덤에 누워 부모님과 나눴던 대화를 떠올리고 상상한 다음, 부모를 따라가기로 마음먹었다. 그는 어머니의 가슴이 놓였을 곳으로 생각하는 자리에 이마를 갖다 대고 무덤에 엎드렸다. 헨리는 두 다리 사이에 22구경 사냥총을 끼우고 턱을 겨누게 했다.[7] 그리고 엄지손가락으로 방아쇠를 슬며시 당겼다. 총알이 얼굴 오른쪽을 관통하면서 뺨과 관자놀이에 파편들이 박혔다.

그러나 운 좋게도 뇌는 빗나갔다.

나는 그와 면담할 때 목소리를 침착하게 유지하면서 꿰매어놓은 그의 뺨은 보지 않으려고 했다. 그리고 물었다.

"굉장히 고통스러웠을 것 같네요. 어떤 심정이었을지 그저 짐작만 할 따름입니다. 어떠셨나요?"

헨리의 얼굴 왼쪽이 말려 올라가며 반쯤 웃음을 지었다.

방아쇠를 당기자마자 주위 모든 게 사라졌어요. 구불구불한 언덕들과 그 뒤의 산들 모두요. 나는 들꽃들이 잔뜩 피어 있는 멋진 초원에 있었어요. 그곳에서 어머니와 아버지가 두 팔 벌려 나를 환영했어요. 어머니가 아버지에게 "헨리가 와요"라고 말하는 소리가 들렸어요. 어머니는 나를 만나 정말 행복해 보였어요. 하지만 그다음 나를 똑바로 보더니 표정이 바뀌었어요. 머리를 흔들더니 "오, 헨리. 이제 네가 무슨 짓을 했는지 봐!"라고 말하셨어요.

헨리는 말을 멈추고 손을 내려다보더니 마른침을 삼켰다. 나는 잠시 기다렸다가 물었다.

"힘들었겠군요. 기분이 어땠어요?"

그는 그저 어깨를 으쓱하더니 머리를 흔들었다. 그다음 심호흡을 했다.

"그게 다였어요. 그다음 저는 묘지로 돌아와 있었고, 부모님은 가고 없었어요. 머리 밑에 따뜻한 피가 고인 게 느껴졌고, 도움을 받아야 하겠다고 생각했어요. 트럭 쪽으로 엉금엉금 기어가기 시작했어요. 그런데 트럭까지 가기 전에 무덤을 파던 사람이 나를 보고 달려왔어요. 그는 내 머리를 천으로 감싸고 차를 몰아 병원으로 데려다주었어요." 그는 다시 한번 어깨를 으쓱했다.

"그리고 여기에 있죠."

"엄청난 일을 겪었네요. 이전에도 돌아가신 부모님을 본 적 있어요?"

그는 고개를 저었다. "아니에요. 그런데 부모님이 그곳에 함께 계신 걸 보니 확실히 기분이 좋았어요."

"자살을 시도한 후 적어도 잠시 의식을 잃은 것 같네요. 부모님을 본 게 꿈일 수도 있다고 생각하나요?"

헨리는 입술을 오므리더니 고개를 저었다.

"전혀 꿈이 아니었어요. 어머니 아버지를 만난 사건은 지금 당신을 만나는 것처럼 완전히 진짜였어요."

나는 그가 무슨 말을 하는지 이해하려고 잠시 입을 다물었다. 헨리 편에서 보면 완벽히 이해되는 일이었다. 자신을 천국에서 맞아들이려는 부모를 보았다고 그는 생각했다.

그런데 나의 과학적인 세계관으로는 그런 일이 진짜일 수 없었다. 머릿속에서 여러 가능성이 떠올랐다. 헨리가 정신이상이었을까? 술을 너무 많이 마셔서 환영을 본 걸까? 부모의 무덤에 너무 오랫동안 앉아 있다 보니 알코올 금단 상태에 빠졌고, 헛것이 보였을까? 그저 너무 슬퍼서 부모의 환영을 본 것일까?

나는 헨리가 미쳤다고 주장할 수가 없었다. 병원에서 며칠을 보냈지만, 그는 침착하게 말했고 행동 방식에도 이상한 점이 전혀 보이지 않았다. 병원에 갇혀 지내면서도 알코올 금단 증상을 전혀 보이지 않았다. 그리고 놀랍게도 전혀 슬퍼 보이지 않았다.

"방아쇠를 당길 때 무슨 일이 일어나길 바랐어요?" 헨리에게 물었다.

"그저 더는 살고 싶지 않았어요. 무슨 일이 일어나든 상관하지 않았어요. 더 이상 참을 수가 없었고, 어머니 없이 계속 살 수가 없었어요." 그는 재빨리 대답했다.

"그러면 지금은 어때요? 지금은 모든 걸 끝내는 것에 대해 어떻게 생각해요?"

"지금은 그런 생각을 전혀 하지 않아요. 아직도 어머니가 그립긴 해요. 하지만 어머니가 어디에 계시는지 알게 되니 지금은 행복해요."

당시, 정신과 의사로 훈련받은 지 얼마 되지 않기는 했지만, 자살 시도를 했다가 살아난 후 헨리처럼 자신감을 드러내는 사람을 본 적이 없었다. 그는 자살 시도를 했던 일은 부끄럽지만, 부모님을 보게 되어 감사하다고 말했다. 게다가 그는 다른 환자들과 대화하면서 생명이 얼마나 소중하고 신성한지 알리며 용기를 주고 싶다는 마음으로 가득했다. 그가 어떻게 부모를 볼 수 있었든지 간에, 그 사건이 슬픔을 이겨내는 데 분명 도움이 된다는 증거였다.

이것 역시 '임사체험'이라는 용어가 영어권에 소개되기 몇 년 전의 일이었다. 그래서 헨리의 경험을 환영이나 죽은 부모와의 상상 속 만남이라는 틀에서 이해할 수밖에 없었다. 당시 나는 그의 경험을 심리적인 방어 기제 정도로 여겼다.

홀리가 내 넥타이의 얼룩을 보았다고 말한 지 몇 달밖에 지나지 않은 무렵, 그 일을 이해하려고 여전히 애쓰고 있을 때였다. 그런데 헨리의 경험은 홀리와는 정말 다르게 느껴졌다. 홀리는 의식을 잃은 자신의 몸에서 멀리 떨어져 있던 곳의 일을 보고 들었다고 주장했다. 그래도 일반적인 물질세계 안에서 벌어진 일을 이야기했다. 유령을 보았거나 유령이 하는 말을 들었다고 하지는 않았다. 반면 헨리는 죽은 부모를 보고, 그들이 하는 말을 들었다고 주장했다. 여기서 가장 큰 차이점은, 헨리의 환영에 대해서는 나름대로 객관적이고 과학적인 관점으로 분석할 수 있다는 것이었다. 반면 홀리는 나를 자신의 환영 속으로 끌어들였다. 그 일에 대해 곰곰이 생각하려고 할 때마다 혼란에 빠졌고, 설명할 방법이 없었다.

가령, 헨리의 환영에 대해서는 '심리적인 방어 기제'라고 이름 붙일 수 있었다. 그러나 그게 진짜가 아니었다고 어떻게 헨리를 설득할 수 있겠는가? 모든 게 그의 상상일 뿐이라고 말하면 정신과 의사로서 그와 맺은 신뢰 관계가 모두 깨질 거라는 사실을 알았다. 그런 환영을 본 일이 그에게 얼마나 도움이 되고, 자살하고 싶은 마음을 없애는 데 얼마나 중요한 역할을 하는지도 이해했다. 나는 어머니의 죽음에 적응하려고 애쓰는 그의 무의식이 환영을 만들어냈다고 생각했다. 유일하게 그에게 살아야 할 이유를 주는 부모의 환영을 부정하지 않고 최대한 활용하는 게 의사로서 헨리에게 가장 도움을 주는 방법이라고 마음먹었다. 내가 그에게 전한 메시지는 간단했다. "삶의 새로운 목적을 찾을 정도로 엄청나게 강력한 체험을 한 것 같네요. 그게 당신에게 어떤 의미인지, 이제 어떻게 해야 할지 생각해봅시다."

나는 그의 환영을 죽은 어머니와 심리적으로 다시 만나는 방법이라고 여기며 헨리와 함께 그것의 상징적인 의미를 탐구하려고 했다. 그러나 그는 부모와 만난 일을 어떤 상징이 아니라 구체적인 현실로 여겼다. 당시에는 그가 실제로 부모와 만났기 때문에 그렇게 여길 수도 있겠다는 생각을 전혀 하지 못했다. 그때까지 내가 자라온 환경이나 받은 교육으로는 헨리가 진짜 부모를 보았다고 생각할 만한 근거가 하나도 없었다.

우리 아버지는 원소 주기율표로 현실을 인식하는 화학자셨다. 아버지는 화학자로 일하셨고, 밤에 집으로 돌아와서도 화학자셨다. 내가 어릴 때는 이사 간 집마다 지하실에 화학 실험실을 만드셨다. 과학에 열정을 불태우는 일과 남에게도 그런 열정을 전파하는 게 유일한 즐거움이셨다. 내가 뉴욕 헌팅턴에서 초등학교에 다닐 때부터 아버지는 분젠 버너, 대저울, 원심 분리기, 자기 혼합기, 눈금실린더, 삼각 플라스크와 둥근 바닥 플라스크 사용법을 가르쳐주셨다.

아버지는 듀폰의 과학자가 우연히 발견한 고분자 재료인 테플론을 초기에 실험하시는 등 많은 실험을 하셨다. 절연 장치, 로켓 연료 전지처럼 테플론으로 물건을 만드는 작은 화학 회사에서 일하셨다. 테플론은 다른 코팅 재료보다 표면이 너무 미끄러워 거의 아무것도 들러붙지 않는 게 장점이었다. 아버지는 그 기술을 활용한 물건을 만들어내기도 하셨다. 테플론으로 코팅한 조리 기구가 시장에 나오기 몇 해 전부터 어머니의 냄비와 팬,

주걱에 다양한 형태의 테플론을 뿌리며 실험하셨다. 그 때문에 가끔 우리가 먹는 음식에도 테플론이 조금씩 섞여 있기도 했다. 아버지의 다른 발명품들은 별로 성공적이지 않았다. 아버지는 물집이 생기지 않게 하겠다고 우리 신발에 테플론을 집어넣으셨다. 그런데 테플론이 너무 미끄러워서 한발 한발 걸을 때마다 신발 안에서 내 발이 미끌거렸다. 실험이 성공하느냐 마느냐는 아버지에게 그리 중요하지 않았다. 궁금한 걸 알아내면서 실험할 때의 흥미진진함이 중요했다.

제물을 바치는 돌 위에 하늘을 보며 눕자 기대감으로 전율이 등골을 타고 흘렀다. 우뚝 솟은 소나무들 사이로 스며든 햇살이 철쭉과 진달래 덤불을 비추고, 새들이 아침 산들바람을 맞으며 노래했다. 크고 평평한 화강암 표면에 파인 1.3센티미터 깊이의 홈이 내 몸을 완전히 둘러싸고 있었다. 그리고 내 발 바로 아래, 둥글게 파인 홈과 돌의 모서리 사이에는 물이 빠져나가는 작은 구멍이 있었다. 무게가 족히 1톤은 넘을 화강암은 4개의 밑돌 위, 1미터 정도 높이에 놓여 있었다.

땅딸막한 아버지는 손에 줄자를 들고 입에 파이프를 문 채 반짝이는 눈으로 화강암 주위를 서성거리면서 공책에 메모하고, 도표를 그렸다. 넓적한 화강암을 둘러싼 수십 개의 석실과 벽, 배수로와, 1년 중 특정 시기에는 태양과 일직선을 이루는 듯 보이는 돌기둥들은 미스터리였다. 20세기 중반에 뉴햄프셔주 세일럼의 그 땅을 소유했던 농부는 그곳을 '미스터리 언덕'이라고 불렀다. 이 지역을 연구한 다른 사람들은 콜럼버스가 아메리카 대륙을 밟기 수백 년 전인 기원후 1,000년 정도에 건너온 바이킹족 혹은 기원전 700년 정도에 영국에서 건너온 켈트족, 아베나키와 페나쿠크 같은 다양한 아메리카 원주민 부족들이 수천 년에 걸쳐 세웠다고 추측했다.

누가 만들었든 차가운 화강암 위에 누워 있으니 등골이 오싹했다. 내 피가 몸 주위 홈으로 흘러내린 후 내 발아래 구멍으로 떨어져 양동이에 모이는 상상을 할 수 있었다. 으스스하긴 했지만, 흥미진진하기도 했다. 열 살 소년이었던 나는 그곳에서 미스터리를 과학적으로 풀어내려는 아버지를 돕고 있었다. 뉴잉글랜드 지역의 쌀쌀한 가을날에 차가운 돌 위에 누워 있으니 몸이 떨렸는지, 무언가를 발견한다는 두근거림 때문에 더 떨렸는지 알 수 없었다. 아버지는 새로운 사실을 발견하는 것에 분명 전율을 느꼈고, 수수께끼를 풀면서 과학의 영역을 넓히는 아버지의 일에 참여하는 나도 벌써 흥미진진했다. 이처럼 나는 열 살 때부터 안락의자에 앉아 짐작만 하거나 소문과 미신을 있는 그대로 받아들이기보다 자료를 모으고 분석하면서 질문의 답을 찾는 과학적인 사고방식에 매력을 느꼈다.

미스터리 언덕에 대한 진실은 오늘날까지 명확하게 알려지지 않았다. 아마도 여러 집단이 수 세기에 걸쳐 폐허를 바꾸어놓으면서 기원을 알 수 있는 증거가 파괴되거나 달라졌기 때문일 것이다. '제물을 바치는 돌'이 사실은 그저 19세기 사과 압착기의 아랫부분, 으깨진 사과 즙이 흘러내려 모이는 부분일 수도 있다. 아니면 비누를 만들기 위해 나뭇재에서 잿물을 빼내는 돌 누르개일 수도 있다. 아버지와 나는 미스터리 언덕에 대한 갖가지 주장을 뒷받침할 만한 증거를 하나도 찾아내지 못했다. 그러나 진실을 찾기 위해 체계적으로 탐구할 때의 짜릿함을 절대 잊을 수 없었다.

회의주의자였던 아버지는 사물에 대한 자신의 해석에 대해서도 끊임없이 의심하셨다. 또한, 이해할 수 없는 일이나 자신의 예측에서 벗어나는 일들을 탐구할 때 가장 행복해하셨다. 그리고 내게 과학에 대한 열정을 심어주셨을 뿐 아니라, 과학의 결론이 왜 잠정적일 수밖에 없는지, 그 본질도 알려주셨다. 과학은 성향상 항상 과정에 있다. 우리의 세계관이 아무리 탄탄할지라도 새 증거가 나타나 의심이 생기면 다시 탐구할 준비가 되어 있어야 한다. 이렇게 열린 마음을 가지고 있어야 우리가 설명할 수 없는 일들을 올바로 판단할 수 있다. 우리 선입견에 맞는 현상을 연구하면 자세한 부분까지 잘 이해하는 데 도움이 된다. 그런데 과학의 발전과 도약은 종종 선입견에 맞지 않는 현상을 연구하는 데서 이루어진다.

아버지는 내게 이해할 수 없는 현상을 탐구해보라고 격려하셨지만, 생각과 감정 같은 추상적 요소나 마음에 관해서는 이야기하신 적이 없었다. 신(神)이나 영혼, 정신 같은 더욱 추상적인 개념은 입 밖에 꺼내지도 않으셨다. 나는 과학적인 교육을 받고 과학과 관련된 진로 계획을 세우면서 상당한 성취감을 느꼈다. 아버지의 가르침을 따라 진실을 찾는 기준을 경험적인 증거에서 찾으려 했다.

코넬대학교에 다닐 때는 실험 심리학을 전공했다. 금붕어가 어떻게 미로에서 길을 찾는 법을 배우는지, 쥐들이 음식을 얻기 위해 다른 시간이 아닌 특정 시간에 막대기를 누르는 방법을 어떻게 배우는지, 어린 붉은털원숭이가 다른 물건이 아닌 특정 물건 아래 놓인 음식을 찾은 방법을 어떻게 배우는지 과학적 방법을 적용해 연구했다. 그러나 동물들의 지능에 매료된 만큼 사람들을 위해 일하고 싶은 갈망도 커서 대학 졸업 후 의대로 진학했다. 출산을 돕는 일부터 노약자 가정 방문까지 의대에서는 내가 좋아하는 일이 많았다. 그러나 정신 질환에 대해 배우면 배울수록 우리가 뇌에 대해 이해하고 있는 부분이 얼마나 적은지 깨달았다. 풀리지 않는 질문들이 많아 결국 정신의학에 이끌리기 시작했다.

의대 3학년 때 부모님 집을 찾았다가 정신과 의사가 될 생각이라고 말씀드리자 아버지는 깜짝 놀랐다. 나는 인간의 무의식적인 생각과 감정이 행동에 미치는 영향에 관심이 많다고 아버지에게 말씀드렸다. 다리를 꼬고 안락의자에 앉아 있던 아버지는 재킷 호주머니에서 옥수수 속대로 만든 파이프와 담배쌈지를 천천히 꺼내셨다. 아버지는 파이프에 담배를 세심하게 채우시더니 꾹꾹 누르셨다. 그다음 담배를 조금 더 넣어 다시 꾹꾹 누르셨다. 그다음 성냥에 불을 붙여 부드럽게 그림을 그리듯이 파이프 위에서 조심스럽게 흔드셨다. 마침내 아버지는 고개를 들고 놀랍게도 이렇게 물으셨다. "무엇 때문에 우리에게 무의식적인 생각과 감정이 있다고 생각하니?"

나는 아버지의 무뚝뚝한 질문에 충격을 받았다. 그런데 아버지는 무의식이 존재하지 않는다고 이야기하는 게 아니었다. 아버지는 그저 의심이 많은 과학자라면 누구라도 그렇듯 증거가 어디 있느냐고 물으신 거였다. 그렇기는 하지만, 아버지의 질문을 듣고 놀랐다. 인간 무의식(의식하지 않지만, 생각하고 느끼는 일들)은 최소한 100년 동안 정신의학의 근간이었다.

지그문트 프로이트는 정신을 빙산에 비유했다.[8] 우리가 알고 있는 생각과 감정은 해수면 위로 보이는 뾰족한 부분과 같다고 했다. 예를 들어 목이 마르면 의식적으로 음료를 마시려고 한다. 그러나 해수면 아래에서 보이지 않는 빙산의 90퍼센트는 무의식이다. 무의식은 우리가 알지 못하는 생각과 감정이지만, 어쨌든 우리 행동에 영향을 끼친다.

가령, 대부분 담임교사는 마음에 드는 학생이라고 해서 일부러 더 좋은 점수를 주려고 하지는 않는다.[9] 그러나 사실은 자기도 모르게 더 마음에 드는 학생에게 더 좋은 점수를 준다는 증거가 많다. 우리의 무의식적인 생각과 감정이 행동에도 영향을 준다는 개념은 내가 의문을 가지지 않고 (마치 권위 있는 교수의 말과 교과서에 나온 내용을 그대로 믿듯이) 믿음으로 받아들이는 많은 개념 중 하나였다.

아버지가 무의식적인 생각과 감정의 역할에 의문을 던지신 것에 놀라면서도 곧이어 아버지 말이 어느 정도 타당하다는 사실을 깨달았다. 나는 무의식이라는 개념을 조건 없이 받아들이기 전에 증거를 찾아야 했다. 그러나 생각과 감정처럼 볼 수도 측정할 수도 없는 것들의 증거를 어떻게 찾을지 의문이 생긴다. 우리 세계의 물질적인 부분을 이해하는 일에서 과학자들이 큰 진전을 이루기는 했지만, 우리는 생각과 감정처럼 비물질적인 부분들을 경험하기도 한다. 이런 비물질적인 요소들도 의자와 바위같이 물리적인 물건들처럼 우리가 사는 세상의 일부분이다.

과학자들은 비물질적인 요소들에 대해서도 물리 세계의 물건처럼 관찰하고 자료를 모을 수 있다. 사실 과학자들이 감정에서 아원자 입자까지, 직접 관찰할 수 없는 현상을 연구해온 전통은 길다. 우리는 사랑, 분노나 두려움 같은 감정을 직접 관찰할 수 없지만, 그런 감정이 우리의 말과 행동, 신체 반응에 어떻게 영향을 주는지 보면서 간접적으로 연구할 수 있다. 예를 들어 우리가 분노를 느끼면(비물질적인 감정) 목소리가 점점 더 커지면서 퉁명스러워지고, 이마를 찡그리고, 혈압은 오른다. 그리고 탁자에 물건을 탕 내려놓을지도 모른다. 이렇게 드러나는 모습을 보고 사람들은 우리가 화났다는 사실을 추측할 수 있다.

물리학자들 역시 너무 작고 금방 사라지는 아원자 입자들을 직접 관찰할 수는 없다. 그러나 물리학자 도널드 글레이저는 아원자 입자들을 간접적으로 연구해 1960년에 노벨 물리학상을 받았다. 그는 거품 상자(액체 수소 같은 액체를 가득 채운 상자)에서 금방 사라지는 아원자 입자들을 쏘아서 보여주었다. 우리는 그 입자들이 액체에 남긴 거품 자국을 연구한다. 그리고 그 자국에서 우리는 입자들에 대해 많은 사실을 알 수 있다.

증거를 좇는 이런 과학 전통은 내가 배운 세계관의 한계를 보여주었다. 물리적인 입자와 힘만으로는 충분히 설명할 수 없는 일이 많고, 어쨌든 그런 일들은 일어난다. 설명하기 어렵다는 이유만으로 그런 일들을 외면하는 게 과학적으로 보이지는 않았다. 내 세계관과 맞지 않는 그런 일들은 자기를 무시하지 말고 이해해달라고 내게 외쳤다. 측정하기 어려운 일을 비현실적이라고 무시하지 않고 존중한다는 건 과학을 거부하는 태도가 아니다. 오히려 과학을 받아들이는 태도다.

정신과 수련의로 일할 때 다른 사람들의 마음을 읽을 수 있다고 믿는 몇몇 입원 환자를 치료한 적이 있었다. 대부분 정신과 의사들처럼 나 역시 환자들이 환상을 현실과 혼동하면서 자신의 기대를 섞어 이런 생각을 한다고 추측했다. 그런데 그런 추측을 뒷받침할 증거가 우리에게 있었을까? 우리는 (마음을 읽을 수 있다는) 이 환자들의 믿음이 사실이 아니고, 정신 질환 증상이라는 사실을 어떻게 알까? 물론 과학자로서 나는 그들의 주장을 시험하지 않고 그냥 진짜라고 받아들일 수는 없었다. 그러나 조사해보지도 않고 그들의 주장을 그저 망상으로 무시할 수도 없는 노릇이었다. 증거도 없이 그들의 믿음을 인정하거나 거부하면 이 환자들에게 피해를 줄 뿐 아니라, 과학적인 원칙에도 어긋난다고 생각했다. 그래서 이 환자들이 진짜 마음을 읽을 수 있는지 대조 실험을 구상해 동료 수련의들과 함께 시험해보았다.

이런 연구를 할 때의 위험성 때문에 조금 불안한 것은 사실이었다. 마음을 읽는다는 내 환자들의 믿음이 실제로 비현실적인 것으로 드러났다면 그들이 헛된 생각을 심각하게 받아들여서 그 증상이 더 강화되는 것은 아닐까? 그런 헛된 믿음을 포기하고 더 현실적으로 생각하라고 망상 환자들을 설득하는 게 정신과 의사로서 내 일의 일부였다.

하지만 나는 과학자로서 환자들이 자신의 주장을 제대로 증명할 수 있는지도 알고 싶었다. 이 연구로 얻을 이익이 환자들이 겪을지도 모를 위험보다 클지 궁금했다. 그래서 내가 제안한 연구에 대해 정신과 병동 의료진과 함께 의논했다. 이런 환자들의 특이한 믿음을 진지하게 대하면 그들의 망상을 굳히기만 할지도 몰라 두렵다는 사실을 인정했다. 그러나 놀랍게도 정신과 병동 책임자와 의료진은 이 연구가 아주 흥미롭다고 생각했고, 병원이라는 안전한 환경에서는 환자의 증상이 나빠지더라도 감당할 수 있다고 느꼈다. 의료진 덕분에 나는 그 연구를 진행할 수 있었다. 정신과 수련의 동료 두 명은 번갈아 '발신자'가 되어 실험을 도와주겠다고 했다. 말하자면, 환자들이 마음을 읽을 대상이 된 것이다.

환자들은 내 사무실 안락의자에 차례로 혼자 앉아 몇 분간 휴식을 취했다. 그다음 준비되었다고 느끼면 녹음기에 대고 머릿속에 떠오르는 이미지나 인상을 뭐든 설명했다. 그동안 '발신자'는 복도 아래 다른 사무실에서 닥치는 대로 고른, 차분하거나 무시무시하거나 공격적이거나 재미있거나 에로틱한 장면을 보여주는 잡지 사진 중 하나에 정신을 집중했다. 5분 후 나는 내 사무실에 들어가 환자들에게 다섯 장의 잡지 사진이 든 봉투를 건넸다. 그다음 환자들은 다섯 장의 사진이 그들의 머리에 떠오른 인상과 얼마나 가까운지 순위를 매겼다. 그들이 순위를 모두 매긴 후 나는 그들에게 '발신자'가 어떤 사진에 정신을 집중했는지 이야기했고, 몇 분 동안 그 실험에 대해 이야기를 나눴다.

연구 결과는 나와 동료들의 예측과 다르지 않았다. 어떤 환자도 '발신자'의 마음을 읽었다는 증거를 보여주지 못했다. 마음을 읽는다는 그들의 믿음에 어떤 현실적인 근거가 있다는 증거가 하나도 나타나지 않았다.

그러나 연구를 하면서 기대하지 않았던 한 가지를 발견하기도 했다. 나는 실험이 끝난 후 각각의 환자들에게 기분이 어떠냐고 물었다. 놀랍게도 그들 모두 실험에 참여해서 행복해했다. 그리고 더 중요하게는, 그들의 생각과 감정을 시험해볼 정도로 진지하게 받아들여 줘서 병원 의료진에 대해 더 신뢰감을 느낀다고 했다. 게다가 환자들 중 한 명은 이 실험에서 '발신자'의 마음을 읽는 데 실패한 후 자신의 다른 비이성적인 생각들을 의심하게 되었고, 현실과 환상을 분리하는 데 도움을 받았다. 그의 심리치료사는 이 실험을 하는 동안 환자 상태가 눈에 띄게 좋아졌다고 내게 따로 말해주었다. 어느 환자도 그 실험 때문에 병이 악화되었다고 말하지 않았다.

이 실험을 하면서 미스터리 언덕의 '제물 바치는' 돌 위에 누워 있을 때 느꼈던 묘한 흥분이 떠올랐다. 나는 대부분 동료가 신경도 쓰지 않을 아이디어를 시험해보려고 자료를 모았다. 내 연구로 환자들의 믿음이 틀렸음을 보여줄 수도 있지만, 정신 질환에 대한 우리 생각을 바꿀 가능성도 있었다.

우리 예상대로 환자들이 마음을 읽지 못한다는 사실을 확인했지만, 흥분은 가시지 않았다. 과학을 활용해 도발적인 아이디어를 시험하는 일 자체가 내게 짜릿함을 안겼다. 내게는 결과보다 과정이 더 중요했다. 그 실험에 관한 나의 보고서는 나중에 주요 의학 학술지에 실렸고[10], 신경과, 정신과, 신경외과 수련의 중 그 해 최고의 연구 보고서를 쓴 사람에게 수여하는 윌리엄 메닝거 상을 받았다.

그 후 몇 년이 지난 후에야 레이먼드 무디를 만나 처음으로 임사체험에 대한 이야기를 들었다. 내가 버지니아대학교 정신과 교수로 새로 부임해 가르치기 시작한 해, 레이먼드가 그곳에서 정신과 수련의로 훈련받기 시작했다. 그는 내가 수련의들을 감독했던 응급실에서 맨 먼저 훈련을 받았다. 나는 레이먼드가 의대에 다니기 전에는 철학을 가르쳤고, 아직 의대생일 때 책을 썼다[11]는 사실을 알았다. 그러나 무슨 책을 썼는지는 몰랐다.

어느 날, 응급실에서 조용한 시간을 가질 때 그는 내게 자신이 어떻게 살아왔는지 그리고 자신의 책 『삶 이후의 삶』에 대해 이야기했다. 그는 그 책에서 일부 사람들이 죽을 고비를 넘길 때 겪었던 특이한 경험에 대해 '임사체험'(near-death experience)이라는 용어를 처음으로 사용했다. 그의 이야기를 들으면서 그가 책에서 설명한 내용이 내가 몇 년 전 만났던 사람들의 경험과도 관련 있다는 생각이 점점 들었다. 헨리가 돌아가신 부모님을 보았다고 생각하는 일, 무의식 상태로 누워 있던 홀리가 다른 방에서 그녀의 룸메이트와 이야기를 나누던 나를 본 일 등 모두와 관련이 있었다. 홀리와 헨리 모두 레이먼드가 임사체험에서 발견한 특징 중 최소한 몇 가지는 겪었다고 했다. 당시에는 몰라서 물어보지 않았으므로 임사체험이 갖는 특징을 그들이 더 경험했는지는 알 수 없었다. 그러나 다른 의사들도 이런 경험에 대해 들었고, 그런 경험에 정식으로 이름까지 붙였다는 사실을 알게 되어 뜻밖이었다! 문이 활짝 열리기 시작하는 기분이었다.

나는 지각(知覺) 연구팀이 있다는 사실을 알고 버지니아대학교에 왔다. 정신과 과장을 지냈고, 지금은 고인이 된 이언 스티븐슨 교수가 만든 연구팀이다. 스티븐슨 교수는 레이먼드가 자기 책에서 이야기한 내용과 똑같은, 설명되지 않는 체험에 대해 수십 년간 자료를 모으고 연구해왔다. 물론 그는 레이먼드가 '임사 체험'이라는 용어를 우리에게 소개하기 전까지 그 용어로는 부르지 않았다. 그는 그런 체험을 '유체이탈 체험', '임종 환상' 그리고 '유령' 등 다양한 범주로 구분해 넣었다.

나는 레이먼드와 함께 이언을 만나러 갔다. 그리고 우리 세 사람은 이런 경험들을 어떻게 과학적인 방법으로 연구할 수 있을지 의논했다. 레이먼드는 매주 엄청나게 많은 편지를 받고 있었다. 읽어보니 모든 편지의 주제가 같았다. 편지를 쓴 사람 대부분이 자신만 그런 경험을 한 것이 아니라는 사실에 깜짝 놀랐고, 그들이 미치지 않았다는 것을 보여주어 레이먼드에게 감사하다고 했다.

뉴욕의 한 유명 출판사가 레이먼드의 책을 재출간하자 임사 체험은 금방 많은 관심을 모았다. 그 후 몇 년에 걸쳐 많은 의사, 간호사, 사회 복지사, 연구자가 레이먼드에게 편지를 보내면서 이런 현상에 관심을 보였다. 레이먼드는 그들을 모두 버지니아대학교로 초청해서 만났고, 그 무리 중 우리 네 명(심리학자 켄링, 심장병 전문의 마이클 새봄, 사회학자 존 오뎃, 나)은 임사체험 연구를 북돋우기 위해 국제임사연구협회를 결성했다. 임사체험자들과 이야기를 나누고, 그런 체험이 그들의 삶에 어떤 영향을 끼쳤는지 확인하고, 나처럼 임사체험에 강렬하게 흥미를 느끼는 다른 연구자들과 만나는 일에 빠져들었다. 임사체험은 내가 응급실에서 주로 지켜보았던 죽음 직전의 상태이자, 설명해달라고 외치지만 설명할 수 없는 경험으로 보였다. 임사체험 연구에는 의학, 정신 그리고 어린 시절부터 과학적 발견을 할 때마다 느꼈던 짜릿함이 모두 동원되었다. 이런 요소가 합쳐지면서 이후 펼쳐지는 내 경력의 방향이 결정되었다.

나는 임사체험의 실체를 파헤쳐 답을 찾기 위해 이 병원 저 병원, 이 대학 저 대학, 이 지역 저 지역을 다녔다. 여러 해에 걸쳐 심장마비, 질병, 사고, 자살 시도, 싸움, 수술이나 출산 후유증으로 죽을 고비를 넘긴 입원 환자들을 연구했다. 절반 가까이가 혈압이 떨어지면서 심장 박동이나 호흡이 멈추거나 사망신고를 받았던 환자들이었다. 나는 여러 동료와 협력해 연구한 결과를 밝히는 논문 100여 편을 여러 해에 걸쳐 전문 의학 학술지들에 실었다.

입원 환자들을 연구했을 뿐 아니라, 나에게 연락해 자신이 직접 겪었던 임사체험에 대해 이야기해준 체험자 1천여 명의 사례도 모았다. 그들이 설명한 체험은 입원 환자들의 것과 똑같았다. 그리고 나는 이 이야기들을 정리하기 시작했고, 충분히 정리하면 그 이야기에서 일정한 유형을 찾을 수 있을 것으로 기대했다. 그 유형을 찾아내자 결국 임사체험의 바탕에 무엇이 있는지 더 잘 이해할 수 있었다.

2장

시간을 초월한 경험

　미 공군의 사고 구조 소방관인 23세 빌 헤른룬드가 불타는 비행기 뒤편에 트럭을 세웠을 때는 화염이 60미터 높이로 활활 불타오르고 있었다. 비행기가 처음 폭발하면서 그는 균형을 잃었다. 그는 넘어졌지만 다치지는 않았다. 허둥지둥 일어나 계속 화염과 싸웠다. 그런데 훨씬 더 강력한 두 번째 폭발이 일어났다. 그는 치솟는 불길과 비행기 파편에 떠밀려 트럭 옆구리에 부딪혔다. 두 번째 폭발 후 그는 머리와 가슴 통증, 피 맛을 느꼈고, 숨을 쉴 수 없었다. 그는 땅에 넘어지기 전에 의식을 잃었다.

　빌은 그다음 복잡한 임사체험을 했다. 그때는 1970년이었고, 레이먼드 무디가 책에서 임사체험이라는 용어를 사용하기 몇 년 전이었다. 빌이 회복 후 의사에게 자신의 임사체험을 이야기하려고 하자 의사는 정신과 치료를 받게 했다. 빌은 그 후부터 자신의 경험을 입 밖에 내지 않았다. 20년 가까이 지난 후 그는 국제임사체험연구협회와 제휴한 지역 협력 단체를 알게 되었다. 그는 그곳에서 내가 임사체험에 관심이 있다는 사실을 알게 되었고, 당시 내가 정신과 임상 과장으로 있던 코네티컷대학교에 편지를 보내왔다.

빌은 사우스다코타주 래피드시티의 엘즈워스 공군 기지에서 불타는 비행기 잔해가 폭발해 몸이 공중으로 날아갔을 때 무슨 일이 일어났는지 내게 이야기했다. 그는 무의식 상태에서 보고 들었다는, 당시의 나로선 믿기 어려운 주장을 했다. 그렇긴 해도 지금 나의 세계관으로 불가능할 수밖에 없어 보이는 주장이라고 해서 무조건 무시하지 말아야 한다는 사실을 어렴풋하게나마 인정하던 때였다. 빌은 자신의 임사체험 설명과 함께 불타는 항공기 사진이 실린 1970년 4월 4일 《래피드시티 저널》 스크랩, 그리고 "자신의 안전은 생각하지 않는 … 그의 용감한 행동과 인도주의적인 배려"라고 쓰인 항공병 무공 훈장의 복사본도 보냈다. 빌은 자신의 경험을 이렇게 설명했다.

내 몸이 들어 올려지는 느낌이었어요. 그리고 동료 두 명이 의식을 잃은 소방관을 데려가는 게 보였어요. 머리까지 가린 알루미늄 방화복을 입었지만, 동료들이 누구인지 알 수 있었습니다. 그런데 그들이 누굴 끌고 가는지는 알 수가 없었어요. 나는 '이봐, 댄, 짐, 도와줘!'라고 외쳤지만, 그들은 내 말을 듣지 못했어요. 그런데 그 자리에 소방관은 나밖에 없었고, 내 고통과 피맛, 냄새가 사라졌기 때문에 그들이 끌고 가는 게 틀림없이 내 몸이라는 사실을 깨달았죠. 나는 모든 걸 훨씬 더 분명하게 볼 수 있었고, 따뜻하고, 안전하고, 평화롭다고 느꼈습니다.

폭발음 같은 굉음이 들렸지만, 더 둔탁하고 길었어요. 댄과 짐이 내 몸 위로 쓰러졌어요. 나는 어둠 속에 있었지만, 내 주변을 완전히 의식하고 생생하게 인식했습니다. 나는 회오리바람의 깔때기 속처럼 보이는 터널 안에 있었어요. 멀리 빛이 있었고, 오로라 같은 청록색 빛이 소용돌이처럼 오가는 게 보였어요.

그 빛이 내게 다가오고 있었습니다. 나는 터널을 따라 엄청나게 빠른 속도로 이동했고, 순식간에 빛에 도달했습니다. 그곳이 어딘지는 몰라도, 그곳에서는 시간이 다르게 흐르거나 존재하지 않는 것 같았어요. 자기 본질의 일부인 굉장히 눈부신 빛을 내뿜는 존재에서 나오는 빛이었어요. 그는 아름다워 보였고, 무조건적인 사랑과 평화가 느껴졌어요. 그곳에 다른 존재도 있다는 것을 느꼈지만, 빛의 존재에서 눈을 뗄 수 없어서 보지 못했어요.

그는 몇 가지 질문을 한꺼번에 했어요. 단어와 문장으로 이뤄진 말이 아니라 투영된 인상으로 다가온 질문이었죠. 그는 "당신의 삶에 대해 어떻게 느끼나요?" 그리고 "다른 사람을 어떻게 대했나요?"라고 물었어요. 그가 질문하는 동안 아주 어릴 때부터 비행기가 추락한 현장까지 하나하나 내 앞에 펼쳐졌어요. 오래전에 잊었던 사람이나 사건과 관련된 장면도 보였어요. 사람들을 제대로 대하지 못했던 때도 있었지만, 그 빛은 내 모든 잘못을 금방 용서해주었어요. 그는 내게 "평안하라"라고 했고, 이 세상에서 내 일이 아직 끝나지 않아서 내가 돌아가야 한다고 말했습니다. 그렇게 나는 돌아왔습니다.

나는 내 몸으로 다시 돌아왔어요. 통증이 다시 느껴졌고, 비행기 연료 냄새가 났고, 사이렌 소리와 폭발음이 들렸어요. 의사와 위생병들은 댄과 짐, B-52에 탔던 군인들을 돌보느라 바빴지만, 나는 신경도 쓰지 않고 있었어요. 나는 그들이 나를 충분히 살피고 죽었다고 판단한 후 도움이 필요한 다른 환자들에게로 관심을 돌렸다는 사실을 나중에 알았어요.

이틀 후 의사는 내게 죽지 않은 게 행운이라고 말했어요. 나는 실은 "죽었었다"(I did die)라고 말했죠. 그러자 의사가 나를 이상한 눈으로 쳐다보았고, 심리검사 일정을 잡아주었습니다. 그때부터 그 사건에 대해 입을 열지 않게 되었고요.

빌의 경험은 내가 듣고도 이해하기 어려웠던 수많은 이야기 중 하나였다. 이런 이야기들을 따로따로 과학적으로 연구하기란 어려운 일이었다. 입소문 그리고 학술 논문과 대중매체에 쓴 글을 통해 내가 임사체험에 관심이 있다는 사실이 널리 알려지면서 점점 더 많은 사람이 그런 체험을 들려주었고, 사례는 점점 쌓였다. 나는 임사체험의 본질과 기원을 밝혀줄 만한 일정 유형을 찾기 위해 임사체험에서 특별히 이해가 되지 않는 특징들을 점검하기 시작했다.

가장 알쏭달쏭하다고 느낀 임사체험의 특징 중 하나는 체험자들이 굉장히 명료하고 빠른 속도로 생각한다는 점이다. 이것은 뇌에 산소가 부족할 때 나타날 수 있는 증상이 아니다. 이 모든 체험자의 주장처럼 뇌에 산소가 부족한데도 정말로 명료하고 빠르게 생각했는지 나는 믿을 수 없었다. 그래서 체험자들이 나에게 설명해준 전체적인 사고 과정을 들여다보기로 마음먹었다. 그리고 많은 체험자가 평소보다 훨씬 더 빠르고, 명료하고, 논리적으로 생각하게 되었다고 말했다는 사실을 알게 되었다.

알고 보니 이것은 새로운 현상이 아니었다. 1892년, 스위스의 지질학 교수 알베르트 폰 세인트 갈렌 하임은 『스위스 알파인 클럽 연감』에 최초의 대규모 임사체험담 수집 사례를 실었다.[12] 하임 자신이 20년 전인 22세 때 알프스를 등반하다 임사체험을 하기도 했다. 그는 산에서 20미터 아래로 추락했고, 그의 몸은 암벽에 연달아 부딪혔다. 그는 이전에도 사람들이 추락하는 장면을 지켜보았고, 그것은 무시무시한 경험이었다고 기록했다. 그런데 자신이 추락할 때는 놀랍게도 '아름다운' 경험이었다. 그는 자신이 전혀 고통을 느끼지 않는다는 사실에 놀랐다고 전했다. 하임은 자기 경험이 너무나 인상 깊어서 죽을 뻔한 사고를 겪고 살아난 다른 등반가에게도 이야기하기 시작했다. 그리고 다른 등반가 30명도 비슷한 경험을 했다는 사실을 곧바로 알게 되었다. 하임은 추락하면서 생각의 속도가 빨라졌다고 설명했다.

내가 5초에서 10초 사이에 느낀 걸 묘사하는 데는 그 10배의 시간도 모자랐다.[13] 순식간에 생각하고 느낀 게 너무나 논리 정연하고 굉장히 명확했다. 희미한 꿈처럼 금방 잊히는 게 결코 아니었다. 나는 가장 먼저 내 운명을 받아들였다. 그리고 혼잣말을 했다.

'밑바닥이 보이지 않으니 분명 내 발밑 가파른 암벽의 울퉁불퉁한 바위에 몸이 부딪힐 거야. 암벽 밑에 아직 눈이 덮여 있는지가 정말 중요하겠군. 암벽에서 떨어진 눈이 바닥에 깔려 있을 수도 있어. 눈이 덮인 곳에 떨어진다면 이런 사고를 당하고도 살아남을지 몰라. 그러나 눈 덮인 곳이 더 이상 없다면 나는 분명 돌무더기 위로 떨어질 거고, 이 속도로 떨어진다면 죽음을 피할 수 없겠군. 땅에 부딪혔을 때 죽거나 의식을 잃지 않았다면 곧장 식초 술병을 열어서 내 혀에 몇 방울 떨어뜨려야 해. 내 등산지 팡이를 놓치고 싶지는 않아. 아마 계속 쓸모가 있을 거야.'

나는 안경을 벗어서 던져야겠다고 생각했다. 부서진 안경 파편에 눈을 다치고 싶지 않아서였다. 그러나 몸이 휙 내던져졌기 때문에 손에 힘을 줘서 안경을 벗어 던질 수가 없었다. 그리고 동행자들에 대한 생각이 잇달아 떠올랐다. '바닥에 떨어지고 나면 심한 상처를 입었든 말았든 애정을 담아 곧장 그들에게 나는 괜찮다고 소리쳐야만 해. 그러면 내 형제들과 세 친구는 충분히 충격에서 벗어날 수 있고, 무척 힘들었던 추락도 끝나는 거지'라고 혼잣말을 했다.

그리고 닷새 후부터 시작하기로 했던 대학 강의를 할 수 없다는 생각도 들었다. 사랑하는 사람들이 내 사망 소식을 어떻게 받아들일지 걱정되면서 그들을 마음으로 위로하기도 했다. 객관적으로 관찰하고 생각하면서 동시에 주관적인 감정을 느꼈다.

그다음 쿵 하는 소리가 들렸고, 그렇게 나의 추락은 끝났다.

하임이 추락하는 몇 초 동안 꼬리에 꼬리를 물고 길게 이어졌던 생각을 상당히 한참 동안 되짚는데, 들으면서 무척 놀랐다. 다른 체험자들도 비슷하게 생각의 속도가 빨라졌다고 똑같이 전했다.

존 휘태커는 47세에 췌장암과 간암 수술을 받고 회복하던 중 임사체험을 했다. 그는 임사체험 중 어떤 생각을 했는지 내게 설명했다.

내가 세상에 두고 온 육체와 정말 똑같은 몸을 다시 가졌다는 게 느껴졌어요. 정신이 극도로 왕성해지고, 내 느낌에 신경을 곤두세우면서 의식 상태가 고양된 걸 알았어요. 이 상태에서는 매우 주의 깊게 관찰할 수 있었고, 생각이 평상시의 거의 두 배에 달하는 속도로 진행되는 것 같았지만 본질적으로는 매우 명료했습니다.

내가 면담했던 모든 체험자 중 절반이 임사체험 중에 생각이 보통보다 더 명료해지고, 빨라졌다고 설명했다.

그레그 놈은 24세 때 폭포를 건너다가 튜브가 뒤집혀 물에 빠졌다. 그는 강바닥의 모래에 얼굴을 처박았다고 나에게 말했다.

그 순간 생각이 굉장히 빨리 움직였어요. 많은 일이 동시에, 겹쳐서 일어나는 것 같았어요. 갑자기 여러 영상이 굉장히 빠른 속도로 머릿속을 지나가기 시작했어요. 그 모두가 똑같이 빠른 속도로 이해되는 것 같아서 놀랐어요. 그다음 그런 영상들을 이해하면서 동시에 이렇게 각기 다른 일들을 어떻게 동시에 생각할 수 있었는지 더욱 놀라웠어요. 갑자기 모든 게 쉽게 이해되었어요. '아, 이거야. 모든 게 정말 여러 면에서 완전히 명확하고 간단해. 이런 관점으로는 한 번도 생각해본 적이 없어'라고 생각했던 게 기억나요.

생각의 속도가 빨라진다는 것은 시간이 천천히 흐른다고 느낀다는 뜻이다. 로브는 44세에 서 있던 사다리가 미끄러져 몸이 뒤로 젖혀질 때 임사체험을 했다. 그는 시간이 느리게 흐른다고 느끼면서 자신이 생각하는 속도가 어떻게 빨라졌는지 나에게 설명했다.

> 굉장히 천천히 떨어진다고 느꼈어요. 거의 카메라로 찰칵찰칵 연속해서 스틸 사진을 촬영하는 속도 같았죠. 떨어지는 속도가 이렇게 느려지니 생각할 시간이 극적으로 늘어났어요. 덕분에 널돌 위에 떨어지지 않도록 사다리를 조절할 수 있었죠. 떨어지는 속도가 느려질 뿐 아니라 생각이 굉장히 명료해졌어요. 피부가 찢길 수는 있지만, 나무에 걸렸다가 떨어지면 충격을 줄일 수 있으니 덤불 쪽으로 떨어지고 싶었던 기억이 나요. 그리고 정확히 그렇게 되었어요. 나는 머리를 다치지 않으려고 몸을 굴렸어요. 놀랍도록 시간이 천천히 흐르면서 눈 깜짝할 사이에 또렷하게 생각할 수 있었다는 사실이 경이로웠어요.

시간이 천천히 흐른 덕분에 목숨을 잃지 않을 최선의 방법을 계획할 시간이 생겼다는 로브의 설명을 듣고 알베르트 하임이 산에서 추락할 때 어땠는지 설명한 내용이 떠올랐다. 임사체험에 대한 하임의 설명이 흥미롭게도 과학에 파급 효과를 주었을 수도 있다. 심리학자 조 그린은 추락하는 순간에 대한 하임의 설명이 아인슈타인의 상대성 이론에 영향을 주었을지도 모른다고 의문을 제기했다.[14] 하임은 1892년 글에서 자신이 추락할 때 "시간이 엄청나게 확장되었다"라고 썼다.[15] 다시 말해, 시간이 천천히 흐르는 것같이 느껴져 자신의 상황에 대해 충분히 생각할 수 있었다. 하임은 취리히의 연방 공과대학교 학생들에게 지질학을 가르치면서 자신의 임사체험 이야기를 자주 했다. 그 학생 중 한 명이 10대였던 알베르트 아인슈타인이었다.[16] 아인슈타인은 하임 교수의 수업을 최소한 두 과목은 들었고, 나중에 하임의 아들에게 편지하면서 수업이 "매혹적이었다"라고 표현했다.[17] 아인슈타인은 10년 후 상대성 이론을 설명하는 혁명적인 논문을 발표했다. 우리가 빠르게 움직일수록 시간이 천천히 흐른다는 주장이었다.[18] 이게 우연인지 아닌지는 확실히 알 수 없다. 하지만 점점 더 빠른 속도로 떨어지면서 시간이 천천히 흘렀다는 하임의 설명이 아인슈타인의 마음 한구석에 조용히 자리 잡고 있다가, 결국 시간은 일정하지 않고 우리가 얼마나 빨리 움직이느냐에 따라 달라진다는 그의 생각에 영향을 주지 않았을까 궁금해지기 시작했다.

시간이 천천히 흐르는 정도가 아니라 극단적으로 시간에서 완전히 벗어나는 경험도 있다. 많은 임사체험에서 설명하는 특징이다. 수술 후 출혈로 거의 죽을 뻔했던 36세 경찰관 조 제라시[19]는 임사체험을 이야기하면서 이 느낌을 설명했다.

시간을 초월해 영원을 체험하는 게 뭔지 알게 되었어요. 그걸 누군가에게 설명하려고 하는 게 가장 어려워요. 시간이 한 시점에서 다른 시점으로 흐르는 게 아니라, 모든 시점이 한꺼번에 있고, 우리가 완전히 거기에 빠져들어 있는, 시간을 초월한 상태를 어떻게 설명할 수 있을까요? 3분이든 5분이든 상관없었어요. 그것은 오직 여기에서만 통하는 개념이지요.

조에게 시간은 그저 천천히 흐르는 게 아니라 완전히 사라진 것 같았다. 임사체험을 한 많은 사람이 시간을 초월한 느낌을 이야기한다. 그들 중 몇몇은 시간이 여전히 존재하지만, 임사체험은 그 시간의 흐름에서 벗어난 것 같았다고 말한다. 임사체험에서는 모든 일이 한꺼번에 벌어지는 것처럼 보이거나, 시간이 앞뒤로 움직이는 것처럼 보였다. 어떤 사람들은 임사체험에서 시간이 더 이상 존재하지 않는다는 사실을 깨달았고, 시간이라는 개념이 무의미해졌다고 말한다.

내게 임사체험을 이야기해준 사람 중 4분의 3은 시간에 대한 감각이 바뀌었다고 전했고, 절반 이상이 임사체험 중에 시간을 초월한 느낌이었다고 말했다. 건강을 자신하다가 느닷없이 자동차 사고를 당하거나 심장마비를 일으켜 임사체험을 했던 사람들이 이렇게 시간이 느리게 흐르거나 멈추고, 사고 과정이 빨라지는 경험을 더 흔하게 했다는 사실에 나는 주목했다. 치명적인 질병에 걸렸다는 사실을 알고 있거나 자살 시도를 한 사람들이 죽을 고비를 넘길 때처럼, 어쩌면 죽음을 염두에 둔 이들의 임사체험에서는 그런 경험을 할 가능성이 적었다.[20] 생각과 시간 감각의 이런 변화는 주로 임사체험이 시작될 때 나타나고, 죽음의 위협을 알아차리면서 생기는 것 같다. 갑작스럽게 닥친 죽음의 위협과 시간이 천천히 흐르는 느낌 사이의 관련성은 내가 수많은 임사체험 사례를 분석한 후에야 발견한 특징이다.

갑작스러운 죽음 위협과 더 분명하고 빨라지는 생각 사이의 관련성은 쉽게 이해되었다. 갑작스러운 위기에서 살아남으려면 시간에 대한 감각을 늦추면서 더 빠르고 명료하게 생각하는 게 도움이 될 수 있기 때문이다. 알베르트 하임과 로브가 추락하면서 그랬듯, 그렇게 해서 목숨을 구할 수도 있다. 반면 죽음을 예상하는 사람들은 종말을 기다리면서 종종 자신의 삶을 돌아본다는 사실을 우리는 안다. 그 사람들은 실제로 죽음과 맞닥뜨렸을 때 삶을 다시 돌아볼 필요가 없을지도 모른다. 이런 이유로 갑작스럽고 예기치 못했던 임사체험에서 생각이 더 빠르게 움직인다는 게 이해가 된다. 이처럼 생명의 위협을 느끼는 위험과 맞닥뜨릴 때 시간이 천천히 흐른다고 느끼는 것과, 더 빠르고 명료하게 생각하는지에 관해 그 이유를 찾을 수는 있겠지만, 겁에 질리고 히스테리를 부릴 것으로 예상했던 사람들이 그렇게 할 수 있다는 사실이 여전히 의아했다. 임사체험에서 왜 시간이 천천히 흐를 수 있는지는 이해할 수 있지만, 어떻게 그런 현상이 벌어지는지에 대해서는 답을 찾지 못했다.

많은 체험자는 생각이 평소보다 빠르고 명확해졌을 뿐 아니라 시각과 청각 같은 다른 감각도 평소보다 더욱 생생해졌다고 전한다.

제인 스미스는 23세에 출산 중 마취 부작용으로 임사체험을 했다.[21] 그녀는 임사체험 중에 자신의 감각이 어땠는지 내게 설명했다.

나는 초원에 있었어요. 정신은 맑아졌고, 내가 누구인지 확실히 알았고, 내가 아기를 가졌다는 사실을 다시 한번 깨달았어요. 아름다운 꽃들, 황홀한 색으로 가득한 아름답고 푸른 초원이었어요. 빛나고 찬란한 빛으로 다시 한번 빛났는데, 한 번도 본 적 없는 빛이었어요. 하늘과 초원, 꽃 색깔도 모두 내가 한 번도 본 적 없는 색이었어요. 그것을 보면서 '이런 색은 처음 봐!'라고 생각했던 게 생생하게 기억나요. 그리고 놀랍게도 저는 성장하는 모든 것이 내뿜는 내면의 빛을 보고 있다는 것을 깨달았어요. 반사된 빛이 아니라, 각각의 모든 식물 안에서 비치는 부드러운 빛이었어요. 머리 위 하늘은 깨끗하고 푸르렀고, 그 빛은 우리가 아는 어떤 빛보다 엄청나게 더 아름다웠어요.

제인은 시각이 놀라울 정도로 예민해졌지만, 다른 감각이 예민해질 때도 있다. 폭포를 건넌 후 튜브가 뒤집혀 물에 빠졌던 그레그 놈은 평소 쓰지 못하던 감각이 놀랍도록 예민해졌다고 내게 설명했다.

갑자기 이전에는 한 번도 듣지 못했던 소리를 듣고, 보지 못했던 것을 볼 수 있었어요. 폭포 소리가 말로 표현할 수 없을 정도로 정말 청량하고 깨끗했어요. 그 일이 있기 2년 전, 내가 밴드 음악을 듣던 술집에 누군가 크고 강력한 폭죽을 던졌는데, 내 머리 바로 옆에서 터지는 바람에 오른쪽 귀에 장애가 생겼거든요. 하지만 임사체험을 할 때는 완전히 또렷하게 들을 수 있었어요. 그리고 시각은 더욱 아름답게 볼 수 있었고요. 그동안 신체 감각이 제한되어 있었던 것같이 느꼈어요. 아주 멀리 떨어진 곳이 아주 가까운 곳처럼 명확하게 보였고, 동시에 보였습니다. 흐릿하게 보이는 데라곤 전혀 없었어요.

그레그는 평소보다 더 선명하게 보일 뿐 아니라 손상되었던 청각이 회복되면서 모든 신체 감각이 예민해졌다는 사실을 깨달았다. 내가 연구한 체험자들의 3분의 2는 임사체험 중 감각이 놀라울 정도로 생생해졌다고 전했다. 시야가 특별히 선명해지면서 독특한 색깔이 보이거나, 청각이 놀라울 정도로 분명해지면서 독특한 소리가 들렸다는 이야기를 가장 많이 했다. 드물지만, 색다른 냄새를 맡거나 맛을 느꼈다고 전하기도 했다.

나는 이런 경험들을 어떻게 이해해야 할지 확실히 알 수 없었다. 뇌가 제 기능을 하지 못하는 임사체험 중에 뛰어난 사고력과 통찰력을 가졌다는 건 우리가 지금껏 알고 있는 뇌에 대한 지식으로는 이해하기가 어려웠다. 그렇다고 그냥 무시할 수도 없었다. 더 큰 맥락에서 보면 그 의미를 파악하는 데 도움이 될 수 있기를 바랐다. 그리고 임사체험과 관련해 이해하기 어려운 다른 특징들도 그 맥락에 포함해 함께 살펴보려 했다.

3장

인생 되돌아보기

내가 특별히 중요하다고 생각하는 많은 임사체험의 또 다른 특징은 체험자의 과거 장면들이 눈앞에 펼쳐지는, '인생 되돌아보기'(life review) 경험이다.[22] 24세 때 폭포를 건넌 후 튜브가 뒤집히는 바람에 물에 빠졌던 그레그 놈은 오래전에 잊었던 일들을 포함해 자기 인생이 빠른 속도로 펼쳐졌다고 설명했다.

그 과정에서 나는 소극적인 관찰자라는 사실을 깨달았어요. 마치 다른 사람이 영사기를 돌리는 것 같았어요. 나는 처음으로 내 인생을 객관적인 눈으로 보고 있었어요. 좋은 면과 나쁜 면을 모두 보았어요. 나는 이 영상들이 내 인생에서 일종의 마지막 장으로, 이 영상들이 멈추면 영원히 의식을 잃을 거라는 사실을 깨달았어요.

영상은 내 어린 시절의 생생한 장면으로 시작되었어요. 아기 의자에 앉은 채 손으로 음식을 집어 바닥에 던지는 모습을 보고 깜짝 놀랐어요. 옆에 있던 젊은 엄마가 착한 아이는 음식을 바닥에 던지지 않는다고 말했어요. 그다음, 서너 살쯤 여름휴가 때 호수에서 놀고 있는 내 모습이 보였어요. 형과 나는 물에 뜨는 걸 도와주는 튜브를 등에 달고 수영해야 했어요. 그때 우리 둘 다 혼자 힘으로는 수영할 수 없었으니까요. 어떤 이유에서인지 형에게 화가 났고, 화났다는 걸 보여주려고 형의 튜브를 빼앗아 호수에 던졌어요.

형은 굉장히 당황해서 울기 시작했어요. 그러자 아빠가 걸어 오시더니 내가 한 행동이 나쁘고, 튜브를 건지기 위해 아빠와 내 가 배를 타고 노를 저어 나가야 하며, 나는 형에게 사과해야 한 다고 설명하셨어요. 오랫동안 잊고 지냈던 장면이 얼마나 많이 보이던지, 놀라웠어요.

모든 장면이 내가 성숙하면서 어떤 식으로든 배운 경험들과 관련 있는 것 같았어요. 여러 면에서 엄청나게 충격적이었던 일 들도 보였어요. 영상들은 아주 빠른 속도로 이어졌어요. 그리고 그 영상들이 점점 더 현재에 가까워지고 있었기 때문에 시간이 끝나간다는 사실을 알았어요. 그리고 영상이 멈췄어요. 그저 어 두움밖에 없었어요. 무슨 일이 벌어지기 전 잠시 멈춘 느낌이었 어요.

이제까지 인생이 눈앞에 펼쳐지는 경험에 관한 과거 연구를 찾아보니 역시 새로운 현상은 아니었다. 1791년, 영국의 해군 소 장 프랜시스 보퍼트 경은 17세의 장교 후보생이었을 때 배에서 포츠머스 항구로 떨어졌다.[23] 불행히도 수영하는 법을 배우기 전 이었다. 물에 빠진 그는 숨을 쉬려고 애쓰다가 의식을 잃었다. 그리고 곧장 고요한 느낌을 경험하고 생각의 변화를 알아차렸 다. 그는 그때 경험을 훗날 이렇게 설명했다.

모든 발버둥을 멈춘 순간부터(내 생각에 이건 완전히 질식했을 때 즉각 나타나는 결과였다) 엄청나게 흥분했던 느낌이 사라지고 완벽하게 평온하고 고요한 기분이 들었다. 무관심이라고 부를 수도 있지만, 확실히 체념은 아니었다. 이렇게 감각은 죽었지만, 정신은 죽지 않았다. 정신 활동은 말할 수 없이 활발해지는 것 같았다. 빠른 속도로 생각이 연이어 솟아나는 게 말로는 표현할 수 없을 뿐 아니라, 비슷한 상황을 겪은 사람이 아니라면 상상도 못 할 일이었다.

생각이 어떻게 전개되었는지 지금도 꽤 많이 되짚어볼 수 있다. 가장 먼저 떠올린 영상들은 방금 벌어진 사건이었다. 그다음 생각의 범위가 넓어졌다. 우리의 마지막 항해, 이전 항해와 조난 사고, 내 학교…. 내가 그곳에서 이룬 발전과 내가 낭비한 시간 그리고 나의 모든 유치하고 무모했던 행동까지. 과거로 거슬러 올라가면서 내 인생의 모든 일이 하나하나 머릿속을 스치는 것 같았다. 그런데 그저 전체적인 윤곽만 떠오른 게 아니었다. 매 순간의 자세한 장면을 담은 영상도 함께 있었다. 간단히 말해, 내가 살아온 모든 시간이 일종의 파노라마처럼 내 앞에 펼쳐지는 것 같았다. 그리고 각각의 행동이 옳은지 그른지 알아차릴 수 있었다. 행동의 원인이나 결과도 되돌아보게 되는 듯했다. 사실 오래전에 잊었던 수많은 사소한 일이 최근의 익숙한 일과 함께 머릿속에서 한꺼번에 떠올랐다.

보퍼트는 생각이 빨라졌을 뿐 아니라 자기 인생의 모든 일이 하나하나 떠오르면서 그 일이 각각 옳은지 그른지 본인이 판단할 수 있었다고 설명했다. 내게 이야기해준 많은 임사체험자가 이런 식으로 인생을 되돌아보았다고 설명했다.

서른셋의 나이에 도시 고속도로 관리 부서에서 감독관으로 일하던 톰 소여는 밑으로 들어가 수리하던 트럭이 그의 가슴을 덮치는 순간 임사체험을 했다.[24] 1981년에 그가 내게 편지를 보내면서 우리는 처음 만났다. 그는 내 연구에 참여하기로 레이먼드 무디의 아내 루이즈와 약속했다고 썼다. 이후 만성 폐 질환으로 사망할 때까지 25년 동안 톰과 그의 아내 일레인과 잘 알고 지냈다. 우리 집에서 멀지 않은 곳에 살았던 그는 자주 나를 찾아왔다. 임사체험에 이르렀던 사고에 대해 그는 자세하고 생생하게 설명했다.

> 소형 트럭을 수리하고 있었어요. 아홉 살짜리 아들 토드가 학교에서 돌아와 있었고, 아빠를 돕고 싶어 했어요. 토드가 다칠까 봐 안전수칙을 지키려고 아주 조심했어요. 차를 잭으로 들어 올려 시멘트 블록, 나무토막, 받침대로 안전하게 고정했어요. 그리고 정비사 크리퍼를 등에 대고 누운 자세를 취했습니다. 타이로드 엔드(tie-rod end)를 교체하고 자동변속기 연결 장치를 수리하려고 했어요.
>
> 나는 트럭 밑으로 기어들어 간 후 작업을 시작하려면 무슨 도구가 필요한지 토드에게 말했어요. 자동변속기 연결 장치 수리를 시작했는데, 갑자기 트럭이 움직이기 시작했어요! 뭔가 끔찍하게 잘못되었다는 사실을 알았죠. 트럭 밑으로 들어가기 전에

트럭을 안전하게 고정하려고 해야 할 일은 다 했거든요. 사고 후 1주일 후에야 잭 밑의 땅이 꺼진 상태였다는 걸 발견했어요. 아스팔트 밑 땅속에 공기만 차 있는 빈 공간이 있어서 땅이 곧 꺼졌고, 트럭이 옆으로 움직였던 거예요. 그러면서 나무토막들을 쓰러뜨렸고, 트럭이 앞으로 구르면서 받침대를 지나 나를 덮쳤어요.

내 몸으로 굴러오는 트럭은 엄청나게 천천히 움직이는 것 같았어요. 그때 '토드, 도와줘'라고 소리 지르려고 했어요. 그러나 충분히 빠져나가기 전에 2톤 가까이 되는 트럭에 가슴을 부딪혔습니다. 숨이 막혔어요. 트럭의 프레임이 제 가슴 중앙 아래쪽 갈비뼈와 가슴 사이를 가로질러 지나갔어요.

숨을 반만 들이마신 상태에서 갑자기 공기가 찌그러졌으니 아마 오래 숨을 참지 못했을 겁니다. 나는 머리를 흔들고 이런 바보 같은 사고에서 살아남기를 열망하면서 무의식 상태에 빠지지 않으려고 애썼어요. 결국, 산소가 부족해지면서 정신을 잃고 말았죠.

몸을 꼼짝하지 못한다는 걸 깨달았고, 결국 마지막으로 눈꺼풀이 감기는 느낌과 함께 앞이 보이지 않았어요. 심장이 마지막으로 몇 차례 뛸 때까지 점점 더 박동이 느려졌어요. 심장이 마지막으로 세 번 뛰는 경험은 굉장히 특이하고 흥미로웠어요. 그 다음에는 일종의 공백이 느껴졌죠.

톰은 임사체험 중 어느 시점부터 어린 시절의 괴로운 일들을 다시 체험했다고 말했다.

인생 전체를 되돌아보는 경험을 했어요. 예를 들어 설명하는 게 좋겠네요. 여덟 살 때쯤 아버지가 내게 잔디를 깎고, 뜰의 잡초를 베라고 하셨어요. 게이 이모는 뒤쪽 오두막집에 사셨어요. 함께 있으면 언제나 즐거운 분이셨죠. 분명 아이들 모두 이모가 알고 보면 멋진 사람이라고 생각했어요. 이모는 내게 뒤뜰 작은 덤불에서 자라는 야생화를 어떻게 하고 싶은지 계획을 이야기해주셨어요. '지금은 그대로 둬, 토미'라고 말하셨죠.

그런데 아버지가 내게 잔디를 깎고, 잡초를 베라고 이야기하신 거예요. 그때 이모는 아버지에게 그 덤불의 잡초들이 그대로 자라도록 두는 게 좋겠다고 설명해야 했어요. 아니면 아버지가 내게 잔디를 깎고, 잡초를 베라고 했다고 이모에게 말하고 시작했으면 좋았겠죠. 그런데 나는 일부러 곧장 잔디를 깎고, 잡초를 베어버렸어요. 악의적으로 나쁘게 행동하기로 한 거죠. 이모는 그 일에 대해 내게 한 마디도 하지 않았어요. 아무 말도 하지 않으셨죠. 그때 나는 '와, 잘 넘어갔어'라고 생각했어요. 그게 끝이었고요.

그런데 어땠는지 아세요? 내 인생을 되돌아보면서 그 일을 그저 다시 떠올리는 정도가 아니었어요. 모든 생각과 태도를 정확하게 다시 체험했죠. 여덟 살 때는 가늠할 수 없었던 당시의 기온과 다른 요소까지 생생하게 느껴졌어요. 예를 들어 그때는 그곳에 모기가 얼마나 많았는지 몰랐어요. 그런데 그때 그 순간으로 돌아가 모기 숫자까지 셀 수 있을 정도였어요. 모든 일을 실제 그 일이 일어났을 때보다 더 정확하게 인식할 수 있었어요. 도저히 인식할 수 없는 일들도 인식이 가능했어요. 드론에 달린 카메라로 보듯 내가 잔디 깎는 모습을 수십, 수백 미터 위에서 내려다보았어요. 그 모든 걸 지켜보았어요. 태어나서 처음 숨을 쉴 때부터 그 사고가 일어난 때까지 인생의 모든 일을 완전히 긍정적으로 되돌아보았어요. 모든 걸 파노라마처럼 보았어요.

자기 인생을 아주 세밀하게 다시 체험했노라고 설명하는 다른 임사체험자들의 이야기를 많이 들었고, 그것을 죽음의 위협에 대한 심리적 반응 차원에서 이해할 수 있었다. 그러나 톰이 삶을 돌아볼 때의 다른 특징을 계속 설명할 때는 이해하기가 더 어려워졌다. 톰은 자신의 눈뿐 아니라 다른 사람 관점에서도 자신의 인생 전체를 다시 체험했다고 말한다. 그는 이런 측면을 아주 생생하게 묘사했다.

내가 일곱 살일 때의 태도, 뭔가를 얼렁뚱땅 넘길 때의 일종의 흥분과 재미만 다시 체험한 게 아니었어요. 임사체험을 하는 나이가 되어서야 갖출 수 있었던 지혜와 철학을 가지고, 33세 어른으로서 전체 사건을 관찰하고 있기도 했어요. 그뿐만이 아니었어요.

내가 마치 게이 이모가 된 것처럼 정확히 뒷문에서 걸어 나와 베인 잡초들을 바라보는 경험도 했어요. 이모의 마음속에서 연이어 왔다 갔다 이어지는 생각들도 알아차렸어요. '이런 맙소사, 무슨 일이야? 어쩔 수 없지. 토미가 분명 내가 한 말을 잊어버렸나 봐. 그런데 잊었을 리가 없어. 어쩌지, 그만두자. 토미는 이제까지 그런 짓을 한 적이 없어. 이런, 그건 너무 중요한 일이야. 그는 분명 알았을 거야. … 몰랐을 리가 없어.'

왔다 갔다, 왔다 갔다, 이런저런 가능성을 생각하면서 '음, 그럴 수도 있어. 아니, 토미는 그런 아이가 아니야. 어쨌든 그건 중요하지 않아. 나는 그 아이를 사랑해. 절대 말하지 않을 거야. 그애가 잊어버렸는데 내가 이야기를 꺼내면 상처받을 테니 절대 안 돼. … 그 애에게 그냥 대놓고 물어보아야 할까?'라고 혼잣말을 했어요.

내가 이모의 몸속에 있었고, 이모의 눈으로 보고, 이모의 감정으로 느끼고, 답하지 못하는 질문을 하고 있었어요. 이모의 실망감과 굴욕감을 경험했어요. 엄청난 충격이었습니다. 그런 경험을 통해 내 태도가 상당히 많이 바뀌었어요.

이뿐 아니라, 아마도 더 중요하게는, 영적으로 말하자면 그 장면을 온전하게, 긍정적으로, 조건 없이 관찰할 수 있었어요. 엄청나게 불편한 이모의 감정 편에서만 관찰한 게 아니라, 신의 눈이나 예수 그리스도의 눈, 예수의 빛이나 깨달은 부처의 눈, 영적인 실체의 조건 없는 사랑으로 그 사건을 경험했어요. 비판적인 면은 하나도 없었어요. 이모가 얼마나 혼란스러웠는지, 어린 시절의 내가 얼마나 건방지고 유치한 생각에 나쁜 의도로 흥분했는지를 경험하면서도 동시에 그런 사랑을 느꼈어요.

내 연구에 참여한 모든 임사체험자 중 4분의 1이 임사체험 중에 자기 인생을 되돌아보았다고 전했다. 어떤 체험자들은 태어나서 현재까지 아니면 현재부터 태어났을 때까지의 인생 전체가 눈앞에 펼쳐졌다고 말했다. 어떤 체험자들은 삶의 여러 장면을 자유자재로 볼 수 있었다고 말했다. 대부분은 일반적인 기억보다 더 생생하게 인생을 돌아볼 수 있었다고 설명했다. 어떤 체험자들은 영화 화면이나 책의 페이지처럼 과거 장면이 보였다고 말했다. 그러나 톰처럼 과거 사건을 현재 벌어지는 일처럼 다시 체험하면서 그때의 감각과 감정을 고스란히 모두 느꼈다고 전한 사람도 많았다.

인생 리뷰 체험을 한 사람들의 4분의 3은 이후 인생에서 중요한 게 무엇인지에 대한 생각이 바뀌었다고 말했다. 인생 다시 보기 체험을 한 사람 중 절반은 자기 삶을 심판받는 느낌, 주로 자기 인생에서 한 행동이 옳았는지 잘못되었는지 판단하는 느낌을 가졌다. 그리고 체험자의 절반 이상이 톰처럼 그들의 눈뿐 아니라 다른 사람 관점에서도, 자신뿐 아니라 다른 사람의 감정까지 느끼면서 과거 사건을 다시 경험했다.

바버라 해리스 횟필드는 32세에 척추 수술 후 움직이지 못하는 동안 호흡기 합병증에 시달리다 임사체험을 했다.[25] 그녀는 그때 어린 시절에 학대당했던 일들을 다른 사람의 관점에서 다시 체험했다.

내 몸을 떠나 다시 어둠 속으로 나갔어요. 오른쪽 아래를 내려다보니 비눗방울 안에서(유아용 침대에 누워) 울고 있는 내가 보였어요. 그다음 왼쪽 위를 올려다보니 한 살이 된 내가 다른 비눗방울 안에서(내 침대에 엎드려) 똑같이 심하게 울고 있었어

요. 나는 더 이상 32세의 바버라가 되고 싶지 않다고 마음먹었
어요. 나는 그 아기에게 가려고 했어요. 32세의 내 몸에서 벗어
나자 이 삶에서 해방된 기분이었어요. 그러면서 에너지가 내 주
위를 감싸고, 나를 꿰뚫고, 내게 스며들고, 내 몸의 모든 분자를
지탱한다는 사실을 깨달았어요.

내 삶을 돌아보면서 모든 장면에서 그때그때 느꼈던 감정을
다시 느낄 수 있었어요. 그뿐 아니에요. 내 행동 때문에 다른 사
람들이 느꼈던 감정도 모두 느낄 수 있었어요. 좋은 감정도 있었
고, 끔찍한 감정도 있었어요. 이 모든 걸 알게 되었어요. 그리고
어떻게 알게 되었는지도 알게 되었어요! 정보가 믿을 수 없을
정도의 빠른 속도로 흘러들어왔어요. 나를 지탱하는 놀라운 에
너지가 없었더라면 나는 아마 불타버렸을 거예요. 정보가 흘러
들어온 다음, 사랑이 자책하는 나를 감싸주고 용서해주었어요.
나는 모든 장면에서 모든 정보를 받아들였어요. 나의 인식과 감
정뿐 아니라 그 장면에 있었던 다른 사람의 인식과 감정까지. 좋
고 나쁜 것은 없었어요. 그저 이 인생에서 살아가려는 혹은 살아
남으려고 애쓰는 나와 내가 사랑하는 사람들만 있었어요.

나는 어둠 속에서 왼쪽 위에 보이는 아기에게 다가갔어요. 비
눗방울 안에 있는 아기 그리고 수천 개의 비눗방울로 이루어진
구름 가운데에 있는 그 비눗방울을 상상해보세요. 각각의 비눗
방울은 각각 내 인생의 장면이었어요. 아기에게 다가가는 게 비
눗방울 사이를 밀치고 나가는 것 같았어요. 동시에 32년간의 내
삶을 차례차례 다시 체험했어요. 내가 '당연해, 당연해'라고 혼
잣말하는 소리도 들을 수 있었어요. 이제는 '당연해'라는 말이

'네가 지금의 네가 된 게 당연해. 네가 어린 소녀였을 때 자신에게 한 행동을 봐'라는 뜻이라고 믿어요.

어머니는 약물에 의존하고, 화를 잘 내고, 나를 학대했어요. 내 삶을 돌아보면서 어린 시절의 이 모든 트라우마를 다시 보았어요. 그런데 어른이 되어 회상하듯 조각조각 본 게 아니에요. 그 일이 벌어졌던 때로 돌아가서 사는 것처럼 보고 경험했어요. 나는 나만이 아니었어요. 나는 어머니이기도 했고, 아버지이기도 했고, 오빠이기도 했어요. 우리는 모두 하나였어요. 이제 어머니의 고통, 방치되었던 어머니의 어린 시절도 느꼈어요. 어머니는 일부러 못되게 굴려는 게 아니었어요. 어머니는 다정하거나 상냥해지는 방법을 몰랐던 거예요. 사랑하는 방법을 몰랐어요. 인생에서 정말 중요한 게 무엇인지 이해하지 못했어요. 어머니는 자신의 어린 시절 때문에 계속 화가 났어요. 가난하게 살아서, 또 열한 살 때 아버지가 돌아가실 때까지 거의 매일 발작을 일으켜서 화가 났어요. 그다음 아버지가 자신을 두고 그렇게 가버려서 화가 났어요.

이 모든 게 홍수처럼 밀려들었어요. 어머니의 학대에 분노한 오빠가 돌아서서 그 분노를 내게 퍼붓는 장면을 지켜보았어요. 어머니에게서 시작된 관계에서 우리가 모두 어떻게 연결되어 있었는지 보았어요. 어머니가 그 정서적인 고통을 어떻게 몸으로 표현하는지를 보았어요. 내가 '당연해, 당연해'라고 혼잣말하는 소리를 들을 수 있었어요. 어머니가 자기 자신을 미워했기 때문에 나를 학대했다는 사실을 이제 느낄 수 있었어요.

내가 살아남기 위해 어떻게 나 자신을 포기했는지도 보았어요. 나는 내가 어린아이라는 사실을 잊었어요. 나는 어머니의 어머니가 되었어요. 어머니도 어린 시절에 나와 똑같은 일을 겪었다는 사실을 갑자기 깨달았어요. 어머니는 할아버지가 발작을 일으킬 때마다 돌보아야 했어요. 어머니는 어린 시절에 자신의 아버지를 돌보기 위해 자기 자신을 포기해야만 했어요. 어머니와 나 모두 어린 시절에 뭐든 다른 사람들의 필요에 맞춰 살아야 했어요. 내 삶을 계속 돌아보면서 어머니의 영혼, 어머니의 삶이 얼마나 고통스러웠는지, 얼마나 방황했는지도 보았어요. 내 삶을 돌아보면서 어머니는 좋은 사람이지만, 무력감에 휩싸였다는 걸 보았어요. 어머니의 아름다움, 인간성, 어린 시절에 방치되어 채우지 못했던 어머니의 욕구를 보았어요. 나는 어머니를 사랑했고, 어머니를 이해했어요. 우리는 함정에 빠졌었는지도 몰라요. 우리는 자신을 창조한 에너지 근원에 의해 삶 속에서 서로 연결되어 있었어요.

인생을 계속 돌아보는 과정에서 나는 결혼하고, 아이를 가졌어요. 그리고 내가 어릴 적 경험한 학대와 트라우마의 악순환을 반복할 위기에 있다는 사실을 보았어요. 나는 점점 어머니처럼 되고 있었어요. 인생이 눈앞에 펼쳐지는 동안, 어릴 때 보고 배운 대로 자신을 얼마나 혹독하게 대하는지 지켜보았어요. 자기 자신을 사랑하는 법을 배운 적이 없다는 게 32년 내 삶에서 저지른 유일하게 큰 실수라는 사실을 깨달았어요.

이렇듯 인생을 되돌아보는 체험에 관해서는 어떻게 이해해야 할까? '인생 리뷰 심리치료'(life review therapy, 전문적인 도움을 받으면서 삶의 주요 사건을 체계적으로 꼼꼼히 되돌아보는 일)는 지난 반세기 동안 심리 상담사들이 죽음을 앞둔 사람들을 상담할 때 주로 사용하는 수단이었다.[26] 사람들이 상실감, 죄책감, 갈등이나 패배감을 극복하고, 자신의 삶과 해온 일에서 의미를 찾도록 도움을 줄 수 있다. 이런 마무리는 사람들이 죽음을 더 평온한 마음으로 직면하는 데 결정적인 도움을 줄 수 있다.

임사체험을 한 후 깨어난 사람들에게 인생을 돌아본 경험은 그저 상실감을 극복하고 삶의 의미를 찾는 데만 도움이 되는 게 아니다. 임사체험에서 배울 것을 바탕으로 행동을 바꾸는 데도 도움이 될 수 있다. 톰이 자신의 눈뿐 아니라 다른 사람의 관점으로 이전 일들을 다시 체험한 일은 자신이 다른 사람에게 주었던 고통을 이해하고, 그런 행동을 되풀이하지 않는 데 도움이 되었다. 바버라가 자기 경험뿐 아니라 어머니의 삶을 통해서도 어린 시절의 트라우마를 다시 체험한 일은 자신이 받은 학대를 이해하면서 받아들이고, 삶을 변화시켜 아이들에게는 학대의 악순환을 반복하지 않는 데 도움이 되었다.

비교적 최근의 임사체험자 이야기뿐 아니라 18세기 말에 임사체험 기록을 남긴 보퍼트 해군 소장처럼 지난 세기들의 비슷한 사례도 기억해야 한다. 산에서 추락할 때 생각의 속도가 빨라지고 시간이 천천히 흘렀다는 알베르트 하임의 19세기 말 기록같이 오래된 기록들은 임사체험에 대한 설명이 단순히 우리가 죽을 때 어떤 일이 일어나는지에 대한 현대인의 생각을 반영하는 것이 아님을 알려준다. 임사체험에 대한 설명은 정신과 뇌가 어떻게 작동하는지에 대한 우리의 기존 관념에 수백 년 동안 이의를 제기해왔다.

임사체험이 최근에 등장한 새로운 현상이 아니라, 사람들이 수백 년 동안 겪어온 보편적인 경험일 수도 있다는 사실을 알았다고 해서 임사체험이 무엇인지 다 알 수는 없다. 죽음을 앞두고 삶을 잘 마무리하려는 보편적인 심리 작용 때문에 임사체험을 하는 것일까? 죽음에 다가가기 시작하면서 뇌가 제대로 작동하지 않아서 생기는 현상일까? 아니면 완벽히 다른 무엇일까? 당시에는 좀 더 철저히 임사체험을 연구하는 데 필요한 도구가 내게 없었다. 그래서 이런 사례들을 그저 모으기보다 그 사례들을 조금 더 체계적으로 정리하고 분석할 방법을 개발하려고 노력하기 시작했다.

그러면서 예상하지 못했던 새로운 의문과 어려움들을 만났다.

4장

인간의 언어는 감당할 수 없는 체험

내가 임사체험에 관심이 있다는 소문이 계속 퍼져 나가면서 점점 더 많은 사람이 자신이 겪었던 체험을 내게 털어놓기 시작했다. 나는 임사체험 사례를 많이 모을수록 반복해서 계속 등장하는 장면과 특징을 확인하기가 쉬워지리라는 것을 알았다. 그리고 죽을 고비를 넘긴 사람들의 구체적인 의료 내용에 대한 정보를 많이 모을수록 이런 체험과 관련된 생리 현상을 확인하는 게 더 쉬워질 수도 있겠다고 생각했다. 그러나 이들이 내게 털어놓는 임사체험은 모든 체험 중에 한쪽으로 치우친 사례가 될 수도 있다는 사실 역시 깨달았다. 자기 이야기를 할 수 있고, 그것도 흔쾌히 하려고 하는 사람들에게서만 들은 이야기였기 때문이었다. 다른 임사체험자들, 즉 아예 말을 하지 않거나 그저 체험한 내용을 말로 옮길 수 없는 사람들의 이야기도 같을까?

나는 자발적으로 털어놓는 임사체험자들의 이야기뿐만 아니라, 죽을 고비를 넘겼지만 내게 자신의 경험을 이야기하지 않은 사람도 많이 면담해야겠다고 마음먹었다. 대학병원에서 근무했기 때문에 그런 사람들에게 다가갈 수 있었다. 심장내과의 허락을 받아 심각한 심장 질환으로 병원에 입원한 모든 환자를 면담하는 연구를 준비했다. 나는 2년 6개월 동안 심장병으로 입원한 환자를 1,600명 가까이 면담했다.[27] 그들 중 116명이 심장마비로 심장 박동이 완전히 멈췄다고 진료 기록에 적혀 있었다.

72세 농부 클로드도 심장이 멈췄던 환자 중 한 명이었다. 그가 입원한 다음 날, 그의 병실로 찾아가 내 소개를 했다. 그리고 그가 어떤 일을 겪었는지 내게 이야기해줄 수 있느냐고 물었다. 그는 대수롭지 않은 경험이라는 듯 어리둥절한 표정을 지었지만 어쨌든 내게 말해주기로 했다. 나는 그의 심장이 멈췄다는 사실을 안다고 이야기하면서 이런 환자 모두에게 언제나 던지는 질문을 했다.

"기절하기 전, 기억나는 마지막 장면이 뭐였나요?"

클로드는 천천히 이야기하기 시작했다. "나는 돼지에게 밥을 주고 있었어요. 그런데 어지럽기 시작해 헛간으로 돌아가 건초 더미 위에 앉았어요." 그는 잠시 말을 멈췄다가 덧붙였다. "그게 내가 기억하는 마지막 장면이에요."

나는 "그다음에 기억나는 건 뭐예요?"라고 물었다.

"이 침대에서 깨어났어요. 가슴에는 전선을 붙이고, 팔에는 튜브를 꽂고. 도대체 어떻게 이곳까지 왔는지 모르겠어요."

사무적으로 보이려고 노력하면서 이런 환자 모두에게 하는 세 번째 질문을 했다.

"그러면 기절한 후 깨어나기 전까지 기억나는 게 있어요?"

클로드는 나를 흘긋 바라보며 잠시 망설이더니 그저 사무적으로 말했다. "나를 만든 창조주를 만나러 간다고 생각했어요. 그런데 이제 세상을 떠난 지 15년쯤 지난 아버지가 나를 멈춰 세우더니 돌아가야 한다고 말했어요."

조금은 객관적인 출처로부터 임사체험 이야기를 듣자 흥분해서 심장이 뛰기 시작했지만, 전문가답게 목소리를 차분하게 유지했다. 나는 몸을 앞으로 숙이고 격려하듯 고개를 끄덕이며 말했다.

"아버지를 만난 이야기를 좀 더 자세히 들을 수 있을까요?"

클로드는 나를 지긋이 바라보더니 잠시 침묵했다가 "그냥 만났어요"라고 말했다.

나는 고개를 끄덕이고 어떤 말로 다음 질문을 해야 할지 생각해내려고 애썼다. 그러나 클로드는 눈을 감더니 "피곤하네요. 내가 할 이야기는 그게 다예요"라고 말했다.

이 병원에 클로드처럼 임사체험을 한 다른 환자들이 있을 거라는 사실을 충분히 알 수 있었다. 그리고 실제로 26명의 다른 심장병 환자들이 자신의 임사체험 이야기를 내게 들려주었다. 심장 박동이 멈췄던 환자 중 10퍼센트 그리고 심장이 완전히 멈추지는 않았지만 심장마비나 다른 심각한 심장 질환을 겪은 환자 중 1퍼센트가 임사체험을 했던 것으로 드러났다.

나는 이제 임사체험에 대한 이야기들을 어떻게 봐야 할지 결정해야 했다. 물론 그들이 체험한 내용을 직접 관찰할 수는 없었다. 나는 체험자들이 내게 들려준 이야기 그리고 그들이 임사체험으로 어떤 영향을 받는지 정도만 확인할 수 있었다.

그런데 많은 체험자가 맨 처음 하는 이야기 중 하나는 그들의 경험을 설명할 '말'이 없다는 것이다. 따라서 그들에게 임사체험에 대해 말해달라고 할 때는 그것이 굉장히 어려운 요구라는 사실을 알게 된다. 많은 체험자가 익숙한 틀로 설명하기 어려운 경험을 설명하기 위해 온갖 문화적 혹은 종교적 은유를 동원한다. 예를 들어 많은 미국인은 길고 어두운 공간을 빠져나가는 임사체험을 설명하면서 '터널'이라고 부른다. 반면 터널을 별로 보지 못한 저개발 국가 체험자들은 '우물'이나 '동굴'이라고 부를지도 모른다. 고속도로에서 자신이 운전하던 대형 트럭이 다른 차와 충돌했을 때 임사체험을 했던 트럭 운전사 도미닉은 길고 어두운 '배기관'을 지나갔다고 설명했다. 자신에게 가장 쉽게 다가온 이미지이기 때문이었다.

많은 체험자가 그런 경험을 말로 옮기기 어려워 좌절감을 느낀다. 수술 후 과다 출혈로 죽을 뻔했던 경찰관 조 제라시는 자신이 겪은 임사체험을 이야기하려고 할 때 느끼는 좌절감을 내게 털어놓았다.

설명할 수가 없어요. 정말 말로 표현할 수 없어요. 누군가에게 설명하기 가장 어려운 일이에요. 분명 어떤 틀에도 맞지 않아요. 내가 하려는 말은, 임사체험을 설명하려고 할 때 내 인생에서 끌어내 비교할 수 있는 사례가 하나도 없다는 거예요. 임사체험에 대해 말하려고 하면 좌절감을 느껴요. 나 자신도 말로 표현할 수 없는 무언가를 당신에게 말로 표현하려고 노력하고 있는 거니까요. 정말 단순하면서도 깊은 체험인데, 그게 문제예요.

정말이지 있는 그대로 표현할 수가 없어요. 언제나 표현이 모자라요. 지금도 그래요. 내가 누군가에게 뭐라고 하든 자기 경험을 바탕으로 작은 틀 안에서 생각하겠죠. 아내에게도 말하고 싶었어요. 그러나 표현할 수가 없었어요. 아름답고, 의미 있고, 삶을 변화시키면서도 동시에 그렇게 외로운 일을 경험하기는 무척 어려우니까요.

마찬가지로, 46세 사업가 빌 어퍼 역시 맹장 수술을 하는 동안 겪은 임사체험을 설명하는 게 어렵다고 내게 이야기했다.[28]

내가 여기서 하는 말은 영어라는 틀의 제약을 받아요. 이 이야기를 적절히 아름답게 전달할 단어가 영어에는 만들어지지 않았죠. 내가 본 장면을 내 인생의 어떤 것으로도 비교할 수가 없어요. 그 장면을 표현하려고 애써봤자 소용없다는 걸 알아요. 그래도 계속 노력해요. 내가 본 장면을 묘사할 수 있는 단어는 아직 하나도 생기지 않았어요. 누군가에게 이야기해주어야 하는데, 내가 본 장면을 묘사할 단어를 찾을 수가 없어요. 계속해서 여러 생각이 내 머리를 스쳐 지나가고, 때때로 모든 사람에게 보여줄 준비가 된 것 같아서 사전을 뒤져보았지만 소용없었어요. 다채로움이 부족한 단조로운 단어들뿐이었어요.

크레용으로 향기를 그리려고 해보세요. 아무리 많은 크레용을 가지고 있어도 시작조차 할 수 없어요. 임사체험을 말로 표현하는 게 그런 식이에요. 아무리 사용하는 단어가 많아도 임사체험이 어떤지 정말 표현할 수가 없어요. 어둠 속에서 누워 임사체험을 설명할 음악을 만들어보았어요. 아마도 음악은 말로 할 수 없는 걸 할 테니까요. 특정 소리의 아름다움을 아무도 묘사할 수 없지만, 어쨌든 소리가 우리 마음을 움직여 행동하게 하거나 눈물 흘리게 하니까요. 맞아요. 음악은 아마도 결코 사라지지 않는 평온함을 설명할 수 있는 유일한 의사소통 형식일 거예요.

그리고 물에 빠졌던 8세 때 임사체험을 했던 스티브 루이팅은 자신의 임사체험을 표현하려고 할 때의 어려움을 다음과 같이 설명했다.

죽을 고비를 넘긴 후에 하는 말은 훨씬 더 복합적이었고, 그야말로 경험을 압축할 수 있었어요. 내 몸으로 돌아오는 기억조차 단조로워지고, 단순해지고, 상징적이 되었어요. 그저 인간 두뇌가 훨씬 더 복잡하고 너무 낯설 수도 있는 세상을 이해하지 못해서 이렇게 표현이 단조로워진다고 생각해요. 황금 거리를 보았다고 묘사하는 사람들 이야기를 읽고 재미있었어요. 복잡한 장면을 단조롭게 표현한 사례니까요. 강렬하고 생기가 넘쳐서 금은 아닌 것 같은데요.

스티브는 자기 경험을 적절히 설명할 방법을 찾지 못했기 때문에 다른 체험자들의 구체적인 설명에 대해서도 말 그대로가 아니라 은유로 여겼다. 가령 황금 거리, 진주로 된 문, 천사 같은 형상에 대한 묘사에 대해, 본래 말로 표현할 수 없는 경험을 전달하기 위해 사람들이 찾아냈던 최고의 비유라고 보았다. 13세기 수피 신비주의자였던 잘랄 앗 딘 루미는 "침묵은 신의 언어다. 다른 모든 건 보잘것없는 변용일 뿐이다"[29]라고 썼다.

많은 체험자가 자신이 겪은 임사체험에 대해 루미의 권고처럼 침묵으로 반응한다. 대부분 체험자는 조, 빌, 스티브보다 말솜씨가 없다. 클로드처럼 많은 체험자가 그들의 임사체험을 자세히 설명할 수 없었다(설명하고 싶지 않았을 수도 있다). 그렇긴 하지만, 과학적으로 연구하면서 논리적으로 이해하려면 임사체험에 대한 언어를 파악하는 (어느 정도의) 체계적인 방법이 필요했다.

단어들이 부적절하게 느껴질 때가 많아서 의사소통은 언제나 어렵다. 강렬하게 경험한 감정을 전할 때는 특히 더 그렇다. 그러나 많은 임사체험자가 자신의 경험을 이야기하기 망설이는 이유는 적절한 단어를 찾기 어렵기 때문만은 아니다. 미쳤거나 거짓말을 한다고 생각할까 봐 두려워하는 사람도 많다.

자살을 시도한 경찰관 지나가 그런 두려움을 느꼈던 경우다. 자살을 시도한 후 입원한 환자들을 면담하면서 연구하던 중 지나를 만났다.[30] 그들이 죽을 고비를 넘길 때 어떤 경험을 했는지 알아내고, 그다음 자살에 대한 그들의 생각이 어떻게 달라지는지 매달 다시 점검하려고 했다. 임사체험 후 자살에 대한 태도가 바뀌는지 여부를 알고 싶었다.

지나는 24세 신참 경찰관이었다. 조금 엉클어진 검은색 곱슬머리에 키 157센티미터의 자그마한 체구지만, 지나는 마음만 먹으면 뭐든 해낼 수 있음을 보여주는 강인함과 투지가 있었다. 경찰학교에서 수업과 훈련을 받을 때는 정말 좋아했다. 그러나 경찰관이 되어 마초 문화에 몸담게 되자 조롱과 괴롭힘을 당했다. 지나는 여러 해 동안 경찰관이 되기만 바랐다. 그런데 상사가 대놓고 집적거리면서 신체 접촉을 시작하자 꼼짝할 수 없는 상황이라고 느꼈다. 궁지에 빠져 탈출구가 없다고 생각하자 약물을 과다 복용했고, 정신과 병동에 입원하게 되었다. 지나가 약물을 과다 복용한 일은 의식적이든 아니든 도움을 요청하는 외침이었다고 여겼다. 자살만이 목표였다면 권총을 사용하는 게 더 확실한 방법이었을 테고, 그것이 그녀의 반항적인 성격과 더 잘 어울렸다.

나는 늘 하던 질문을 지나에게 했다. "의식을 잃기 전에 마지막으로 어떤 일이 있었던 기억이 나나요? 그다음으로 무슨 일이 있었다고 기억하나요? 무의식 상태일 때 무슨 일이 있었는지 기억하나요?" 그녀는 무의식 상태일 때 아무런 경험도 하지 않았다고 했다. 나는 그래서 그녀를 '대조군'(임사체험을 하지 않았던 자살 미수자들)에 집어넣었다. 그러나 한 달 후, 어떻게 지내는지 알아보고, 자살에 대한 생각이 어떻게 달라졌는지 점검하려고 연락했다가 그녀가 하는 말을 듣고 놀랐다.

"지나, 약물 과다 복용으로 죽을 고비를 넘기고 깨어났을 때 내게 했던 말 기억나요?"라며 이야기를 시작했다.

그녀는 잠시 망설이다가 "그래요. 의식을 잃었을 때 무슨 일이 있었는지 기억이 나느냐고 물으셨고, 저는 선생님에게 이야기하지 않았죠"라고 대답했다.

놀라서 눈썹이 올라갔다.

"이야기하지 않았다고요…?"

그녀는 잠시 입을 다물었다고 계속 이야기했다. "구급대원들이 나를 병원으로 옮기는 동안, 내 몸에서 분리되었어요."

이제는 그녀의 말에 어떻게 반응해야 할지 고민하며 잠시 침묵했다. 한 달 전 내가 자신의 대답에 실망했다고 생각해 나를 만족시키려고 뭔가 이야기를 꾸며냈나? 그러나 적어도 당분간은 그녀의 말을 믿어주기로 마음먹었다.

"지난달에는 기억하지 못했나요, 아니면 그때는 내게 이야기하기가 불편했나요?"

그녀는 걱정스러워서 계속 이마를 찌푸린 채 머리를 끄덕였다. "아뇨, 이런 일을 진지하게 받아들이시는 줄 몰랐어요. 그래서 그때는 아무 이야기도 하지 않았어요."

"좋아요, 이제 무슨 이야기를 해줄 수 있나요?"

그녀는 이제 기꺼이 자신의 이야기를 하기 시작했다.

"나는 구급차 벽에 등을 기댄 채 내 몸을 보고 있었고, 구급대원이 내 옆에 앉아 있었어요. 그는 내 팔의 정맥으로 들어가는 수액을 조절하고 있었죠. 그는 나한테 별로 관심이 없고, 지루해 보였어요. 그때는 나 역시 심드렁했어요. 구급대원이 하는 일을 지켜보면서 내 몸이 전혀 움직이지 않는 걸 알아차렸고, '음, 흥미롭군'이라고 생각했어요. 그게 다예요. 내 몸에 대해 남의 몸 대하듯 특별한 애착을 느끼지 않았어요."

나는 그녀가 계속 말을 이어가기를 기다리다가 "또 할 이야기는 없어요?"라고 물었다.

그녀는 잠시 침묵했다가 머리를 흔들며 "그게 다예요"라고 대답했다.

나는 자살에 대한 생각, 요즘 사는 건 좀 어떤지 같은 일반적인 질문을 하면서 면담을 마무리했다. 그녀는 성희롱에 대해 상사에게 항의했다고 말했다. 상사는 무슨 말을 하는지 모르겠다는 듯 행동했고, 그녀는 상사의 행동을 경찰서장에게 고발했다. 그녀는 계속 같은 자리에 있지만, 더 이상 성희롱을 당하지 않는 것으로 보였다. 용기를 내야 했지만, 옳은 일을 했다고 생각한 다고 그녀에게 말했다. 나는 질문이 더 있느냐고 물었고, 그녀는 없다고 했다. 나는 내게 이야기해주어서 감사하다고 말했다.

다시 한 달 후, 지나를 세 번째로 만났다. "지나, 지난번에 이야기할 때 약물 과다 복용 후 몸에서 빠져나왔다고 내게 말했죠."

지나는 "그래요. 그런데 내 사촌을 보았던 이야기는 하지 않았어요"라고 어색하게 웃으면서 말했다.

내 눈썹이 다시 올라갔다. "사촌을 보았다고요?"

그녀는 내 눈을 보지 않고 말을 이어나갔다. "그래요. 사촌 마리아가 나와 함께 구급차 안에 있었어요. 마리아는 자동차 사고로 4년 전에 죽었거든요. 우리는 동갑이었고, 모든 일을 함께했어요. 마리아는 내가 아직 많은 일을 해야 하고, 내 삶을 끝내는 일 말고 다른 선택을 할 수 있다고 말했어요. 그녀는 늘 그랬듯 약간 비꼬는 말투였지만, 내가 약물 과다 복용을 해서 슬퍼하기도 했어요."

지나는 잠시 입을 다물었다가 계속 이야기했다. "그녀는 나를 돌려보내면서 내가 상사와 맞서고, 상사가 그 일에서 빠져나가지 못하게 할 수 있다고 말했어요. 그리고 내가 다시 자살 시도를 하면 내 엉덩이를 차서 돌려보내겠다고 말했어요."

"지난달에는 그런 이야기를 내게 하는 게 안전하지 않다고 느꼈어요?"

그녀는 이제 내 눈을 보더니 웃었다. "젠장, 선생님은 정신과 의사잖아요! 다시 병원에 입원하고 싶지 않았다고요! 내가 미쳤다고 생각하실까 봐 그러지 못했죠!"

나는 고개를 끄덕이며 함께 웃었다. "그런데 지금은 내게 이야기하는 게 괜찮아요?"

그녀는 계속 나를 보면서 진지해졌다. "내 몸에서 빠져나왔다는 말을 듣고도 입원시키지 않으셨잖아요. 그래서 이 말까지 해도 괜찮겠다고 생각했죠."

그녀가 사촌을 어떻게 기억하는지, 사촌이 그녀를 세상에 돌려보낼 때 어땠는지에 대해 잠시 이야기를 나누었고, 드디어 그녀의 기운이 모두 빠진 것 같았다. 다시 한번, 나는 자살에 대한 생각 그리고 어떻게 지내는지에 대한 일반적인 질문으로 면담을 끝냈다. 그녀는 한숨을 깊이 내쉬더니 경찰서장이 그녀의 말을 진지하게 받아들일 거로 생각하지 않았다고 말했다. 그녀는 계속해서 노조 대표와 이야기하고, 정식으로 고소하고, 그다음 도시의 지방 검사에게 편지를 썼다. 나는 적극적으로 행동한 그녀의 결정을 또다시 지지했고, 무슨 질문이든 하라고 하면서 내게 이야기해주어서 고맙다고 다시 한번 말했다.

한 달이 지난 후 다시 연락하려고 했을 때, 그녀가 경찰 일을 그만두었고, 상사에게 고향으로 돌아간다고 말했다는 사실을 알게 되었다. 그녀를 찾아내 다시 면담하려고 했지만, 찾을 수 없었다.

물론 실제로 일어난 일이 아니어서 처음 이야기 나눌 때는 자기 몸에서 분리되어 사촌을 만났다는 이야기를 하지 않았을 수도 있다. 만날 때마다 이야기를 꾸며냈을 수도 있다. 그러나 그녀가 그런 거짓말을 만들어낼 이유가 하나도 없었다. 그녀의 감정 반응은 진짜처럼 보였다. 그녀가 자신의 체험을 정확하게 기억하는지는 또 다른 문제지만, 그것은 내가 확인할 수 있는 부분은 아니다. 그러나 특히 우리가 처음 만났을 때, 퇴원하려던 지나가 정신과 의사에게 자신의 경험을 털어놓기 주저했다는 건 진짜 같았다. 여전히 불편해서 이야기하지 않은 임사체험 관련 이야기가 더 있을까? 이제는 알 수 없다.

임사체험한 사람들을 면담하면서 그들이 임사체험을 비밀로 간직하는 데는 여러 이유가 있다는 사실을 알게 되었다.[31] 이게 어마어마한 경험일 때가 많다는 사실을 기억하자. 임사체험한 사람 중 너무 충격을 받아서 그런 이야기를 할 준비가 안 된 사람도 있다. 임사체험이 자신의 경험 그리고 종교를 통해 알게 된 죽음에 대한 내용과 너무 달라 혼란스러운 사람도 있다. 임사체험을 정신적으로 병들었다는 표시나 정신 질환의 증거로 여길까 봐 두려워하기도 한다. 그리고 폭행당하거나 자살 시도를 하거나 피할 수 있는 사고를 당한 후 임사체험한 사람들은 그 사건 때문에 너무 정신적인 충격을 받았거나 수치심을 느끼거나 자책하기 때문에 그 경험을 이야기하지 않으려 한다.

많은 체험자는 연구자들을 포함해 다른 사람들이 자신에게 일어난 일을 이해하지 못할 거로 걱정한다. 임사체험 이야기를 꺼내면 비웃음을 당할지도 모른다고 두려워한다. 남에게 이야기하면 그런 경험이 하찮게 취급되고 훼손될 수도 있다고 여기는 체험자들도 있다. 그리고 자신의 임사체험이 너무 개인적이어서 이야기하기 마땅치 않다고 느끼는 체험자도 있다. 그들은 임사체험 중에 얻은 정보가 지나치게 개인적이어서 과학계에서 연구하거나 분석할 만한 일이 아니라고 생각한다.

체험자들이 모두 이야기를 들려주지 않으면 연구자들(그리고 가족과 친구들)은 알기 어렵다. 환자들이 자신의 경험을 선뜻 이야기하지 않을 때가 훨씬 자주 있으므로 그들이 입을 열었다면 언제나 감사하게 생각한다. 임사체험한 사람들은 상처받기 쉬운 상태일 수 있고, 그 후 무엇을 하느냐가 앞으로의 행복에 큰 영향을 미친다.

무엇이 진짜인지 어떻게 알까?

1978년, 레이먼드 무디를 만나 이언 스티븐슨과 함께 임사체험을 탐구하기 시작한 지 얼마 되지 않았을 때였다. 나는 버지니아대학교 같은 임상 위주인 의대보다 의학적 연구 기술을 더 훈련받을 수 있는 곳으로 옮겨야 한다는 사실을 깨달았다. 나는 연구 위주 의대로 유명한 미시간대학교 교수직을 맡았다. 그곳에는 과학적으로 엄격하게 임사체험을 연구하기 위해 알아야 할 것을 가르쳐줄 만한 선배 멘토들이 있었다. 미시간대학교의 정신건강연구소에 소장으로 계셨던 고 가드너 퀸튼 박사가 나를 지도해 연구에 필요한 실용적인 질문을 만들어내고, 연구 계획을 빈틈없이 세울 수 있도록 가르쳐주셔서 특히 행운이었다.

나를 포함해 초기에 임사체험을 연구한 사람들은 그저 1인칭 경험자들의 이야기를 모아놓는 일밖에 하지 못했다. 연구자들 사이에 일관된 형식이 하나도 없었다. 다른 기관에 있던 몇몇 동료들은 임사체험 중 정말 중요하다고 생각하는 정보를 모으고 있었다. 임사체험 중 생각이 명료해지는 현상에 관심이 있는 연구자들은 시간이 흐르는 속도가 바뀌거나 인생을 돌아보게 되는 현상에 초점을 맞췄다. 그러나 육체에서 분리될 때나 먼저 죽은 사랑하는 사람들을 만날 때의 느낌에 대해서는 묻지 않았다. 종교적 암시에 관심이 많은 연구자는 신과 사후세계의 모습에 초점을 맞췄다. 그러나 기분이나 생각의 변화에 대해서는 묻지 않았다. 이처럼 임사체험의 사례들을 검토하면서 우리 모두 똑같은 체험 사례들을 모으고 있는지, 아니면 죽어간다고 생각할 때 일어날 수 있는 다양한 체험들을 연구하고 있는지 도대체 알 수가 없었다.

동료 중 한 명은 임사체험을 "사람들이 죽어갈 때 경험하는 모든 것"이라고 정의했다. 그러나 그것은 너무 광범위한 정의로 들렸다. 사람들은 죽음과 맞닥뜨리면 의식을 잃거나 극심한 공포를 느끼거나 죽음을 받아들이는 등 다양한 경험을 한다. 각각 아주 다른 경험이고, 무디가 '임사체험'이라는 용어를 붙인 경험과는 전혀 다르다.

나는 임사체험에 대해 우리가 모두 같은 틀에서 이야기할 방법이 필요하다는 사실을 깨달았다. 연구자마다 개인 편향을 가진다는 점 외에도 우리 각자는 따로따로 연구하고 있었다. 누가 임사체험을 연구하는지 혹은 다른 연구자들은 그 체험을 어떻게 정의하는지 모른다는 것이었다. 나는 임사체험 연구에 어느 정도 논리적 질서를 만들고 싶었다.

나는 이 문제를 해결하기 위해 1980년대 초에 '임사체험'이라는 용어의 의미를 표준화하기 위한 임사체험 척도를 개발했다.[32] 나는 임사체험 관련 기록에서 가장 많이 나오는 80가지 특징을 목록으로 만들었고, 이 목록을 많은 체험자에게 보냈다. 그다음 체험자와 연구자들이 통계 분석의 도움을 받아 답변을 재평가하여 척도 범위를 조금 더 관리하기 쉬운 16가지로 축소했다.

16가지 특징에는 생각의 속도가 빨라지거나 과거 장면을 되돌아보는 현상 같은 생각의 변화가 포함되었다. 무궁무진한 평화 그리고 주로 빛의 존재에서 뿜어져 나오는 조건 없는 사랑을 느끼는 일 같은 감정 변화도 포함했다. 다른 곳에서 벌어지는 일을 인식하거나 육체에서 분리되는 느낌 같은 이상한 현상도 포함했다. 그리고 먼저 죽은 사랑하는 사람이나 종교적인 형상을 보고, 삶과 죽음의 경계, '돌아갈 수 없는 지점'에서는 일처럼 딴 세상을 경험하는 느낌도 포함했다.

체험자들은 16가지 특징에 대해 각각 0, 1, 2까지 점수를 매겨 전체적으로는 0에서 32까지 점수를 측정할 수 있었다. 예를 들어 비행기 폭발로 임사체험을 했던 빌 헤른룬드는 28점이라고 매겼고, 트럭에 부딪혀 가슴이 으스러졌던 톰 소여는 31점을 매겼다. 이 점수는 연구자들끼리 자신의 연구를 서로 비교할 때 도움이 된다. 그러나 각각의 체험을 연구할 때는 별로 도움이 되지 않는다. 점수는 낮았지만, 영적인 변화로 삶이 바뀌는 체험자들도 많았기 때문이다. 따라서 임사체험 척도는 체험자들이 얼마나 깊이 영향을 받았는지 측정하는 도구는 아니다. 그저 연구자들이 똑같은 체험을 연구하고 있다는 사실을 확인하기 위해 사용하는 기준일 뿐이다. 처음 발표한 후 32년이 지났지만, 임사체험 척도는 아직도 많이 활용되고 있다. 20개가 넘는 언어로 번역되었고, 전 세계에서 수백 건의 연구에 활용되었다.

엄격한 절차를 거쳐 척도를 만든 후 터널을 지나는 느낌처럼 임사체험에서 흔히 나타나는 현상들이 포함되지 않아서 조금 놀랐다. 임사체험한 사람 중 터널을 지나갔다고 말하는 사람이 많긴 하다. 그런데 여러 다른 경험을 한 사람들도 터널을 지나갔다고 말한다. 터널을 통과하는 느낌은 우리가 한 환경에서 다른 환경으로 어떻게 옮겨갔는지 의식하지 못할 때 그걸 설명하기 위해 우리 정신이 상상하는 어떤 것이라고 몇몇 연구자는 주장했다.[33] 터널이라는 개념은 하나의 우주와 다른 우주를 연결한다면서 이론 물리학자들이 '웜홀'이라고 부르는 것과 비교되어왔다.[34] 그게 터널을 가장 잘 설명하는 말인지는 모르겠다. 그러나 임사체험의 '다른 특징 없이' 터널을 지나는 경험만 한 사람들이, 거의 다른 특징과 함께 터널을 경험한 사람만큼 많은 게 사실이다. 그래서 죽음이 가까워질 때 경험할 수 있는 일과 임사체험을 구분할 때 터널을 지나는 느낌을 기준으로 활용할 수 없었다.

이 척도를 발표한 지 20년 후, 전 세계 임사체험 연구자들이 이 척도를 표준 도구로 받아들인 지 한참 지난 후에 내가 모르는 두 명의 의심 많은 학자의 도전을 받았다. 서던일리노이 의대의 통계 전문가 렌스 랭과 오스트레일리아 애들레이드대학교의 심리학자 짐 후란이었다. 이 학자들은 그때까지 임사체험에 전혀 관심이 없었지만, 다른 연구자들이 개발한 다양한 척도에 복잡한 통계적 테스트를 적용하고 그 과정에서 일부 척도를 '반박'하고 있었다. 그들은 내가 죽을 고비를 넘긴 전 세계의 300명에게서 모은 척도에 대한 최초 답변서를 달라고 했다. 그들은 그 자료를 통계적으로 복잡하게 시험하면서 임사체험 척도가 유효한지 확인하고 싶어 했다.

사실, 내가 만든 척도를 이 분야를 잘 모르는 그들이 검증하는 게 불안하고 꺼림칙했다. 이미 여러 해에 걸쳐 이 척도로 연구했고, 전 세계 학자들이 받아들인 기준이었다. 나는 그들이 하고 싶어 하는 통계 검증이 낯설었다. 그게 좋은 방법인지 아닌지, 내 척도가 그 검증을 통과할 수 있을지 없을지 몰랐다. 통과하지 못하면 어쩌지? 그래서 임사체험에 대한 내 모든 연구에 의구심이 생기면? 과학자로서 내 경력과 신뢰도가 훼손되진 않을까?

다른 한편으로는, 내가 만든 임사체험 척도가 불완전하다면 나도 그 사실을 확실히 알고 싶었다! 내 자료를 받아서 내가 만든 척도를 제대로 시험해보겠다는 요구를 어떻게 거부할 수 있었겠는가? 내가 정말 의심 많은 사람이라면, 어떻게 다른 사람의 생각만 의심하고 내 생각은 의심하지 않을 수 있겠는가? 스스로 "의심이 많다"라고 하면서 자기 신념에 이의를 제기할 수도 있는 증거는 하나도 보지 않으려는 학자들을 나도 정말 많이 만났다. 나는 자존심(그리고 실패할지도 모른다는 두려움)을 꺾고 내 자료를 검증하라고 내줄 수 있을까? 그것은 지적인 정직성이 필요한 일이었다. 진정한 회의주의자라면 해야 할 일이었다. 아버지가 아직 살아 계신다면 그렇게 하길 원하셨을 일이었다. 나는 임사체험 척도에 관한 모든 자료, 임사체험을 했던 수백 명의 답변서를 넘겼다. 그리고 렌스와 짐이 검증 결과를 알려주기를 기다렸다. 몇 달이 지나는 동안, 나는 내 연구를 샅샅이 조사하게 한 결정을 곱씹으며 솔직히 후회하기도 했다. 그러나 아침에 해가 뜰 때면 마땅히 해야 할 일이라는 사실을 깨달았다.

참 다행스럽게도, 그들의 분석은 결국 임사체험 척도가 '유효하다'라는 사실을 확인해주었다.[35] 그 척도가 남녀, 연령, 국적과 관계없이 일관되게 적용된다는 사실을 보여주었다. 임사체험한 지 몇 년이 흘렀어도 척도 점수는 달라지지 않았다. 나는 안도의 한숨을 크게 내쉬었다. 내가 만든 임사체험 척도가, 임사체험과는 아무런 관련이 없을 뿐 아니라 임사체험을 부정하고 싶어 하는 회의주의자들로부터도 그 신뢰성을 인정받은 셈이다.

나는 미시간대학교에서 정신과 응급실장을 지내면서 저녁 시간과 주말에 가족과 시간을 보내지 않을 때면 버지니아에 있는 이언 스티븐슨 교수와 하던 연구를 이어나갔다. 먼 거리여서 전화와 편지로 연락했다. 이메일은커녕 개인용 컴퓨터가 나오기 훨씬 전이었다.

1979년, 우리 연구는 중요한 시점에 이르렀다. 이언과 나는 『미국의사협회지』(JAMA, Journal of the American Medical Association)에 임사체험에 대한 짧은 논문을 발표했다.[36] 최근 수십 년 동안 죽음에 대한 책과 논문이 점점 많아지고 있지만, 사망 후에도 우리 의식이 지속될지에 대한 질문은 아무도 하지 않고 있다고 우리는 꼬집었다. 임사체험이 사망 후에도 의식이 지속된다는 증거를 보여준다고는 주장하지 않았다. 그보다는 의식이 지속된다는 우리의 생각을 임사체험이 어느 정도 해명할 수도 있다고 주장했다. 체험자들이 죽음에 대해 평소 가졌던 생각이 그들이 경험한 임사체험을 이해하는 데 영향을 줄 수도 있지만, 사후세계에 대한 체험자들의 평소 믿음과는 완전히 다른 체험을 할 때도 많다고 우리는 지적했다.[37]

게다가 우리는 어느 나라, 어느 사회든 한결같이 나타나는 특징이 있다고 설명했다. 어떤 특징들은 수많은 문화나 종교적 신념과 충돌한다. 마지막으로 우리는 임사체험을 한 사람들이 대부분 죽은 후에도 그들의 일부는 계속 살아남을 것으로 확신한다는 사실에 주목했다. 우리는 임사체험의 여러 측면이 아직 설명되지 않았고, 더 연구할 가치가 있다는 결론을 내렸다.

그때까지는 내가 임사체험 연구를 하는지 아는 동료가 별로 없었다. 내 근무 시간은 대부분 환자를 치료하고 의대 학생들을 가르치는 일로 채워졌기 때문이다. 나 역시 임사체험에 대해 엇갈린 감정을 느끼던 때였다. 임사체험은 그저 종교나 민속 문화에 더 가까운 것 같았다. "보이는 대로 이해하라"라는 과학 교육을 받아온 나에게는 여전히 낯선 문제였다. 물리적 관점에서는 임사체험을 이해할 수가 없었다. 그렇다면 그게 어떻게 진짜일 수 있을까?

하지만 임사체험은 지금 현재 실제로 일어나는 일이기도 했다. 많은 사람이 임사체험을 했다고 이야기할 뿐 아니라 인생을 송두리째 바꾸는 긍정적인 체험으로 여겼다. 이언과 내가 논문을 발표하면서 우리 관심사가 학계에 알려졌다. 나는 우리의 논문을 발표하게 허락해주어서 기쁜 만큼 놀라기도 했다. 솔직히, 내 논문이 전 세계에서 두 번째로 많이 읽히는 의학 학술지에 실렸다고 생각하니 짜릿했다. 이제 동료들이 나의 특이한 관심사를 알게 되겠지만, 의료계에서 가장 저명한 학술지 중 하나가 나를 인정한 셈이기도 했다.

의기양양했던 마음은 오래가지 않았다. 논문이 발표된 지 두어 달 후, 이언의 편지를 받았다. 임사체험에 관한 우리 논문을 실었다고 협회지 편집자에게 보내온 항의 편지가 들어 있었다. 뉴욕에 있는 한 병원의 정형외과 과장이 쓴 편지였고, 임사체험은 종교적 관심사이니 의학 학술지에서 다룰 내용이 아니라는 주장이었다. 현직 의사들에게 유용한 정보를 주기 위한 학술지를 만들어왔던 미국의사협회지 편집자는 그 편지를 이언에게 보냈고, 우리에게 항의 편지와 함께 실릴 답변서를 써달라고 요청했다.

나는 이 편지에 겁을 먹었다. 감히 거물들과 같이 놀 수 있다고 생각했다가 혼쭐이 난 것이다. 내가 감당하기 어려운 일이라고 느꼈다. 마음 한편에는 맞서 싸우고 싶었지만, 다른 한편에는 무모했다고 사과하고 슬쩍 빠져나가고 싶은 기분이었다. 정형외과 과장이 편집자에게 보낸 항의 편지가 학술지에 실린다면 내 경력과 명성이 무너질까 봐 무서웠다. 다행히 이언은 조금도 겁내지 않았다. 대신 앞서서 긍정적인 반응을 이끌어내려고 노력했다. 우리는 의사들이 임사체험에 대해 알고, 진지하게 받아들이는 게 얼마나 중요한지 지적했다.

우선, 임사체험은 심각한 질병과 부상으로 치료를 받는 사람에게 자주 나타나는 현상이다. 당시 우리는 임사체험과 연관될 수도 있는 상황에서 일어나는 생리적 변화에 대해 거의 모르고 있었다. 이런 부분은 현장 의사들이 임사체험 연구에 대해 더 많이 알고 관심을 두어야만 알 수 있었다. 또 다른 이유로, 임사체험으로 죽음에 대한 믿음이 바뀌면서 체험자의 생활 방식이나 치료에 대한 태도에도 깊은 변화가 생길 수 있다. 환자들을 돌보는 의사들도 이런 경험과 그로 인한 영향을 이해하고 싶어 한다

5장 ···· 무엇이 진짜인지 어떻게 알까?

고 우리는 주장했다.

우리의 첫 논문이 실린 지 6개월 후, 미국의사협회지에 항의 편지와 우리의 답변서가 나란히 실렸다.[38] 그걸로 문제는 끝난 것처럼 보였다. 더 이상 편집자에게 편지를 보내는 사람도 없었고, 미시간대학교 동료 중 아무도 첫 논문이나 그다음에 실린 항의 편지와 답변서에 대해 아는 척하지 않았다. 나는 그 사건을 모두 겪으면서 결국 대담해졌고, 이후 몇 년 동안 계속해서 주요 정신의학 학술지에 내 임사체험 연구를 설명하는 추가 논문들을 발표했다.[39]

나는 몇 년 후 미국정신의학협회(American Psychiatric Association) 연례 회의에서 임사체험 관련 토론회를 만들 정도로 마음이 편해지기도 했다. 그러나 임사체험에 대해 발표하기 전날 밤, 무시무시한 꿈을 꾸었다. 내 몸이 점점 더 커지는 걸 느꼈다. 처음에는 그런 느낌에 대해 전혀 특별한 감정이 생기지 않았다. 그런데 몸이 계속 커지더니 금방 지구보다 더 커졌다. 내 몸은 우주로 계속 팽창했고, 먼 별들에까지 다가갔다. 그런데 내 몸을 이루는 원자들은 커지지 않았다는 사실을 갑자기 깨달았다. 내 몸의 원자들 사이의 거리가 멀어지면서 내 몸이 계속 커지고 있었다. 내 원자들이 서로 점점 더 멀어지는 걸 느끼면서 나는 겁에 질려 쩔쩔매기 시작했다. 서로 점점 멀어지는데도 그 원자들을 모두 모으려고, 함께 있게 하려고 필사적으로 애쓰고 있는 것 같았다. 그렇게 땀에 흠뻑 젖은 채 온몸을 떨면서 잠을 깼다.

마음을 가라앉히려고 노력하면서 이 꿈을 좀 해석해보려고 했다. 그건 그저 꿈일 뿐이고, 나는 실제로는 침대에서 일어난 적이 없다는 사실을 잘 알았지만, 그래도 무시무시한 경험이었다. 나는 꿈이 왜 그렇게 무시무시했는지 이해하려고 머리를 쥐어짰다. 그리고 드디어 내 꿈이 너무 멀리, 너무 빨리 가지 말라는 경고라는 사실을 깨달았다. 팽창하는 내 몸이 흩어지지 않게 하려고 필사적으로 노력하는 건 내 본래 모습을 잃어버릴까 봐 두려워하는 마음의 반영이었다. 전국의 전문가들이 모이는 학회에서 임사체험에 대해 발표하면서 내가 방향을 잃고 있는 건 아닌가? 나는 그렇게 마음을 가다듬을 수 있었고, 다음 날 아침에 발표를 했다. 무시무시한 악몽을 꾸기 전에 계획했던 것보다 훨씬 더 겸손하고 조심스러운 태도였다.

미시간대학교에서 정신과 의사로 일한 지 5년이 되었을 때 정신과 과장이 자기 사무실로 나를 불렀다. 내가 환자들을 진료하면서 많은 인정을 받았고, 학생들도 내 가르침에 대해 긍정적으로 평가한다는 사실을 알렸다. 나는 학과장이 내 일에 대해 늘 해오던 평가를 할 줄 알았다. 그러나 자리에 앉자 자신감이 걱정으로 바뀌었다. 깔끔하게 정리된 티크 책상 뒤에서 머리가 벗어진 학과장이 독서용 안경 너머로 나를 쳐다보았다. 나를 사랑하지만 엄격한 아버지에게 훈계를 듣기 직전의 느낌이랄까.

그는 절도 있는 표정으로 웃음 지으면서 미시간대학교 의대는 내 진료와 수업에는 만족하지만, 승진하고 종신 교수가 되기 위해 정말 중요한 건 연구라고 말했다. 그는 "그저 일화들"인 임사체험 연구로 시간 낭비하는 일을 중단해야 한다고 말했다. 그는 내가 교수 자리를 유지하려면 통제된 실험(연구 참가자들을 무작위로 실험군과 대조군으로 나누면서 어느 집단에 속했는지 알려주지 않는 형식)을 해야 한다고 말했다. 그런데 임사체험을 한 사람과 하지 않은 사람을 무작위로 선정한다는 게 말이 되지 않고, 그들이 임사체험을 했는지 하지 않았는지 알려주지 않는다는 것도 무의미하므로 이런 실험은 할 수가 없었다. 그래서 교수로서 계약 갱신을 할 때 임사체험에 대한 연구는 내 실적에 들어가지 않을 뿐 아니라 사실 불리하게 작용할 수도 있었다.

나는 학과장의 경고에 충격을 받았다. 까다로운 아버지를 실망시킬까 봐 두려웠던 어린 시절의 감정이 다시 밀려들었다. 소중한 멘토이자 협력자로서 존경하는 분인 학과장이, 내가 그의 과학적인 기준에 미치지 못하고 있고, 임사체험 연구는 그저 시간 낭비라고 말하는 것이었다. 하지만 나는 태연하려고 애쓰면서 "나는 임사체험을 그렇게 보지 않습니다"라고 말했다.

"물론 아니죠!"라고 그는 고함치듯 말했다. "그래서 이렇게 말하는 거예요. 나도 임사체험에 대해 알아요. 아버지가 임사체험을 하셨기 때문에 그게 얼마나 강력한지 알죠. 그러나 그건 우리가 설명하거나 연구할 수 없는 현상이에요. 이런 일로 계속 시간을 낭비하면 여기에 그리 오래 있지 못할 거예요."

나는 크게 한 방 맞았고, 이 상황에 어떻게 대처해야 할지 몰랐다. 대부분 임사체험에 초점을 맞춰 연구하긴 했지만, 나의 주된 일이 임사체험 연구라고는 생각하지 않았다. 아무도 그렇게 생각하지 않았다. 나는 무엇보다 정신과 의사였다. 나는 대부분 시간을 환자 진료에 보냈고, 나머지 시간에는 주로 레지던트, 인턴과 의대 학생들에게 정신의학을 가르쳤다. 나는 주로 밤이나 주말에 연구했다. 보수를 받지 않고 하는 일이라 소모적인 취미에 가까웠다. 그런데 이 '취미' 때문에 정신과 의사로서 내 경력을 위태롭게 해야만 할까?

학과장은 나의 '그릇된' 길을 바로잡아 내가 정신과에 남아 있도록 인도하려고 한 것이었다. 그리고 나 역시 그렇게 할 수도 있었다. 임사체험 따윈 잊고, 대신 약물과 뇌의 화학 작용 같은 정신의학의 주류 연구에 초점을 맞추고, 정신 질환의 메커니즘에 과학적인 방법을 적용하는 것만 하면 충분했다. 그러나 임사체험은 사람들에게 실제로 일어나는 일이고, 그런 현상이 정신과 뇌에 대한 우리의 지식에 어떤 이의를 제기한다는 사실을 알았다. 그리고 나는 이것을 모른 체할 수 없었다.

임사체험이 무엇이든 간에 정신과 약과 심리치료만큼이나 확실히 사람들의 삶을 바꾸고 있었다. 심지어 더 빨리, 더 속속들이, 더 영구적으로. 그리고 임사체험은 체험자의 삶뿐 아니라 그들과 만난 나 같은 타인의 삶까지 바꾸어놓을 때가 많았다.

하지만 이런 '취미'로 시간을 보내느라 이제 아이가 둘이나 있는데도 가족과 함께 보낼 시간을 빼앗기는 것도 사실이었다. 내 인생에서는 언제나 아내 제니 그리고 가족이 가장 중요했다. 나는 제니가 내 임사체험 연구를 지지해주어서 정말 고마웠다. 그러나 항상 엇갈린 감정이 남았다. 나는 이 연구 없이도 굉장히 충만하고 보람 있는 삶을 살았다. 가족이 있었고, 진료하면서 학생들을 가르쳤고, 이 모든 게 소중했다. 임사체험 연구가 내 삶의 전체적인 그림에서 어느 부분과 맞을까? 내 삶에서 가족이 첫 번째, 경력이 두 번째, 임사체험 연구가 세 번째라는 사실은 의심의 여지가 없었다. 나에게 임사체험 연구가 그렇게 중요했나? 더군다나 나는 임사체험을 연구하면서 보수를 받지 않았고, 앞으로 받을 것 같지도 않았다.

학과장과 충돌하면서 이 모든 문제가 표면에 떠올랐고, 이제 그 문제들과 정면으로 부닥쳐야 했다. 내 자리를 지키고 싶으면 임사체험에 관한 관심을 포기해야 했다. 그런데 그게 정직하지 않은 느낌이었다. 임사체험을 설명하기 어렵다거나 내가 받아온 과학적 사고로는 연구하기 힘들다는 게 연구를 포기할 이유는 아니었다. 오히려 이해하기 위해 더 노력할 이유였다.

그러나 임사체험이 '그저 일화들'일 뿐이라는 학과장의 비난은 어쩌지? 임사체험 연구자 아빈 깁슨은 "연구의 기본 자료는 임사체험을 겪은 사람들의 이야기에서 얻어야 한다. 괜찮은 통계 자료를 제시하기 위해 이야기들을 배제하는 일 자체는 학문적으로 부정직한 일이 될 것이다. … 이야기가 없다면 분석할 자료도 없을 것이다"[40]라고 기록했다. 내 파일에는 놀라울 정도로 비슷한 점이 많은 수천 건의 임사체험 이야기가 쌓여 있다. 그리고 나는 지난 45년 동안 이런 체험을 연구해온 수많은 과학자 중한 명일 뿐이다. 그렇게 많은 사람이 각각의 개인적인 경험을 비슷하게 이야기한다면 조금 더 깊이 들여다볼 가치가 있을 것이다. 사실 역사를 통틀어 보면 개인적인 이야기들이 대부분 과학적 가설의 원천이 되어왔다.

대부분 연구는 이런 이야기 유형이 분명하게 드러날 때까지 과학자들이 일화를 모으고, 확인하고 비교하면서 시작된다. 그다음 그 유형에서 시험하고 다듬을 만한 가설이 나온다. 이야기

수집도 엄밀하게 조사하기만 하면 의학 연구에서 어마어마한 가치가 있다. 예를 들어 에이즈나 라임병의 발견과 약물 효과 발견에는 그런 이야기 수집이 결정적인 역할을 했다.

정치학자 레이먼드 울핑거는 50년 전에 "일화의 복수형은 자료다"라고 했다.[41]

통제된 실험이 아니라는 이유로 일화들을 무시한다면 어떻게 될까? 만약 내가 의사에게 가슴에 통증을 느끼고, 숨쉬기 어렵다고 말하는데 의사가 대수롭지 않게 들으면서 "그건 그저 일화일 뿐이에요. 알아볼 가치가 없어요"라고 말한다면 어떨까? 나는 의사가 내 증세를 심각하게 받아들이기를 기대한다. 그 증세가 뭔가 중요한 병의 단서가 될 수도 있기 때문이다.

과학 연구란 정보를 모으고 평가하는 엄격한 과정이다. 그렇다고 언제나 연구 대상을 실험군과 대조군으로 무작위로 나누어 통제된 실험만 하는 건 아니다. 사실 통제된 실험으로 연구 가능한 연구 주제는 극히 제한되어 있다. 천문학, 진화 생물학, 지질학과 고생물학처럼 실험 연구가 어렵거나 불가능하더라도 모두가 과학으로 받아들이는 분야는 많다.[42]

명망 높은 『영국의학학술지』(*British Medical Journal*)는 비행기에서 뛰어내리는 사람이 낙하산 덕분에 목숨을 구할 수 있는지 아닌지 조사해보아야 한다고 주장하는 농담조의 글을 실은 적이 있다. 공동 저자들은 낙하산의 유용성에 대해 일화 증거는 제외하고, 실험군과 대조군을 무작위로 나누어 통제된 실험을 한 적이 있는지 찾아보았다. 물론 낙하산을 매고 비행기에서 뛰어내린 실험군과 낙하산 '없이' 뛰어내린 대조군을 무작위로 선정한 실험은 한 건도 찾을 수 없었다. 그들은 "낙하산이 성공적인 발명품이라는 인식은 대체로 일화 증거를 바탕으로 한다"라는 결론을 내렸다. 그들은 계속해서 무작위의 통제된 실험만 인정하는 과학자들은 낙하산의 유용성을 뒷받침하는 증거는 하나도 없다고 말해야 한다고 주장했다 공동 저자들은 새 결론을 제시했다. "그러니 예외적인 상황에서는 상식이 적용될 수도 있다."

물론 모든 이야기를 조사하지 않고 곧이곧대로 받아들이는 것은 말이 안 된다. 마찬가지로, 모든 이야기를 조사하지도 않고 거부하는 것 역시 말이 되지 않는다. 의사가 나의 가슴 통증을 심장마비의 신호라는 증거로 액면 그대로 받아들이는 것은 원하지 않지만, 그렇다고 의미 없는 이야기라고 무시하기를 바라지도 않는다. 나는 의사가 내 가슴 통증을 조사하면서 다른 증거를 고려해 종합적으로 평가하길 기대한다. 모든 이야기가 마찬가지다. 이야기를 무조건 받아들이는 일이나 따져보지도 않고 무조건 거부하는 일 모두 비과학적이다.

학과장을 실망시켰다는 충격에서 벗어나자 나는 임사체험 연구가 내게 중요하다고 판단했다. 그런데 그 말은 미시간대학교에서 계속 일하지 못할 수도 있다는 뜻이었고, 나는 정기 승진이나 종신직 심사에서 거절당하고 싶지도 않았다. 나는 환자를 치료하고 학생들을 가르치는 일 역시 좋아했다.

이 문제에 대해 아내 제니와 이야기를 나누었다. 그리고 나의 환자 치료와 제자 지도를 높이 평가하면서 임사체험 연구를 계속 할 수 있게 해줄 임상 중심의 다른 의대로 옮기기로 결정했다. 그러려면 아내와 아이들도 사는 곳을 옮겨야 했고, 이는 그들에게 많은 희생을 요구하는 일이었다. 나는 미국 북동부, 사별한 어머니와 장모님, 친척들이 사는 곳 근처의 의대를 찾아보기로 마음먹었다. 내 일 때문에 아내와 아이들이 멀리 이사해야만한다면 그렇게 해서 가족의 유대를 다지는 일이 되기를 바랐다.

코네티컷으로 이사한 건 가족이나 내 연구 모두에 만족스러운일이었다. 다시 친척들과 가까운 곳에서 살게 되고, 환자 치료와제자 지도를 인정해주면서 내가 흥미를 느끼는 연구라면 뭐든마음껏 하도록 허락한 대학에서 일하니 마치 고향에 돌아온 기분이었다. 운 좋게도 그곳에서 직접 임사체험을 한 몇몇 연구 조력자들 그리고 임사체험을 하지 않은 많은 연구 조력자들을 만났다.

과학자로서 나는 지성과 비판적인 사고를 엄청나게 중요시한다. 그런데 그 때문에 세상을 일방적인 시각으로 볼 수도 있다는사실 또한 안다. 직접 임사체험을 한 사람들이 내 생각을 검증해주면 내가 다른 시각으로 보는 데 도움이 되고, 옆길로 새거나학문적으로 궁지에 몰리지 않을 수 있다. 그리고 다른 한편에서임사체험에 익숙하지 않은 사람들이 내 생각을 검토해주면 그런이야기를 들어보지 않은 사람들에게 이런 경험이 얼마나 놀랍게들릴 수 있는지 계속 잊지 않을 수 있다.

임사체험을 연구하는 전 세계 연구자들이 기준으로 삼을 만한임사체험 척도를 개발했을 때였지만, 내가 중요한 요소들을 빠뜨리고 있다는 사실을 알았다. 신중하게 개발한 과학적인 도구와 방법을 활용해 체계적인 연구를 하고 있지만, 폭넓고 깊은 임사체험을 짧은 질문에 담긴 척도로 모두 이해하기란 어렵다는 사실을 알았다. 임사체험에 대한 중요한 정보들을 설문지로 많이 확보할 수는 있지만, 놓치는 부분 역시 많다. 임사체험자들의 풍부한 이야기를 짧은 대답의 설문지에 모두 담을 수는 없다. 임사체험 척도가 연구 목적을 위해 도움이 되지만, 내가 임사체험을 더 잘 이해하려면 이야기들을 더 깊이 들여다보아야 한다고 체험자들은 끊임없이 말했다.

6장

몸에서 분리되는 경험

삶을 되돌아보게 되는 일 같은 임사체험의 몇몇 현상에 대해서는 대부분 공감하기 쉽다. 우리 중 많은 사람이 때때로 인생의 일부분을 되돌아보기도 한다. 큰일을 치르거나 삶이 급격히 바뀔 때는 특히 더 그렇다. 그러나 임사체험에는 이해하기 쉽지 않은 특징들도 있다. 과학사학자 토머스 쿤은 "과학의 발전은 설명할 수 없는 새로운 사실이 발견될 때 주로 이루어진다"라고 지적했다.[44] 그래서 나는 임사체험 중 가장 설명하기 어려운 부분을 더 깊이 파고들어야 한다고 마음먹었다. 그리고 운 좋게도, 바로 그때 앨 설리번이 내 삶에 등장했다.[45]

흰 수염을 기른 55세의 트럭 운전사 앨은 어느 날 저녁, 내가 코네티컷대학교에서 임사체험자들과 임사체험에 관심 있는 사람들을 위해 시작한 모임에 나타났다. 앨은 사람들에게 자신을 소개한 후 모임 내내 입을 떼지 않고 앉아 있었다. 주의 깊게 지켜보면서 사람들의 말에 가끔 미소 짓다가 고개를 끄덕였다. 모임이 끝날 무렵, 나는 그에게 새로 참가한 사람으로서 하고 싶은 말이 있느냐고 물었다. 그는 눈웃음을 지으며 "다음번에 이야기할게요"라고 말했다. 사람들이 흩어질 때 그가 내게 다가와 다음

날 사무실에 나를 만나러 와도 되느냐고 물었다.

약속 시간에 운전사 제복을 입고 나타난 앨은 주저 없이 자기 이야기를 시작했다. 그는 "어느 월요일 아침에 가슴 통증을 느끼기 시작했어요. 그래서 배차 관리자가 구조대를 불렀어요. 그들은 나를 곧장 병원으로 데려갔고, 그들이 문제를 파악하려고 심장을 검사하는 동안 내 심장의 주요 동맥 중 하나가 완전히 막혔다는 걸 알았어요"라고 이야기하더니 잠시 말을 멈추었다. 그러나 얼굴에는 계속 미소를 띠고 있었다.

나는 "이런, 그다음에 어떻게 되었어요?"라고 물었다.

"글쎄요. 기억이 잘 나지 않아요. 약간 현기증이 났거든요. 그런데 외과 의사가 최소한 내 관상동맥 중 하나가 막혀서 곧바로 수술해야 한다고 말했어요. 나는 서류에 서명하고, 내 아내를 불러서 설명해주라고 말했어요. 그다음 그들은 나를 급히 수술실로 데려갔어요. 4중 관상동맥 우회술을 했죠. 물론 그때 나는 하나도 몰랐습니다."

나는 "정말 놀랐겠네요"라고 말했다.

앨은 계속해서 말했다. "그건 별로 놀랍지 않았습니다. 하지만 의식이 돌아와 아래를 내려다보니 놀랍게도 다른 사람이 아닌 내가 누워 있었어요! 하늘색 천을 덮은 수술대 위에 말입니다. 가슴을 절개해서 흉강을 드러내고 있었고요. 흉강 속에 있는 내 심장도 보였습니다. 몇 분 전, 어떻게 수술하려는지 내게 설명해준 외과 의사도 확인했습니다. 그는 조금 당황한 것 같았어요. 저는 그가 날아가려고 애쓰듯이 팔을 퍼덕거리고 있다고 생각했어요."

"그게 무슨 뜻인가요?" 나는 물었다. 앨은 손바닥을 가슴에 대고 팔꿈치를 흔들면서 어떤 동작인지 보여주었다. 실제로 일어난 일이라고 하기에는 너무나 이상해 보였다. 외과 의사가 수술실 한복판에서 팔꿈치를 그렇게 흔든다고? 의학계에 몸담는 동안 그렇게 하는 외과 의사를 본 적도 없고, 들은 적도 없었다. 심지어 드라마에서도 그런 의사를 본 적이 없다. 의사가 하는 일을 그가 직접 보았다기보다는 전신 마취 때문에 이상한 꿈을 꾼 것처럼 들렸다.

나는 고개를 숙이고 눈살을 찌푸렸다. "좋아요, 그다음에는 무슨 일이 있었어요?"라고 나는 천천히 말했다.

앨은 계속해서 말했다.

"알아요. 나한테도 이상하게 보였으니까요. 그다음 내가 있는 곳의 오른쪽 아래로 시선을 돌렸어요. 그때 갈색 망토를 걸친 인물이 따뜻함, 기쁨, 평화와 사랑으로 가득한 느낌으로 휩싸인 채 빛나는 곳에서 내게로 다가왔어요. 행복감이 솟아오르면서 기쁘게도 그 사람이 내 어머니라는 사실을 깨달았어요. 어머니는 오래전, 어머니가 서른일곱 살이고, 내가 겨우 일곱 살 때 돌아가셨어요. 나는 이제 50대가 되었고, 보자마자 어머니가 정말 젊어 보인다고 생각했어요. 그때 어머니가 갑자기 걱정스러운 표정을 지으셨어요. 그리고 내 곁을 떠나 외과 의사에게 내려갔어요. 내 심장 왼쪽에 외과 의사의 손을 올려놓더니 내게 돌아왔어요. 외과 의사가 날아다니는 벌레들을 내쫓으려는 듯 팔을 움직이는 것을 보았어요."

앨은 잠시 입을 닫았다. 그리고 처음으로 얼굴에서 미소가 사라졌다.

"그리고 그다음은 어땠어요?" 나는 말을 유도했다.

"음, 더 할 이야기가 있어요. 그런데 그 이야기는 아직 말할 준비가 되지 않은 것 같아요."

"오, 그래요?" 나는 그에게 말을 시킬 방법을 생각하느라 애쓰면서 말했다. 다행히 내가 뭔가를 생각해내기 전에 그가 계속 말했다.

"어떤 다른 존재로부터 이웃에 사는 소년이 암에 걸렸고, 내가 그 아이의 부모에게 알려야 한다는 이야기를 들었어요." 그는 다시 말을 멈추더니 입술을 핥았다. "하지만 그렇게 할 수는 없을 것 같아요. 내 말은, 내가 이 일을 어떻게 알았는지 그들에게 어떻게 설명할 수 있겠어요?"

나는 말했다. "그게 어떤 식으로 문제가 될지 알겠어요. 잠시 생각해보는 게 어때요? 누군가와 상의할 수도 있고요."

"이 일로 이야기할 수 있는 사람이 아무도 없어요. 아내는 그런 이야기를 듣고 싶어 하지 않아요. 내 체험에 대해 아무것도 듣고 싶어 하지 않죠. 자기는 다정하고, 열심히 일하고, 재미있는 남자와 결혼했지, 구약의 예언자와 결혼한 게 아니라고 해요."

나는 제안했다. "다음 달 임사체험 모임에 아내와 함께 오는 것은 어떤가요? 체험자들도 그저 평범한 사람들이고, 당신도 그런 사람 중 하나라는 사실을 아내에게 보여줄 수 있잖아요."

앨은 웃으면서 고개를 저었다. "아니요. 아내는 절대 오지 않을 거예요. 아내는 나에게도 가지 말라고 해요. 내가 그 체험에 대해 너무 많이 생각한다면서 그런 건 잊어버리고 현실로 돌아와야 한다고 말해요."

앨이 인생을 바꾸어놓은 심오한 체험을 했다는 사실은 분명했다. 그러나 여전히 그가 수술실에서 보았다고 주장하는 장면을 곧이곧대로 받아들일 수는 없었다. 그 수술실에 있었던 의사나 누군가와 이야기할 수 있다면 외과 의사가 '퍼덕거렸다'라는 그의 환영을 잠재울 수 있을지도 모르겠다고 생각했다.

나는 "앨, 외과 의사에게 수술하는 동안 무슨 일이 있었는지 물어본 적 있어요?"라고 물었다.

그는 "오, 물론이에요. 당장은 아니지만, 며칠 지난 후 병실로 회진을 왔을 때 물었어요. 왜 수술실에서 날아가려고 애쓰는 것처럼 팔을 퍼덕거렸느냐고 물었죠"라고 말했다.

"의사가 뭐라고 말했어요?"

"글쎄, 당황하더라고요. 화가 나서 '누가 그런 말을 했어요?'라고 묻기도 했고요. 저는 천장 쪽을 손가락으로 가리키며 '아무도 말해주지 않았어요. 저기 위에서 선생님을 지켜보고 있었어요'라고 대답했어요."

"그러니 의사가 뭐라고 말했나요?"

"아주 방어적으로 변했어요. 내가 어떤 이유로든 자신을 비난하고 있다고 생각하는 것 같았어요. 그는 '음, 내가 제대로 수술한 게 틀림없군요. 그러니 당신이 아직 여기에 있죠. 그렇지 않아요?'라고 말했어요. 그리고 나가버렸어요."

그때까지는 앨의 이야기를 그의 관점에서 받아들이면서 공감하고 있었다. 그러나 외과 의사의 반응에 대해 듣자 내 넥타이에 묻은 얼룩을 보았다고 우기던 홀리가 떠올랐다. 불편해하는 외과 의사의 마음에 쉽게 공감할 수 있었다. 그것은 단순한 당혹감을 넘어서는 감정이었다. 실제로 일어날 수 없는 어떤 일에 휘말려 멀미가 날 것 같은 그런 느낌이었다.

"그 일에 대해 외과 의사와 이야기를 나누어도 괜찮을까요?" 나는 물었다.

앨은 "그러세요"라고 말했다.

"내가 그와 같은 병원에서 일하지 않기 때문에 진료 기록 열람 동의서에 서명해주셔야 해요."

그는 "물론이죠. 한번 이야기해보세요"라고 말했다.

앨을 수술한 의사는 일본계 미국인으로, 엄격하고 아주 평판이 좋은 심장외과 의사였다. 수술실에서 농담할 만한 사람 같지는 않았다. 그는 나를 만나겠다고 했고, 앨의 현재 상태에 대해 상당히 궁금해했다. 정말 놀랍게도, 그는 앨이 말한 내용을 확인해주었다. 그는 일본에서 수술 훈련을 받을 때 미국 외과 의사에게서는 본 적이 없는 독특한 습관을 익혔다고 했다. 그는 손을 씻고 수술실에 들어가 멸균 장갑을 낀 다음에는 아무리 작은 물건이라도 오염 물질을 옮길지도 몰라 손을 대지 않으려고 애썼다. 그래서 조수들이 수술 준비하는 모습을 지켜보면서 멸균 가운을 입은 자기 가슴에 손을 올려놓았다. 실수로 뭔가를 만지지 않게 하려는 노력이었다. 그래서 그는 손가락 대신 팔꿈치를 이용해 여러 물건을 가리키며 조수들을 지휘한 것이었다.

외과 의사와 이야기 나누기 전에는 외과 의사가 팔꿈치를 퍼덕거리는 걸 보았다는 앨의 말이 꿈이라고 의심했다. 그러나 그게 실제 있었던 일이라는 사실을 확인한 후 또 다른 궁금증이 생겼다. 그 모든 장면을 보았다는 앨의 주장을 외과 의사인 그는 어떻게 이해하느냐고 물었다. 외과 의사는 어깨를 으쓱했다. 그는 "우리 가족은 불교 신자예요. 우리는 모든 걸 이해할 필요는 없다고 생각합니다"라고 말했다.

나는 앨이 완전히 마취되기 전에 '팔을 퍼덕거리는' 의사를 보진 않았을까 궁금해지기 시작했다. 정확한 시간을 알아내기 위해 의사가 팔을 퍼덕거릴 때 수술실에서 다른 무엇을 보았느냐고 앨에게 물었다. 그는 자신의 가슴이 절개되어 열어젖혀 있고, 다른 두 외과 의사들이 그의 다리를 처치하는 모습을 보았다고 말했다. 문제는 심장에 있으니 누군가가 자신의 다리를 만지작거릴 것으로는 생각하지 않았기 때문에 그는 그 장면을 보면서 어리둥절해했다. 사실 그때 외과 의사들은 심장 관상동맥 우회술에 필요한 혈관을 다리에서 떼어내고 있었다. 자세한 이야기를 들으니, 앨이 완전히 무의식 상태에서 팔을 퍼덕거리는 심장 외과 의사를 지켜보았다는 게 확실했다. 뇌를 완전히 마취하고, 눈을 테이프로 감아놓았기 때문에 눈으로 그런 이상야릇한 행동을 볼 수는 없었다. 오랫동안 마취 상태로 있으면 눈을 깜빡거릴 수 없으므로 환자의 눈이 건조해질까 봐 실제로 테이프로 감아놓는 경우가 많다. 따라서 그는 눈으로 아무것도 볼 수 없어야 했다. 그리고 실제로 그랬다.

앨의 경험은 당황스럽긴 했지만 특별한 경험은 아니었다. 물론, 이런 식으로 몸에서 분리되어 세상을 보았다고 정확하게 이야기하는 임사체험자가 그렇게 많지는 않다. 그러나 앨만 내게 그런 이야기를 한 게 아니다.

제인은 첫 아이를 출산하던 23세 때 임사체험을 했다. 제인은 자신의 몸에서 분리되어 다른 곳에서 벌어지는 일들을 보았다고 설명했다.

출혈로 혈압이 떨어졌어요. 그런데 수혈받을 내 혈액형 피를 구할 수 없어 간호사들은 당황했어요. '세상에, 어떻게 해? 환자가 죽어가고 있어'라는 한 간호사의 말을 듣는 순간, 나는 육체에서 빠져나왔어요. 그리고 수술실 천장에서 내려다보며 의료진이 어떤 몸에 처치하는 걸 지켜보았어요. 내가 죽지 않았다는 걸 알았어요. 내가 보고 있는 사람이 나라는 사실을 깨닫는 데 시간이 좀 걸렸지만요.

의사가 도착해서 조처하는 모습을 지켜보고, 의료진이 하는 이야기를 듣고, 내 아기가 태어나는 걸 보았어요. 의료진이 아기에 대해 걱정하면서 하는 이야기도 들었어요. 작은 병원이었고, 대기실에서 기다리는 어머니한테 갔어요. 어머니는 담배를 피우고 있었어요. 어머니는 평소 담배를 피우지 않으셨는데, 한참 후에 물어보니 너무 초조해서 한두 대 피우셨다고 인정하셨어요. 수술실로 돌아오니 아기 상태가 나아지고 있었어요. 내 상태는 그렇지 않았고요.

제인은 돌아가신 할머니와 '안내인'도 만났고, 안내인은 제인에게 때가 되지 않았다고, 제인의 몸이 쇼크 상태에 빠졌지만 돌아가야 한다고 말했다고 전했다. 제인은 그다음 팔에 튜브를 꽂은 채 병원 침대에서 깨어났다. 제인은 간호사들과 의사에게 이야기하려고 했지만, 그들은 "아무 일도 아니에요"라고 말했다. 그래서 의료진이 자기 체험을 이해하지 못할 거라고 짐작했다.

콜린은 아이를 낳은 후 출혈한 22세 때 비슷한 체험을 했다. 그녀는 육체에서 분리된 느낌을 내게 설명했다.

> 엄청난 고통을 느끼다가 결국 의식을 잃었어요. 그다음 의식을 되찾았는데, 전혀 정상적인 방식이 아니었어요! 그런데 피투성이로 수술대 위에 누워 있는, 시체처럼 창백한 몸이 나라는 사실을 깨닫는 데 몇 분이나 걸렸어요! 내 '의식의 한 지점'이 천장 근처 어딘가로 올라가 있었어요. 나는 방에서 미친 듯이 뛰어다니는 간호사와 의사들을 지켜보고 있었어요. 모두 불쌍한 젊은 여성을 되살리려고 정말 열심이었어요.
>
> 그 자리에 모인 산부인과 의사와 마취과 의사가 정말 열띤 토론을 벌이고 있었어요. 산부인과 의사는 너무 늦었고, 사실상 내가 죽었고, 이젠 끝났기 때문에 무슨 시도든 소용없다고 우기고 있었어요. 단연코 나를 되살려야 한다고 주장한 마취과 의사 덕분에 목숨을 구했어요. '아직 어리잖아요. 뭐든 해야 해요'라고 소리치는 그의 모습이 아직도 눈에 선명해요. 그리고 그는 간호사들에게 수혈하라고 재촉했고, 말 그대로 산부인과 의사를 수술 팀에 억지로 합류시켰어요. 두 의사의 욕설에 충격을 받았던 기억이 나요. 의사들이 그렇게 거친 말을, 그것도 간호사들 앞에서 내뱉다니, 믿을 수가 없었어요!
>
> 며칠 후 내 육체가 정상적인 방식으로 의식을 되찾았을 때,

나는 중환자실에 누워 있었습니다. 내 몸은 온갖 장치에 연결되어 있었고, 한 의사가 들어왔어요. 그 마취과 의사였어요. 나는 그를 금방 알아보았고, 목숨을 살려주어서 감사하다고 말했어요. 그분은 내가 그런 말을 해서 놀란 것 같았어요. 왜 그런 말을 해야겠다고 생각했느냐고 묻더군요. 그래서 그에게 내가 어떻게 수술실에 있었고, 육체에서 빠져나와 모든 장면을 지켜보았는지 모두 이야기했어요. 그 의사와 산부인과 의사가 주고받는 거친 말을 듣고 충격을 받았다는 말도 했어요. 처음에는 상당히 의심스러워 하더군요. 그리고 기억나는 다른 모든 걸 이야기해 보라고 재촉했어요. 내가 모든 이야기를 끝내자 내 말에 심하게 놀라지는 않았다고 말했어요. 이전에 담당했던 몇몇 환자도 그런 임사체험 경험을 말했다면서요.

다른 환자들의 이야기를 들은 적이 있다면서 마취과 의사가 임사체험을 인정한 게 큰 힘이 된다고 콜린은 덧붙였다. 콜린은 자신이 경험한 게 진짜라는 걸 의심한 적이 없었다. 그녀에게는 일상 경험보다 더 진짜 같았다. 그런 경험을 환각이나 꿈으로 치부하지 않는 의사와 그런 이야기를 할 수 있다는 게 그녀에게는 중요했다.

의료진이 환자의 임사체험을 무시하면 체험자들은 좌절감을 느끼고, 화나고, 우울해지고, 인간적으로 무시당하는 기분이 든다. 나는 임사체험자들에게 이런 말을 여러 번 들었다. 그러나 의사와 간호사들이 자기 이야기에 귀 기울이고(임사체험에 대해 어떻게 생각하든), 그런 체험이 그들에게 얼마나 중요한지 인정하면 환자들은 존중받고 이해받았다고 느꼈다.

내 연구 보고서에 참여한 체험자들의 80퍼센트 이상이 육체에서 분리되는 느낌을 가졌다고 했다. 그러나 그들 중 절반만 앨, 제인, 콜린처럼 실제로 자기 몸을 보고, 주변에서 벌어지는 일들을 위에서 관찰했다고 이야기한다. 많은 체험자가 멀리서 자기 몸을 내려다보고 깜짝 놀란다. 처음에는 자기 몸인지 알아차리지도 못하는 체험자들도 많다. 어떤 체험자들은 자기 몸을 알아보지만, 그 몸에서 분리되었다는 사실에 혼란스러워한다. 어떤 체험자들은 죽은 듯한 자기 몸을 보고 놀라기 전까지 자신이 죽었다는 사실을 알아차리지 못한다. 내가 면담한 체험자들은 육체에서 분리되었다가 나중에 돌아가는 느낌을 보통 고통스럽지 않고, 편안하고, 순간적이라고 표현했다.

임사체험 중 육체에서 분리되어 세상을 보았다는 기록은 이전에도 있었다. 포도상 구균 발견으로 유명한 스코틀랜드의 외과 의사 알렉산더 오그스톤 경은 1900년, 보어 전쟁 중 장티푸스로 입원했던 56세에 임사체험을 했다. 그는 임사체험 중 반복해서 몸에서 분리되었던 경험을 설명했다.[46]

정신과 몸이 두 겹이고, 어느 정도 분리된 것 같았다. 나는 몸을 문 가까이에 있는 무기력한 덩어리로 의식했다. 나에게 속했지만, 나는 아니었다. 문 옆에 놓인 차가운 덩어리(그때 떠올린건 내 몸이었다)가 조금씩 움직이고 있다는 사실을 의식할 때까지 나의 정신이 자주 내 몸을 떠났다. 그다음 급히 몸으로 빨려

들어가 넌더리를 내며 합쳐지고, 내가 되었다. 사람들이 나에게 음식을 주고, 말하고, 돌보아주었다. 정신이 다시 몸에서 분리될 때 이전처럼 방황하는 것 같았다. 그리고 죽음이 맴돌고 있다는 사실을 알았지만, 종교에 대한 생각이 떠오르지도 않고 종말에 대한 두려움을 느끼지도 않았다. 뭔가가 다시 누워 있는 몸을 건드릴 때까지, 내가 점점 더 거부감을 느끼며 몸으로 다시 빨려들이갈 때까지, 이 두컴컴한 하늘 아래에서 무심하게 돌이디니면서 만족해했다.

배회하는 동안 이상하게도 내가 건물의 벽들을 꿰뚫어 볼 수 있다고 느꼈다. 벽들이 거기에 있다는 걸 알았지만, 내 눈에는 모든 게 투명하게 보였다. 예를 들어 이전에는 있는지도 몰랐던 영국 의무대의 불쌍한 외과 의사를 똑똑히 보았다. 같은 병원이지만 완전히 다른 공간에 있었던 그는 심하게 아파서 비명을 지르며 죽어가고 있었다. 나는 사람들이 그의 시체를 천으로 덮고, 신발을 벗은 채 조심스레 실어 나가는 장면을 보았다. 그가 죽었다는 걸 다른 사람들이 알아차리지 못하도록 몰래 조용히 움직였다. … 그 뒤, 여자 형제들에게 이런 일들을 이야기했더니, 그들은 모든 일이 내가 말한 그대로였다고 확인해주었다.

오그스톤이 육체에서 벗어날 때 자유로움을 느꼈다는 말은 심각한 질병으로 죽을 고비를 넘길 때 몸에서 분리되는 것 같았다는 요즘 사람들의 이야기와 비슷하다. 신경 해부학자 질 볼트 테일러는 심각한 뇌졸중으로 걷지도, 말하지도, 읽지도, 쓰지도 못하고, 몇 년 동안의 일을 하나도 기억하지 못하게 되었다. 드디

어 회복되자 그녀는 뇌졸중이 뇌를 서서히 덮칠 때 관찰한 내용을 생생하게 기록했다.[47]

> 뇌졸중을 겪은 첫날을 엄청 달콤쌉쌀하게 기억한다. 육체의 경계에 대한 나의 인식은 더 이상 피부가 공기와 만나는 지점으로 제한되지 않았다. 나는 마치 병에서 빠져나온 요정 같은 느낌이었다. 거대한 고래가 조용하고 행복한 바다에서 미끄러지듯, 내 영혼의 에너지가 그렇게 흐르는 것 같았다. 이렇게 육체적 경계가 없어지는 느낌은 육체적 존재로서 우리가 경험할 수 있는 최고의 즐거움보다 더 즐겁게 했고, 여기서 더없는 행복을 느꼈다. 내 의식이 달콤하고 평온한 흐름 속에 있을 때 거대한 내 영혼을 뇌라는 작은 세포 조직 안으로 절대 구겨 넣을 수 없다는 사실을 분명히 알 수 있었다.

몸에서 분리된 후 주변에서 벌어지는 일을 보았다는 임사체험자들의 주장을 객관적으로 확인하기는 어렵다. 그것이 그저 임사체험자들의 상상이거나, 일어났으리라 짐작되는 일들을 요행히 알아맞힌 것은 아닐까? 언뜻 생각하기에는 많은 체험자의 이야기가 둘 중 하나로 느껴질 수 있다. 그런데 심장 박동이 정지되었다가 되살아난 환자가 소생 과정을 얼마나 정확하게 설명하는지, 임사체험한 환자와 그렇지 않은 환자의 이야기를 비교 조사한 연구가 둘 있다.

심장병 전문의 마이클 새봄은 임사체험자가 예상 밖의 일들까지 아주 구체적으로 자세하게, 그들의 되살아난 과정을 굉장히 정확하게 묘사한다는 사실을 발견했다.[48] 반면 심장 박동이 멈췄다 되살아났지만 임사체험을 하지 않은 환자는 모호하고 어긋난 부분이 많은 설명을 했다. 중환자실 간호사 페니 사토리는 중환자실에 입원한 환자들을 5년 동안 연구해 새봄이 찾아낸 사실을 똑같이 확인했다.[49] 마이클 새봄의 연구와 마찬가지로, 페니 사토리의 연구에서도 심장 박동이 멈췄을 때 몸에서 분리되는 체험을 한 환자들은 소생 과정을 정확하게 설명했지만, 그런 체험을 하지 않았던 환자는 소생 과정에서 사용한 장비와 과정을 제대로 설명하지 못했다.

임사체험 후 무의식 상태였을 때 주변에서 벌어진 일을 정확하게 설명할 수 있는 사람이 얼마나 될까? 상담학 교수 잰 홀든은 임사체험 중 육체에서 분리되어 인식한 일에 대한 기록 93건을 검토했다.[50] 홀든은 그 기록 중 92퍼센트가 완전히 정확하고, 6퍼센트는 조금 어긋났고, 1퍼센트만 완전히 어긋났다는 사실을 알아냈다. 육체에서 분리되어서 본 것이 정확하다는 사실에 우리는 머리를 긁적이게 된다. 미국 심리학의 아버지 윌리엄 제임스가 100여 년 전에 쓴 다음 글이 생각난다. "모든 까마귀는 검다는 법칙을 뒤집으려면 까마귀가 없다는 것을 보여주려 하지 말라. 그저 까마귀 한 마리가 하얗다는 것을 증명하는 것으로 충분하다."[51]

임사체험 중 육체에서 분리된 채 본 게 정확하다는 사실이 증명되니 임사체험을 그저 '환각' 정도로 치부하기는 어려워진다. 그러나 임사체험자의 주장이 사실이라고 그 자리에 있던 다른 사람이 확인해준다 한들(앨의 외과 의사가 "팔을 퍼덕거렸다"라고 인정했듯), 그들의 주장은 여전히 그 일을 되돌아보는 개인적인 이야기일 뿐이다. 실제로 무의식 상태일 때 육체에서 분리되어 세상을 볼 수 있었다면 통제된 실험으로도 그 사실을 입증할 수 있어야 하지 않을까?

1990년 이후 실제 임사체험 중 육체에서 분리되어 인식한 게 얼마나 정확한지 알아보려는 시도가 6건 발표되었다.[52] 이 실험을 위해 연구자들은 임사체험을 하는 사람들이 볼 수 있는 위치에 예상치 못했던 게 보이도록 놓아두었다. 연구자들은 보통 병원의 중환자실과 관상동맥 집중 치료실 안의 응급 환자실(환자의 심장이 멈출 가능성이 큰 곳) 위쪽에 이런 물건을 놓아두었다. 환자들에게 미리 알려주지 않았지만, 육체에서 분리되었다고 주장하는 모든 환자에게 응급 환자실 안에서 뭐든 특이하거나 예상치 않았던 물건을 보았느냐고 물었다.

여섯 차례 연구를 통틀어 임사체험을 하면서 육체에서 분리되는 느낌이었다고 말한 환자는 12명뿐이었다. 환자 12명 모두 이상한 물건을 보지 못했다고 대답했고, 따라서 연구자들은 임사체험한 환자들이 육체에서 분리되어 볼 수 있는지 아닌지에 대한 증거를 찾을 수 없었다.

어릴 때 의학 드라마를 보면 심장 박동이 멈췄던 환자들 대부분이 되살아났다. 그래서 제때 병원을 찾았더라도 심장마비를 겪고 다시 살아나는 환자가 생각보다 드물다는 사실을 의대에 입학한 후에 알고 무척 놀랐다. 2018년 미국심장협회가 갱신한 자료에 따르면, 심장마비 상태에서 전체적인 생존율은 병원에서는 25퍼센트, 병원 밖에서는 10퍼센트밖에 되지 않는다.[53] 그리고 되살아났더라도 버티는 기간이 대부분 짧다. 병원에서 집으로 돌아갈 정도로 길게 살아 있을 확률은 11퍼센트밖에 되지 않는다.

나는 이런 어려움을 생각하면서, 자기 심장 박동이 정지되었다가 되살아날 거라는 사실을 알 수 있는 환자들에 대한 연구를 계획했다.[54] 주의 깊게 관찰하면서 통제하는 상황에서 심장 박동이 멈춘 환자들을 대상으로 한 실험이었다. 위험한 심장 부정맥이 잦아 갑자기 심장이 멈출 위험이 무척 큰 환자들이었다. 이런 환자들은 종종 심장외과에 와서 수술로 가슴에 작은 장치를 넣는다. 이식형 제세동기라고 부르는 이 장치는 환자의 심장 박동을 계속 점검한다. 심장 박동이 멈췄다는 것이 알려지면 자동으로 충격을 주어 정상 박동으로 돌아가게 한다. 심장외과 의사는 환자의 가슴 안에 그 장치를 넣은 후 다시 가슴을 봉합하기 전에 장치가 잘 작동하는지 시험해야 한다. 그들은 전기 충격으로 환자의 심장 박동을 일부러 멈춘 후 이식형 제세동기가 심장을 다시 뛰게 하는지 기다려서 확인한다. 환자들의 심장 박동이 언제 어디에서 멈출지 정확하게 알 수 있으므로 그들이 유체이탈을 한다면 보게 될 물건을 언제 어디에 두어야 할지도 알 수 있다.

심장 병동 간호사 캐시 밀너는 10년 전, 이 수술을 받은 환자들 중 임사체험을 한 경우가 얼마나 많은지 연구했다.[55] 그리고 환자의 14퍼센트가 임사체험을 했다는 사실을 알아냈다. 그래서 나는 임사체험 중 물건을 볼 수 있는지 시험할 환자를 충분히 확보할 수 있다고 생각했다. 나는 잰 홀든과 함께 자세한 연구 계획을 세웠다. 나는 수술대 위 높이 설치된 형광 투시 모니터 위에 노트북 컴퓨터를 놓았다. 그 컴퓨터 화면에 72가지 영상 중하나가 무작위로 등장하도록 했다. 가령 자주색 개구리가 컴퓨터 화면 안에서 뛰어다니는 식으로, 전혀 예상하지 못할 영상이었다. 그런 영상이 5분 동안 계속되다가 깜빡거린 후 멈추게 했다. 심장 박동이 멈추었을 때 환자의 영혼이 실제로 육체에서 분리된다면 그 영상을 볼 수도 있었다. 각각의 환자가 수술을 받을때 어떤 영상이 등장했는지 컴퓨터에는 기록되지만, 수술실 의료진은 알 수 없게 했다.

환자가 마취에서 깨어날 때마다 나는 심장마비 환자들을 연구할 때 일반적으로 하는 질문을 던졌다. "의식을 잃기 전 마지막으로 기억나는 게 뭐예요?"

그런데 환자들의 절반은 어리둥절한 표정을 지으며 "무슨 뜻이에요? 나는 의식을 잃지 않았어요"라고 말했다.

알고 보니, 새로운 진정제인 미다졸람의 효과를 내가 제대로모르고 있었다. 환자를 졸리게 해 불안을 줄여주려고 일반적으로 수술 전에 환자에게 주사하는 진정제다. 보통 환자가 수술 과정을 기억하지 못하게 하려고 미다졸람을 사용한다. 심장에 고통스러운 충격을 주었던 기억을 줄이려는 게 목표라면 이 진정제가 제격이다. 그러나 심장이 정지했을 때 유체이탈했던 기억을 탐구하는 게 목표라면 도움이 되지 않는다. 말하자면, 환자가수술받기는 더 쉬워지지만, 환자가 했을지도 모를 경험을 되살리기는 더 어려워진다. 심장마비를 유발한 환자 50여 명을 관찰한 이 연구에서 수술 중에 임사체험이나 유체이탈을 했다고 조금이라도 기억하는 환자는 한 명도 없었다.

미다졸람 때문에 기억해내기 어렵다는 문제뿐 아니라, 내 실험에는 예상하지 못한 다른 문제도 있었다. 임사체험을 했던 수많은 사람이 참가한 학회에서 이 연구 결과를 이야기했더니, 그들은 내가 진행한 연구에서 너무 순진한 부분이 있다면서 놀라워했다. 방금 심장이 멈췄다가 다시 뛰는 환자들이 그렇지 않아도 예상하지 않았던 유체이탈에 깜짝 놀랐을 텐데 왜 병실을 둘러보면서 (연구자들이 특별히 숨겨놓았지만) 자신과는 전혀 관련이 없는 영상을 찾겠느냐고 강한 의문을 제기했다.

나는 이 연구들이 임사체험 중에 어떤 것이든 정확하게 볼 수 있다는 체험자들의 주장이 사실인지 아닌지 확인해주리라고 잔뜩 기대했다. 확실한 답을 찾으려던 이런 연구가 실패한 일은 가볍게 말하자면 실망스러웠다. 내 안의 회의주의자는 임사체험 중에 몸에서 분리되어 정확히 볼 수 있다는 사실을 증명하지 않으면 우리가 스스로 속고 있는지 아닌지 알 수 없다고 계속 속삭였다. 팔을 퍼덕거리는 외과 의사의 이상한 습관에 대해 몇몇 간호사들이 이야기하는 소리를 엿들은 앨 설리번이 직접 보았다고 상상했을 수도 있지 않을까? 내 넥타이의 얼룩을 보았다는 홀리의 말은 그저 우연이거나 요행히 알아맞힌 것일 수도 있지 않을까? 결국 그것은 '그저 이야기'일 뿐이지 통제된 실험의 결과가 아니었다. 얼룩을 일부러 묻혀 놓은 게 아니므로 홀리가 내 토마토 얼룩을 보았다고 정확하게 말한 것은 덜 인상적인가? 무작위 실험한 게 아니라 사례를 통한 증거라서 낙하산이 생명을 구한다는 사실 역시 의심해야 하는가?

내 연구에서 700명 정도의 유체이탈 체험자 중 280명 정도가 그 자리에서 벌어진 일들을 감각의 범위를 뛰어넘어 알아차리게 되었다고 전했다. 그들 중 절반은 나중에 그들이 알아챈 게 사실인지 다른 사람들에게 물어보았고, 사람들은 그들이 보거나 들은 일이 실제로 일어났던 일이라고 확인해주었다. 그러나 나머지 절반은 사람들(보통은 의사와 간호사들)에게 유체이탈해서 뭔가를 보거나 들었다는 말을 절대 하지 않았다. 너무 이상하게 들릴까 봐 걱정되어서였다. 특히 의사들에게 이렇게 이상한 방식으로 보고 들었다고 말하면 미쳤다고 생각할까 봐 체험자들이 얼마나 두려워하는지 쉽게 이해할 수 있었다. 비행기 폭발 현장에서 다친 소방관 빌 헤른룬드가 의사에게 죽었다가 돌아왔다고 말했더니, 의사는 심리 진단 일정부터 잡지 않았던가.

무의식 상태일 때 보고 들었다는 체험자들의 이야기 때문에 보고 듣고 만질 수 있는 것 외에는 아무것도 존재하지 않는다는 어린 시절의 믿음이 흔들렸다. 내 넥타이의 얼룩을 보았다는 홀리의 말은 분명 나의 평소 인식 체계와는 어긋났지만, 한 가지 일만으로는 아무것도 확신하지 못했다. 그런 일이 있었다는 걸 부인할 수는 없었지만, 내가 알아차릴 수 없었던 뭔가 '정상적인' 방법으로 홀리가 정보를 얻어낼 수 있었던 게 아닌지 내내 궁금했기 때문이다. 나를 포함해 많은 과학자는 이렇게 어느 정도 설명되지 않는 일들을 못 본 척하려고 한다. 그리고 골치 아파지면 그런 일이 있었다는 사실조차 부인하려고 한다.

그러나 신경 과학자이자 인류학자 찰스 화이트헤드의 말처럼 사람들은 "이상한 것들은 보통 카펫 밑으로 쓸어 넣으려고 한다.

너무 많아져서 가구가 쓰러지기 시작할 때까지는."[56] 보거나 들을 수 없었던 상황에서 보고 들었다는 체험자들의 말(내 넥타이의 얼룩을 보았다는 홀리의 말이나 외과 의사가 팔을 퍼덕거렸다는 앨의 말이나 잰 홀든이 기록한 수많은 사례처럼)에 이성적인 과학자라면 당황할 만한, 설명할 수 없는 일들이 너무 많아지면서 내 세계관 안의 가구는 넘어지기 시작했다.

대부분(나 역시 그랬다)은 이렇게 더욱더 이상한 임사체험의 특징을 접하며 주춤한다. 실제 이야기라기에는 너무 기이해져 믿을 수 있는지 의문을 갖기 시작한다. 때에 따라서는 그들이 보고 들었다는 일들을 확인할 수도 있다. 그러나 증언해줄 사람이 없더라도 내가 면담한 체험자들은 하나같이 진지한 데다 임사체험으로 받은 영향이 너무 커서 그들이 거짓말하고 있다는 생각을 할 수가 없었다. 그들의 임사체험을 존중하면서 진지하게 받아들여야 했다. 하지만 수술대 위에 누워 있는 자기 몸을 천장에서 내려다본 일을 이해하기 쉽게 설명하기는 어렵다.

나는 무슨 일이 일어났는지에 대한 뭔가 실제로 도움되는 이론을 찾아내야 했다. 임사체험을 묵살하려는 사람들은 임사체험이 사실은 체험자가 상상으로 만들어낸 환상이라고 자주 주장한다. 나는 정신과 의사로서 그 문제를 똑바로 다뤄야 한다는 사실을 알았다.

7장

환각일까, 임사체험일까?

피터는 대학 기숙사 지붕에서 떨어져 양쪽 다리가 부러졌다. 그는 환청 때문에 학생 진료소에서 치료받고 있던 대학생이었다. 나는 며칠 후 정형외과 병동에서 회복 중인 피터를 병원 침대에서 면담했다. 그의 정신과 약물치료는 새로 시작되었다. 그리고 간호사의 메모를 보면 그는 입원했을 때부터 더 이상 환청을 듣거나 혼란스러워하지 않았다.

나는 자기소개를 한 후 "피터, 당신이 기숙사 지붕에서 뛰어내렸다고 들었어요. 그 일에 대해 말해줄 수 있어요?"라고 말하기 시작했다.

그는 심호흡을 한 후 이야기를 시작했다. "약을 먹을 때마다 피곤해져서 약을 끊었어요. 공부에 집중하기가 점점 어려웠거든요. 그러다가 몇 주 후에 환청이 들리기 시작했어요." 그는 말을 잠시 멈추더니 나를 바라보았다.

"환청이 들린다고요?"라고 나는 물었다.

"그래요. 악마가 내게 '네가 너무 엉망이어서 이제 너는 내 거야'라고 말하는 소리가 들렸어요." 피터는 깁스한 두 다리를 내려다보면서 침대 시트를 자꾸 잡아당겼다. "그는 내가 악한이고 죽어야 한다고 말했어요. 그리고 지옥에서 같이 지내자고 나를 불렀어요. 그래서 나는 기숙사의 꼭대기 층까지 계단으로 올라갔고, 사다리를 타고 지붕에 올라갔습니다. 그리고 가장자리의 난간에서 다리를 옆으로 덜렁거리며 앉아 있었어요. 이른 아침이었고, 아래를 내려다보니 걸어가는 사람이 아무도 없었습니다. 나는 추위에 떨기 시작했어요. 그리고 사탄은 나에게 '지금 해! 지금 해!'라고 소리치기 시작했어요."

그는 계속해서 말했다. "혼란스럽고 무서웠어요. 환청은 멈추지 않았고, 나는 사탄이 하는 말을 믿었어요. 살 가치가 없다고 생각했으니까요. 그래서 몸을 서서히 앞으로 내밀어 던졌죠. 떨어질 때 눈을 감았고, 속이 메스꺼웠어요."

피터는 나를 올려다보았다. 나에게 얼마나 더 많은 이야기를 해야 할지 가늠하듯 잠시 입을 다물었다가 이야기를 다시 시작했다.

"그런데 내가 떨어지고 있을 때 신이 내게 말씀하셨어요. 신을 볼 수는 없었지만, 강하고 분명한 목소리가 들렸어요. '피터, 너는 내 아들이야. 너는 사탄의 자식이 아니야. 네가 얼마나 많은 사랑을 받고 있는지 모를 거야. 네 삶이 이렇게 끝나지 않게 할 거야.'"

피터는 말을 멈추고 마른 입술을 축였다. 그는 침대 옆 탁자에 손을 뻗어 빨대로 물을 한 모금 마셨다. 그는 말을 잇지 못했다.

"그런 다음에는 어떻게 되었어요?"

"땅에 부딪혔을 때 의식을 잃었는지 모르겠어요. 그곳에 오래 누워 있었던 것 같아요. 머릿속이 온통 어지러웠어요. 사람들이 나를 둘러싸고, 그다음 들것에 옮겨 구급차에 들어간 기억이 나요. 통증이 심했어요. 그리고 무슨 일이 벌어지고 있는지 완전히 이해하지 못했어요. 그러나 아직 살아 있어서 안심이 되었어요."

나는 "지금은 기분이 어때요?"라고 물었다.

"음, 자살하고 싶지는 않아요. 그걸 물으시는 거라면. 나에 대한 신의 계획이 있다는 걸 알아요."

나는 머릿속에서 다음 질문을 생각하려고 애쓰면서 고개를 끄덕였다. "당신은 사탄으로 생각하는 존재의 목소리를 들었다고 말하면서 그걸 환청이라고 불렀잖아요. 그다음 신으로 생각하는 목소리를 들었다고 말했어요. 둘 다 당신만 들을 수 있는 목소리였어요."

그는 조금 미소를 지으며 "그래요. 선생님이 무슨 생각을 하는지 알아요. 왜 하나는 환청이고 다른 하나는 진짜라고 생각하느냐는 거지요?"라고 말했다.

"바로 그 말이에요. 당신 이야기를 들으면서 나는 두 목소리가 다르다고 생각할 수 없었어요. 당신은 어떻게 그렇게 생각하나요?"

피터는 천천히 고개를 저었다. "선생님에게 어떻게 설명해야할지 모르겠어요. 그런데 신의 목소리는 지금 선생님 목소리보다 더 크고 분명하고 더 생생했어요. 선생님 목소리가 내게 악마의 목소리보다 더 크고 분명하고 생생하게 들리는 것처럼. 내가 악마의 목소리에 이끌려 자살하려고 한 걸 알아요. 사탄의 목소리가 진짜라고 생각했으니까요. 그러나 나는 이제 더 이상 미치지 않았고, 그게 그저 환청이었다는 걸 알아요. 그런데 신의 목소리는 환청이 아니었어요. 진짜였어요."

그는 손을 번쩍 올려 흔들었다.

"이 모든 것보다 더 진짜였어요."

피터는 정신 질환으로 미쳐 있을 때 신의 목소리를 들었을까 아니면 임사체험 중에 들었을까? 그는 약물치료를 다시 시작하면서 사탄의 목소리는 환각이었다고 확신했지만, 신이 실제로 자신에게 말씀하셨다는 믿음에 대해서는 흔들리지 않았다.

이런 구별은 내가 느끼는 딜레마의 핵심을 보여준다. 피터가 들은 두 목소리(신의 목소리와 사탄의 목소리)가 그에게는 완전히 달랐다. 그런데 어느 목소리가 상상이고 어느 목소리가 진짜인지(정말 그렇다면) 우리가 어떻게 알 수 있을까? 둘의 차이를 탐구하는 게 임사체험을 이해하는 열쇠 같았다.

내가 정신과 의사이기 때문에 임사체험한 사람들의 정신 질환 증상을 분석하는 게 다른 연구자들보다 유리했다. 게다가 대학병원에서의 내 역할 덕분에 임사체험 경험이 있는 수많은 정신질환 환자들을 치료할 수 있는 위치에 있었다. 그런데 '정신 질환으로 임사체험을 했는가? 아니면 임사체험 때문에 정신 질환이 생겼는가?'를 가려내는 게 문제였다. 아니면 두 가지가 서로전혀 상관없고, 완전히 별개였을까?

이 문제를 다룰 때 첫 번째 접근법은 임사체험을 한 사람이 얼마나 정신 질환을 많이 앓는지 살펴보는 일이었다. 임사체험을한 사람 중에는 하지 않은 사람에 비해 정신 질환자가 더 많을까 아니면 더 적을까? 이 질문의 답을 찾기 위해 나는 두 집단, 임사체험을 했다는 집단과 죽을 고비를 넘겼지만 임사체험을 했다고 하지 않는 집단에서 정신 질환 빈도가 얼마나 다르게 나타나는지 비교했다. 나는 정신 질환 진단 검사 질문지를 사용했다.[57] 이 것은 우울증, 불안, 외상 후 스트레스, 강박 관념과 강박 행동, 섭식 장애, 알코올 중독과 마약 중독, 정신적 고통이 몸에서 드러나는 신체화 증상, 무엇이 진짜이고 무엇이 상상인지 구별하지 못하는 증상 등 가장 흔한 16가지 정신 질환을 진단하기 위해 사용하는 일반적인 검사다.

검사 결과, 임사체험을 한 사람과, 죽을 뻔했지만 임사체험을 하지 않은 사람 사이에 각각의 16가지 정신 질환 증상을 보이는 비율이 다르지 않았다. 죽을 고비를 넘기지 않는 사람들도 이런 정신 질환 증상을 자주 겪는다. 나는 또 이 비율을 일반인의 정신 질환 비율과 비교했고, 여기에도 차이가 없었다. 다시 말해, 임사체험을 했다고 해서 정신 질환 가능성이 늘거나 줄지 않는다는 증거다.

나는 또 임사체험과 관련 있을 수도 있는 특정 두 질환, 즉 '해리'와 '외상 후 스트레스 장애'의 비율을 더 깊이 들여다보았다. 해리는 자기 몸에서 떨어져 나왔다고 느끼는 상태다. '고속도로 최면'이 가장 흔하고 정상적인 사례다. 장거리 운전을 할 때 가끔 자신이 운전하고 있다는 의식 없이 몸이 도로와 주변 차들에 자동으로 반응하면서 운전하는 때가 있다. 그러다 갑자기 '의식을 되찾고' 출구를 지나쳤다는 걸 깨닫는다. 해리가 심하면 자신이 신체에서 분리되었다고 느낄 수도 있다. 해리는 충격적인 경험에 대한 정상적인 반응일 수도 있다. 신체가 받는 충격 때문에 생기는 고통과 두려움을 차단하면서 자신을 보호하려는 반응인 것이다.

나는 해리를 진단하는 일반적인 검사인 '해리 경험 척도'로 죽을 고비를 넘겼던 사람들을 검사했다.[58] 죽을 고비를 넘길 때 임사체험을 한 사람들도 있고, 하지 않는 사람들도 있었다. 사실 임사체험자들이 해리 증상들을 더 많이 겪었다고 이야기했지만, 해리라고 정신의학적으로 진단하기에는 훨씬 못 미치는 수준이었다. 임사체험자들이 보여준 해리 증상 수준은 충격적인 경험에 대한 일반적인 반응의 전형이었지만, 정신 질환의 전형은 아니었다. 다시 말해, 임사체험자들은 위기를 겪는 몸에서 눈길을 돌렸다. 이렇게 눈길을 돌리는 현상은 견딜 수 없는 충격에 대한 정상적인 반응이지, 정신 질환을 드러내는 건 아니다.

나는 또 임사체험이 외상 후 스트레스 장애와 관련 있는지 궁금했다. 죽음의 위협과 고통, 통제력 상실을 느끼면서 죽음에 가까워지는 게 대부분 사람에게 상당히 무시무시한 일이라는 건 피할 수 없는 사실 같았다. 그래서 임사체험을 했든 하지 않았든, 죽을 고비를 넘긴 후 외상 후 스트레스 장애를 겪을 수 있다는 건 이해가 되었다. 위험했던 순간을 자꾸 떠올리거나 생생한 꿈으로 다시 보고, 충격적인 사건의 기억을 피하거나 지워버리려고 노력하는 게 외상 후 스트레스 장애의 특징적인 증상이다.

내 아버지는 서른 살에 차를 몰고 출근하다가 심장마비를 겪으셨고, 회복 후에도 다시 운전하기를 두려워하셨다. 아버지는 운전하는 동안 다시 심장마비를 겪을까 봐 두려워하셨고, 그 두려움을 극복하기 위해 심리치료사를 찾아야 했다. 이런 증상을 겪는 사람들을 공식적으로 진단하는 병명이 나오기 훨씬 전이었지만, 아버지는 분명 요즘 부르는 외상 후 스트레스 장애에 해당했다.

해리 검사를 했던 때처럼 죽을 고비를 넘긴 사람들의 외상 후 스트레스 장애를 검사했다. 이를 진단하는 일반 검사인 사건 충격 척도를 사용했다.[59] 나는 임사체험을 한 사람들과 하지 않은 사람들이 얼마나 외상 후 스트레스 장애 증상을 나타내는지 비교했다. 해리 검사 때처럼 임사체험이 있는 사람들이 외상 후 스트레스 장애 증상을 더 많이 보이긴 했지만, 그렇다고 외상 후 스트레스 장애라고 확실히 진단하기에는 훨씬 못 미치는 수준이었다. 임사체험한 사람들도 죽을 뻔한 순간을 자주 떠올리거나 꿈으로 다시 보는 경우가 많지만, 떠올리지 않으려고 노력하지 않는다는 점이 외상 후 스트레스 장애를 겪는 사람들과 달랐다. 임사체험자들이 보통 이야기하는 내용과 같았다. 그런 경험이 삶에서 중요해지고, 피해야 할 부정적인 사건으로는 생각되지 않는 것이다. 사건을 애써 떨쳐버리려고 하지 않고 편안하게 다시 떠올린다는 부분은 경험을 이해해서 삶에 적용하려고 애쓰는 사람에게서 흔히 보는 모습으로, 정신 질환을 앓는 사람들에게서 흔히 보는 모습은 아니다.

임사체험자가 일반인보다 정신 질환이 더 많지도 적지도 않다는 사실은 다양한 연구를 통해 나온 여러 증거가 잘 보여준다. 특히 임사체험자들은 죽을 고비를 넘긴 후 나타날 수 있는 증상인 해리나 외상 후 스트레스 장애를 거의 보이지 않았다.

임사체험한 사람들의 정신 질환 비율에 대한 답을 찾은 후 다른 질문도 살펴보고 싶었다. 정신 질환이 있는 사람들 중 임사체험을 한 사람의 비율은 얼마나 될까? 정신과 치료를 받은 사람이 일반인보다 임사체험을 더 많이 할까, 적게 할까?

그 질문의 답을 찾기 위해 우리 병원 외래에서 정신과 치료를 받으려는 사람들에게 관심을 돌렸다. 입원 치료를 해야 할 정도로 심하지는 않지만, 여전히 정신적인 고통에 시달리는 사람들이었다. 그 연구를 하는 1년 동안 총 800명이 넘는 환자들을 조사했다. 나는 병원의 첫 번째 면담에서 통상 절차로, 정신적인 고통을 일반적으로 측정하는 90문항의 개정된 간이정신진단 검사지(SCL-90-R)를 환자들에게 나눠 주었다.[60] 나는 그들에게 죽을 고비를 넘긴 적이 있느냐고 물었고, 그런 경험이 있다는 환자들은 내가 만든 임사체험 척도 검사지에도 답을 하게 했다.

정신과 치료를 받으려는 환자의 3분의 1은 죽을 고비를 넘긴 적이 있다고 말했고, 그들 중 20퍼센트 정도는 임사체험을 했다. 보통 사람이 죽을 고비를 넘기면서 임사체험을 하는 비율과 거의 비슷하다. 다시 말해, 정신 질환이 있는 사람이 그렇지 않은 사람보다 임사체험을 더 많이 하지도 더 적게 하지도 않는다는 사실을 보여준다.

외래 환자 연구에서는 죽을 고비를 넘긴 환자의 SCL-90-R 점수가 죽을 고비를 넘긴 적 없는 환자보다 높았다. 즉, 거의 죽을 뻔했던 환자가 다른 환자에 비해 정신적인 고통을 더 많이 느꼈다. 죽을 뻔한 일이 정신적인 고통을 일으키기 쉬운 충격적인 사건이기 때문에 이런 결과는 놀랍지 않았다. 그런데 죽을 고비를 넘긴 사람들 중 임사체험을 했던 사람은 하지 않았던 사람에 비해 정신적인 고통을 덜 호소한다는 사실을 발견하고 놀랐다. 다시 말해, 임사체험은 누군가가 죽을 고비를 넘긴 후 정신적 고통을 느끼지 않도록 어느 정도 보호해준다는 걸 보여준다.

결국 나는 정신 질환과 임사체험 사이에 아무런 관련성도 찾지 못했다. 임사체험을 한 사람이나 하지 않은 사람이나 정신 질환 비율은 똑같았다. 그리고 정신 질환이 있는 사람이나 없는 사람이나 임사체험을 한 비율은 똑같았다. 임사체험이 죽을 고비를 넘긴 후 더 심각한 정신적인 고통에 빠지지 않도록 보호하는 데 도움을 줄 수도 있다는 사실은 어쩌면 정말 좋은 소식일 수도 있었다.

그렇다면 피터처럼 정신 질환도 있고, 임사체험도 한 사람들은 어떻게 이해해야 할까? 그가 지붕에서 뛰어내렸을 때 겪은 경험에서 임사체험과 정신 질환을 구분할 수 있을까? 정신 질환뿐 아니라 약물 중독이었던 사람에 대해서도 이런 질문을 하게 된다. 약물을 남용했던 사람들이 임사체험을 했다고 주장할 때 임사체험으로 본 장면과 약물로 인한 환각을 어떻게 구별할 수 있을까?

저스틴은 18세에 대학 파티에서 강력한 환각제인 LSD를 과다 복용했다. 그는 바닥에 쓰러졌고, 호흡이 멈춘 것 같았다. 그는 LSD의 환각에 빠졌을 때는 끔찍하게 혼란스러웠지만, 임사체험 중에는 그의 의식이 "수정처럼 맑았다"라고 설명했다. 저스틴은 둘의 차이를 이렇게 설명했다.

아버지가 1년 전에 암으로 돌아가셨어요. 당연하다고 느껴서 대학에 가긴 했지만, 인생의 방향을 찾을 수 없었어요. 어느 날 저녁, 기숙사 친구가 그의 친구 집에 같이 가서 LSD를 먹어보자고 구슬렸어요. 나는 LSD 세 알을 받았고, 너무 많은 양은 아닌지 걱정되었어요. 그런데 친구는 어떻게 하는지 아는 것 같았어요. 대마초를 피운 지 45분 후 걷잡을 수 없는 환각을 느끼기 시작했어요. 몸을 지탱하려고 애쓰면서 버텼어요. 그러나 롤러코스터를 탄 느낌이었어요. 마음을 걷잡을 수 없었고, 너무 무력하고, 내가 파괴되는 느낌이었어요. 점점 더 제정신이 아니고, 점점 더 우울해졌어요. 빠져나가고 싶어도 그럴 수 없었어요. 최악의 악몽이 현실이 되었죠. 어느 순간 쓰러져 바닥에 얼굴을 박는 정도가 됐어요. 내가 숨을 쉬지 않았다고 친구가 나중에 말해주었죠. 어둠이 나를 덮쳤고, 내가 곧 죽을 것을 알았지만 할 수 있는 일은 아무것도 없었습니다.

그다음에는 의식이 내 몸에서 완전히 분리되는 일이 일어났어요. 의식은 전혀 잃지 않고 완벽히 멀쩡했어요. 바닥에 쓰러진 내 몸에 대해서는 아무 생각도 하지 않았어요. 분명 더는 고통이 느껴지지 않았어요. 조금 전까지 LSD와 함께 지옥을 겪었지만, 몸에서 분리되자마자 지옥에서 벗어났어요. 더 이상 아프지 않았어요. 일생 느껴보지 못한 가장 순수하고, 가장 이타적이고, 가장 아름다운 사랑에 휩싸였어요. 나는 내가 쓰러진 방과 아무런 관계가 없는 존재가 되었어요. 이 체험에 100퍼센트 빠져들었고요. 이 경험을 하는 내내 정신이 맑고 온전한 느낌을 받았습니다.

여기서 한 가지를 명확하게 해야 해요. 이 체험으로 말미암은 명료하고 각성된 상태는 LSD를 과다 복용해서 괴로웠던 상태와는 정반대였어요. 환각제를 복용했을 때는 그저 끔찍했고, 완전히 제정신이 아니었어요. 무엇보다 그 상태에서 벗어나 정상으로 돌아가고 싶었어요. 의사의 도움이 절실하게 필요했어요. 바닥에 얼굴을 먼저 대고 쓰러진 후 반대편으로 건너가 몸을 뒤로 젖혔습니다. 마약으로 인한 고통에서 해방된 시점에 모든 게 굉장히 분명해졌죠. 임사체험은 아침에 깨어 새로운 날을 맞이하는 것처럼 환하고 분명했어요. 그런데 그 후 밤중에 병원에서 깨어났을 때는 LSD 그리고 아마도 병원 치료 때문에 또다시 환각 상태에 빠지고 몸을 가누기가 정말 어려웠어요.

그게 지난 몇 년간 내가 대처하기 가장 어려운 일이었어요. 'ABA' 효과였죠. 마약으로 끔찍한 경험을 하다(A), 임사체험으로 환하고 분명해졌는데(B) 다시 A로 돌아갔어요. 잠을 깨면 여전히 환각 상태에 빠져 무엇이 현실이고 무엇이 현실이 아닌지 구분할 수 없었어요. 임사체험은 실제적이고, 현실적이고, 완전히 생생한 체험이었어요. 임사체험 전이나 후, LSD로 환각에 빠진 상태와 비교도 할 수 없었죠. 매혹적이고 개인적인 임사체험의 강렬한 기억은 15년이 지나도 한 번도 희미해지지 않았어요.

저스틴은 임사체험 중의 명료한 의식과 마약으로 끔찍하게 혼란스러웠던 때를 분명하게 이처럼 구분했다. 피터가 현실적인 임사체험과 비현실적인 정신분열증(조현병) 환각은 서로 완전히 다르다고 한 것과 같았다.

그리고 아편을 과다 복용해 자살하려고 했다가 임사체험한 25세 간호사 스티븐도 마찬가지였다.[61] 나는 피터에게 했듯 병실에 있는 스티븐에게 다가갔다.

자기소개를 한 후 이런 말로 대화를 시작했다. "스티븐, 어제 당신이 아편을 과다 복용했다고 들었어요. 그 이야기를 내게 해줄 수 있어요?"

스티븐은 벽에 설치된 텔레비전 소리를 줄이더니, 나를 살펴보았다. 그러다 드디어 "큰일 났어요"라고 말했다.

"뭐라고요?"

그는 한숨을 쉬고, 출입구를 흘낏 본 다음 이야기를 시작했다. "병동에서 환자에게 주는 마약성 진통제를 몰래 복용해왔어요. 처음에는 마약성 진통제 옥시코돈을 그저 조금 먹었죠. 누군가 다른 사람이 약을 먹을 때만 번갈아 먹었어요. 그래서 내 근무 때 약의 양은 정확했죠. 그러다 점점 더 많이 먹기 시작했고, 상사가 나를 의심한다는 사실을 확실히 눈치챘어요."

그는 잠시 말을 멈추었고, 나는 계속 이야기하라고 재촉했다. "그래서요…?"

스티븐은 숨을 깊이 들이마신 후 계속 말했다. "아무튼 스트레스를 많이 받았어요. 몇 달 전에 아버지가 돌아가셨고, 여자 친구는 헤어지고 싶다는 뜻을 분명하게 밝힌 상황이었거든요. 그런 일들 때문에 마약을 먹기 시작한 것 같아요. 긴장을 푸는 데 도움도 받고, 그저 모든 걸 잊고 싶었거든요."

"그렇지만 그걸로 문제가 해결되지는 않았죠?" 나는 물었다.

그는 웃었다. "문제가 해결되지 않는다는 건 나도 알았어요.

그저 모든 일에 대처할 만큼 강인해졌다고 느낄 때까지 시간을 벌려고 했던 거죠."

스티븐은 안경을 벗더니 휴지로 닦고 다시 꼈다. "그러다가 나 때문에 계속해서 마약성 진통제가 모자란다는 사실을 상사가 알아차리는 것 같자 빠져나갈 수 없다는 걸 알았어요. 그냥 도망칠까 생각하기도 했지만, 머지않아 이 문제와 맞닥뜨려야 한다는 사실을 알았어요."

"상사가 실제로 이 문제를 지적한 적은 없었나요?"

"없어요. 그런데 상사가 알아차렸다는 건 알아요. 체포는 시간 문제였어요. 차라리 모든 걸 끝내야겠다고 마음먹었어요." 그는 아래를 내려다보고 고개를 저었다. "내가 먹을 약을 충분히 훔친 다음, 다른 사람이 약을 세어보기 전에 일찍 퇴근했어요."

"자신을 궁지로 몰아넣은 것처럼 들리네요" 나는 말했다.

"그렇게 말할 수도 있겠네요." 그는 내 말에 동의했다. "나는 곧장 집으로 가서 맥주 한 병을 마시며 약을 모두 삼켰어요. 그리고 침대에 누워 그다음을 기다렸어요."

"그다음 무슨 일이 일어나길 바랐나요?" 나는 물었다.

그 질문에 놀랐다는 듯 그는 재빨리 대답했다. "아무것도 바라지 않았죠. 나는 그냥 잠이 들었다가 끝나겠거니 생각했어요. 얼마 후 누군가가 나를 찾으러 올 테지만, 이미 늦었을 것이고."

"그리고 그다음, 당신에게 무슨 일이 일어날 거로 생각했나요?"라고 나는 물었다.

스티븐은 나를 올려다보면서 처음에는 어리둥절해하다가 재미있어했다. "내가 심판을 받고 지옥으로 간다는 말을 하고 싶은 거예요? 나는 그런 말은 믿지 않아요. 죽으면 죽는 거죠."

그는 고개를 저었지만, 다른 말은 하지 않았다.

"그런데 당신은 죽지 않았어요. 무슨 일이 있었어요?"라고 나는 물었다.

"졸다가 깨어났다고 생각해요. 그리고 위경련 때문에 너무 힘들었어요. 토할 것 같이 속이 정말 메스꺼웠어요. 그리고 숨쉬기가 힘들었어요. 깊게 숨을 들이쉴 힘이 없는 것 같았어요. 죽지 않을까 봐 두려웠달까요. 뇌졸중 같은 것만 오면 어쩌지 두려웠어요. 그리고 위경련도 너무 심했어요. 상태가 더 나빠지기 전에 도움을 받는 게 좋겠다고 생각했어요. 침대에서 9미터 정도 떨어진 부엌 벽에 전화가 붙어 있었어요. 일어나려고 노력했지만, 너무 어지러워서 일어서는 게 어려웠어요. 몸을 가누기 위해 침대를 붙잡았어요. 그다음 부엌을 향해 몇 걸음 옮겼어요. 진짜 몸을 가눌 수가 없어서 걷기는커녕 서 있기도 힘들었고요."

그는 말을 멈추었고, 몇 분 후 나는 그에게 계속 이야기하라고 재촉했다. "그다음에는 어떻게 되었어요?"

그는 나를 빤히 쳐다보았다. 그리고 한참 입을 다물었다가 이야기를 계속했다. "나는 환각 상태이기도 했어요. 비틀거리면서, 손 하나를 벽에 대고 몸을 가누면서 거기에 서 있을 때, 내 아파트의 모든 난쟁이들이 내 다리 근처에서 서성거리는 걸 보았어요. 그래서 걷는 게 더 힘들었어요."

"난쟁이들이라고요?" 내가 제대로 들었는지 확실하지 않았다.

그는 "그래요. 이 정도 키의 작은 사람들이었어요"라고 말했다. 그는 손등을 위로 향한 채 침대 높이 정도에서 손을 내밀었다. "미친 소리로 들린다는 걸 알아요. 말도 안 되는 일이었어요. 나는 난쟁이들을 보고 있었어요. 그 당시에는 정말 진짜처럼 보였어요."

스티븐은 마른침을 삼키더니 계속 이야기했다. "굉장히 혼란스러웠어요. 갑자기 몸에서 분리되는 느낌이었으니 그럴 만했죠."

"몸에서 분리되었다고요?" 나는 제대로 들었는지 확실하지 않아 다시 물었다.

"음, 글쎄요. 내가 실제로 분리된다고 느꼈는지는 잘 모르겠어요. 그런데 아마도 3미터 정도 뒤에서 내가 내 몸을 내려다보고 있었어요."

그는 계속 나를 빤히 쳐다보았고, 나는 계속 이야기하라고 다시 재촉했다. "그러면 당신 몸은 무엇을 하고 있었어요?"

스티븐은 고개를 저었다. "그저 거기에 서 있었어요. 벽을 손에 대고, 이 모든 난쟁이들을 내려다보면서 그들이 거기에서 무엇을 하고 있는지 알아내려고 애쓰고 있었어요."

나는 무슨 말을 해야 할지 몰라서 그저 손바닥이 위를 향하도록 손을 펴고, 눈썹을 추켜세웠다.

"무슨 말인가 하면, 나는 사실 난쟁이들을 볼 수 없었어요"라고 그는 말을 이었다. "천장 근처 위쪽에서 내 몸이 흔들리면서 다리 사이를 내려다보는 모습을 지켜보고 있었어요. 나는 내 몸이 내 주위의 난쟁이들을 보고 있다는 사실을 알았어요. 내 몸이 난쟁이들을 보고 있었다는 사실을 기억했으니까요. 그러나 내가 있던 곳에서는…." 그는 고개를 젓더니 침을 삼켰다. "위에서 내 몸을 내려다볼 때는 난쟁이들이 보이지 않았어요. 내 몸이 환각 상태에서 어지러워한다는 사실을 알 수 있었죠. 그러나 내 정신은 맑고 투명했어요. 나는 환각 상태가 아니었어요. 그러나 내 몸은 환각 상태였어요. 내 생각은 여전히 명료했지만, 몸은 완전히 멍해 보였어요."

그는 다시 말을 멈췄고, 잠시 후 나는 "대단한 이야기네요. 그걸 어떻게 이해해요?"라고 물었다.

그는 숨죽여 웃더니 고개를 저었다. "너무 놀랐죠! 금방 내 몸에 들어가서 난쟁이들을 봤다가, 그다음, 천장 근처로 올라가 있어요. 무슨 일인지 모르겠어요."

또 한 번의 긴 침묵 후 나는 "그다음은요?"이라고 물었다.

스티븐은 한숨을 쉬었다. "다시 정신을 잃었나 봐요. 깨어나보니 바닥에 누워 있었어요. 여전히 상당히 멍했지만, 난쟁이들은 사라졌어요. 나는 부엌으로 기어갔고, 전화기에 손을 뻗어 구조대에 전화했어요."

그의 뇌는 환각 상태였지만, 자신은 환각 상태가 아니었다는 스티븐의 주장을 어떻게 이해할 수 있을까? LSD에 취해 끔찍하게 혼란스러운 상태와 임사체험으로 평화롭고 명료한 상태를 뚜렷이 구분했던 저스틴이나 환각 상태에서 들은 사탄의 목소리와 지붕에서 떨어질 때 들었다고 주장하는 신의 진짜 목소리를 구분했던 피터와 비슷해 보였다.

믿기 어려운 환상을 보았다는 어떤 기이한 체험들은 정신 질환 때문일 수 있지만, 그런 체험들이 피터, 저스틴과 스티븐이 주장하듯 진짜 경험일 수 있을까? 그렇다면 그 둘을 어떻게 구별할 수 있을까? 정신 질환과 임사체험의 차이는 무엇일까?

나는 그 체험을 한 후 어떤 일이 생기는지를 검토해 해답을 찾고, 그 체험이 그들의 인생에서 어떤 역할을 하는지를 고려해야 했다. 정신과 의사 미치 리스터와 나는 반복해서 목소리를 들었다고 이야기한 두 집단을 비교했다.[62] 우리는 조현병 환자들과, 임사체험을 한 후에도 계속 목소리를 들었다는 소수의 사람을 비교했다. 우리는 그 목소리가 얼마나 도움이 되었는지 아니면 해로웠는지를 알아보고자 일련의 표준 질문을 준비했다.

우리는 두 집단 사이에 뚜렷한 차이를 발견했다. 임사체험한 사람들은 대부분 그 목소리가 마음을 달래주거나 위로했고, 자기 자신에 대해 더 좋게 느끼도록 했고, 사람들과의 관계에도 긍정적인 영향을 주었다고 대답했다. 반면 조현병 환자들은 대부분 그 목소리가 괴롭게 하거나 위협적이었고, 자신에 대해 더 나쁘게 느끼게 했고, 사람들과의 관계에 부정적인 영향을 주었다고 대답했다. 임사체험한 사람들은 대부분 그 목소리를 계속 듣고 싶어 한 반면, 조현병 환자들 중 그 목소리를 계속 듣고 싶어 한 사람은 아무도 없었다.

결국 아무도 듣지 못하는 목소리를 듣는 게 임사체험자에게는 아주 긍정적인 경험이었지만, 조현병 환자에게는 아주 부정적인 경험이었다. 피터가 떨어지면서 신의 목소리를 들은 체험이 조현병 환각처럼 들릴 수도 있다. 그러나 그런 체험이 그가 삶의 의미와 목적을 찾는 데 도움이 되었고, 조현병의 환각과는 명확하고 뚜렷하게 구별된다는 사실을 알게 되었다.

여러 임상의는 정신 질환 증상으로 겪는 특이한 경험과, 영적으로 변화되는 임사체험 같은 특이한 경험을 어떻게 구분하면 좋을지 기록했다.[63] 임사체험은 죽을 고비를 넘기거나 극적인 사건을 겪을 때 경험한다는 게 하나의 차이점이다. 또한, 보통 짧게 끝나고, 딱 한 번 경험하며, 정상적으로 생산적인 삶을 살아가는 사람들이 주로 경험한다. 반면 정신 질환은 확실한 계기 없이 경험할 수 있고, 오랫동안 지속되거나 몇 번이고 되풀이되고, 심리적으로 심각한 어려움을 겪거나 사회생활을 거의 하지 못하는 사람들이 주로 경험한다.

나중에 매우 다른 방식으로 기억된다는 점도 임사체험과 정신 질환 증상의 또 다른 점이다. 임사체험은 그 일을 겪은 후 수십 년 동안 생생하게 기억되고, '진짜보다 더 진짜처럼' 기억될 때가 많다. 그들의 기억은 시간이 지나도 희미해지지 않고,[64] 자세한 내용까지 생생하고 풍부하게 남아 있다. 반면 정신 질환자가 겪은 환각에 대한 기억은 대부분 꿈처럼 시간이 흐르면서 서서히 사라진다. 점점 더 흐릿해지다가 완전히 잊힌다.

그뿐 아니다. 임사체험한 사람들은 그 경험의 의미에서 통찰을 얻고 그것을 더욱 발전시키기 위해 경험을 되풀이해서 돌아볼 때가 많다. 다른 체험자들을 찾아 이야기를 나누며 그 체험을 통해 어떤 깨달음을 얻었는지 서로 배우려 하기도 한다. 심란하다 해도, 보통 그 경험과 교훈을 삶에 어떻게 접목할지 파악할 수 있을 때까지만 그러하다. 반면 정신 질환자들은 보통 환각 상태였던 때를 떠올리지 않으려고 애쓰고, 그걸 굳이 이해하려고 애쓰지 않는다. 그들은 보통 자기 경험을 이야기하고 싶어 하지 않고, 대개는 영영 불편해한다.

마지막으로 임사체험을 하고 나면 보통 삶의 깊은 의미와 목적을 느끼고, 일상의 즐거움이 커지고, 죽음의 공포가 줄어들고, 모든 사람이 서로 연결되어 있음을 더 크게 느낀다. 그래서 임사체험자는 자신의 개인적인 욕구와 걱정에 대한 몰두를 줄이면서 더 이타적이고, 타인을 향한 연민을 더 많이 느낀다. 그들의 임사체험은 긍정적인 결과에 이를 때가 많고, 보통 일상 때문에 힘들어하지 않는다. 반면 정신 질환자는 삶의 의미와 일상의 기쁨을 잃고, 더 두려움을 느끼고, 고립되고, 자기 자신의 욕구와 걱정에 더 몰두하고, 다른 사람에게는 관심이 줄어든다. 정신 질환은 직장 생활이나 인간관계를 유지하기가 어렵고, 법적인 문제를 일으키고, 위험한 충동을 느끼는 등 부정적인 결과에 이를 때가 많다.

물론 임사체험과 정신 질환의 이런 모든 차이는 일반적인 부분을 언급한 것이고, 모든 면에는 예외가 있다. 정신 질환에서도 배우고 성장하는 사람이 분명히 있다.[65] 그리고 어떤 사람은 임사체험을 이해해서 자기 삶에 통합시키려고 여러 해에 걸쳐 씨름하기도 한다.

어쨌든 임사체험은 정신 질환과 별 관련이 없다는 사실을 보여준다. 나는 이 문제가 해결되어 안도감을 느꼈다. 여러 해에 걸쳐 빌 헤른룬드 등 많은 사람이 의사에게 임사체험 이야기를 했다가 그걸 정신 질환의 징후로 여긴 의사의 정신과 치료를 받았다는 이야기를 내게 했다. 나는 전문가 학회 그리고 내가 일하는 병원에서 환자들을 만나는 의대 학생과 레지던트 그리고 목회자들에게 이런 정보를 알려왔다. 그리고 이런 정보가 의료 서비스에 영향을 주기 시작하는 걸 목격했다. 이런 정보 덕분에 최근 몇 년 동안 의료인들이 환자들을 새롭게 대하기 시작했다. 임사체험하는 환자들이 많고, 그게 이상한 일이 아니라는 사실을 점점 더 의식하게 되었다.

그렇다면 임사체험이 정신 질환과 관련된 현상이나 환각이 아니라고 해서 그것이 '진짜' 경험이라는 뜻일까? 그 질문에 대한 답을 찾으려면 더 강력한 증거가 필요했다.

8장

현실보다 더 현실 같은 임사체험

임사체험이 환각과는 전혀 다르다는 사실을 보여주는 증거는 여럿 있다. 그러나 그것만으로 임사체험 이야기들이 실제 일어난 일을 정확하게 설명했다는 의미는 아니다. 나는 지난 40여 년 동안 임사체험 이야기들이 실제로 겪은 경험에 대한 기억인지 아니면 죽어가던 사람들의 희망과 기대가 반영된 것인지 문득문득 궁금했다. 의사 동료 몇몇은 임사체험을 완전히 환상이라고 무시하면서, 임사체험에 대한 연구는 죄다 비과학적이라고 여긴다. 그러나 연구 주제 때문에 그 연구가 과학적이 되는 건 아니다. 정확한 관찰, 증거, 철저한 추론을 바탕으로 했느냐에 따라 그 여부가 결정된다.

신경 과학자 마크 리어리는 "과학은 연구하는 주제보다는 그 주제를 연구하는 방법으로 규정된다.[66] … 어떤 현상이 진짜라고 믿지 않는 사람들이 있다고 해서 그 현상에 대한 연구가 사이비 과학이 되지는 않는다. 다양한 질문, 심지어 결국 존재하지 않는다고 밝혀지는 질문까지 과학을 이용해 탐구할 수 있다. 사실 어떤 현상이 진짜이고 진짜가 아닌지 실증적으로 보여주는 게 과학의 중요한 기능 중 하나다. … 그래서 시험 중인 가설에 근거가 없다는 이유로 특정 주제에 관한 연구가 과학적이지 않다고 미리 주장하는 것은 말이 되지 않는다!"라고 썼다.

비현실적으로 보여 과학적 연구에 적합하지 않다고 거부했다가 훗날 상당히 현실적이라는 사실이 드러난 사례도 역사를 통틀어 많이 있다.[67] 하늘에서 바위가 떨어졌다는 이야기는 고대부터 내려오지만, 19세기까지는 대부분 과학자가 운석에 대한 기록이 믿기 힘든 이야기여서 연구 가치가 없다고 생각했다. 그리고 일찍이 맨눈으로는 보이지 않는 '전염병 씨앗'에 감염된 환자들로부터 질병이 퍼진다고 고대 그리스인이 추측했지만, 과학자와 의사들은 19세기까지 세균이라는 개념을 비웃었다.[68] 1980년대까지만 해도 대부분 의학자는 위궤양을 일으키는 박테리아를 찾는 게 시간 낭비라고 생각했다.[69] 그러나 배리 마셜과 로빈 워런은 2005년, 위장 질환을 일으키는 헬리코박터균을 찾아내 노벨상을 받았고, 오늘날에는 광범위하게 받아들여지는 개념이 되었다.

임사체험은 뇌가 어떻게 작동하느냐에 대한 우리의 현재 신념과 모순되기 때문에 진짜일 수 없다고 주장하는 동료들도 있다. 그러나 과학은 본질적으로 언제나 진행 중인 작업이다. 각 세대 과학자들은 이전 세대의 연구를 돌아보면서 정말 순진했다고 재미있어한다. 그렇다면 뇌의 작동 방식에 대한 현재의 과학적인 관점도 미래 세대의 철저한 검토로 허점이 노출되지 않을까?

새로운 현상이 발견되면 자신의 가설을 개선하는 게 과학이 발전하는 방식이다.[70] 100년 전, 기술의 진보 덕분에 물리학자들은 아주 작은 입자와 아주 빠른 속도 등 새로운 현상을 탐구할 수 있었다. 물리학자들이 수백 년 동안 활용해온 공식들(일상 세계의 물리 운동을 설명하는 데 아주 효과적이었다)은 이런 새로운 현상을 설명하는 데는 정확하지 않았다. 과학적인 완전무결함을 유지하려는 물리학자들이라면 전통적인 뉴턴의 운동 법칙을 따르지 않는 새로운 현상을 무시할 수 없었다. 그렇다고 옛 공식이 쓸모없어서 버려야 한다는 뜻은 아니었다. 그들은 그저 뉴턴의 법칙이 '일정한 조건에서만' 쓸모가 있다는 사실을 인정해야 했다. 현실을 설명하는 더욱 완벽한 이론을 제시하기 위해 상대성 이론과 양자 역학의 수학적 계산을 전통적인 물리학과 혼합해 옛 공식을 개선해야 했다.

똑같은 방식으로, 지난 세기 의학 기술의 진보 덕분에 신경 과학자들은 임사체험 그리고 뇌가 제 기능을 못할 때도 지속되는 의식 등 새로운 현상들을 알게 되었다. 의학자들이 수백 년 동안 활용해왔던 이론(비물질적인 정신을 물질적인 뇌의 산물로 설명하는 데에는 아주 효과적인 이론)이 일상생활에는 잘 들어맞지만, 이런 임사체험을 설명할 수는 없다. 과학적인 완전무결함을 유지하려는 신경 과학자들이라면 뇌와 정신에 대한 옛 이론에 들어맞지 않는 것 같은 임사체험을 무시할 수 없다. 그렇다고 비물질적인 정신 작용을 인지했더라도 물질적인 뇌의 작용이라는 옛 이론을 버려야 한다는 뜻은 아니다. 그들은 그저 뇌와 정신에 대한 이론이 '일정한 조건에서만' 쓸모가 있다는 사실을 인정해야 한다. 그들은 현실을 더욱 완벽하게 설명하기 위해, 뇌가 정지된 다음에도 의식이 지속되는 임사체험 같은 현상을 수용하기 위해 옛 이론을 개선해야 한다.

과학자들이 최종 답변을 찾았다고 한 적은 없다. 우리는 관찰 기록을 가지고 있고, 그 기록에서 이야기들을 엮으면서 증거를 이해해나간다. 이런 이야기들을 하면서 논리적으로 일관성을 유지하고, 모든 실증적인 관찰 기록과 일치시켜야 한다. 과학이 항상 결코 도달할 수 없는 목표(현실에 대한 완벽한 설명)를 향해 나아간 것은 모두 이렇게 반복해서 애쓴 결과다. 신경 과학자 토머스 스코필드의 말처럼 "과학은 진리를 찾는 일이 아니라, 틀릴 수 있는 더 나은 방법을 찾는 일이다. … 이론은 결코 완벽할 수 없다. 이전 이론보다 더 나은 게 가장 좋은 이론이다".[71]

천체 물리학자 닐 드그래스 타이슨은 개인적인 진리와 객관적인 진리를 구분한다. 개인적으로는 설득력 있을 수 있지만, 다른 사람에게 확실하게 증명할 수는 없는 게 개인적인 진리다. 타이슨은 "객관적인 진리는 과학이 발견한 종류의 진리다. 그리고 우리가 믿든 믿지 않든 상관없이 사실인 진리다. 우리 문화, 종교와 정치적 배경을 넘어서서 존재하는 진리다"[72]라고 말한다.

임사체험을 더 깊이 들여다볼수록 임사체험에 관한 연구 결과는 과학이 발견하는 객관적인 진리에 관한 타이슨의 기준에 부합하는 것 같다. 당신이 믿든 믿지 않든, 다양한 문화와 종교를 가진 사람들이 임사체험을 한다. 이 책에서 인용한 몇몇 체험자들은 그들의 문화적 신념과 종교적 믿음에 어긋나는 임사체험 내용을 이야기한다. 임사체험자 중 신이나 사후의 어떤 것도 믿지 않는 무신론자들도 있었다. 그러나 그들도 자기 육체가 사망 선고를 받은 후에도 뭔가 의식이 남아 있었던 경험을 부인할 수는 없다. 내가 보기에 임사체험은 분명 철저하게 관찰하면서 실증하는 과학이 될 수 있다.

물론 관찰한 결과를 처리할 때 임사체험 이야기들을 수집한 사람들의 편향(의식적이든 무의식적이든)을 고려해야 한다. 모든 연구에서처럼 우리는 자신이 어디에 치우쳤는지 끊임없이 관찰하면서 그런 치우침이 자료 해석에 어떤 영향을 줄 수 있는지 의문을 가져야 한다. 나는 어떤 사실을 하나의 특별한 관점으로 해석하기 좋아하면서 과학이 자기편이라고 우기는 연구자들의 이야기를 때때로 듣는다. 그런데 나는 과학은 누구 편도 들지 않는다는 사실을 아버지한테 배웠다. 과학은 모든 이용 가능한 자료를 공정하게 평가하는 방법이다. 과학이 우리 편이냐가 아니라, 우리가 과학 편이냐가 중요하다.

그렇다면 우리는 임사체험이 진짜인지 아닌지 어떻게 과학적으로 시험할 수 있을까? 겉보기에는 누군가의 경험이 '진짜' 있었던 일인지 질문하는 게 터무니없어 보일 수도 있다.

철학자 에이브러햄 캐플런은 먼 지역에 다녀온 후 낙타라는 이상하고 경이로운 짐승을 보았다고 주장하는 남자에 대해 이야기한다.[73] 이 동물이 물도 마시지 않고 가장 뜨거운 사막을 며칠씩 걸어간다고 말한다! 고국에 사는 학자들은 깜짝 놀라고 어리둥절해한다. 그들은 그 여행자에게 "우리는 그런 동물이 존재할 수 있는지 아닌지 알 수 없다. 그러나 우리가 아는 생물학 지식을 바탕으로 그게 가능한지 아닌지 결정하는 회의를 열 것이다"라고 말한다. 그러자 여행자는 "진짜냐고요? 내가 봤다고 하잖아요!"라고 대답한다.

심리학자 밥 밴 데 캐슬은 "당신이 트럭에 치였고, 트럭에 치였던 걸 안다면 남이 아무리 회의적인 태도를 보여도 그 트럭이 그저 상상일 뿐이라고 당신을 설득할 수는 없다"[74]라고 말한다. 나는 트럭에 치인 적은 없지만, 거의 50년 전에 의식을 잃고 누워 있던 상태에서 다른 방에 있던 내 넥타이에 묻은 얼룩을 보았다고 주장하는 홀리를 만났을 때 충격을 받았다. 나는 그 일을 어떻게 이해해야 할지 몰랐다. 그러나 나는 짐짓 그런 일이 없었다고 꾸며댈 수 없었고, 그 일을 착각이나 상상의 산물이라고 무시할 수도 없었다. 내가 겪은 적은 없지만, 사람들에게 들은 그 모든 믿기 힘든 임사체험 이야기들은 어떻게 할까? 실제인지 아닌지 내가 어떻게 알아낼 수 있을까?

앞에서 유체이탈에 관해 이야기했을 때처럼 확인하기 어려운 일이다. 임사체험 중에 유체이탈을 경험했다는 93가지 사례를 검토한 잰 홀든의 연구를 다시 생각해보자. 유체이탈 중 보았다고 주장하는 장면이 완전히 정확했다는 사실이 다른 증거로 증명된 경우는 92퍼센트나 되었고, 어느 정도 틀린 점이 있는 경우가 6퍼센트였다. 완전히 틀린 경우는 1퍼센트밖에 되지 않았다. 분명 어떤 체험자의 주장은 실제로 일어난 일을 정확하게 설명하지 못할 수도 있을 것이다. 그러나 몇몇 임사체험 이야기들이 틀렸거나 심지어 지어낸 말일지도 모른다는 사실 때문에 모든 임사체험 사례를 깎아내려려야 하는 건 아니다. 13세기 수피 신비주의자 잘랄 아드-딘 루미는 진짜 금이 없다면 가짜 금도 없을 것이라고 썼다.[75] 마찬가지로 진짜 임사체험이 없다면 가짜 임사체험도 없을 것이다. 문제는 진짜와 가짜를 어떻게 구별하느냐다. 나는 사후세계에 대한 이야기들이 맞는지는 어떻게 시험할지 모른다. 그러나 우리의 물질세계에서 무엇을 보았다는 이야기가 맞는지는 시험할 수 있다.

한 가지 방법은 체험자의 기억을 얼마나 신뢰할 수 있는지 물어보는 것이다. 임사체험에 대한 기억을 신뢰할 수 없다고 의심하게 된 몇 가지 요인이 있다.

첫 번째, 심장 박동이 정지되었을 때 임사체험을 하는 사람이 많고,[76] 이 때문에 심장이 멎었을 즈음의 일들을 기억하지 못하는 경우가 많다. 두 번째, 기억을 방해할 수 있는 환각제를 복용한 사람들이 때때로 임사체험을 한다.[77] 세 번째, 보통 기억의 정확성에 영향을 줄 수 있다고 알려진 엄청나게 충격적인 상황에서 임사체험을 한다.[78] 네 번째, 보통 기억에 영향을 끼칠 수 있는 강렬하고 긍정적인 감정을 느끼기도 한다.[79] 그리고 마지막으로, 때때로 그 일을 겪은 지 한참 후에 이야기하기도 하는데, 생생하고 자세하게 기억하기 어려운 경우가 많다.[80] 이 모든 요인 때문에 임사체험 기억의 신뢰성에 대한 의문이 생긴다.

몇몇 연구자는 임사체험 이야기들이 시간이 흐르면서 미화되고, 특히 임사체험에 대한 기억은 세월이 흐르면서 더욱더 행복해진다고 추측했다.[81] 내가 지금까지 40여 년 동안 임사체험을 연구했기 때문에 이 질문에 대한 답을 찾을 수 있었다. 나는 1980년대 초에 임사체험에 대해 면담했던 사람들을 2002년부터 찾아내기 시작했다. 그리고 그들이 겪은 임사체험에 대해 다시 설명해달라고 했다. 나는 임사체험 이야기가 시간이 흐르면서 더욱더 행복한 이야기로 바뀌지는 않았다는 사실을 알아냈다.[82] 사실 체험자들이 1980년대에 한 이야기와 수십 년 후에 한 이야기가 전혀 다르지 않았다. 이것은 임사체험자들의 기억이 믿을 수 있다는 사실을 보여준다. 그리고 그것은 또한 더 나아가 몇 년 전에 일어났던 체험을 연구하는 것도 최근 임사체험을 연구하는 일만큼 의미 있다는 사실을 보여준다.

임사체험 이야기가 그 사람의 신념에 따라 영향을 받는지 여부는 또 하나의 중요한 물음이다. 체험자들의 문화적 배경에 따라 자기 경험을 해석하는 방식이 달라진다는 사실을 우리는 안다. 트럭 운전사 도미닉이 임사체험에서 본 터널을 '배기관'이라고 불렀던 게 기억나는가? 임사체험자는 그런 상황에서 벌어진다고 예상하거나 기대하는 일을 경험하는가? 나는 그 문제도 시험할 수 있었다. 버지니아대학교에서 나의 멘토였던 이언 스티븐슨 교수는 레이먼드 무디가 미국에 임사체험이라는 용어를 소개하기 몇 년 전부터 임사체험 사례를 수집하고 있었다. 이언은 가장 눈에 띄는 점을 바탕으로 그런 체험을 '유체이탈 체험', '임종 환상', '유령' 같은 여러 종류로 분류했다.

나는 이언이 수집한 1960년대와 1970년대 초의 사례 중 가장 완벽한 24가지를 골랐다.[83] 그리고 각각의 사례에서 레이먼드가 설명한 공통적인 특징 15가지를 발견할 수 있는지 평가했다. 그 다음 나와 함께 일했던 의대생 지나 애서필리의 도움을 받아 최근에 내가 직접 수집한 임사체험 사례 중 체험자의 연령, 인종, 성별, 종교와 죽을 뻔한 이유 그리고 의학적으로 얼마나 죽음에 가까웠는지 등에서 각각 이언이 수집한 사례와 일치하는 24가지를 골랐다. 레이먼드가 설명한 모든 특징(육체에서 분리되고, 편안함을 느끼고, 다른 사람이나 빛의 존재를 보고, 음악을 듣고, 삶 전체를 되돌아보는 것 같은)은 레이먼드가 임사체험 중에 무슨 일이 일어나는지 자세히 설명한 책에 나온 1975년 전에 수집된 사례나 최근 사례에서 다 함께 자주 등장한다. 한 가지 예외는 터널을 지나는 느낌으로, 이건 최근 사례에서 더 자주 등장한다. 하지만 내가 임사체험 척도에서 터널 경험을 제외했던 사실을 떠올려보자. 터널은 임사체험 후 우리가 어떤 환경에서 다른 환경으로 옮겨갔다는 점을 설명하려고 하지만, 어떻게 갈 수 있었는지 달리 알 수 없을 때 뭔가를 만들어낸 것으로 보인다고 다른 연구자들이 주장했기 때문이었다.

지나와 나는 이언이 수집한 사례와 내가 최근에 수집한 사례에서 레이먼드가 설명한 임사체험 여파(가치관 변화, 죽음에 대한 두려움 감소, 사후세계에 대한 믿음, 자기 체험을 타인에게 이야기하기 어려움 등)에 대한 이야기가 얼마나 많이 포함되었는지도 평가했다. 또한, 이런 여파는 최근의 임사체험 이야기뿐 아니라 레이먼드의 책이 나온 1975년 '이전'에 수집한 이야기에서도 똑같이 많이 등장한다. 결국, 임사체험 이야기들은 수십 년간 변하지 않았고, 그저 죽기 직전에 무슨 일을 겪는지에 대한 익숙한 유형을 반영하는 것으로 보이지도 않는다.

그러면 이렇게 한결같은 이야기들은 실제로 일어난 일에 대한 기억일까, 아니면 그저 상상했던 일에 대한 기억일까?[84] 사실 대부분의 임사체험자들은 체험의 현실성에 대해 상당히 확신하고, 임사체험을 "진짜보다 더 진짜" 혹은 "내가 이제까지 겪은 어떤 일보다 더 생생한 현실"이라고 설명한다. 방사선 종양학자 제프리 롱이 600명이 넘는 임사체험자들을 조사한 결과, 96퍼센트가 그들의 임사체험이 "틀림없이 진짜"라고 평가했다.[85] 반면 "완전히 가짜"라고 평가한 사람은 아무도 없었다. 내 연구의 참가자들역시 임사체험이 완전히 진짜라고 확신했다. 내가 연구한 모든 임사체험자 중 71퍼센트는 자신의 임사체험 기억이 다른 일들에 대한 기억보다 더 분명하고 생생하다고 말했다. 반면 덜 분명하고 생생하지 않다고 말한 체험자는 3퍼센트밖에 되지 않았다.

23세에 출산 중 마취 부작용을 겪으면서 임사체험을 경험했던 제인 스미스는 "그게 꿈이었을 수도 있다는 생각은 한 번도 해본 적 없어요. 그게 사실이고 진짜이고, 내가 아는 어떤 일보다 더 실제적이라는 사실을 알아요"라고 말했다. 리앤 캐럴은 31세때 폐에 커다란 핏덩이가 생겨 심장 박동이 멈췄다.[86] 그녀는 자신의 임사체험에 대해 "나의 죽음 체험이 삶보다 더 현실적이에요"라고 말했다. 27세에 아산화질소 부작용으로 임사체험한 낸시 에번스 부시는 "맞아요. 진짜보다 더 진짜였어요. 완전히 현실이었죠"라고 말했다.[87] 29세에 임사체험한 수전 리턴은 "의심의 여지가 전혀 없었어요. 모든 게 우리가 아는 물질세계에서 보통 경험하는 어떤 것보다 '더 현실적'으로 느껴졌어요"라고 내게 말했다. 21세에 자동차 사고로 임사체험한 크리스 맷은 "그게 실제였다는 걸 전혀 의심하지 않아요. 우리가 이 땅에서 경험하는 어떤 일보다 훨씬 더 실제적이었거든요"라고 말했다. 31세에 자살 시도를 했던 욜레인 스타우트는 "이 세상의 어떤 일보다 더 실제적이었어요. 그에 비하면 내 육체의 삶을 꿈이라고 할 수 있을 정도예요"라고 말했다.

실제 겪은 일들에 대한 기억과 공상을 구별하는 방법들이 있다. 정신과 수련의 로런 무어와 나는 실제 사건에 대한 기억과, 공상이나 꿈을 구별하기 위해 널리 사용하는 척도인 '기억 특성 질문지'(MCQ)를 활용했다.[88] 질문지는 실제 겪은 일이냐 상상한 일이냐에 따라 확실히 달라지는 기억의 측면들(기억의 명료함과 자세함, 감각적인 측면, 그 일의 전후 사정에 대한 기억, 기억을 떠올릴 때 생각의 흐름, 그 일과 관련된 감정의 강렬함 등)을 살펴본다. 나는 임사체험했던 사람들에게 세 가지 경험에 대한 기억을 평가해달라고 했다. 첫 번째는 임사체험에 대한 기억, 두 번째는 같은 시기에 일어났던 또 다른 일에 대한 기억, 그리고 세 번째는 역시 같은 시기에 상상했던 일에 대한 기억이었다.

로런과 나는 임사체험에 대한 기억이 상상했던 일에 대한 기억보다는 실제 사건에 대한 기억과 비슷하다는 사실을 알아냈다. 사실, 실제 사건에 대한 기억이 상상했던 일에 대한 기억보다 더 현실적이었고, 임사체험에 대한 기억이 실제 사건에 대한 기억보다 더 현실적이었다. 임사체험에 대한 기억이 실제 사건에 대한 기억보다 더 자세하고, 더 명료하며 전후 사정을 더 잘 기억하고, 더 강렬한 감정을 느낀다는 점에서 그랬다.

임사체험이 일상적인 경험보다 더 현실적으로 느껴진다는 게 바로 임사체험자들이 내게 수십 년간 강조해온 이야기였다. 반면 죽을 고비를 넘겼지만, 임사체험을 하지 않은 사람들은 죽을 뻔한 일에 대한 기억을 다른 실제 사건에 대한 기억보다 더 생생하게 떠올리지 못했다. 벨기에와 이탈리아의 다른 두 연구팀도 같은 결론을 내렸다.[89] 특히, 이탈리아 연구팀은 임사체험을 떠올릴 때의 뇌파를 측정했는데, 상상했던 일을 떠올릴 때보다는 실제 사건을 떠올릴 때의 뇌파와 비슷하다는 사실을 알아냈다.

　결론을 말하자면, 임사체험 기억에 대한 과학적인 조사로 임사체험 기억은 시간이 흘러도 한결같고, 죽기 직전에 겪는다고 생각하는 일에서 기대되는 익숙한 유형을 따르지 않으며, 실제로 겪은 일에 대한 기억과 비슷하다는 사실을 확인했다. 임사체험이 환각이나 공상이 아니라면 이런 현상을 어떻게 설명할 수 있을까? 이 질문을 풀기 위해 나는 그다음으로 죽을 고비를 넘기는 동안 뇌에서 무슨 일이 벌어지는지 탐색하기 시작했다.

9장

죽음과 임사체험은 어떻게 다른가?

과학자들은 임사체험을 어떻게 설명할까? 나는 뇌 그리고 뇌의 각 부위가 어떻게 작동하는지를 많이 배웠다. 그리고 임사체험과 관련된 특정 뇌 영역이 있는지도 궁금했다. 몇몇 연구자는 전기 탐침으로 자극하면 임사체험을 일으킬 수도 있는 부분을 찾아내려고 했다. 그들은 대개 머리 양쪽 옆, 관자놀이 밑에 있는 측두엽을 주목했다. 몇몇 연구자는 임사체험이 오른쪽 측두엽과 관련이 있다고 주장해왔고,[90] 다른 연구자들은 왼쪽 측두엽과 관련이 있다고 주장해왔다.[91]

많은 과학자는 측두엽의 비정상적인 전류가 유체이탈 체험을 일으킬 수 있다는 증거로 신경외과 의사 와일더 펜필드의 선구적인 연구를 인용했다. 1950년대, 펜필드는 맥길대학교의 몬트리올 신경과학연구소에서 (뇌의 갑작스러운 전기 방전으로) 약물치료로도 효과가 없는 발작 환자들을 연구했다. 이 중에는 뇌에서 발작을 일으키는 부분을 제거하는 수술로만 치료할 수 있는 환자들이 많았다. 펜필드는 환자의 두개골을 열고 뇌의 여러 부분을 가벼운 전류로 자극하면서 발작이 어느 부분에서 비롯되었는지 정확한 지점을 찾아내 수술했다. 뇌에는 통각 수용기가 없으므로 놀랍게도 환자들은 그 과정에서 전혀 통증을 느끼지 않았다. 덕분에 펜필드는 환자들의 의식이 완전히 깨어있을 때 뇌를 검사할 수 있었고, 환자들은 어떤 느낌인지 펜필드에게 설명할 수 있었다.

이런 수술 방법으로, 펜필드는 발작이 어디에서 비롯되었는지 찾아냈을 뿐 아니라, 뇌의 각 부분이 자극을 받으면 어떤 반응을 보이는지도 알아냈다. 그는 뇌의 어떤 부분이 환자의 손가락, 입술 등의 움직임을 조절하는지 보여주는 뇌 지도를 처음으로 그린 사람이었다. 그는 또한 자극을 받았을 때 뜨겁고 차가움을 느끼거나 어떤 냄새를 맡거나 어떤 노래 같은 소리를 듣거나, 영화를 보는 것처럼 과거 장면들을 보는 등 여러 감각을 불러일으키는 각각의 뇌 영역을 찾아냈다.

펜필드는 의식 있는 환자들의 측두엽 중 여러 지점을 전기 자극해 유체이탈 체험 및 다른 임사체험 같은 현상을 만들어냈다고 널리 알려졌다.[92] 그런데 사실은 그가 전기 자극한 환자 1,132명 중 단 두 명만 막연하게나마 유체이탈 체험과 비슷한 경험을 했다고 했을 뿐이다. 펜필드가 부분 마취 후 수술하던 33세 남자의 오른쪽 측두엽 한 부분을 건드리자 그 남자가 갑자기 "내 혀에서 달콤쌉싸름한 맛이 나요"라고 말했다. 그 환자는 혼란스러워하면서 맛보고 삼키는 동작을 했다. 그러자 펜필드는 전류를 차단했고, 그 남자는 "오, 하나님! 내 몸에서 벗어나고 있어요"[93]라고 말했다. 그는 겁에 질린 것 같았고, 도와달라는 몸짓을 했다. 그러자 펜필드는 측두엽을 더 깊이 자극했고, 그 남자는 빙글빙글 돌고 있고, 서 있는 것처럼 느껴진다고 말했다.

두 번째 사례에서는 펜필드가 한 여성의 측두엽을 전기 탐침으로 건드리자 그 여성이 "내가 여기에 있지 않은 것 같은 기묘한 느낌이에요"[94]라고 말했다. 펜필드가 계속 전기 자극을 하자 그 여성은 "내가 반만 여기에 있는 것 같아요"라고 덧붙였다. 펜필드가 그다음 측두엽의 다른 부분을 건드리자 그 여성은 "이상한 느낌이에요"라고 말하면서 떠다니고 있는 듯한 느낌이라고 덧붙였다. 펜필드가 전기 자극을 계속하자 그 여성은 "내가 여기에 있어요?"라고 물었다. 펜필드가 측두엽에서 또 다른 부분을 건드리자 그 여성은 "다시 떠나가는 느낌이에요"라고 말했다. 그 여성은 그 경험이 비현실적이라고 느꼈다. 임사체험이 "현실보다 더 현실적"이라고 느끼는 임사체험자들의 느낌과는 전혀 달랐다. 그 여성은 자신이 어딘가 딴 곳에 있으면서도 여전히 그 자리에 남아 있는 듯이 느꼈다. 이 환자들은 몸에서 분리되는 것 같다고 느꼈지만, 임사체험자들처럼 위에서 자기 몸을 내려다보았다고 말하는 환자는 아무도 없었다.

펜필드의 연구에서 환자들은 의미심장하면서도 납득하기는 어려운 이야기들을 했지만, 이후 연구에서 뇌의 다른 부분에 영향을 주는 다양한 유형의 발작 환자들도 '신체에서 벗어나는 느낌'을 이야기할 수 있다는 사실이 밝혀졌다.[95] 말하자면, 측두엽만 특별히 육체에서 분리되는 느낌과 관련이 있다는 증거는 거의 찾지 못했다.

다른 신경 과학자들은 임사체험 그리고 비슷한 체험이 전두엽, 두정엽, 시상부, 시상하부, 편도체와 해마 등 뇌의 다른 부분들과 관련 있다고 주장했다.[96] 몬트리올대학교의 신경 과학자 마리오 보레가드와 동료 연구자들은 임사체험한 사람들의 뇌 활동을 측정했다.[97] 명상하면서 임사체험을 재현하려고 하는 사람들의 뇌를 정밀 검사한 것이다. 그 과정에서 보레가드는 임사체험과 관련된 뇌의 특정 부위가 따로 있는 건 아니라는 사실을 알아냈다. 그보다는 임사체험을 떠올릴 때 뇌에서 여러 부분의 활동이 동시에 활발해졌다.

이렇게 임사체험이 뇌의 여러 부분과 관련 있다는(아니면 여러 부분이 함께 작용한다는) 사실이 밝혀지면서 우리는 최종적인 답을 찾지 못했다. 발작 환자들도 때때로 육체에서 분리되는 느낌을 경험한다고 이야기하는 연구자들도 있어 환자들의 이런 현상을 더 자세히 들여다보기로 했다. 뇌의 특정 부분에서 벌어진 전기 방전이 뇌의 다른 부분들보다 임사체험 같은 느낌과 더 관련이 있는지 살펴보고 싶었다. 나는 우리 병원에서 뇌전증 클리닉을 운영하는 신경과 의사 네이선 파운틴을 찾아갔다. 그의 클리닉 환자들을 만나 발작 중 경험에 대해 물어도 되는지 허락받기 위해서였다. 환자 진료 기록과 다른 서류로 넘쳐나는 책상에 앉아 있는 그에게 내가 생각했던 이야기를 했다. 그는 정말 다정하게 내 이야기를 열심히 들었지만, 내 제안에는 별 흥미를 느끼지 않는 것 같았다.

그는 고개를 저으면서 말했다. "교수님이 원하는 걸 얻지는 못할 것 같아요. 발작은 뇌가 정상적인 기능을 할 수 없게 방해합니다. 그래서 환자들의 의식도 손상되니 당신에게 이야기할 게 없을 거예요. 일반적으로 발작이 일어나면 내내 무의식 상태여서 어떤 종류의 '경험'도 할 수 없어요. 사실 많은 환자가 발작이 일어났다는 사실조차 모릅니다." 그는 미소를 지으며 어깨를 으쓱했고, 이렇게 덧붙였다. "그리고 측두엽 발작으로 어떤 경험을 했더라도 그 경험에 대해 당신에게 이야기할 수 없을 거예요. 해마가 발작을 일으켜 정상적인 기능을 할 수 없어서 그 경험에 대한 기억을 만들어낼 수 없거든요."

나는 이렇게 주장했다. "측두엽을 자극하자 육체에서 분리되는 느낌이 들었다는 사람들의 이야기를 읽었어요. 와일더 펜필드의 환자 중 두 명은 펜필드가 전류로 측두엽을 자극하자 뭔가 비슷한 경험을 했다고 말했어요."

네이선은 반박했다. "펜필드의 환자들은 깨어 있었어요. 그리고 그는 아주 약한 전류를 사용했어요. 하지만 발작은 전혀 달라요. 대부분은 발작이 일어나는 동안 의식을 잃고, 발작이 끝난 다음에는 전혀 기억을 못 해요. 그들은 당신에게 어떤 이야기도 할 수 없을 거예요."

나는 "당신이 옳을지도 몰라요"라고 인정하면서 "그래도 당신 클리닉의 몇몇 환자들과 이야기하면서 질문하게 해 주실래요?"라고 부탁했다.

그는 망설이다 물었다. "환자들에게 정신과 의사와 이야기하면 좋겠다고 어떻게 설명해야 할까요?"

"그저 아무 때나 발작이 일어나는 게 스트레스가 될 수 있다는 걸 알고 있고, 발작할 때 어떤 느낌이고, 발작에 어떻게 대처해야 할지 동료 중 한 명이 연구하고 있다고 이야기해주세요."

그가 마음속에서 그 제안을 저울질하는 걸 알 수 있었다. "몇

몇 환자는 발작이 일어날 때 어떤 기분인지, 누군가에게 이야기할 수 있어서 좋아할지도 몰라요."

나는 그의 마음이 점점 기운다고 생각했고, 그래서 밀어붙였다. "두세 명의 환자를 우리가 함께 면담하는 게 어때요? 그러면 당신도 환자들이 무슨 이야기를 하는지, 나와 이야기하는 것을 어떻게 느끼는지 들을 수 있잖아요?"

"좋아요. 다음 주 월요일 오후에 클리닉으로 오세요. 당신이 몇몇 환자들과 면담할 때 함께 앉아 있을게요. 그날은 진료 환자 수를 줄여보죠. 각 환자와 더 오랜 시간을 보내면서 그들의 발작에 대해 자세히 이야기 나눌 수 있을 테니. 그다음 환자들이 무슨 이야기를 하는지 봅시다." 그는 제안을 수락했다.

우리가 처음 면담한 두 명의 환자는 네이선이 예상한 대로 그들의 발작에 대해 아무것도 기억하지 못했다. 그들은 그저 의식을 잃었고, 그다음 얼마 후에 깨어나서 혼란스러워하거나 기진맥진해했다. 세 번째 환자인 마리는 젊은 비서로, 대학 때 뇌막염을 앓은 후 아무 때나 발작을 일으켰다. 그녀는 아무 거리낌 없이 나와 대화를 나누었다. 나는 발작이 시작되기 전에 보통 마지막으로 기억나는 게 무엇이냐고 물었다.

그녀는 "웩, 보통 강한 냄새를 맡아요. 더러운 운동 양말 같은 냄새예요. 몇 초 정도 냄새가 지속되면 발작이 일어날 거라는 사실을 금방 알아요."

나는 "그러면 발작이 끝난 다음 보통 기억나는 게 뭐예요?"라고 물었다.

"그 후 한동안 몸을 가누지 못해요. 바닥이든 어디든 보통 그냥 그 자리에 누워 있죠. 그러면서 내가 어디에 있고, 무엇을 하고 있었는지 기억하려고 애써요. 얼마나 오랫동안 그렇게 누워 있는지는 모르겠어요. 그러나 보통 아주 천천히 일어나고, 그다음에도 여전히 오랫동안 피곤을 느껴요."

나는 물었다. "그러면 운동 양말 냄새를 맡은 때와 몸을 가누지 못할 것 같은 상태로 깨어난 때 사이에 무슨 일이 있었는지 기억나요?"

그녀는 "발작이 일어나는 때를 말하는 거지요?"라고 물었다.

"맞아요." 나는 고개를 끄덕였다.

그녀는 고개를 저었다. "보통은 의식을 잃어요. 모든 게 공백이죠." 그녀는 머뭇거리면서 나, 그다음 네이선 그리고 다시 나를 바라보았다. "그런데 뭔가 기억난다고 생각했던 때가 한 번 있었어요."

나는 "한 번이라고요?"라고 그녀의 말을 되풀이하면서 고개를 끄덕였다.

그녀는 망설이면서 "그래요"라고 말했다. "바닥에서 떨고 있는 내 몸을 지켜보는 것 같았어요." 그녀는 네이선을 돌아보더니 계속 말했다. "물론 그럴 수 없는 상황인 걸 알아요. 그런데 발작이 끝난 후 팔과 다리를 떠는 내 몸을 내려다보았던 기억이 났어요." 그녀는 계속 말하기 민망한 듯 입을 닫았다.

"그러면, 그런 일이 딱 한 번 있었어요?"라고 내가 물었다.

그녀는 고개를 끄덕였다. "그래요. 몇 년 전, 결혼하기 전이었어요. 내 아파트에서 혼자 잡지를 읽을 때 일어난 일이에요. 혼란스러웠지만, 그저 틀림없이 상상이라고 생각했어요."

네이선을 살펴보니 웃고 있었다. 예상치 못한 일에 맞닥뜨리면 충격을 받기보다 재미있어하는 게 그가 주로 보이는 반응이었다.

"그러면 그 경험이 당신에게 어떤 영향을 주었나요?"라고 나는 물었다.

그녀는 어깨를 으쓱했다. "실제로 영향을 주지는 않았어요. 그 일을 한 번도 잊지 않았어요. 그러나 어떤 식으로든 영향을 받지는 않았어요." 그녀는 잠시 말을 멈추고 먼저 네이선, 그다음 나를 본 후 "발작이 일어나는 동안 어떤 느낌이었는지 물어본 사람이 이제까지 아무도 없었어요. 그런 이야기를 할 수 있어서 기뻐요"라고 덧붙였다.

"뭐든 그 경험에 대해 기억할 수 있는 다른 게 있나요? 아니면 우리에게 말하거나 묻고 싶은 다른 게 있다면요?"

그녀는 "아니요, 그게 다였어요. 그저 한 번도 잊은 적 없는 이상한 일이었어요"라고 말했다.

나는 그런 이야기를 해주어 고맙다고 인사하면서 면담을 마친 후 네이선을 돌아보았다. 그는 말했다. "좋아요. 이제 다른 환자를 면담하지 않아도 되겠어요. 연구를 시작합시다."

대부분 의사가 그렇듯 그 역시 보고 들어야 한다고 배운 것보다 직접 보고 들은 것에 더 쉽게 설득되었다.

그다음 나는 동료 연구자 로리 데어와 함께 뇌전증 클리닉 환자 100명을 대상으로 발작이 일어나는 동안의 경험에 대해 면담했다.[98] 우리는 발작 전과 후, 그다음 발작 중의 일 중 무엇을 기억해낼 수 있는지 묻기 시작했다. 그들이 발작에 대한 기억이 있다고 이야기하든 전혀 기억이 없다고 대답하든 상관없이 우리는 그다음으로 임사체험 척도의 모든 항목에 대해 질문했다. 그들 중 몇몇은 임사체험의 특징을 몇 가지 경험하고도 말할 가치가 없다고 여길 수 있어서였다. 예를 들어 우리는 "발작이 일어나는 동안, 시간 감각이 바뀐다고 느낀 적이 있나요?"라고 묻곤 했다. 많은 환자가 발작 동안의 어떤 경험도 전혀 기억하지 못했다. 그러나 절반을 좀 넘는 환자들이 뭔가 떠다니는 느낌, 이상한 냄새나 소리 같을 걸 기억했다. 그리고 네이선이 재빨리 지적했듯 그런 기억은 발작이 시작되기 직전에 느꼈던 감각일 수 있었다.

100명의 환자 중 7명이 시간 감각을 잃었다고 말했고, 1명이 평화로운 느낌이었고, 1명이 밝은 빛을 보았다고 답했다. 그리고 100명의 환자 중 7명이 최소한 희미하게나마 발작 중에 육체에서 분리되는 것 같은 경험을 했다고 말했다. 그들 중 거의 대부분이 발작이 일어난 수십 년 동안 단 한 번 그런 경험을 했다고 대답했다. 그리고 정확한 시기를 기억하지 못했기에("내 생각에는 15년이나 20년 전이에요") 그 경험과 관련이 있었을 수도 있을 구체적인 의료 정보를 찾아낼 수는 없었다. 게다가 그들 대부분이 이런 경험이 진짜가 아닌 줄 안다고 우리에게 말했다.

예를 들어 30세 여성 메리앤은 발작 중에 "두세 번 유체이탈 체험"을 했다고 전하면서 "그게 진짜일 수 없다는 걸 알아요. 너무 믿기지 않거든요. 내 몸이나 다른 어떤 것도 실제로 보지 못했어요. 그건 내 상상일지도 몰라요"라고 덧붙였다. 그리고 42세 남성 마크는 내게 "자세한 건 하나도 기억나지 않아요. 꿈같아요. 분명 그런 일이 실제로 일어날 수 있다고 생각하지 않아요"
라고 말했다. 이 환자들은 보통 자기 몸을 자각하지 못하게 된
일에 대해 모호하게 설명할 뿐이었다. 한 명 외에는 몸 밖에서
자기 육체를 보았다는 이야기를 하지 않았다.

임사체험자들은 발작 환자와는 대조적으로 언제나 자기 체험
이 진짜였다고 주장한다. 그들은 기억이 상상이나 꿈에서 비롯
되었을 수도 있다는 가능성을 단호하게 부인한다. 의식을 잃은
자기 몸을 내려다보았다고 말하는 경우가 많고, 체험 전체를 아
주 세밀하게 기억한다.

100명의 발작 환자 중 1명만 발작 과정에서 자주 자기 몸에서
분리되는 경험을 한다고 말했다. 그녀는 위에서 자기 몸을 꽤 분
명하게 볼 수 있다고 했지만, 대다수 임사체험자가 말하는 설명
과는 전혀 달랐다. 심리학 전공 대학원생인 28세 커스틴은 머리
꼭대기 부분이 선천성 뇌 기형이어서 나면서부터 발작을 일으켰
다. 오른쪽과 왼쪽 측두엽 사이 정중선(正中線)이 비정상인 기형
이어서 평생 한 달에 몇 번씩 발작을 일으켰다. 발작이 일어나는
동안, 보통 1분이 되지 않는 시간 동안 의식을 잃는 것 같았다.
다른 사람 눈에는 그녀가 그저 멍하니 앞을 보면서 주변에서 벌
어지는 일에 반응하지 않는 것처럼 보였다. 걷는 상태였다면 자
신이 어디로 가는지 모르는 것처럼 계속 일직선으로 걷곤 했다.
그러나 커스틴은 발작 중에 무슨 일이 일어났는지 아는 것 같았
다. 나는 그녀에게 그럴 때 어땠는지 설명해달라고 요청했다.

그녀는 "책을 읽는 중이라면 읽고 있던 페이지의 글자들이 아
무 의미가 없는 글자가 되어요. 친구와 이야기하던 중이라면 친

구 입에서 나오는 말들이 더는 말로 들리지 않아요. 내가 하고 싶은 말들을 생각할 수는 있지만, 횡설수설하는 소리밖에 낼 수가 없어요"라고 이야기를 시작했다. 그리고 어깨를 으쓱하더니 고개를 저었다.

나는 "그다음엔 어땠어요?"라고 물었다.

"그다음 조금 위에서 내 몸을 내려다봤어요."

나는 그 말에 깜짝 놀랐다. 이미 수십 명의 발작 환자들을 면담한 후였지만, 육체에서 분리된 순간에 대한 명확한 설명은 처음 들었다. 그러나 커스틴은 발작할 때마다 늘 겪는 일이라고 설명했다. "그 이야기를 좀 해주세요. 당신 기분은 어땠어요?"라고 나는 물었다.

그녀는 "무시무시했어요"라고 말했다.

나는 "무시무시했다고요?"라고 확인했다. 나는 또다시 놀랐다. 대부분의 임사체험자들은 몸에서 분리될 때 안도감과 자유를 느낀다고 설명하기 때문이다. 나중에 알게 되었지만, 커스틴만 이런 반응을 보인 게 아니었다. 어떤 연구자들은 발작 중 육체에서 벗어나는 느낌이었다고 설명하는 환자들이 흔히 극심한 공포와 두려움을 이야기한다고 전해왔다.[99]

커스틴은 "맞아요. 내가 떠나 있는 동안 내 몸에 무슨 일이 생길까 봐 두려워요"라고 말을 이었다.

나는 "예를 들면 어떻게요?"라고 물었다.

그녀는 고개를 저었다. "모르겠어요. 그저 내가 안에서 몸을 지키지 못하면 무슨 일이 일어날까 봐 두려워요."

나는 "무슨 일이 생긴 적이 있어요? 당신이 육체에서 분리되어 있는 동안 다친 적이 있어요?"라고 물었다.

그녀는 "별로 아프지 않았어요. 몇 주 전, 슈퍼마켓 통로에서 쇼핑 카트를 밀고 있을 때 발작이 일어났어요. 내가 육체에서 분리되었을 때 쇼핑 카트가 진열대와 충돌해 통조림 더미를 무너뜨렸어요"라고 천천히 말했다.

"어떻게 되었나요?"

"글쎄, 그 때문에 내 몸 안으로 다시 튕겨 들어갔고, 정신을 차린 후 통조림들을 집어서 다시 쌓았어요. 사람들은 나를 빤히 바라보았고, 결국 한 사람이 도와주러 왔어요."

"그러면 무엇 때문에 몸 안으로 튕겨 들어갔나요? 진열대와 충돌해서였나요, 아니면 통조림들이 와르르 무너지는 소리 때문이었나요?"

"쇼핑 카트가 진열대와 충돌한다고 느끼자마자 몸 안으로 튕겨 들어갔어요."

"보통 그렇게 발작에서 벗어나나요?"

커스틴은 고개를 끄덕였다. "몸이 무언가에 부딪히거나 누가 내 몸을 만지면 발작에서 벗어날 수 있어요. 내가 친구들 중 한 명과 이야기하고 있을 때 발작이 일어나면 갑자기 말을 멈추게 돼요. 그때 친구가 내 이름을 부르고 내 팔을 툭 치면 정신을 차리고요." 그녀는 웃으면서 덧붙였다. "물론 제가 발작을 일으켰을 때 알아챈 남자 친구는 아무도 없었어요."

누군가 몸을 건드리면 몸으로 되돌아간다는 그녀의 설명은 들어본 적이 있는 말이었다. 장티푸스로 입원했던 스코틀랜드 외과 의사 알렉산더 오그스턴 경 역시 임사체험을 설명하면서 몸을 건드릴 때마다 자기 몸으로 되돌아갔다고 했던 기억이 났다.

"나의 정신적 자아가 육체에서 자주 분리되곤 했다는 사실을 의식하고 있었다. … 문 옆에 놓인 차가운 덩어리가 내 몸이라는 의식이 일어날 때까지, 뭔가가 나를 휘젓고 있었다는 것을 자각했다. 그런 다음 나는 빠르게 다시 그 안으로 끌려 들어갔고, 넌더리를 내며 몸과 합쳐지고 내가 되었다. 다시 육체에서 분리되면 예전처럼 떠도는 것 같았다. … 그러다 다시 무엇인가가 누워 있는 내 몸을 건드리고, 나는 또다시 몸속으로 들어갔다. 점점 더 역겨워하면서 들어갔다."[100]

나는 커스틴에게 물었다. "당신이 의식을 잃었을 때 어떤 사람이나 물건이 당신 몸을 건드리지 않으면 어떻게 되나요?"

그녀는 "오, 오래 걸리지 않아요. 몇 초, 때로는 1분 정도 안에 발작이 끝나고, 의식이 돌아와요. 하지만 스스로는 내 몸으로 돌아가기 위한 어떤 일도 할 수 없어요"라고 말한 뒤 잠시 침묵했다. "그런 다음 괜찮아져요. 마치 아무 일도 없었던 듯이요"라고 덧붙였다.

나는 물었다. "육체에서 분리되었을 때 뭔가 다른 경험을 한 적이 있어요?"

"어떤 경험 말인가요?" 물으면서 그녀는 이마를 찡그렸다.

"예를 들어, 뭔가를 보거나 들은 적 있어요?"

그녀는 고개를 저었다. "아니요. 무슨 일이 생길지 모르니 나는 그저 내 몸에 집중하려고 애쓰기만 해요"라고 말한 뒤 희미하게 웃었다. "통조림 진열대를 들이박는 일 같은 게 생길지 모르니까요."

"그리고 육체에서 분리될 때 또 어떤 기분이 드나요? 당신은 무시무시할 수도 있다고 이야기했지만, 기분이 좋거나 어딘가 딴 곳으로 가는 것 같다고 느낀 적은 없나요?"

그녀는 눈이 휘둥그레지면서 "기분이 좋다고요? 농담하세요? 잔뜩 겁이 날 뿐이에요. 그런 경험을 전혀 좋아하지 않아요. 다른 기분을 느낀 적도 없어요. 빨리 몸으로 되돌아가서 다시 정상적으로 행동하기만을 바라죠"라고 말했다.

자기 몸을 보호하려는 커스틴의 태도는 임사체험 중에는 육체에 무관심한 것 같은 체험자들의 태도와는 매우 달랐다. 나는 뇌졸중으로 임사체험 중 육체에서 분리되는 느낌이었다는 질 볼트 테일러의 설명이 떠올랐다. "램프에서 빠져나온 요정 같은 느낌이었다. 내 영혼의 에너지가 고요한 희열의 바다에서 미끄러지듯 헤엄치는 거대한 고래처럼 흐르는 것 같았다. 육체적 존재로서 우리가 경험할 수 있는 최고의 즐거움보다 더 즐겁고, 이렇게 육체적 경계가 없는 게 영광스럽고 더없는 행복 중 하나였다."[101]

커스틴에게 다시 관심을 돌리면서 나는 고개를 끄덕였고, 천천히 다른 질문을 했다. "커스틴, 당신은 심리학을 전공하는 대학원생이잖아요. 사람과 뇌에 대해 많이 알고요. 당신이 육체에서 분리되었을 때 일어난 현상을 어떻게 이해하나요? 그걸 어떻게 설명하죠?" 그녀가 어떻게 이해하는지 알고 싶기도 하고, 내가 그런 일을 이해하는 데 도움을 주길 기대하면서 물었다.

그녀는 그저 어깨를 으쓱하더니 고개를 저었다. "그저 내가 발작을 일으킬 때 일어나는 일인 걸요. 어떻게 그런 일이 벌어지는지 파악하려고 노력해본 적은 없어요. 그저 빨리 그치기만을 바랐어요."

나는 조금 더 재촉했다. "그러면 발작 중에 당신 육체에서 분리된 건 뭐예요?"

그녀는 다시 어깨를 으쓱하더니 "나예요!"라고 말했다. 분명이 문제에 대해 더 생각하고 싶지 않고, 나에 대해 점점 더 짜증이 나는 듯했다.

그렇지만 한 번 더 물었다. "당신이 정말 육체와 분리되었다고 생각하나요, 아니면 발작이 일어났을 때 그저 뇌가 속임수를 썼다고 생각하나요? 내 말은, 지금 당장 발작이 일어나 당신이 우리 위로 올라가면 내 머리 뒤의 벗겨진 부분을 볼 수 있어요?"

그녀는 웃었다. 그리고 "물론이죠! 이제 끝났어요? 수업에 늦고 싶지 않아요"라고 말했다.

나는 커스틴이 자신의 유체이탈 경험에 대해 별 관심을 보이지 않는 게 분명해서 충격을 받았다.

나는 육체에서 분리되는 느낌에 대한 온갖 질문이 떠올랐지만, 그녀는 그런 일에 별로 당황하는 것 같지 않았다. 그도 그럴 것이, 커스틴의 어린 시절은 나와 전혀 달랐다. 나는 내 몸과 강한 일체감을 느끼며 성장했다. 달리기 내기로 몸에 아드레날린이 치솟는 걸 느끼거나 긴 하루 후 피곤함을 느낄 때, 식간에 배고픔을 느낄 때나 뜨거운 물에 몸을 담그며 뜨끈뜨끈함을 느낄 때 내 몸을 뚜렷하게 자각했다. 그런데 커스틴은 어릴 때부터 계속 육체에서 분리되는 느낌을 경험했고, 그녀에게는 그게 자연스러운 상태 같았다. 육체에서 분리되는 게 그녀에게는 신비한 일이 아니라, 단지 일상적으로 경험하는 부분이었다. 임사체험자들에게 들을 때와는 전혀 다른 태도였다. 그들은 보통 임사체험 중 몸에서 분리된 걸 알고 깜짝 놀란다.

임사체험 경험을 회상하는 경험자들의 뇌 활동에 대한 보르가르드의 연구 결과에 따라, 우리는 임사체험 경험이나 유체이탈 경험처럼 막연하게 들릴 수 있는 발작 경험은 뇌의 특정 엽이나 오른쪽 또는 왼쪽 어디와도 관련이 없다는 사실을 알아냈다. 우리 연구에서 분명한 유체이탈처럼 들리는 체험을 이야기한 유일한 환자인 커스틴은 뇌의 양쪽 측두엽 사이 정중선에 장애가 있었다. 그리고 그녀가 진짜 육체와 분리되어 다른 위치에서 정확하게 사물을 보았다고 주장했지만, 임사체험의 다른 특징들 그리고 즐겁거나 행복하게 들리거나 느껴지는 이야기는 전혀 하지 않았다.

일부 과학자들은 뇌전증 발작이나 전기 자극 같은 요인으로 인한 측두엽의 비정상적인 전류가 임사체험이나 유체이탈 체험 등을 유발할 수 있다고 일반적으로 믿지만, 우리는 그 믿음을 사실로 확인하지 못했다. 어떤 연구자들은 환자의 측두엽을 전류로 자극하면 몸이 비틀리는 느낌이나 몸에서 분리되는 느낌까지 만들어낼 수 있다고 주장했다.[102] 그러나 전기 자극으로 인한 이런 느낌과 임사체험과 관련된 유체이탈 체험 사이에는 중요한 차이점이 있다.[103] 뇌에 전기 자극을 받는 환자들이 이런 느낌을 비현실적이고 꿈같은 일로 설명하는 데 비해 임사체험자들은 부인할 수 없이 진짜 일어난 일로 받아들이는 게 가장 결정적이다. 스크린으로 전쟁 영화를 보는 일과 실제로 전쟁터에서 싸우는 일의 차이와 비슷하다. 직접 전쟁터에 있었던 사람과 전쟁 영화를 보았던 사람은 아마도 비슷한 장면을 보고, 비슷한 감정을 느꼈다고 설명할 것이다. 그러나 당신이 전쟁터에 있다면 명백한 현실로 경험하겠지만, 영화를 본다면 그 현실에 대한 모방을 경험하는 것이다.

임사체험이 뇌의 특정 부위와 관련이 있다는 생각을 접은 다음, 나는 그다음으로 임사체험이 전체적인 뇌의 전류와 관련 있을 수도 있다는 가능성을 고려했다. 죽어갈 때나 죽기 직전에도 뇌 전류가 충분해서 생생하고 복잡한 체험을 만들어낼 수 있을까? 의학 문헌으로는 그런 생각을 정당화하지 못한다. 수십 년의 임상 경험과 연구에 따르면, 심장이 멎은 지 6~7초 안에 뇌 활동은 줄어든다.[104] 그리고 10~12초 후에는 뇌전도 그래프가 평평해져 대뇌피질(생각, 지각, 기억과 언어를 담당하는 뇌 부위)에 아무 움직임이 없다는 걸 보여준다. 생명 유지 장치를 뗀 후의 사람 뇌파를 분석하면, 이런 경우 심장 박동이 멈추고 혈압이 사라지기 전에 뇌의 전기 활동이 사실상 멈춘다는 것을 보여준다. 그리고 심장이 멎은 다음에는 명백한 뇌전도 활동이 전혀 없다.[105] 그게 임사체험이 뇌 전류와 관련이 있을 수 있는지에 대한 내 질문의 답이 되어주었다.

나는 또한 임사체험이 우리가 죽음의 위협 앞에서 고통과 공포를 잊기 위해 만들어낸 정교한 환상이나 꿈은 아닌지 궁금했다. 신경 과학자 케빈 넬슨은 보통 급속 안구 운동(REM) 뇌 활동이라고 부르는, 꿈과 관련된 종류의 뇌 활동이 죽을 고비를 넘기는 중인 우리의 생각으로 침입해 꿈같은 생각과 영상을 만들어 낼 수 있다고 주장하면서 이런 개념을 생리학적 용어로 설명했다.[106] 그는 임사체험자들에게서 렘수면 침입 증상이 높은 비율로 나타나리라 생각하면서 연구했다. 그러나 이 연구에서 발견된 비율은 임사체험을 경험하지 않은 일반 대중의 무작위 표본에서 나타나는 렘수면 침입 증상 비율보다 높지 않은 것으로 나타났다.[107] 또한, 렘수면 뇌 활동을 억누르는 전신 마취 상태에서 임사체험을 하는 사람이 많으므로 이렇게 설명하기가 더욱 어렵다.[108] 게다가 임사체험을 했던 사람의 렘수면 뇌 활동 양은 사실 다른 사람보다 더 적었다.[109] 마지막으로, 이탈리아 연구팀은 임사체험 기억을 떠올리는 체험자의 뇌파 유형이 공상이나 꿈을 떠올리는 전형적인 뇌파 유형이 아니라 실제 일어났던 일들을 기억해서 떠올리는 전형적인 뇌파 유형과 같다는 사실을 알아냈다.[110] 결론적으로, 임사체험은 분명 꿈과는 확실히 다른 것으로 보인다.

뇌의 화학적 변화는 어떨까? 그게 임사체험과 관련 있을까?

뇌의 화학 작용이라는 측면에서 나는 뇌에서 산소가 줄어드는 것이 임사체험을 일으키는 요인이 될 수 있는지 궁금했다.[111] 어떤 식으로 죽을 고비를 겪었는지와 관계없이 임사체험자들은 비슷한 경험을 이야기한다. 그래서 죽음에 가까워질 때 모두에게 일어나는 신체 변화를 살펴보는 게 이치에 맞았다. 그리고 우리가 어떤 식으로 죽음에 가까워지는지와 상관없이 우리 심장 박동과 호흡이 멈추고, 뇌에 산소 공급이 끊기는 게 마지막으로 일어나는 일이다.

그런데 의학 문헌에 따르면, 산소가 줄어드는 게 아주 불쾌한 경험이고, 환각을 느끼면서 지각이 왜곡되었다고 말하는 사람들은 특히 더 불쾌해했다.[112] 산소 결핍을 겪었던 사람들은 전형적으로 공포, 불안, 공격성을 느꼈다.[113] 보통 평화롭고 긍정적인 경험인 임사체험과는 전혀 다르다. 실제로 죽을 고비를 겪는 사람들의 산소 수치를 측정한 연구는 가장 결정적인 증거다. 그 연구는 임사체험이 높아진 산소 수치와 관련 있거나[114] 임사체험을 하지 않은 사람들의 산소 수치와 같다[115]는 사실을 일관되게 보여주었다. 임사체험 중에 산소 수치가 낮아진다는 사실을 보여준 연구는 없었다.

나는 그다음, 임사체험이 죽을 고비를 겪는 사람들이 먹던 약과 관련 있을지도 모른다고 생각했다. 분명 죽을 고비를 겪는 환자 대부분이 여러 가지 약을 먹는다. 그러나 의학 문헌 어디에서도 임사체험이 약과 관련 있다는 사실을 뒷받침하지 않는다.[116] 연구에 따르면, 약을 먹은 환자들이 아무 약도 먹지 않은 환자들보다 임사체험을 했다고 이야기하는 경우가 사실 더 적다. 임사체험이 환각제 사용과 관련된 특이한 체험과 비슷하므로 이런 연구는 무척 흥미로웠다. 연구자들은 임사체험 이야기와 주로 마취제 케타민[117] 그리고 자연에서 발견되며 황홀경과 환영을 자아낼 수 있는 화학 물질인 DMT(다이메틸트립타민)[118]와 관련된 환각 경험 이야기에서 몇몇 공통점을 발견했다.

나는 최근 다국적 연구팀의 일원으로 625건의 임사체험 사례에 대한 언어 사용과 언어 구조를 분석하고, 이를 165가지 약물을 복용한 사람들의 비정상적인 경험에 대한 약 1만 5천 건의 보고와 비교했다.[119] 우리는 케타민과 관련된 환각 효과가 임사체험과 가장 비슷하다는 사실을 알아냈다. 그러나 케타민의 다른 효과들은 임사체험에서 나타나지 않기 때문에 임사체험이 그 약의 효과가 아니라는 것을 시사한다. 비슷한 맥락에서, 케타민 효과로 임사체험이 생긴다는 가설을 가장 강력하게 주장했던 신경과학자 칼 젠슨은 12년 동안 연구한 후 케타민이 실제로 임사체험을 만들어내는 약이 아니라, 임사체험에 이르는 '그저 또 다른 문'인 것 같다고 결론 내렸다.[120]

임사체험이 사람들이 복용하는 약과 관련이 없다면, 위기를 겪는 인간이 몸 안에서 만들어내는 화학 물질과 관련 있지 않을까? 몸이 스트레스에 대응하도록 돕기 위해 뇌는 몇 가지 화학 물질을 만들어내거나 분비한다는 사실을 우리는 안다. 내가 임사체험과 관련 있을 가능성이 가장 높다고 생각한 화학 물질은 엔도르핀이었다.[121] 마라톤 선수가 '러너스 하이'라는 도취감을 느끼게 하고, 고통과 스트레스를 줄여준다고 알려진, '기분이 좋아지게 하는 호르몬'이다. 임사체험이 세로토닌, 아드레날린, 바소프레신과 글루타민산염과 관련 있을 수도 있다고 주장하는 과학자들도 있다.[122] 모두 신경세포들 사이에서 신호를 전달하는 화학 물질들이다. 이론적으로는 뇌의 화학 물질이 임사체험과 관련 있을지 모른다고 생각할 수 있지만, 지금까지는 이런 가능성을 살핀 연구가 나오지 않았다. 그리고 가까운 장래에도 그런 연구가 나올 것 같지 않다. 이런 화학 물질들은 뇌의 극히 일부분에서 아주 짧게 솟구치기 때문에 그걸 찾아내려면 뇌의 딱 맞는 부분을 딱 맞는 시간에 관찰해야 한다. 내가 알기에는 뇌의 어느 부위를 관찰해야 할지도 아직 알려지지 않았다.

뇌를 바탕으로 한 가설이 언뜻 보기에는 임사체험을 잘 설명할 것 같았지만, 적절하다고 판가름 난 가설은 하나도 없었다. 임사체험을 이렇게 그럴듯하게 설명하려는 여러 시도를 탐구하다 보면 눈이 보이지 않는 사람들과 코끼리에 대해 토론하는 고대 인도 우화가 떠오른다. 이 우화의 출처는 2,500년 전의 불교 경전 『우다나』로 거슬러 올라간다.[123] 이 이야기에서 코끼리를 한 번도 본 적 없는 시각 장애인들은 코끼리를 만져보면서 본질을 파악하려고 애쓴다. 한 사람은 코를 붙잡고 코끼리는 물이 나오는 호스 같다고 말한다. 두 번째 사람은 엄니를 붙잡고 코끼리는 창과 같다고 말한다. 세 번째 사람은 다리를 만지면서 코끼리는 기둥 같다고 말한다. 또 다른 사람은 귀를 만지면서 코끼리는 부채 같다고 말한다. 각자 주관적이고 제한된 인식을 바탕으로 코끼리가 어떤 동물인지 합리적으로 유추하면서 떠난다. 그러나 그중에서 코끼리 전체를 이해한 사람은 아무도 없다.

어떤 면에서, 임사체험을 설명하려는 우리의 부적절한 가설 역시 임사체험의 이런저런 특징에 대한 주관적이고 제한된 인식을 바탕으로 한 합리적인 유추에 불과할지 모른다. 예를 들어 임사체험에서 느끼는 황홀한 감정은 어느 정도 엔도르핀에 의한 기분 좋은 느낌과 비슷하다. 그리고 임사체험에서 보는 환영은 어떤 면에서 케타민에 의한 환각과 비슷하다. 그리고 임사체험에서 삶을 되돌아보는 현상은 측두엽을 자극하면 유발될 수 있는 단편적인 기억들과 비교해도 될 것 같다. 이런 각각의 가설들은 임사체험의 한 가지 제한된 특징에 대한 대략적인 유추가 될지는 몰라도, 임사체험 전체를 적절히 설명하지는 못한다.

그럼에도 불구하고, 나는 의사로서 죽을 고비를 겪는 순간에 사람들의 뇌에서 어떤 일이 벌어지는지 더 알아내기 전에는 임사체험의 신비를 이해할 수 없을 거라는 사실을 알았다. 이는 정말 어려운 일이었다. 대부분 임사체험은 어떤 치료도 받고 있지 않을 때, 뇌 촬영은커녕 어떤 의료 모니터도 사용할 수 없는 곳에서 벌어진다. 일반적으로 긴급한 상황에서 의료진의 긴밀한 돌봄을 받을 때 임사체험을 하더라도 의료진이 환자의 심장을 되살리는 데만 집중하느라 뇌를 촬영할 생각은 하지 못한다. 그러나 드물지만 임사체험 중인 뇌를 그럭저럭 들여다볼 기회를 얻기도 한다.

10장

죽어갈 때의 뇌

54세 신경외과 의사는 새벽 4시 30분에 심한 두통과 요통 때문에 갑자기 잠에서 깼다. 그 후 4시간이 채 되지 않아 그는 의식을 잃었고, 가족은 그를 깨울 수 없었다. 아내는 그가 발작을 시작할 때부터 구급대를 불렀고, 남편은 급히 그 지역 병원 응급실로 옮겨졌다. 뇌 촬영을 포함해 신경학적 검사를 했더니 대뇌피질(생각, 인지, 기억 형성과 언어 이해와 관련된 뇌 부위)에 광범위한 손상이 드러났다. 뇌간(우리가 깨어 있든 잠자든, 호흡, 삼키기, 심박수, 혈압 등을 자동 조절하는 뇌 부분)에도 손상이 있었다. 응급실 의사는 그가 살아날 가망이 거의 없이 죽어가고 있다고 판단했다. 그는 며칠 동안 깊은 혼수상태여서 더는 뇌전증이 일어나지 않도록 항생제와 약으로 막고, 산소호흡기로 호흡을 도왔다. 입원 셋째 날, 반복 촬영한 뇌 사진을 보면 두개골 안쪽 대부분 영역에 고름이 꽉 차 있었다. 사람들이 그에게 말하고, 꼬집고, 바늘로 찔러도 전혀 반응하지 않았다.

그는 치명률이 90퍼센트에 달하는 희귀한 급성 뇌 박테리아 감염을 앓는 것으로 밝혀졌다. 그러나 그는 혼수상태 엿새째 되는 날, 눈을 떠서 모든 사람을 놀라게 했다. 그는 깨어나긴 했지만 혼란스러워했다. 팔과 다리를 제대로 움직이기 어려웠고, 자신이 어디에 있는지 이해하지 못했으며, 가족을 알아보지 못했다. 그는 혼수상태에 빠지기 전 자기 삶을 전혀 기억하지 못했고, 말을 할 수 없었다. 그러나 그는 전혀 다른 환경에서 했던 복잡한 경험을 생생하게 기억하면서 깨어났다.

놀랍게도 그의 기억과 말하기 능력이 돌아오기 시작했고, 며칠 후부터는 혼수상태였을 때의 경험을 기억해내고 설명할 수 있어서 의사를 놀라게 했다. 그는 음악 소리와 함께 투명하고 환하고, 천천히 회전하는 빛에 들어 올려져 정상적인 범위를 뛰어넘는 빛, 색채와 함께 풍요롭고 초현실적인 환경으로 들어갔고, 그곳에서 그는 의식은 있지만 육체는 없는 것 같았다고 설명했다. 그는 그곳의 꽃, 폭포, 기쁨에 겨워 춤추는 존재들, 천사 같은 노래, 하늘을 휙 가로지르는 금빛의 둥근 형체, 말은 하지 않았지만 일종의 안내인처럼 보였던 젊은 여성에 대해 설명했다. 그는 그다음 그 영역에서 더 높은 영역, 사랑으로 가득하고 신의 치유력이 넘치는, 칠흑같이 어둡고 무한한 영역으로 올라갔다. 그분에게는 "신이라는 용어도 너무 보잘것없는 단어로 보였다"라고 표현했다.

그는 또 가족이 아닌 어떤 사람들이 그의 병원 침대 주위에서 기도하는 모습을 보았다고 말했다. 중환자실 환자에게는 보통 금지되는 일이다. 하지만 표준 혼수 척도에서 그의 심각한 뇌 손상이 나타난 날, 가족과 의료진은 그가 말한 사람들이 실제로 그곳에 있었다고 확인해주었다. 그는 또 '초현실적인' 환경에서 그와 동행했던 여성의 신체적 특징을 가족에게 자세히 설명했다.

태어나자마자 입양되었던 그는 넉 달 후 친가족을 만났다. 그들은 그가 만난 적 없지만 10년 전 사망한 여자 형제의 사진을 보여주었다. 그리고 그 여자 형제가 임사체험에서 만난 안내인이라는 걸 알아보고 그는 깜짝 놀랐다.

이 책을 읽는 독자 중 몇몇은 이 이야기가 가장 널리 알려진 임사체험자 중 한 명인 신경외과 의사 이븐 알렉산더의 경험담이란 것을 알아차렸을 것이다.[124] 그는 아들의 충고에 따라 임사체험에 대한 어떤 이야기도 읽지 않았다. 자신의 임사체험에 대해 기억할 수 있는 전부를 기록할 때까지 기억이 왜곡되는 것을 피하기 위해서였다. 이 과정은 2년이 걸렸다.

임사체험 후 만 2년이 되는 날, 이븐은 직접 운전해 아들과 함께 버지니아대학교로 왔다. 아들은 그 당시 신경 과학을 전공하는 대학생이었다. 자신의 임사체험에 대해 2만 자에 이르는 인상적인 글을 쓴 이븐은 이제 그게 어떤 의미인지 탐구를 시작하고 싶었다. 학구적인 신경외과 의사인 그가 알기에는, 혼수상태에서는 어떤 경험에 대해서도 기억을 유지하거나 형성할 수 없었다. 하물며 엄청나게 사실적으로 생생하게 기억한다는 건 있을 수 없는 일이었다.

나를 찾아온 이븐은, 예상과 달리 이런 수수께끼 때문에 별로 괴로워하지 않았다. 오히려 어떤 활기가 생겨 그걸 제대로 이해하고 싶은 열의로 가득했다. 그는 임사체험에 대한 연구를 어떻게 시작해야 할지 의논하고 싶어 1시간 30분을 운전해 버지니아대학교로 온 것이었다. 나는 그의 아들에게 신경 과학 전공자로서 아버지의 체험으로 알게 된 게 뭐냐고 물었다. 아들은 고개를 저었다. 잠시 침묵한 후 그는 "모르겠어요. 그런데 내가 보고 자란 아버지는 아니에요"라고 말했다.

이븐이 진짜 죽음의 위기에 놓인 적이 없었고, 그가 혼수상태로 보였던 게 사실은 그에게 투여한 약 때문에 그저 몽롱한 상태였다고 주장하는 사람들도 있다. 회의주의자로 훈련받은 나 역시 이븐이 자신의 의학적 상태에 대해 설명한 내용이나, 그를 비판하는 사람들이 했던 말을 선뜻 액면 그대로 받아들이고 싶지 않았다. 그래서 나는 그의 진료 기록 전체를 병원에서 얻었다. 나만 그 기록을 검토한 게 아니었다. 두 명의 다른 의사 서비 카나와 로런 무어도 따로따로 600장이 넘는 기록을 검토하면서 이븐의 의학적 상태를 가늠했다. 우리 세 명이 각자 판단을 마친 후 만나서 결론이 서로 다르면 함께 의논하기로 계획을 세웠다. 그러나 막상 만났을 때 따로따로 내린 결론에 전혀 차이가 없다는 사실을 알게 되었다. 진료 기록이 아주 분명해 의심의 여지가 없었기 때문이었다.

이븐의 CT 촬영 결과를 보면, 뇌의 빈 부분이 고름으로 꽉 차 부풀어 있었다.[125] 그리고 의사들은 그가 절대 깨어나지 못하거나 깨어나더라도 다시는 말을 하거나 스스로 생활할 수 없다고 예측하면서 소견을 적어놓았다. 우리 세 사람 모두, 그는 뇌가 최악으로 손상된 상태에서 죽기 일보 직전이었고, 그런 일이 벌어지는 동안 혼수상태인 사람이라면 결코 인지할 수 없는 것을 보았다는 결론을 따로따로 내렸다. 자료를 보면 그의 혼수상태는 투여받은 약과는 관련이 없었다. 병원에 도착해 어떤 약을 투여하기도 전에 곧장 혼수상태에 빠져들었기 때문이다. 그리고 엿새 후 그는 약 투여를 중단하기 전에 혼수상태에서 깨어났다.

뇌가 어떻게 작동하느냐에 대한 우리의 현재 지식으로는 이븐이 깊은 혼수상태에서 어떤 경험도 할 수 없어야 했다. 그의 삶에서 가장 생생하고 기억에 남을 만한 경험을 했다는 것은 말도 안 된다. 그런데도 그는 그런 경험을 했다. 또한, 그렇게 의학적으로 심각한 상태에서 생생하고 깊이 기억할 만한 경험을 한 사람이 이븐만이 아니다.

그러면 뇌 기능에 대한 우리의 지식과 어긋나 보이는 이런 경험들을 우리는 어떻게 이해해야 할까? 이 시점에서 우리는 한걸음 물러나 정신과 뇌의 차이를 이야기해야 한다. 지금 이 부분을 읽으면서 읽고 있는 내용에 대해 생각해보면 아마도 발바닥이 간질간질하다고 느낄지도 모르겠다. 그런 느낌과 그런 생각이 우리가 말하는 의식, 우리 자신 그리고 주위 세상을 의식하는 사례다. 우리 의식은 가장 복잡한 수수께끼이자 가장 단순하고 자명한 사실이기도 하다. 우리가 의식하고 있다는 사실, 우리가 무엇을 하고 있고 우리 주위에서 무슨 일이 벌어지는지 의식하고 있다는 사실만큼 분명한 것도 없다.

우리 정신(mind)은 우리가 의식하는 생각, 감정, 욕구, 기억, 희망 등을 모두 합친 것이다. 반면 우리 뇌(brain)는 두개골 안에 들어 있는 분홍색 회백질 덩어리로, 신경세포와 지지세포, 교질세포로 구성되어 있다. 우리는 정신과 뇌가 연결되어 있다는 걸 알지만, 인류가 수천 년에 걸쳐 개인적으로 관찰하고 수백 년 동안 본격적으로 연구하고 있음에도 불구하고 아직도 어떻게 연결되어 있는지는 정확히 모른다.

수백 년에 걸쳐 정신과 뇌의 관계에 대한 갖가지 가설이 제기되었다. 간단히 말하면, 정신은 뇌의 산물이라거나 정신과 뇌는 따로따로 분리되어 있다는 추정이 가장 보편적인 가설들이다. 이 중 어느 가설도 정신과 뇌의 관계를 완벽하게 설명할 수 없다. 뇌가 정신을 만들어낸다면, 어떻게 그렇게 할 수 있는지 우리는 전혀 모른다. 반면 정신이 뇌의 산물이 아니라면 정신은 어디에서 비롯되는 것일까? 그리고 정신과 뇌 사이의 밀접한 관계를 어떻게 설명할까? 철학자와 과학자들은 수백 년 동안 이 문제를 토론해왔다. 우리가 계속 정신과 뇌의 문제에 대해 논쟁하는 이유는 아직 적당한 답, 언제나 들어맞는 하나 이상의 답을 찾아내지 못했기 때문이다.

우리 대부분은 물질적인 뇌로 정신 작용을 설명할 수 있다고 추정한다. 즉, "정신은 뇌가 하는 일"이다.[126] 다시 말해, 뇌의 전류와 화학적 변화로 우리 의식, 지각, 생각, 기억, 감정과 의도가 만들어진다는 것이다. 우리는 그런 관점에 대한 증거를 많이 가지고 있다.

첫째로, 뇌 활동과 정신적인 경험의 연관성을 일상적으로 느낀다. 예를 들어 술을 마시거나 머리를 맞으면 평소처럼 또렷하게 생각할 수 없다. 그리고 뇌졸중, 발작과 뇌진탕 같은 뇌질환은 생각하고 느끼고 기억하는 능력에 분명 영향을 끼친다. 또한, 과학적인 실험들을 통해 특정 정신 기능이 뇌의 특정 부위 활동과 관련 있다는 사실이 드러났다. 예를 들어 시각은 후두엽 활동과 관련이 있다. 뇌의 뒷부분에 있는 후두엽은 눈에서 들어오는 시각 정보를 처리한다. 그리고 우리는 뇌의 특정 부위를 제거하면 특정 정신 능력을 발휘하지 못한다는 사실을 알게 되었다. 가령 수술로 후두엽을 제거하면 눈 기능이 정상이라도 볼 수 없게 된다. 우리는 뇌의 특정 부위를 전류로 자극하면 정신적으로 특정한 경험을 하게 할 수 있다는 사실도 발견했다. 그래서 후두엽을 전기 자극하면 시각 체험을 유발할지도 모른다. 이 모든 증거들을 종합하면, 정신이나 의식이 뇌에서 만들어진다고 생각하는 게 합리적인 것 같다.

그러나 그것만이 뇌와 정신의 관계를 이해하는 유일한 방법은 아니다. 단순히 연관되었을 뿐인데 원인과 결과로 혼동하지 않도록 주의해야 한다. 내 왼쪽 발에 신은 양말 색깔은 보통 오른쪽 발에 신은 양말 색깔과 같다. 한쪽 양말의 색깔을 알면 일반적으로 다른 쪽 양말 색깔도 추측할 수 있다. 그렇다고 왼쪽 양말 색깔이 오른쪽 양말을 특정한 색깔이 되도록 만들지는 않는다. 내가 만약 왼쪽 발에 파란색 양말, 오른쪽 발에 갈색 양말을 신는다면 한쪽 양말이 다른 쪽 양말을 같은 색으로 바꾸지는 못하는 것이다.

마찬가지로, 뇌 활동과 정신 기능이 서로 관련 있다고 해서 반드시 뇌의 전기 활동이 생각이나 감정을 일으킨다는 의미는 아니다. 아마도 생각이 뇌의 전기 활동을 일으킬지도 모른다. 예를 들어 당신이 이 책의 글자를 읽을 때 눈의 신경세포는 당신 뇌의 후두엽 중 시각 중추와, 측두엽 중 언어 중추에 전기 신호를 보낸다. 그렇다고 반드시 신경세포의 전기 활동이 당신에게 이 책의 글자들을 읽게 한다는 의미는 아니다. 아마도 당신이 글자들을 읽으면 신경세포의 전기 활동을 일으키는 것일지도 모른다.

와일드 펜필드는 뇌의 여러 부위를 전류로 자극해 기능을 알아내면서 뇌 지도를 그리는 선구적인 연구에 수십 년간 몰두했다. 그러나 펜필드가 환자의 팔과 다리를 움직이게 하는 뇌 부위를 자극할 때 환자들은 그들의 팔다리를 스스로 움직이고 있다고 생각하지 않았다. 환자들은 그 대신 펜필드가 그들의 팔다리를 강제로 움직인다고 느낀다고 했다. 펜필드는 의사 생활이 끝나갈 때 이렇게 요약했다. "의식이 있는 환자 뇌의 한쪽 반구 중 운동 피질에 전극을 붙여 손을 움직이게 한 후 그 환자에게 종종 묻곤 했다. '내가 움직인 게 아니에요. 선생님이 움직였죠'[127]라는 게 환자의 한결같은 대답이었다. 그가 입으로 소리를 내게 만들었을 때는 '나는 그 소리를 내지 않았어요. 선생님이 내게서 그 소리를 끌어냈죠'라고 말했다. 이처럼 대뇌피질에는 전기 자극으로 환자를 믿거나 결심하게 만드는 부분이 없다."

펜필드의 환자들은 팔다리를 움직이고 싶어 하는 정신과, 펜필드가 전류로 자극하기 때문에 팔다리를 움직이게 하는 뇌의 차이를 확실히 구별할 수 있었다. 그들은 뇌와 정신은 다르다고 확신했다.

"정신은 뇌가 하는 일"이라는 말과 "소화는 위장이 하는 일"이라는 말은 전혀 다르다. 우리는 위벽 근육이 연동 운동을 하면서 음식물을 잘게 으깨는 일부터 위산과 위의 다른 화학 물질들이 우리가 사용할 수 있는 영양소로 음식물을 분해하는 일까지, 위가 음식물을 어떻게 소화하는지를 잘 안다.

그러나 뇌에 관해서는 아는 게 별로 없다. 예를 들어 우리 몸의 움직임을 조정하는 건 뇌가 하는 일의 일부라고 할 수 있다. 우리는 뇌가 어떻게 척수를 따라 운동 신경세포들을 통해 전기 자극을 근육으로 보내고, 근육 세포들을 자극해 우리 팔과 다리를 수축하고 움직이게 하는지 안다. 그러나 물질적인 뇌가 어떻게 생각과 감정, 기억 그리고 주위의 세상을 인식하게 하는 의식을 만들어내는지에 관해서는 아는 게 하나도 없다. 과학자와 철학자들은 철학 교수 알바 노에가 한 다음과 같은 말에 동의한다. "신경 과학자, 심리학자, 철학자 들이 수십 년 동안 합심해서 노력한 끝에 뇌가 우리의 의식을 어떻게 만드는지(어떻게 느낌과 감정, 개성을 불러일으키는지)에 대해 단 한 가지 명제만 의심 없이 받아들일 수 있었다. "우리에게는 실마리가 없다"라는 것만 확실했다."[128]

물리학자 닉 허버트는 그 문제를 이렇게 정리했다. "의식의 본질은 과학의 가장 큰 수수께끼다. 인간 의식에 대해 나쁘거나 불완전한 이론들이 있다는 게 아니다. 그저 인간의 의식에 관한 이론 자체가 전혀 없다. 의식에 대해 우리가 알고 있는 건 발이 아닌 머리와 관련이 있다는 사실밖에 없다."[129]

외과 의사가 팔을 퍼덕거리는 모습을 볼 수 있었던 앨 설리번이나 동료들이 자기 몸을 끌고 가는 모습을 볼 수 있었던 빌 헤른룬드처럼 뇌가 제 기능을 못하거나 완전히 의식을 잃었을 때 어떻게 정신 활동(생각, 감정과 기억)이 있을 수 있는지 우리는 이해하지 못한다. 우리는 뇌가 아주 잘 작동하고 있는 동안에 생기는 일상적인 생각, 감정과 기억에 대해서도 기본적인 이해가 부족하다. 신경세포 안의 전류나 화학적 변화 같은 물리적인 요인이 어떻게 의식을 만들어낼 수 있는지 전혀 모른다는 게 신경 과학계가 숨기고 싶은 비밀이다.

"정신은 뇌가 하는 일"이라는 말은 "음악을 연주하는 건 악기가 하는 일"이라는 말과 같다. 악기가 음악 소리를 만들기는 하지만, 스스로 만들지는 못한다. 무슨 소리를 낼지 결정하고 악기가 그 소리를 만들도록 하는 악기 외의 뭔가(음악가)가 필요하다. 알바 노에의 말을 다시 인용하자면 "악기는 음악이나 소리를 만들어낼 수 없다. 사람들이 음악이나 소리를 만들어낸다. … 소화가 위가 하는 일이듯 의식이 뇌가 하는 일이라는 개념은 악기들 스스로 연주하는 오케스트라라는 개념처럼 허무맹랑하다."[130]

정신이 뇌에 의해 만들어지지는 않지만, 보통은 뇌와 '협력한다'는 다른 해석도 있다. 미국 심리학의 아버지인 윌리엄 제임스는 100여 년 전에, 뇌의 기능인 마음(mind)을 두 가지 매우 다른 방식으로 해석할 수 있다고 썼다.[131] 우선 찻주전자에서 증기가 나오고, 폭포로 전력을 생산하듯 뇌가 생각을 만들어낸다는 의미일 수 있다. 만약 뇌와 생각의 관계가 그렇다면 뇌가 죽으면 더는 생각을 만들어낼 수 없고, 모든 생각이 멈춘다. 그러나 다른 한편, 파이프 오르간의 건반이 음악을 만드는 방식으로 뇌 기능이 정신(마음)이 될 수도 있다고 제임스는 썼다. 파이프 오르간의 건반을 누르면 여러 개의 파이프가 열리면서 다양한 방식으로 바람이 빠져나간다. 파이프 오르간이 바람이나 음악을 만들지는 않지만, 바람을 막는 장애물을 제거한다.

뇌와 정신이 서로 긴밀하게 연결되어 있다는 것은 사실이다. 그러나 뇌가 정신을 만들어낸다는 해석은 과학적인 사실이 아니다. 그것은 그저 그 관련성을 설명하기 위해 개발한 이론일 뿐이다. 일상생활을 설명할 때는 그럴듯한 가설이다. 우리는 뇌가 정신을 만들어낸다고 여기고 행동하는 게 편리하다. 그러나 그런 가설을 뛰어넘는 과학적인 발견들이 나타나고 있다. 임사체험처럼 예외적인 상황에서는 정신과 뇌의 단단한 관련성이 무너진다는 사실이 밝혀졌다.

심장 박동이 멈추고, 호흡도 멈추고, 산소와 연료를 운반하는 혈액이 더 이상 뇌로 흘러들어 가지 않으면 10~20초 안에 뇌에서 전류를 전혀 찾아낼 수 없다. 그러면 그 사람은 임상적으로 사망했다고 판단한다. 그런 위기를 겪고 살아남은 사람들은 보통 심장 박동이 멈춰 있는 동안 명료한 생각과 인식을 할 수 없다. 그리고 보통은 다시 살아난 다음에도 무의식이었을 때를 전혀 기억하지 못한다. 그런데도 그런 사람들 중 10~20퍼센트는 심장 박동이 멈췄을 때 겪은 임사체험을 생생하고 자세히 기억하고, 몇몇 임사체험자는 그 당시에 실제로 벌어졌던 일들을 정확하게 이야기하기도 한다.

만약 실제로 뇌전류와 화학적 변화로 정신이 만들어진다면, 뇌 기능이 멈췄을 때 임사체험을 할 수 없어야 한다. 만약 정신이 전적으로 뇌에 좌우된다면 어떻게 임사체험을 할 수 있었을까? 심장 박동이 멈추고, 뇌 활동이 대부분 사라졌을 때 어떻게 생생하고 더 고양되기까지 한 감정과 생각을 가지고 기억을 형성할 수 있었을까? 심장마비나 깊은 마취 상태여서 뇌가 경험을 처리하고 기억을 형성할 수 없을 때 임사체험을 했다는 이야기를 들으면서 나는 "정신은 뇌가 하는 일"이라는 개념에 대한 대안을 찾게 되었다. 또다시 내 세계관이 흔들리기 시작했다. 우리의 모든 생각과 감정이 뇌에서 비롯된 게 아니라면, 임사체험에서 벌어진 일을 어떻게 설명할 수 있을까?

11장

정신은 뇌가 아니다

임사체험은 정신과 뇌에 대한 우리의 지식(이미 설득력이 없는 지식)에 우리가 답하기 어려운 질문을 던진다. 하지만 임사체험자들이 임사체험 중에 자신이 어떤 생각을 했는지 털어놓는 이야기를 주의 깊게 들어보면 뇌와 정신이 어떻게 상호작용하는지 약간의 실마리를 얻을 수도 있다.

스티브 루이팅은 물에 빠져 죽을 뻔했던 8세 때 임사체험을 했다. 그는 아름다운 여름날, 동네 호수에서 수영하고 있었다. 스티브는 해변에서 일광욕을 하다 자신도 모르게 심각한 햇볕 화상을 입었다. 그는 그다음 호수 한가운데에 있는 뗏목으로 헤엄쳐가기로 마음먹었다. 이때 친구는 몸을 둥글게 말아 대포알처럼 솟아오르며 뗏목 앞에서 거대한 물보라를 일으키고 있었다. 스티브도 처음으로 이 '캐논볼'을 해보기로 마음먹었다.

하지만 시간이 지날수록 화상을 입은 피부가 더 예민해진다는 사실을 몰랐다. 그는 다이빙하려고 공 모양으로 몸을 웅크렸다가 공포에 질렸다. 입수하면서 몸을 폈을 때 심하게 그을린 등이 수평으로 물에 떨어진 것이다. 그 충격과 타는 듯한 통증으로 숨이 막혔고, 물속으로 가라앉으면서 움직일 수가 없었다. 그때 그의 정신이 8세 뇌의 한계를 뛰어넘어 확장되었던 느낌을 내게 설명했다.

계속 가라앉고 있을 때 움직이려고 해봤지만 손 하나 까딱할 수 없었어요. 나는 당황했어요. 그런데 물이 점점 차가워지고 바닥에 가까워지자 고통이 줄었어요. 나는 물을 조금씩 마시기 시작했어요. 어쩌면 그런 식으로 물에서 공기를 얻을 수 있을지 모르겠다고 생각했죠. 그러다가 곧 죽을 것 같다는 생각이 들면서 무언가를 해야겠다고 반복해서 외치기 시작했습니다.

마치 방 안에서 위치를 바꾸는 것처럼 시점이 바뀌는 것 같았습니다. 한순간 저는 겁에 질린 사람이었는데, 그다음에는 겁에 질린 사람을 '지켜보는' 침착한 사람이었습니다. 나는 둘 다였지만 아직은 아니기도 했어요. '진짜' 나는 침착한 사람이었지만, 지금까지 나 자신을 언제나 겁에 질린 사람처럼 여겼으니까요.

내 정신은 어른 같은 능력을 갖춘 정신으로, 그다음에는 그걸 뛰어넘는 정신으로 확장되었습니다. 아이 뇌의 한계를 벗어나니 진정한 나의 본질을 다시 드러낼 수 있었다고 생각해요. 그래서 뇌에 대한 우리 지식이 사실은 반대 방향이라고 생각하게 되었어요. 뇌는 모든 걸 걸러내고, 우리 생각에 도움을 주기보다는 방해하면서 속도를 늦추고 집중시키죠. 어쩌면 뇌가 워낙 잘 걸러내고 집중시키기 때문에 우리가 전생이나 미래 일을 기억하지 못하는지도 몰라요.

스티브는 그의 뇌가 생각을 "걸러내고 집중시키고", 뇌의 한계에서 벗어나니 자신의 정신이 "확장되었다"라고 설명했다. 임사체험할 때의 정신과 뇌를 이렇게 해석한 사람은 스티브만이 아니었다. 미셸 브라운 라미레스는 다이빙대에 머리를 부딪힌 17세 때 임사체험을 했다. 그녀는 고등학교 다이빙팀이 다이빙대에서 뛰어내릴 때 우아한 몸짓을 감탄하며 늘 지켜보았다. 결국 다이빙팀에 들어갔고, 특별히 안쪽으로 향해 다이빙하는 기술을 익혔다. 수영장을 등지고, 다이빙대 끝에서 발뒤꿈치를 들어 올리고, '잭나이프 다이빙'을 하면서 보드 방향을 향해 수영장으로 뛰어드는 기술이었다.

3학년 때 한 번, 그녀는 물로 뛰어들면서 뒤통수를 다이빙대에 부딪혔다. 물에 들어갈 때 그녀는 수영장에 있던 모든 사람이 놀라고 두려워서 비명을 지르는 소리를 들었다. 얼마나 오랫동안 물속에 있었는지 모르지만, 오랜 시간으로 느껴졌다. 드디어 코치가 누군가에게 "내가 들어가서 구해와야 하겠지?"라고 묻는 소리가 들렸다. 미셸 역시 스티브처럼 뇌의 한계를 벗어나는 자유로움을 느꼈다고 내게 설명했다.

> 그 시점에는 생각하는 게 완전히 달라졌어요. 그리고 숨을 쉬고 싶어도 쉴 수 없었던 게 기억나요. 사방에 별이 보였고, 점점 시간이 더 빨라지고 동시에 더 느려진다고 느끼다가 시간을 초월한 느낌이었어요. 이상하게 내 몸에서 떨어져 나오는 느낌이었고, 내가 죽어가고 있다는 걸 깨달았어요.
>
> 떨어져 나오는 느낌은 너무 강력했고, 나와 서로 잘 아는 사람들, 특히 친할머니와 외할머니가 나를 둘러싸고 있다고 느꼈

어요. 그렇게 시간을 초월해 있을 때 나는 자유롭고 평화롭다고 느꼈어요. 정말이지 멋진 기분이었어요. 나는 신이라는 위대한 빛을 향해 날아갈 수 있었고, 내가 사랑받고 모든 심오한 것이 이해되는 미래가 펼쳐졌습니다. 그곳은 사랑, 평화, 고요 그리고 수용의 왕국이었어요. 공간은 없었지만 또한 모든 게 공간이기도 했어요. 정말 다정했고, 힘이 되어주었고, 이 세상의 사람들과는 정반대였어요.

다이빙대에 머리를 들이박고 물속에 들어간 후 내 생각은 종잡을 수 없었어요. 균형을 잃은 핀볼 놀이 기구 같았지만, 내 안에는 평범한 사고의 제약에서 벗어나 자유롭다고 느끼는 면도 있었죠. 내 뇌에서 벗어나 자유로워지는 느낌이었어요! 그리고 그때 내가 하는 '생각'은 아주 자유롭고, 단순하고, 분명했습니다. 뇌가 과열되거나, 제멋대로 타오르거나 차분해지는 등의 과정을 거치면서도 여전히 자유롭고 또렷하게 생각할 수 있다는 게 놀라웠어요. 그리고 갑자기 내가 더 이상 이 세상 그리고 세상의 한계에 얽매이지 않는 것처럼 느껴졌어요.

이 두 사례와 이와 유사한 많은 사례는 우리 정신(의식을 경험하는 우리의 한 부분)이 우리 뇌(우리 두개골 안의 분홍색 회백질 덩어리)와 같지 않다는 사실을 암시한다. 경험자들은 임사체험을 할 때, 뇌가 정상적으로 기능할 때 나타나는 일반적인 의식의 한계가 마음에는 없었다고 주장했다.

림프종으로 시달리던 몸이 사망에 이르렀을 때 임사체험을 한 아니타 무르자니는 뇌가 우리 주위 세상에 대한 의식을 어떻게 제한하는지 이런 비유로 설명했다.

말하자면, 거대하고 어두운 창고를 상상해보세요. 당신은 손전등 하나만 가지고 살아요. 이 거대한 공간에 무엇이 들어 있는지 아는 거라곤 당신이 작은 손전등 빛줄기로 비춰본 것밖에 없어요. 무언가를 찾고 싶을 때면 찾을 수도 있고 찾지 못할 수도 있을 거예요. 그렇다고 그 물건이 없다는 뜻은 아니에요. 그곳에 있지만 그저 당신이 손전등으로 비추지 않았을 수도 있으니까요. 그리고 손전등으로 비출 때조차 어떤 물건인지 알아보기 어려울 수도 있어요. 꽤 명확하게 알아볼 수도 있지만, 여전히 궁금할 때가 많아요. 당신은 손전등이 비추는 물건만 볼 수 있고, 이미 알고 있는 물건만 알아볼 수 있으니까요.

육체적인 삶이 바로 그래요. 우리는 언제든 감각을 집중시키는 것만 의식해요. 그리고 이미 익숙한 것만 이해할 수 있죠.

그다음, 어느 날 누군가가 전등을 켰다고 상상해봐요. 처음으로 갑자기 밝은 빛이 쏟아지며 온갖 색깔이 보이고 온갖 소리가 들리면서 창고 전체를 볼 수 있어요. 당신이 상상했던 것과는 전혀 다르죠. … 한 번도 본 적이 없어서 대체 뭔지 감을 잡지 못하는 색깔도 있을 거고요….

주위에서 벌어지는 모든 현상이 너무 광대하고, 복잡하고, 깊고, 넓어서 압도될 지경이에요. 당신은 그 공간의 끝까지 볼 수가 없어요. 그리고 당신의 감각과 감정을 감질나게 하는 이 급류에서 받아들일 수 있는 것보다 더 많은 게 있다는 걸 알아요. 당신은 시각과 청각을 뛰어넘어 크게 펼쳐진 태피스트리의 일부라고 강렬하게 느껴요.

당신이 현실이라고 생각해왔던 게 사실은 당신을 둘러싼 어마어마한 불가사의 속의 티끌에 불과했어요. 당신은 모든 다양한 부분들이 어떻게 서로 밀접하게 관련되어 있는지, 그것 모두가 어떻게 서로 화합하는지, 어떻게 모든 게 서로 어울리는지 볼 수 있어요. 한 번도 본 적 없고, 이렇게 화려하고 찬란한 색채로 존재하리라고는 꿈에도 생각해본 적 없는 것들이 창고 안에 얼마나 다양하고 많은지 알아차려요. 그런데 그것은 당신이 이미 알고 있는 모든 것과 함께 있어요. 그리고 당신이 알던 물건들조차 전적으로 새로운 맥락을 갖게 되어 완전히 새롭고, 이상하게 초현실적으로 보여요.

전등이 다시 꺼지더라도 당신이 그 체험으로 얻은 지식, 명료함, 경탄, 아름다움이나 엄청난 생기는 누구도 빼앗지 못해요. 창고에 있는 모든 것에 대한 당신의 지식을 누구도 없애지 못해요. 당신은 이제 작은 손전등을 가지고 있을 때보다 거기에 뭐가 있는지, 어떻게 접근하는지 그리고 무엇이 가능한지 훨씬 더 잘 알게 되었어요. 그리고 눈부실 정도로 명료했던 순간에 경험한 모든 일에 대해 계속 경외감을 가질 거예요. 삶은 다른 의미를 지니게 되고, 이런 인식을 바탕으로 앞으로 새로운 경험을 하게 될 거예요.[132]

정신이 뇌와 별개라는 개념은 우리의 일상적인 경험과 정면으로 충돌하는 것 같다. 뇌가 우리 생각을 좌지우지하지 않는가? 즉 정신은 그저 "뇌가 하는 일" 아닌가? 그렇다 하더라도 스티브, 미셸과 아니타 같은 사람들의 이런 임사체험 이야기들을 들으니 우리의 일상 경험이 전부는 아니고, 정신이 때때로 뇌와 상관없이 움직일 수 있다는 개념을 진지하게 고려하게 되었다. 이런 이야기들의 도전적인 증거에 직면해 나는 뇌와 정신에 대한 새로운 가설을 세울 수 있는지 탐구해야 했다.

그리고 실제로 점점 더 많은 과학자가 이렇게 하고 있다. 10여 년 전, 나는 정신과 뇌에 대한 새 가설들을 토론하는 유엔 심포지엄에 참가했다.[133] 그 이후 8개 분야의 스코틀랜드 대학생 250명(그들 중 86퍼센트가 다양한 분야의 과학 전공자였다)을 대상으로 조사했더니 3분의 2가 정신과 뇌가 별개라고 믿었다. 거의 2천 명에 이르는 벨기에 의료 전문가들을 대상으로 비슷한 조사를 했을 때도 대부분 정신과 뇌는 별개라고 믿는다는 사실이 밝혀졌다.[134] 브라질 정신과 의사 600여 명을 대상으로 최근에 조사했을 때도 대부분 정신은 뇌에서 독립되어 있다고 믿고 있었다.[135] 전 세계에서 점점 더 많은 과학자가 옛 가설(뇌가 전적으로 정신을 좌지우지한다는)이 불충분하다는 사실을 인정하고 있다.

뇌가 정신을 만들어낸다는 개념은 일상생활을 설명하는 데는 상당히 적절하다. 머리에 심한 상처를 입거나 바이러스에 감염되거나 술을 너무 많이 마셔서 뇌가 손상되면 우리는 제대로 생각을 할 수 없다. 그러나 우리에게 뭔가 극단적인 상황이 닥칠 때, 특히 뇌는 작동을 멈추었지만 정신은 계속 작동할 때 그런 정신과 뇌에 대한 가설은 무너진다. 국립노화연구소의 의료 담당 책임자인 베이즐 엘다는 최근에 "지배적인 이론 틀은 나도 모르는 사이에 혁신을 방해하는 장벽을 만들어낸다. … 지배적인 이론들은 일반적인 상황을 가장 잘 설명하는 편이다. 그러나 극단적인 상황에서는 그런 이론들이 무너질 수 있다. 그리고 이론이 극단적인 상황을 적절히 설명하지 못한다면, 극단적인 상황이 작위적이라는 의미거나 그 이론을 다시 확인해야 한다”[136]라고 썼다.

가설들을 세상을 다루는 도구로 생각하는 게 도움이 될 수도 있다. 다른 과제에는 다른 도구가 필요하다. 망치는 나무토막에 못을 박기에는 탁월한 도구다. 그러나 볼트와 너트를 조이기에 좋은 도구는 아니다. 망치가 못을 박기에 아주 유용하다는 걸 알았다고 해서 어느 작업에나 사용할 수 있는 유일한 도구라고 우기지는 못한다. 마찬가지로, 뇌가 생각과 감정을 만들어낸다는 개념이 일상생활을 설명하기에는 유용하다. 그러나 뇌에 산소와 연료가 모자라도 생각과 감각이 어느 때보다 더 명료해지는 임사체험을 이해하기에 좋은 도구는 아니다.

그렇다면 우리 뇌의 전류, 화학적 변화와, 정신의 생각과 감정 사이 관계에 대해 어떻게 생각하는 게 더 좋을까? 뇌는 정신이 육체에 보다 효과적으로 영향을 주고, 생각을 물질적인 세계에 집중시키는 도구라는 게 하나의 답이다. 프랑스 철학자 앙리 베르그송은 “뇌는 우리가 사는 세상에 의식이 계속 집중하게 한다. 뇌는 삶에 주목하게 하는 기관이다”[137]라고 표현했다. 즉, 뇌는 정신에서 생각을 받아들이고, 생존에 중요한 생각들을 선택하고, 그것을 몸이 이해할 수 있는 전기와 화학 신호로 바꿀 수 있다.

하지만 우리 정신에는 물질적인 세계에서 생존하는 일과는 전혀 관계가 없는 많은 생각이 있다. 안내인이나 먼저 죽은 사랑하는 사람을 만난 일부터 비현실적인 장소를 방문한 일까지 사람들이 임사체험을 하면서 겪었다고 설명하는 희한한 일들을 보자. 그런 생각과 감정은 우리가 물질세계에서 생존하는 데 그다지 도움이 되지 않는다. 오히려 세상에 대한 정보를 재빨리 처리하는 능력에 방해가 될 수도 있다. 그래서 뇌는 몸이 생존하는 데 필요하지 않은 정보를 차단하는 필터 같은 역할을 하고, 정신에 저장된 생각과 기억에서 몸에 필요한 정보만 선택한다.

그것은 라디오 수신기가 다양한 방송에서 우리가 듣고 싶은 신호만 선택하고, 다른 모든 방송을 차단하는 방법과 정말 비슷하다. 그렇게 하지 않으면 우리 귀는 수백 가지 라디오 방송을 동시에 들으려고 애쓰면서 쩔쩔맬 것이고, 어느 방송도 제대로 들을 수 없을 것이다. 그러나 머리를 얻어맞거나 마취나 만취로 뇌가 제 기능을 못하면 생각과 감정을 걸러내는 능력이 제대로 작동하지 못하게 된다. 라디오 방송 주파수를 맞추려고 손잡이를 돌리다 잘 알아들을 수 없는 소리가 들릴 때와 같다.

이것은 일부 임사체험자들이 왜 육체로 돌아온 후 정신이 다시 뇌에 묶이자 인간 뇌의 한계에서 벗어났을 때 이해할 수 있었던 걸 더 이상 알 수 없게 되었다고 말하는지 설명해준다. 린은 자전거를 타다 음주 운전자의 차에 머리를 부딪쳤던 21세에 임사체험을 했다. 그녀는 육체로 돌아와 깨어나자 임사체험 중에 분명했던 걸 더 이상 이해할 수 없었다고 내게 말했다.

모임을 마치고 자전거를 타고 집에 돌아가다가 빨강 신호등을 무시하고 달려온 한 여성의 차와 정면충돌했어요. 마침 모임에서 만난 간호사가 내 뒤에서 운전하고 있었고, 헬멧으로 나를 알아보았어요. 그녀는 내가 쓰러진 조금 뒤 내게로 다가왔어요. 그리고 내 생명을 구했죠. 그런 후에 구조대가 와서 도와주었지만, 그들이 오기 전에 간호사가 심폐 소생술을 시작했어요. 사고에 대한 기억은 물론, 사고 당시의 시간도 전혀 기억나지 않아요. 그곳에 간 일을 기억하는 걸 기이하다고 생각하는 게 그것 때문이에요.

처음 기억나는 건 온통 깜깜했다는 거예요. 아직 갈 길이 아주 멀었지만, 이 빛을 보면서 그 끝을 향했던 게 기억나요. 내가 어둠을 통과할 수 있는 시간보다 훨씬 빨리 그곳에 도착했어요. 나는 거기가 시간이 끝나는 곳이라고 추측했어요. 나는 정말 빛에 다가가고 싶었지만, 너무 멀어서 그렇게 빨리 갈 수 없었으니까요. 어둠은 광대했고, 빛은 끝이 있었는지 모르겠어요. 이 세상에서는 아무도 이걸 이해할 수 없다는 사실을 깨달았던 게 기억나요.

어둠을 통과하며 움직이는 것은 무섭지 않았어요. 나는 그저 지켜보고 있었어요. 그리고 어둠의 끝에 빛이 있었어요. 그냥 빛이 아니라 투명한 색깔 같았어요. 그건 강렬한 사랑이었어요. 빛속으로 들어간다는 건 수영장으로 뛰어들 때 물이 우리 주위를 감싸는 것과는 달라요. 햇빛이 유리 조각을 통과하는 것과 같달까요. 우리 몸 구석구석과 모든 곳을 완전히 통과했어요. 따뜻함과 위로를 느꼈어요. 모든 걸 안쪽까지 속속들이 감싸는 따뜻함, 위로, 평화로운 고요와 사랑 같았어요.

벽이나 경계나 뭐든 단단한 게 전혀 없고, 그저 빛과 존재들만 있었어요. 그 빛은 자석 같기도 했어요. 우리는 그저 거기에서 떨어질 수가 없어요. 우리가 이제껏 원했던 그 어떤 것보다 더 함께 있고 싶어요. 모두가 존재 자체로 이 땅에서 이해할 수 있는 수준을 뛰어넘어 서로 사랑했어요. 우리는 제한되어 있지만, 그들은 그렇지 않아요. 서로 어떻게 소통했는지 어떻게 설명해야 할지 모르겠어요. 이 땅에서처럼 대화하지는 않았어요. 서로 그저 알았어요. 그곳에는 이 일에서 저 일로 넘어가는 시간이 전혀 존재하지 않았어요. 그걸 어떻게 설명해야 할지 모르겠어요. 과거에 대한 기억도 없고, 미래도 존재하지 않고 온전히 현재를 사는 것과 같아요. 육체는 없지만 오직 볼 수만 있어요. 그 후 나는 그저 어둠을 통과하며 정말 빠르게 날아서 돌아왔어요. 그다음 들리기만 하고, 뇌는 없는 것 같았어요.

그저 그곳에 누워 있었던 게 그다음으로 기억나요. 심장 감시 장치의 이런 삐 소리와 내 자매가 귀에 대고 '린, 네 자매 캐롤라인이야! 너는 사고를 당했어!'라고 외치는 소리를 들을 수 있었어요. 나는 반응하거나 움직일 수 없었어요. 사고 후 열흘 정도 지났지만 여전히 아무도 누구인지 알아차릴 수 없고 눈을 뜰 수가 없었어요. 그 후 눈을 뜬 다음에도 여전히 누가 누구인지 혹은 내가 누구인지도 알 수 없었어요.

그다음 한 달 정도 후에 뇌가 조금씩 작동하기 시작했던 기억이 나요. 눈을 뜬 다음 '젠장! 내가 가진 거라곤 뇌뿐이잖아'라는 생각밖에 할 수 없었던 것도요. 나는 그렇게 말하면서 다시 인간이 되었다고 불평했어요. 엄마와 자매는 내가 제정신이 아니라고 생각했다는 걸 알아요.

깨어난 후 내가 이 땅에 있는 한 인간의 뇌밖에 가질 수 없기 때문에 그걸 절대 다시 이해할 수 없겠다는 사실을 알았던 기억도 나요. 이 땅에서 우리는 정말 한 번에 한 가지만 생각할 수 있어요. 그러나 그곳에서는 정말 모든 걸 알아요. 그곳의 일을 이 땅의 일과 비교할 수는 없어요. 그곳의 일에 대해 말하거나 묘사하려고 노력하면 완전히 축소되고 말아요. 아기에게 DNA나 우주에서의 의료 기술처럼 어려운 이야기를 하려고 애쓰는 일과 같을 거예요. 아기는 말조차 할 수 없어서 그런 개념을 도저히 이해할 수 없죠. 우리처럼 아기도 오로지 자기 수준에서만 그런 일들을 이해할 수 있어요. 우리도 그런 아기들과 같아요. 많은 사람의 생각과 달리 우리는 아무것도 몰라요. 내가 이 땅에 있는 동안에는 그곳에서 느꼈던 걸 절대 느낄 수 없을 거예요. 다시 인간의 몸으로 돌아왔으니까요. 그곳의 일은 인간의 뇌가 이해할 수 있는 어떤 일도 훨씬 뛰어넘어 더 훌륭하고, 더 크고, 더 멋지기도 하니까요. 나는 그곳을 초대받아야만 갈 수 있는 파티처럼 생각해요. 그에 비하면 나는 개미 사육 상자 안에 있는 개미 같은 느낌이에요.

뇌가 어떤 생각을 만들어내기보다 처리하거나 걸러낸다는 개념은 새로운 것은 아니다. 이 부분은 여러 세기에 걸쳐 다양한 비유로 설명되었다.[138] 고대 그리스의 의사 히포크라테스는 2천여 년 전에 이런 가설에 대해 기록했다. "뇌는 인간의 몸에서 가장 강력한 기관이다. 건강할 때 뇌는 우리에게 현상에 대한 해석자 역할을 한다. … 지능을 주고 … 의식에 뇌는 전달자와 같고 … 그래서 나는 뇌가 의식의 해석자라고 주장한다."[139]

영국 철학자 올더스 헉슬리는 20세기 기술 은유를 활용해 이런 가설을 설명했다. "대체로 쓸모없고 상관없는 무더기 정보에 압도되어 쩔쩔매지 않도록 보호하는 게 뇌와 신경계의 기능이다. 뇌와 신경계는 정보 대부분을 아무 때나 인식하거나 기억하지 않아도 되도록 차단하고, 실제로 필요할 것 같은 아주 적은 양의 정보만 특별히 선택해서 남긴다. … 우리가 동물인 이상 무슨 수를 써서라도 살아남는 게 우리의 일이다. 생물학적으로 생존하려면 종잡을 수 없는 정신이 뇌와 신경계의 감압 밸브를 통과해야 한다. 감압 밸브를 통과하고 나면 우리가 이 행성의 표면에서 살아나가는 데 도움을 줄 쥐꼬리만 한 의식만 남는다."[140]

내가 만약 당신 휴대 전화로 전화하면 당신은 전화기에서 흘러나오는 내 목소리를 들을 수 있다. 그렇다고 그 휴대 전화가 내 목소리를 모두 스스로 만들어내고 있다고 생각하지는 않을 것이다. 내 목소리는 내게서 나오고, 전파가 목소리를 전화기로 전달하고, 그다음 당신이 들을 수 있도록 목소리를 되살린다는 사실을 알고 있다. 휴대 전화가 망가졌거나 전원이 꺼졌다면 당신은 더 이상 내 목소리를 들을 수 없다. 나는 여전히 말하겠지만, 당신은 더 이상 휴대 전화에서 흘러나오는 내 목소리를 들을 수 없다. 우리 뇌가 이러한 휴대 전화와 같은 기능을 할지도 모른다. 뇌는 생각과 감정을 받아들여 몸이 이해하고 활용할 수 있는 전기와 화학 신호로 바꾼다.

뇌는 우리 육체가 생존하는 데 중요한 정보만 필터처럼 골라낸다는 개념은 그리 놀랍지 않다. 사실, 우리의 모든 감각이 중요하지 않은 정보는 걸러내고 있기 때문이다. 우리 눈은 빛을 전달하면서, 동시에 자외선과 적외선은 걸러낸다. 그래서 우리는 볼 수 있는 범위에 있는 빛의 일부만 본다. 마취 부작용으로 임사체험을 했던 제인 스미스가 "한 번도 본 적 없는 색깔의 꽃들을 보았어요. 그래서 그 꽃들을 보면서 '이런 색깔은 처음 봐!'라고 생긱했던 기억이 획실히 나요"라고 말했던 것을 떠올려보자. 마찬가지로 우리 귀는 소리 진동을 받아들일 뿐 아니라, 개와 고양이한테는 중요하지만 우리에게는 중요하지 않은 소리 주파수를 걸러낸다. 그러니 우리 신경계의 다른 부위들이 외부에서 들어온 불필요한 정보를 걸러내듯 뇌 역시 외부에서 들어온 생각과 감정 중 우리 육체의 생존에 꼭 필요하지 않은 것은 걸러내는 역할을 하리라는 게 우리의 신경 생물학 지식과 일치한다.

정신이 물질적인 뇌와 상관없이 작동할 수 있다는 주장은 우리 직관에 어긋나는 것 같다. 그러나 과학의 범위를 넘어선 주장은 아니다. 신경 과학자들은 요즘 선택적 주의력을 조절하는 전두엽 피질과 뇌의 여러 부위에 걸쳐 동시에 발생하는 전류에 주로 초점을 맞추며 뇌가 필터 역할을 하는 생물학적 메커니즘이 가능한지 연구하고 있다.[141]

임사체험에 대해 연구하면서 내가 찾아낸 증거 말고도 뇌의 '필터 가설'에 대한 증거가 더 있는지 궁금했다. 그리고 그런 증거들이 상당히 많다는 사실을 알게 되었다. 비슷하게 설명되지 않는 경험이 '말기 자각'(terminal lucidity)이나 '역설적 자각'(paradoxical lucidity)이라 불리는 현상이다.[142] 알츠하이머병 같이 돌이킬 수 없는 뇌질환에 여러 해 동안 시달리며 말도 제대로 못 하거나 가족을 알아볼 수 없었던 사람의 정신이 갑자기 다시 명료해지는 현상이다. '말기 자각' 현상을 보이는 사람들은 신경학적 원인을 전혀 찾을 수 없는데도 다시 가족을 알아보고, 의미 있는 말을 하고, 적절한 감정을 표현할 수 있게 된다.

보통 그 사람이 죽기 몇 시간 전에 이렇게 설명할 수 없고 놀라운 회복을 보인다. 점점 더 상태가 나빠지는 뇌가 정신을 걸러내는 능력을 잃자 그 사람이 죽기 전에 정신이 잠시 자유롭게 자신을 표현할 수 있는 게 아닌가 추측한다. '말기 자각' 현상은 극히 드물지만, 어쨌든 이런 일이 일어난다는 사실 자체가 신경 과학자들에게는 수수께끼다. 2년 전, 나는 '말기 자각' 현상에 대해 우리가 아는 정보를 검토하고, 추가 연구할 만한 부분을 찾아내기 위한 국립노화연구소의 워크숍에 참가했다.[143] 그 워크숍 후 국립노화연구소는 말기 알츠하이머병에서 이렇게 설명할 수 없는 이유로 갑자기 생각이 명료해지는 현상에 대한 연구를 촉진하는 두 가지 자금 지원 계획을 발표했다.

게다가 환각제에 취한 사람들에 대한 최근의 뇌 영상 연구는 이 약물 탓에 복잡하고 신비한 경험을 할 때 뇌 활동이 줄어드는 것을 보여주었다.[144] 우리 예상과는 정반대 결과다. 이제까지 신경 과학자들은 LSD와 실로시빈 같은 환각제가 뇌 활동을 증가시켜 환각을 유발한다고 환각제 효과를 설명해왔다. 그런데 반대로, 특히 전두엽 피질에서의 뇌 활동이 감소했고, 또한 일반적으로 복잡한 생각을 할 때 나타나는 현상인 동시 발생 전류가 급격히 감소했다. 이 연구는 뇌 활동의 감소로 정신을 걸러내는 뇌의 능력이 줄어들 때 어떤 신비한 체험을 할 수 있는지도 모르겠다는 추측을 하게 한다. 이런 추측은 목을 조르고, 숨을 참고, 굶주리고, 여러 감각을 없애면서 신비한 체험을 촉발하려고 한 세계 각지의 영적인 전통과도 일치한다.

이러한 연구에 따르면 심오한 경험은 뇌 활동 감소 및 서로 다른 뇌 영역 간의 연결성 감소와 관련 있을지도 모른다. 임사체험은 뇌 활동이 줄었을 때뿐 아니라 사실상 없어졌을 때와 관련된 복잡한 체험들의 '끝판왕'일지도 모른다. 이 모든 증거는 뇌가 우리 생각과 감정을 걸러내는 필터이고, 뇌의 필터 활동이 줄면 우리 생각과 감정 범위가 확대된다는 개념과 일치한다. 의사 래리 도시는 이에 대해 "우리는 뇌 때문이 아니라 뇌가 있음에도 불구하고 생각한다"[145]라는 표현을 쓴다.

정신이 뇌와 상관없이 작동할 수 있다고 하면 임사체험에서 더 수수께끼 같은 특징들을 이해할 수 있을까? 앨 설리번이 외과 의사가 팔을 퍼덕거리는 것을 어떻게 '보았는지', 동료들이 자기 몸을 끌고 가는 것을 빌 헤른룬드는 어떻게 '보았는지', 톰 소여는 자신의 삶 전체를 어떻게 자세히 돌아볼 수 있었는지 이해하는 데 도움이 될까?

그리고 이런 증거가 보여주듯, 뇌가 작동하지 않을 때도 정신이 작동할 수 있다면 우리 뇌가 영원히 멈춘 후, 즉 우리가 죽은 다음에도 우리 정신은 계속 작동할 수도 있다는 뜻일까? 이런 질문은 전통적인 과학의 영역을 넘어선다. 그럼에도 전 세계 과학자들은 최근 수십 년 동안 전통적인 영역의 경계를 점점 더 넓히고 있다. 죽은 후에도 우리 정신이 남아 있을 수 있는지에 대한 이 질문은 세상이 어떻게 움직이는지에 대한 나의 개인적인 세계관도 흔들어놓았다. 내 성장 배경이나 교육으로는 그런 가능성을 진지하게 받아들일 수 없었다. 그러나 우리 의식이 죽음을 뛰어넘어 지속될 가능성을 탐구하는 데 과학적 원리와 방법론이 적용될 수 있다는 점에 주목하게 되었다.

12장

죽은 후에도 의식은 지속되는가?

임사체험을 했던 사람들은 거의 예외 없이 죽은 후에도 그들의 일부가 계속 살아남을 것으로 굳게 믿는다. 육체가 죽은 다음에 무슨 일이 벌어진다고 생각하든 그들은 육체적 죽음이 그들의 끝이라고 생각하지 않는다. 죽은 후에 정확히 무슨 일이 벌어질지에 대한 생각은 사람마다 다르겠지만, 사후세계의 삶에 대한 설명에는 뭔가 되풀이되는 유형이 있다.

예를 들어 내 연구에 참여한 임사체험자들의 4분의 3은 사후세계가 고통이나 괴로움이 없는, 평화롭고 고요하며 더없이 행복한 상태라고 말했다. 그들은 또한 사후세계는 시간을 벗어나 있다고 설명했다. 그리고 우리가 아는 지상의 시간은 그 영역에서는 더 이상 존재하지 않는다고 말했다. 임사체험자들의 3분의 2는 자기 생각, 감정, 성격 특성을 그대로 지닌 채 어떤 인식할 수 있는 형태로 계속 존재하지만, 죽음 이후에도 계속 배우면서 영적으로 성장한다고 말했다.

임사체험한 사람들의 절반 이상이 죽은 후 우리는 삶을 돌아보면서 스스로를 판단하고, 어떤 형태로든 살면서 한 일들의 결과에 직면해야 한다고 말했다. 그들은 또한 사후세계에서 우리에게 일어나는 일은 적어도 부분적으로는 우리가 죽기 전에 어떻게 살았는지에 따라 달라지고, 또한 우리는 이 땅에서 행한 선행과 좋은 행동으로 보상을 받는다고 말했다.

임사체험자들의 거의 절반은 사후세계에서도 우리는 아직 살아 있는 사랑하는 사람들을 계속 지켜볼 수 있고, 그들과 소통하고 상호작용할 수 있을지도 모른다고 말했다. 그들은 또한 우리가 사후세계에서도 여전히 시각과 청각에 상응하는 육체와 비슷한 감각을 가지고, 여전히 감정을 느낀다고 말했다.

그들 중 3분의 2는 사후세계에서 먼저 세상을 떠난 사랑하는 사람들을 만났고, 임사체험을 하면서 먼저 죽은 사랑하는 사람들의 존재를 실제로 보거나 느꼈다. 그런 체험이 임사체험자들 자신에게는 설득력이 있지만, 죽음이 끝이 아니라고 다른 사람들을 충분히 설득할 수 있는 증거가 될까? 먼저 죽은 사랑하는 사람들을 만났다는 이야기들을 어떻게 증명할 수 있을까? 그저 희망 사항, 죽음에 가까워질 때 일어날지도 모르는 일에 우리의 예상과 기대가 반영된 것은 아닐까? 물론 최소한 그 이야기 중 일부는 체험자들의 상상 그리고 죽은 후에 사랑하는 사람과 다시 만나고 싶은 희망에서 비롯되었을 수 있다.[146]

그러나 단지 희망 사항으로 치부할 수 없는 임사체험들도 있다. 최근에 사망했지만 사망 사실을 몰랐던 사람들을 임사체험 중에 만나는 경우도 종종 있다. 잭 바이비는 26세에 심각한 폐렴으로 고향 남아프리카 공화국에서 입원해 있었다. 그는 임사체험 중에 자신의 간호사를 만났던 일을 내게 설명했다.

정말 심하게 아팠어요. 뇌전증 발작이 지속되는 상태에서 3~4주 동안 산소 텐트 안에 있었고, 그다음 양측성 폐렴에 걸리는 등 계속 아팠습니다. 나는 웨스턴 케이프 농촌 출신의 한 간호사와 친하게 지냈어요. 그녀는 다가오는 주말에 스물한 번째 생일을 맞는다면서 부모님이 축하해주려고 오고 있다고 했어요. 그녀는 늘 하던 대로 내 베개를 보송보송하게 해주었어요. 나는 그녀의 손을 잡고 생일을 축하했고, 그녀는 떠났습니다.

그런데 임사체험을 하면서 그 간호사 애니타를 만났어요. 나는 물었어요. '애니타, 여기에서 뭘 하고 있어요?' 애니타는 '잭, 물론 베개도 좀 덮어주고, 당신이 괜찮은지 보려고 왔죠. 그런데 잭. 당신은 돌아가야 해요. 돌아가요. 그리고 내 부모님에게 빨간색 MGB를 망가뜨려서 죄송하다고 이야기해줘요. 내가 그들을 사랑한다고도 전해줘요'라고 말했어요.

그리고 애니타는 가버렸어요. 아주 푸른 골짜기를 넘고 울타리를 통과해 가면서 내게 '반대편에는 정원이 있어요. 그러나 당신은 볼 수 없어요. 나는 그 문을 통과해서 계속 가지만, 당신은 돌아가야 하니까요'라고 말했어요.

회복된 후 나는 한 간호사에게 애니타에게 들은 말을 했어요. 그 간호사는 울음을 터뜨리며 병실에서 뛰쳐나갔어요. 애니타와 그 간호사가 아주 친한 친구였다는 걸 나중에 알았어요. 애니타는 그녀를 끔찍하게 사랑하는 부모님이 빨간색 MGB 스포츠카를 선물해서 깜짝 놀랐어요. 애니타는 그 차에 뛰어올랐고, 흥흥분한 상태로 테이블 마운틴의 경사면을 따라 드 발 드라이브 고속도로를 질주하다 '수어사이드 코너'로 들어서서 콘크리트

전봇대를 들이박았어요.

그 모든 일이 일어났을 때 나는 의식이 없었어요. 그런데 앞에서 말한 대로 애니타에게 무슨 일이 일어났는지 알았어요. 내가 어떻게 이런 사실들을 알 수 있었을까요? 임사체험에서 애니타에게 들었으니까요.

15년 전, 잭이 아직 살아 있다고 생각했던 그 간호사를 임사체험에서 만났을 때의 놀라움을 강조하면서 이 이야기를 했을 때 나는 그의 이야기 속에 이전에는 제대로 인식하지 못했던 뭔가 중요한 점이 있다는 사실을 바로 알아차렸다. 자살 시도 후 부모님을 보았다는 헨리 이야기를 30여 년 전에 들은 것을 시작으로, 먼저 죽은 사랑하는 사람들을 임사체험 중 만났다는 체험자들의 이야기를 많이 들었다. 물론 헨리는 그의 부모님이 돌아가셨다는 사실을 알았고, 더구나 그들을 간절히 보고 싶어 했다. 그래서 젊은 정신과 의사였던 나는 헨리가 부모님의 환영을 보았다고 의심했다. 하지만 잭은 상황이 달랐다. 그는 간호사가 죽었다는 사실을 알 길이 없었다. 그리고 주말에 부모님과 함께 쉬고 있을 그녀를 보고 싶다는 생각도 못했다. 그러니 희망사항이 투영된 것이 아닌 분명히 죽은 사람과의 만남이었다. 그리고 내게 이런 이야기를 한 임사체험자는 잭뿐만 아니었다.

잭의 이야기를 들은 해 후반기에 100세 로즈는 1차 세계대전 중 폐렴으로 입원했을 때 겪은 임사체험 비슷한 경험을 내게 이야기했다.

전쟁 중 나는 병원에서 심하게 앓았어요. 어느 날 아침 간호사가 들어와서 제게 생명의 기미가 전혀 보이지 않는 것을 발견했습니다. 그녀는 의사와 수간호사를 불렀고, 그들에게도 내가 죽은 것처럼 보였고, 최소 20분 동안 그런 상태로 있었다고 나중에 말해주었어요.

그동안에 나는 아름답고, 푸르게 물결치는 나라에 있었어요. 여기저기 아름답고 커다란 나무들이 있었고, 나뭇잎들은 마치 부드러운 광채를 내뿜는 것 같았어요. 그때 나는 몇 명의 병사들과 함께 다가오는 젊은 장교를 보았어요. 그 장교는 내가 아주 좋아하는 사촌 올번이었어요. 나는 그가 죽었다는 사실을 몰랐고, 군복 입은 모습을 본 적도 없었어요. 이때 내가 보았던 모습을 몇 년 후 그의 사진을 보고 확인했어요.

우리는 몇 분 동안 행복하게 이야기를 나누었고, 그다음 그와 병사들은 행진해서 갔어요. 그다음 이 모든 병사는 전쟁터에서 죽음에 이른 다른 병사들을 맞이해 돕도록 허락을 받아 가는 것이라고 내 옆의 존재가 설명했어요.

천장 정도 높이에서 아주 수척한 몸이 누워 있는 침대를 내려다본 게 그다음 나의 생생한 기억이었어요. 흰옷을 입은 의사와 간호사들이 침대 주위를 둘러싸고 있었어요. 잠시 후 나는 그들을 올려다보고 있었고, 강렬한 실망감을 느꼈어요. 그렇게 사랑스럽고 만족스러웠던 곳에서 이제 현실로 돌아온 거니까요.

몇 년 후 바버라 랭거가 23세에 자동차 충돌 사고 후 비슷한 임사체험을 했던 이야기를 했다.[147]

최근에 알게 된 젊은 부부인 데이비드와 크리스틴의 집에서 간염을 치료하고 있었습니다. 크리스틴은 금방 가까운 친구가 되어 나를 잘 돌봐주었어요. 그들의 손님방에서 몇 주 머무를 때 사고를 당했어요.

부부의 흰 고양이가 병에 걸리는 바람에 화창한 화요일 오후, 크리스틴과 나는 고양이를 데리고 수의사를 만나러 가는 길이었어요. 크리스틴이 데이비드의 폭스바겐 버스를 운전해 시내로 가고 있었고, 나는 곧 열릴 콘서트에 대해 이야기하고 있었죠. 나는 무릎에 고양이 내스티를 안고 있었어요. 그런데 내스티가 갑자기 꿈틀거리더니 내 품에서 빠져나갔어요. 고양이는 크리스틴의 팔로 뛰어오르더니 그녀의 목으로 기어오르기 시작했어요. 크리스틴은 고양이를 밀쳐 내려고 했고, 나는 손을 뻗어 고양이를 크리스틴에게서 떼놓으려고 애썼어요. 그게 수의사를 만나러 가던 길에 생각난 마지막 기억이에요. 우리가 스쿨버스의 뒤를 들이박았고, 우리 둘 다 앞 유리를 깨고 튀어나왔다는 걸 나중에 알았어요. 나는 거의 한 주 동안 의식이 없었어요.

무시무시한 속도로 어둡고 광대한 우주를 헤치고 날아가는 느낌이었어요. 나는 작고, 평온하고, 초연한 느낌이었지만, 이런 기묘한 여행에 흥미를 느꼈고, 움직이는 속도도 잘 인식하고 있었어요. 이런 상태가 오랫동안 계속되는 것 같았고요.

나는 둥글고 푸른 언덕으로 둘러싸인 계곡의 진녹색 초원에 혼자 있었는데, 더할 나위 없이 행복했어요. 그곳에는 시내와 꽃들이 있었어요. 색깔들이 아름답고 강렬하고, 분위기는 묘했어요. 평화와 사랑으로 충만한 느낌은 눈부시게 아름답고 행복감을 주었어요.

그다음 나는 이슬처럼 투명하고 높은 곳에 있는 또 다른 장소에서 길을 내려가고 있었어요. 크리스틴이 내 옆에 있었고, 그날 입었던 바지와 똑같은 푸른색 바지를 입고 있었어요. 우리는 나란히 미끄러지듯 내려가는 중이었죠. 그녀는 평온하고 깜짝 놀랄 정도로 아름다워 보였어요. 내가 어떻게 보이는지는 몰랐지만, 우리 둘이 사랑으로 둘러싸이고 사랑으로 충만하다는 건 알았어요.

우리는 좁은 흙길을 걷고 있었어요. 그 길은 곧 두 방향으로 갈라져 서로 다른 방향으로 향했습니다. 우리는 헤어져 각자의 길을 가야 한다는 것을 둘 다 알았어요. 우리는 평온했고, 말을 하지 않고도 잘 소통했어요. 크리스틴은 텔레파시로 데이비드에게 영원히 사랑한다고 꼭 전해달라고 부탁했어요. 그다음 그녀는 오른쪽 길로 갔고, 나는 왼쪽 길로 갔습니다. 이 길들이 어디로 이르는지는 확실히 알지 못했어요. 무엇을 해야 하는지 의식해서 결정하지는 않았어요. 그러나 우리 각자가 어느 방향으로 가야 하는지는 확실했어요. 우리는 나중에 다시 만난다는 사실을 서로 이해하면서 헤어졌어요. 그러나 지금은 각자 따로따로 우리 앞에 놓인 힘든 여정을 책임져야 했어요.

내 길은 곧장 육체로 돌아가는 것이었어요. 나는 병원에서 의식을 되찾았습니다. 손에는 여전히 자동차 앞 유리 조각들이 박혀 있었고, 이마에는 깊은 상처가 있었어요. 나는 거울에 비친 내 모습을 알아보지 못했어요. 한 친구는 내가 안면 거상술(擧上術)을 받았다고 말해주었어요. 의사들은 내가 세 차례 뇌진탕을 당했다고 말했고, 그래서 세상이 둘로 겹쳐 보였어요. 그러나 콘택트렌즈는 빠지지 않았고, 내 간염은 사라졌어요.

친구와 가족들이 나를 보러 왔어요. 한 친구가 그 사건에 대한 신문기사를 보여주었고, 그제야 크리스틴이 죽었다는 걸 알았어요. 기사를 보면, 크리스틴은 사고 현장에서 사망하고, 나는 근처 병원으로 옮겨졌지만 살아나기 힘들 것으로 보였대요.

내 경험의 여러 부분을 종합해보면 나는 죽었다 살았고, 친구는 살아나지 못했지만 훨씬 더 좋은 곳에 있다는 사실을 깨달았어요. 당시에는 내 삶에서 물질세계에 투자했다고 느끼는 부분이 전혀 없었기 때문에 나는 오히려 친구와 함께 그곳에 머물러 있길 바랐어요.

잭, 로즈와 바버라가 그들의 임사체험에 대해 내게 설명했을 때 나는 그게 탐구해볼 만한 중요한 체험이라는 사실을 깨달았다. 먼저 죽은 사랑하는 사람을 만났다는 이야기는 임사체험 사례에서 쉽게 찾을 수 있다. 내 연구에 참여한 모든 임사체험자 중 거의 절반이 먼저 죽은 누군가를 만났다고 말한다. 나는 더 이상 그런 이야기를 환각이라고 섣불리 결론 내리지 않는다.

나는 또한 그런 이야기 대부분을 어떤 과학적인 증거로 여기지도 않는다. 먼저 죽은 사람을 만나고 싶은 임사체험자들의 희망과 기대로 인한 영향을 빼놓고는 생각할 수 없다. 그러나 잭, 로즈, 바버라처럼 죽었는지 몰랐던 사람을 만났다고 하는 경우에는 죽은 사람을 다시 만나고 싶은 기대가 반영된 것이라고 마냥 치부할 수 없다는 걸 알았다. 그런데도 달리 가능한 설명이 있을까 하여 계속 찾았다.

이런 환상들이 이후에 만들어졌을 수도 있을까? 즉, 체험자들이 임사체험에서 누군가를 만나고, 사랑하는 사람이 방금 사망했다는 사실을 알게 된 후에야 기억을 더듬어 자신이 만난 존재를 새로 죽은 사랑하는 사람이라고 밝힐 수도 있지 않을까? 일부 임사체험에는 그런 일이 있을 수도 있지만, 잭과 같은 경우는 다르다. 체험자들은 다른 사람에게 임사체험 이야기를 하면서 그때까지는 죽었다는 사실을 모르던 사람을 거기서 만났다고 말했다.

이런 체험이 '요행수'일 수 있을까? 즉, 체험자들이 그때까지는 살아 있었지만 곧 사망할 것 같은 누군가를 임사체험에서 환영으로 만난 것은 아닐까? 만약 그렇게 설명할 수 있다면, 체험자들이 임사체험 중 죽은 사람으로 '잘못 추측'했지만, 사실은 아직 살아 있었던 경우도 있지 않을까?

체험자들이 임사체험에서 아직 살아 있는 사람을 만났다고 하는 경우도 있다는 사실이 밝혀졌다. 내가 모은 1천 건이 넘는 임사체험 사례 중 7퍼센트는 임사체험하던 사후세계에서 아직 살아 있는 누군가를 만났다고 말했다.[148] 그러나 이렇게 드문 경우에도 모든 체험자는 그를 아직 살아 있는 사람으로 설명했다. 그리고 대부분 그들이 체험자에게 돌아가자고 간청했다고 한다. 우리가 수집한 임사체험 사례 중 체험자가 아직 살아 있는 사람을 죽었다고 잘못 생각한 경우는 하나도 없었다.

죽었다는 걸 몰랐던 사랑하는 사람을 임사체험에서 만나 놀라는 경우도 흔하지는 않지만, 실제로 발생하기도 한다. 그리고 이런 사례는 전혀 새로운 것이 아니다. 여러 시대에 걸쳐 기록이 남아 있기도 하다.

로마의 역사가이자 박물학자 플리니우스는 1세기에 코르피디우스라는 귀족에 대해 기록했다.[149] 코르피디우스가 호흡을 멈추자 의사는 사망 선고를 했다. 그래서 남동생을 유언 집행자이자 상속인으로 지명하는 코르피디우스의 유언장이 공개되었다. 남동생은 장례식을 준비하려고 장의사를 불렀다. 그런데 시체를 방부 처리하던 탁자에서 코르피디우스가 벌떡 일어나 앉더니 손뼉을 쳐서 장의사는 깜짝 놀랐다. 그는 보통 하인들을 부를 때 손뼉을 쳤다. 코르피디우스는 자신이 방금 남동생 집에서 왔다고 알리면서, 동생이 자신을 위해 준비했던 장례식을 이제 스스로를 위해 사용해야 한다고 전해달라고 했다. 또한 코르피디우스는 남동생이 자신의 딸을 잘 돌봐달라고 그에게 부탁했고, 뜰 어디에 금을 몰래 묻어두었는지도 보여주었다고 말했다. 어안이 벙벙한 장의사에게 코르피디우스가 그런 이야기를 하고 있을 때, 남동생의 하인이 불쑥 들어와 주인이 방금 갑자기 사망했다는 소식을 전했다. 그리고 남동생이 가리켰다고 코르피디우스가 말한 장소에서 실제로 파묻힌 금을 찾아냈다.

19세기에 이러한 유형의 상세하고 문서화된 몇몇 사례가 발표되었다. 물리학자 엘리너 시지윅은 집에 와 있는 여자 조카들을 위해 노래 강사를 찾고 있던 한 영국 여성에 대해 기록했다.[150] 그 영국 여성은 전문 가수 훈련을 받은 지역 상인의 딸 줄리아에게 노래 강습을 맡겼다. 그 조카들이 돌아간 후 줄리아는 아버지에게 그렇게 행복한 한 주를 보낸 적이 없었다고 말했다. 얼마 지나지 않아 줄리아는 결혼해서 이사했다.

몇 년 후 줄리아에게 강습을 맡겼던 그 여성이 병상에 누워 죽어가고 있었는데 몇 가지 사업 문제를 검토하던 중 갑자기 멈추고는 물었다. "노래하는 목소리가 들려요?" 그 방의 누구도 듣지 못했지만, 그 여성은 틀림없이 자신을 천국으로 맞이하는 천사들의 노랫소리라고 결론 내렸다. "그런데 이상해요. 천사들 사이에 분명히 내가 아는 목소리가 하나 있어요. 누구 목소리인지는 기억할 수 없어요"라고 덧붙였다. 그녀는 갑자기 위를 가리키며 "아니, 그녀가 방 한쪽 구석에 있어요. 줄리아예요"라고 말했다. 다른 사람은 아무도 보지 못했고, 그 여성은 다음 날 1874년 2월 13일에 사망했다. 2월 14일, 『런던 타임스』에 줄리아가 죽었다는 소식이 실렸다. 훗날 줄리아의 아버지가 인터뷰하면서 "줄리아는 죽던 날 아침부터 노래를 시작해 죽을 때까지 계속 불렀어요"라고 말했다.

조금 더 최근에는 K. M. 데일 박사가 부모와 의료진이 36시간 동안 애태우며 밤샘 간호를 한 끝에 결국 열이 내린 9세 에디의 사례를 말했다.[151] 에디는 새벽 3시에 눈을 뜨자마자 천국에 가서 죽은 할아버지와 로사 고모, 로렌조 삼촌을 보았다고 부모에게 이야기했다. 의사가 에디의 말을 엿듣고 열에 들떠 헛소리한 것이라고 묵살하자 아버지는 당황스러워했다. 에디는 19세 누나 테레사도 보았는데, 누나는 그에게 돌아가야 한다고 말했다고 덧붙였다. 그러자 아버지는 걱정이 되어 에디에게 진정제를 투여해달라고 데일 박사에게 부탁했다. 아버지는 960킬로미터 떨어진 다른 주에서 대학에 다니는 테레사와 이틀 밤 전에 함께 이야기를 나눴기 때문이다. 에디가 깨어난 날 아침, 에디의 부모는 당장 그 대학에 전화했다. 그리고 테레사가 자정 직후에 자동차 사고로 사망했다는 사실을 알게 되었다. 대학의 직원들은 부모에게 연락하려고 계속 집으로 전화했다고 말했다.

이런 체험이 그저 공상일까 아니면 임사체험 중에 정말 죽은 사람들을 만나는 것일까? 사후세계에 대한 종교적 믿음이 없던 나는, 죽었다는 사실을 모르는 상태에서 임사체험 중 죽은 사람을 만났다는 이러한 환상을 설명하기가 불가능하지는 않더라도 매우 어렵다는 것을 알았다. 체험자들은 죽은 사람들이 그저 나타나기만 한 게 아니라 그들과 소통하고, 뭔가를 알려주었다고 말한다. 누구 혹은 무엇이 체험자들에게 이런 정보를 주었을까? 모든 사례에서 체험자들은 사망자에게 여전히 의식이 있고 자신과 상호 작용도 했다고 설명했다. 그러려면 육체가 죽은 다음에도 의식(생각하고 느낄 수 있는 능력)이 남아 있어야 한다. 나는 그것이 어떻게 가능한지 이해하기 어려웠다. 우리 몸이 죽어도 우리 의식은 끝나지 않는다면, 그 의식은 어디로 가는 걸까?

천국과 지옥은 있을까?

'육체가 죽은 후 의식은 어디로 갈까?'라는 질문은 과학적 연구의 한계를 넘어선다. 육체에서 분리되었을 때 어디로 갔는지에 대한 체험자들의 이야기를 들여다보면, 많은 체험자가 어떤 상태였는지 상세하게 설명한다. 그들 대부분은 임사체험 중 더할 나위 없이 행복한 세상으로 갔다고 말한다.

내 연구에 참여한 모든 체험자 중 거의 90퍼센트가 평화로운 느낌이었다고 말했다. 거의 4분의 3은 기쁨과 더없는 행복을 느꼈다고 전했다. 3분의 2는 우주와 하나가 되는 천국의 느낌이나 만물과 하나가 되는 경지를 설명했다. 그리고 4분의 3은 '빛이자 사랑인 존재'와 만났다고 이야기했다. 임사체험한 사람들을 처음 연구하기 시작했을 때 그들 대부분이 죽음 앞에서 공포에 휩싸이거나 쩔쩔매지 않는다는 사실을 알고 놀랐다. 사실 보통은 정반대다. 임사체험 이야기를 하는 사람들 대부분이 믿기지 않을 정도의 평온함부터 기쁨과 황홀감까지 압도적으로 긍정적인 느낌을 설명한다.

그게 사람들이 대대로 '천국'을 설명할 때의 의미일까? 체험자들은 임사체험에 대해 우리의 일상적이고 물질적인 세계와는 너무 다른 차원의 세계에서 벌어지는 일이어서 우리 말로는 충분히 묘사할 수가 없다고 흔히 설명한다. 그리고 이렇게 다른 차원의 세계와 존재를 정확하게 설명하는 게 불가능하진 않아도 어렵기 때문에, 익숙해 보이지 않는 일들을 묘사하기 위해 문화적·개인적인 은유를 많이 사용하는데, 가장 쉽게 활용하는 은유가 바로 '천국'이다.

많은 체험자는 그들이 갔던 더없이 행복한 사후세계를 문자 그대로 '천국'이라고 인식한다. 장로교 가정에서 성장한 주디 프리얼은 교회에 다니던 24세 때 죽을 고비를 넘기는 동안 몸이 병원 침대에서 위로 들려 올라간다고 느꼈다. 그녀는 어디로 갔는지 내게 설명했다.

천국까지 올라갔어요. 성경에서 말하는 천국과 비슷하고, 교회의 가르침 덕분에 그곳이 천국이라는 걸 알았어요. 나는 천국이 좋았어요. 나와 모든 사람이 평화롭고, 행복하고, 전혀 고통을 느끼지 않았어요. 나를 맞이한 천사가 들어와서 천국이 어떤지 보라고 내게 말했어요. 나는 일하는 사람들을 보았어요. 그들은 웃고 노래하고 있었어요. 남녀노소가 함께 있었어요. 노래를 부를 수 없는 사람들도 아름답고 조화롭게 노래를 불렀습니다. 몇몇 사람은 알아볼 수 있었습니다. 이 땅에서 보았을 때와 같은 나이에 같은 옷을 입고 있었어요. 그럼에도 모두가 비슷하게 보이기도 했어요. 동시에 모든 사람이 제가 본 것 중 가장 새하얀, 아니 그보다 더 하얀 옷을 입고 있는 모습이 비슷했습니다. 거리와 저택들도 보였고, 모든 게 순금으로 반짝였어요.

나는 줄을 길게 서 있었습니다. 하나님 보좌 앞으로 가는 길에 서 있다는 걸 깨달았어요. 내 인생을 이야기해보라는 요청을 받을 예정이었습니다. 보좌는 눈부시게 하얀빛으로 둘러싸여 있었어요.

도티 부시 또한 25세에 아이를 낳다 과다 출혈하게 되면서 천국이라고 생각한 곳을 다녀왔다고 회상했다.[152]

나는 쇼크 상태에 빠졌어요. 마지막 기억은 내 혈압이 떨어지고 있다고 의사에게 서두르라고 마취 전문의가 소리친 것이었습니다.

그다음 나는 아름다운 곳에 있었어요. 그곳이 천국이었다는 걸 알아요. 너무나 평화롭고, 아름답고, 사랑스러운 음악과 꽃들이 있었어요. 우리가 여기 이 땅에서 보는 것보다 몇 배는 더 아름다워 보일 정도였습니다. 그런 음악 그리고 사랑과 평화에 둘러싸여 있으니 돌아가고 싶지가 않았어요.

그다음 누군가가 내게 말하기 시작했어요. 얼굴을 보지는 않았지만 예수님이라고 느꼈어요. 그분은 '도티야, 너를 지상에 남긴 것은 목적이 있어서란다'라고 말씀하셨어요. 그리고 계속해서 내게 모든 걸 알려주셨어요. 그분은 왜 십자가에서 돌아가셨는지 내게 이야기하셨지만, 교회에서 배워온 내용과 조금 달랐다는 사실만 기억나요.

예수님께서 나에게 말씀하실 때 '왜 나를 선택해 모든 것을 계시하셨을까'라는 생각이 들었어요. 그리고 그분이 그렇게 하셨고, 이제 내가 이렇게 확실한 경험을 했기 때문에 다른 사람들도 이해하도록 도울 수 있다고 생각했어요. 그분이 이야기를 마치자 그 아름다운 곳에서 더럽고 추한 이곳으로 내려오는 기분이었어요. 하늘과 땅처럼 엄청나게 대조적이었죠. 그분은 내가 돌아가야 한다고 하셨지만, 돌아가고 싶지 않았어요.

　그다음, 수술대 위에서 제 몸으로 돌아온 것을 느꼈습니다. 의사는 무호흡증과 저산소증 때문에 심폐소생술이 필요하다고 말했죠.

　주디와 도티 모두 '다른 어떤 곳'을 천국으로 인식했다. 그러나 대부분 체험자는 자신이 어디로 갔는지 밝히지 못하고, 그들이 다녀온 사후세계에 어떠한 이름을 붙이기 어렵다고 설명한다. 내가 연구한 체험자들의 4분의 3은 뭔가 익숙하지 않은 세계나 차원으로 들어갔다고 설명했다. 대부분 사후세계를 말로 표현할 수 없다고 이야기했지만, 설명해보라고 계속 재촉하면 천국이나 지옥처럼 종교적인 용어나 골짜기나 풀밭, '외계'처럼 자연이나 우주에 관한 용어 등 다양한 은유를 사용했다. 그러나 아무리 재촉해도 체험자들 중 거의 절반은 그곳에 어울리는 익숙한 이름을 하나도 찾을 수 없다고 우겼다.

　개신교 집안에서 성장했지만, 나중에는 자신을 영적인 존재로 생각하면서도 어떤 종교도 갖지 않았던 신시아 플로스키는 72세에 심장마비를 겪었다. 그녀는 더없이 행복한 세계를 자연스러운 용어로 설명했다.

내 심장이 멎는 순간, 나는 알아차리지 못했어요. 죽었다는 느낌이 전혀 없었는데, 갑자기 아름다운 숲의 가장자리에 서 있었어요. 사람은 하나도 없었고, 주변에는 부드러운 금빛 신록의 잎들만 보였어요. 내 위에서 부는 산들바람에 나뭇잎이 바스락거렸어요. 환영 속에 있는 것 같았지만, 아주 현실적이고, 생생했어요. 명백하게 현실적이었어요. 그곳에 서 있다는 느낌이 들었지만 제 몸이 어떤 형태인지 알 수 없었고, 다만 제가 떠다니거나 흐느적거리지 않았다는 것은 알 수 있었습니다. 내가 보통의 단단한 고체로 느껴졌어요. 그리고 인지적 사고를 할 수 있었기에 내가 '사후세계'에 있다는 걸 깨달았고, 그곳에 계속 머무르고 싶지 않다는 것도 알았어요. 내 앞에는 더 깊은 숲속으로 이르는 오솔길 같은 게 있었고, 그 길의 끝에는 더 많은 빛이 내리쬐고 있었어요. 나에게 들어오라고 손짓하는 것 같았지만, 계속 따라가면 이 땅의 삶으로 돌아오지 못할 것 같다는 생각이 들었어요. 그래서 '여기에서 나가는 게 좋겠어!'라고 생각했고, 그 생각과 함께 응급실로 돌아왔어요.

마찬가지로, 74세에 심장마비가 왔을 때 임사체험을 했던 해리엇 역시 더없이 행복한 체험이었다고 설명했다.

나는 어느 정도 제한된 공간에서 떠도는 것 같았어요. 그러나 우리가 아는 벽은 하나도 없었어요. 자주색의 소용돌이치고, 부드럽고, 어둡고, 벨벳 같은 물질을 들락날락하고 있었어요. 아름답고, 감각적이고, 육감적이고, 부드러운 새틴과 솜털로 된 거대한 덩어리 속으로 떨어지는 것 같았어요. 이 물질로 완전히 둘러싸여서 천천히, 평화롭게 오르락내리락했어요.

바닥에 가까워질 때마다 이 공간의 끝, 약간 오른쪽에서 거대한 광채를 볼 수 있었어요. 이 광채는 따뜻하고, 부드럽고, 너무 마음을 끌었어요. 몇 번 떠내려가 바닥에 가까워지긴 했지만, 그곳에 이르려고 어떤 노력도 하지 않았어요. 몸도 마음도 없는 것 같았어요. 나는 사람도 물건도 아니었어요. 나는 평화롭고, 행복하고, 만족스러웠어요. 나는 더 이상 아무것도 신경 쓰지 않는 것 같았어요. 마음도 없고, 몸도 없고, 경계도 없고, 그저 자족했어요. 우연히 바다로 간 아메바 같았죠. 이것은 말로 옮길 수 있는 감정이 아니에요.

주디, 바버라와 달리 신시아, 해리엇은 그들이 다녀온 세계에 대해 이름을 붙이지 않았지만, 그저 '아름다운 숲'과 '소용돌이치고, 부드럽고, 어둡고, 벨벳 같은 물질'로 묘사했다.

그러나 모든 임사체험이 행복하거나 즐거운 경험으로 묘사되지는 않는다. 1970년대 말, 내가 임사체험을 처음으로 탐구하기 시작했을 때는 체험자들로부터 더없는 행복은 아니더라도 엄청나게 평화로웠다는 말을 들었다. 그러나 그 이후, 체험자 대부분은 임사체험이 즐거웠다고 하지만, 그렇지 않았던 체험자도 일부 있다는 사실을 알게 되었다. 1990년대 초, 낸시 에번스 부시와 나는 고통스러운 임사체험 사례를 충분히 수집해 의학 학술지에 그런 경험에 대한 첫 연구 보고서를 발표했다.[153]

현재 우리가 연구하는 임사체험자들 중 86퍼센트는 임사체험이 주로 즐거웠다고 했고, 8퍼센트는 그렇지 않았다고 말했다. 그리고 6퍼센트는 어느 쪽도 아니라고 대답했다. 임사체험이 무섭거나 괴로웠다고 설명하는 체험자가 결과적으로 소수이기는 하지만, 즐겁지 않은 임사체험을 하고 이야기하기 꺼리는 체험자가 더 많을 수도 있다. 그런 이유로, 나는 무서운 임사체험이 생각보다 드물지 않다고 여긴다.

내가 모은 수백 건의 임사체험 사례와 다른 연구자들이 탐구한 내용을 보더라도 왜 어떤 사람은 더없이 행복한 체험을 하고, 어떤 사람은 무서운 체험을 하는지를 설명해주는 명백한 이유를 찾을 수는 없다. 예를 들어 '성스러운' 삶을 사는 사람들이 언제나 즐거운 임사체험을 하고, '악한' 삶을 사는 사람들이 언제나 무시무시한 임사체험을 하는 건 아니다. 역사를 통틀어, 16세기 아빌라의 성녀 테레사[154]와 십자가의 성 요한[155] 그리고 20세기 캘커타의 마더 테레사[156]처럼 존경받은 신비주의자들은 신과 연합되는 길에서 '영혼의 어두운 밤'을 필수적인 첫 단계로 설명했다.

반면, 무기징역으로 감옥살이하는 살인범 등 상습범들도 더없이 행복한 임사체험을 했다고 이야기했다. 지금까지 우리가 무섭거나 고통스러운 임사체험 사례에서 얻은 빈약한 증거에 따르면, 그런 체험은 더없이 행복한 임사체험과 같은 조건에서 일어날 수 있다. 왜 어떤 사람은 고통스러운 임사체험을 하고, 어떤 사람은 더없이 행복한 체험을 하는지 우리는 모른다. 나는 무서운 임사체험에 직면하지 않으려고 하면 정신적인 충격이 오래 지속될 수도 있고, 그런 고통스러운 임사체험이 체험자들에게

삶의 방향을 바꾸라는 메시지로 해석될 때가 많다는 사실에 주목했다.[157]

어떤 체험자들은 그곳을 전통적인 지옥처럼 묘사한다. 브렌다는 수면제 과다 복용으로 자살을 시도했던 26세 때 그런 경험을 했다.

병원 의사가 내 쪽으로 바짝 몸을 숙이더니 내가 죽어가고 있다고 말했어요. 내 몸의 근육들이 걷잡을 수 없이 확 끌어당겨지기 시작했어요. 더 이상 말을 할 수 없었지만, 무슨 일이 일어나고 있는지 알았어요. 내 몸은 느려졌지만, 내 주위의 사물과 내게 일어나는 일들은 오히려 빨라졌어요.

그다음 내 몸이 미끄러져 내려가는 느낌이었어요. 똑바로 내려가는 게 아니라 미끄럼틀처럼 비스듬히 기울어져 내려갔어요. 그곳은 춥고, 어둡고, 축축했어요. 바닥에 닿았을 때 동굴 입구 같았고, 거미줄이 매달려 있는 것처럼 보였어요. 동굴 안은 회색과 갈색이었어요. 비명, 울부짖음, 신음과 이를 가는 소리가 들렸어요. 머리와 몸의 형태로는 인간을 닮은 존재들이 보였지만, 험악하고 기괴했어요. 붉은색, 녹색, 자주색 같은 색을 본 기억이 나지만, 그게 그 존재들의 색깔이었는지는 분명하지 않아요. 그들은 무시무시했고, 고통 속에서 괴로워했어요. 그들 중 아무도 나에게 말을 걸지 않았죠.

동굴 안으로 들어가지 않고, 그저 입구에 서 있었어요. '여기에 머무르고 싶지 않아'라고 자신에게 말했던 기억이 나요. 나는 나 자신을, 내 영혼을 심연에서 끌어내리려는 것처럼 나를 일으켜

세우려고 애썼어요. 그게 마지막으로 기억하는 거예요.

브렌다는 약물 과다복용에서 회복한 후 자살을 시도하게 한 우울증을 치료하기 시작했고 알코올 중독자 갱생 모임에 참가하기 시작했다. 그녀의 임사체험은 지옥처럼 끔찍했지만, 죽음이 끝이 아니라는 새로운 믿음은 삶의 방향을 바꿀 희망과 동기를 가 되기 충분했다. 그리고 결국 우울증과 약물 남용에 시달리는 사람들을 위한 심리 상담사가 되었다.

캣 던클은 26세에 자동차 사고로 심한 내출혈이 일어났을 때의 지옥 같은 임사체험에 대해 설명했다.[158]

그 사고로 내 등이 심각한 타격을 입으면서 말랑말랑한 간을 둘러싼 막이 풍선처럼 터져 심한 내출혈을 일으켰어요. 출혈이 너무 심해 외과 의사의 영웅적인 노력도 거의 소용없었죠. 나의 바이털 사인이 평평해졌고, 호흡, 맥박, 혈압 등 모든 의학적 수치에서 임상적으로는 사망 상태였어요. 마취과 의사는 의료 기기 전원을 끄고 떠나려고 일어났지만, 젊은 외과 의사는 포기하지 않고 나를 살리려고 애썼어요. 차가운 살균 수술실에서 이런 일이 벌어지는 동안, 나는 내 인생을 영원히 바꿀 여행을 하고 있었습니다.

나는 수술대에서 사망 진단을 받았어요. 마지막 숨을 내쉬는 나 자신이 터널 아래로 던져지는 것을 느꼈습니다. 그러자 바닥이 꺼지면서 온몸이 타들어 가는 끔찍한 고통과 함께 완전한 어둠 속으로 떨어졌습니다. 다른 사람들의 비명이 들렸고, 내가 지

애프터 라이프

옥에 있다는 걸 알았어요. 달아날 길이 없고, 나는 떨어져서 불타며 완전한 어둠을 향해 영원히 비명을 지를 거라는 사실을 알았어요. 나는 하나님께 도와달라고 소리쳤지만, 내 소리를 듣지 않으시고 아무도 내가 거기에 있다는 사실조차 모를 것을 알았어요. 그다음 그냥 멈췄죠.

즉각 곤두박질쳐서 어둠 속으로, 무시무시하고 끝없이 컴컴한 공간으로 떨어지기 시작했어요. 엘리베이터에 서 있는데 갑자기 바닥이 꺼지면서 아래로 떨어지는 끔찍한 느낌을 상상해 보세요. 나를 둘러싼 어둠 속에서 공포에 떨면서 내 온몸이 타들어 가는 끔찍한 고통과 절대 사라지지 않을, 말할 수 없이 심한 고통을 아주 생생하게 느꼈어요. 다른 사람들의 고통스러운 비명이 들렸지만, 어둠밖에 보이지 않았어요. 불이 보이지 않는데도 몸 전체에서 끔찍하게 타들어 가는 고통이 느껴져 이게 지옥이라는 걸 알았어요.

이게 영원히 계속되리라는 걸 알고 절망감이 들었어요! 깨어나지 못하고, 바닥에 떨어져 죽지 않으며, 누구에게도 구조되지 않을 것 같은 이 악몽에서 벗어날 방법이 없었습니다. 우리가 지옥 구덩이에 더 깊이 떨어질수록 완전히 무력해져서 어둠 속에서 울부짖는 다른 모든 영혼과 함께 부르짖으며 이렇게 소름 끼치는 곳에 쓰러져 영원히 언제까지나 타들어 갈 거예요. 이곳에는 하나님조차 들어오지 않으셨고, 고문은 언제까지나 영원히 계속될 거예요. 내가 사실 믿지 않기로 선택했기 때문에 지옥으로 보내졌다는 걸 깨달았을 때 내 마음을 채운 공포를 설명할 길이 없어요. 내가 이 지옥을 선택했어요. 하나님을 믿지 않기로 선택한 게 바로 나였어요.

　　마치 내가 존재한 적이 없었던 것처럼 고립감을 느꼈어요. 하나님과 분리된 것보다 더 고립된 장소는 없어요. 불길은 보이지 않고, 그저 완전한 어둠과 타들어 가는 느낌만 있었어요. 많은 사람이 지르는 비명이 들렸지만, 아무도 보이지 않았어요. 도망칠 수 있다는 희망이 전혀 없는 어둡고, 황폐하고, 무시무시한 곳이었어요. 나는 영원히 하나님과 분리된 채 고통 속에서 길을 잃었다는 절망감을 느꼈어요.

　　그러나 캣의 체험은 거기서 끝나지 않았다. 여러 무시무시한 임사체험처럼 그녀 역시 돌아섰고, 평화로워졌다. 캣은 지난 26년 동안 무신론자였는데도 신에게 도와달라고 외쳤다.

　　떨어지면서, 이 소름 끼치는 곳에서 타들어 가면서, 나를 용서해달라고 하나님에게 간청하며 외쳤어요. 나를 이곳에서 내보내달라고 애원했어요. 그러자 고문이 멈췄어요. 그냥 멈췄어요! 크고 날카롭고 울부짖는 소리가 귓가에 맴돌고, 내 몸의 한가운데가 찢기고 타들어 가던 끔찍한 느낌이 사라졌어요. 그리고 나는 '하나님이 계시다'는 사실을 아무 의심 없이 인정하게 되었어요. 나는 하나님의 완벽한 평화, 말로 표현할 수 없는 평화, 도저히 이해하기 힘든 평화로 충만했습니다. 공포, 고통, 불안이나 어떤 감정도 없었어요. 하나님을 경배하고 진정으로 하나님을 아는 느낌으로 모든 걸 극복할 수 있었습니다. 그래서 나는 완전한 불신자에서 의심이 전혀 없는 사람으로 변했습니다.

주디와 도티가 '어딘가 다른 곳'을 천국으로 인식했듯 브렌다와 캣은 '어딘가 다른 곳'을 확실히 지옥으로 알았다. 그러나 무시무시한 임사체험을 하고 살아난 사람 대부분은 더없이 행복한 체험을 하고 살아난 사람들과 똑같이 그들이 다녀온 곳의 이름을 말하지 않는다. 그저 이름을 붙일 수 없는 다른 세계에 있었다고 설명한다.

도리스는 27세에 출산하다 자궁과 자궁 경부가 찢어졌을 때 겪은 무시무시한 임사체험을 내게 설명했다.

갑자기 뭔가 진짜 이상한 일이 벌어지고 있다는 것을 알게 되었어요. 내가 일어나 몸에서 빠져나오는 것 같았습니다. 그리고 의사와 간호사가 내 몸을 치료하는 모습을 방 한쪽 구석 천장에서 지켜보고 있었어요. 그렇게 위에서 떠돌 수 있다는 게 정말 놀라웠고, 내 상황을 통제하고 있다고 느끼고 싶었죠. 그러나 무력하게 지켜보는 일 외에는 아무것도 할 수 없었어요.

그다음 나는 더 이상 그 방에 있지 않았어요. 처음에는 천천히, 그다음에는 점점 빨라지면서 터널을 통과했어요. 터널에 들어가면서 무거운 기계가 작동하는 것 같은 엔진 소리가 들리기 시작했어요. 그다음 천천히 움직이면서 내 머리 양쪽에서 목소리, 이전에 알았던 사람들의 목소리를 들을 수 있었어요. 어렴풋이 기억나는 목소리였죠. 바로 그때쯤 겁에 질렸고, 그래서 누구 목소리인지 집중해서 알아내려고 하지 않았어요.

속도가 빨라질수록 점점 더 두려워졌어요. 그리고 내가 터널 끝의 빛이 있는 지점을 향해 가고 있다는 걸 깨달았어요. 아마

죽는 게 이런 것일 거라는 생각이 들었어요. 나는 그때 거기에서 더 이상 가고 싶지 않다고 마음먹었어요. 그래서 뒷걸음치고, 멈추고, 돌아서려고 애썼지만, 소용없었어요. 나는 아무것도 통제할 수 없었어요. 그리고 빛이 닿는 지점이 점점 더 커졌어요.

그때 내 태도는 『삶 이후의 삶』(Life After Life)에 등장하는 사람들과는 전혀 달랐어요. 엄청나게 무서웠거든요. 나는 그곳에 머물고 싶지 않았어요. 그리고 하나님이 머무르게 하지 않으실 거로 생각했죠.

캣의 지옥 체험처럼 도리스 역시 그게 끝이 아니었고, 이내 평화로워졌다.

내 주위에 어떤 존재들이 있었고, 그들도 나라는 존재를 알아차렸어요. 그들은 나를 보고 상당히 즐거워했고, 내가 만난 존재들 사이에는 웃음이 어려 있었어요. 책임자로 보이는 한 사람(그들이 사람이라면)이 있었어요. 그는 단호하지만 애정 어린 아버지처럼 저에게 관심을 기울여 달라고 말하며 저와 소통하기 시작했습니다. 서서히 울퉁불퉁했던 깃털이 부드러워지고 평화롭고 차분한 기분이 들었습니다. 이곳에서는 전혀 두려워할 게 없다는 것을 알게 되었고요. 내가 더듬거리던 말을 완전히 마치자, 그들은 내가 잠시 그곳에 있어도 아무 문제가 없고, 일시적일 것이며, 때가 되면 분만실로 돌아갈 수 있다고 나를 안심시켰어요. 그래서 나는 이런 기이한 경험을 인정하기 시작했고, 우리는 질문하고 대답하는 시간을 갖기 시작했어요.

제가 질문을 하면 장황한 답변 대신 바로 답을 보여주곤 했습니다. 그런 경험을 한 후 22년이 지난 지금은 오직 두 가지만 기억에 남아요. 죽어가는 과정이 불쾌할 수는 있지만, 죽음 자체를 두려워할 필요가 전혀 없다는 걸 확실히 알았다는 게 그중 하나예요.

브랜다나 캣과 달리 도리스는 그녀가 다녀온 '장소'에 이름을 붙이려고 하지 않았다.

마찬가지로, 스튜어트는 눈 내리는 저녁에 운전하던 자동차가 길에서 미끄러져 둑을 넘어 샛강에 빠졌을 때 고통스러운 임사체험을 했다. 그는 자동차 앞 유리에 머리를 부딪힌 후 의식을 잃었다. 그는 육체에서 분리되어 차가운 물이 자동차에 차오르는 걸 지켜보았다고 설명했다.

구급차가 오고, 사람들이 나를 자동차에서 끄집어내 구급차로 옮기면서 도우려고 애쓰는 걸 보았어요. 그때 나는 더 이상 내 몸 안에 있지 않았어요. 몸에서 벗어났어요. 아마도 사고 장소에서 30여 미터쯤 위에 있었고, 나를 도와주려고 애쓰는 사람들의 따뜻한 마음과 연민이 느껴졌어요. 그리고 그 모든 친절이나 이런 것들이 어디에서 나오는지도 알았고요. 그건 정말 강력했고, 그게 두려웠어요. 그래서 받아들이고 싶지 않았어요. 나는 그냥 '싫어요'라고 말했어요. 나는 그것에 대해 확신할 수 없었고, 편안하게 느껴지지 않아 거부한 거였어요.

그때 나는 지구를 떠났어요. 떠나서 하늘로 솟아오르고, 그다

13장 천국과 지옥은 있을까?

음 태양계를 넘고, 은하계를 넘고, 물질적인 세계를 모두 넘어서는 나 자신을 볼 수 있었어요. 그런 다음 아무런 느낌이 없이 시간이 흘렀어요. 아무런 고통도 없었어요. 뜨겁지도 차갑지도 않고, 시각과 미각, 후각, 어떤 감각도 없었어요. 그리고 내가 지구와 다른 모든 별, 모든 물질적인 세계를 떠나고 있다는 것을 알았어요.

시간이 흐르면서 아무런 느낌도, 감각도 없고, 빛도 느끼지 못하는 때가 되자 참을 수 없고, 끔찍해졌어요. 나는 겁에 질려 쩔쩔매고, 몸부림치고 기도하면서 돌아가려고 발버둥치기 위해 할 수 있는 모든 걸 하기 시작했어요. 그리고 먼저 세상을 떠난 누나와 이야기하면서 도와달라고 애원했어요. 그 순간 내 몸으로 돌아와 구급차로 옮겨졌어요.

다시 말하지만, 대다수 경험자는 이 기괴한 영역을 말로 설명할 수 없다고 말했으며, 그 특성을 설명하려고 애쓰더라도 그중 절반은 그곳을 표현하는 어떤 단어도 찾지 못했다. 우리가 연구한 체험자 대부분은 빛 속으로 들어가고, 다른 존재들과 상호작용하는 등 임사체험에서 있었던 일들과 자신의 느낌과 생각에 초점을 맞췄다. 많은 체험자는 또 '사후세계'의 물질적인 모습에 별 관심을 두지 않거나 '사후세계'에는 물질적인 모습으로 설명할 수 있는 게 하나도 없었다고 말했다.

로신 피츠패트릭은 35세 생일 다음 날에 갑작스러운 뇌출혈로 쓰러져 중환자실에서 생명이 위태로운 상황에 부닥쳤다. 그녀는 중환자실에서 임사체험을 했다고 내게 설명했다.[159]

나는 순수한 에너지가 되었고, '나'는 여전히 존재했지만, 더이상 육체를 지닌 개인이 아니었어요. 더 크고 빛으로 가득한 의식의 일원이 되었어요.

그곳에는 처음이나 끝, 시작이나 마지막, 삶이나 죽음, 저쪽이나 이쪽이 없었어요. 내가 몸 안에 있든 그렇지 않든 전혀 달라질 게 없었어요. 나는 믿을 수 없이 강력하고, 팽팽한 긴장감이 도는 이런 에너지와 하나가 되었어요.

고요한 침묵에 둘러싸여 유백색의 투명한 빛의 물결에 휩싸였어요. 동시에, 사랑과 더없이 행복한 감정이 무한히 퍼져 있었어요. 오직 사랑, 기쁨, 평화와 창조적인 잠재력만 있어 이곳에서는 모든 게 가능했어요. 우리의 가장 깊은 의식 수준에서, 우리는 육체에 일시적으로 머무는 순수한 사랑과 빛의 에너지 존재라는 것을 알게 되면서 '현실'에 대한 이해가 180도 바뀌었습니다.

마곳 그레이 또한 51세에 인도를 여행하는 동안 고열과 함께 알 수 없는 병으로 시달렸을 때 느꼈던 더없는 행복에 대해 내게 설명했다.[160]

환희와 함께 생명과 사랑의 근원에 아주 가까이 다가간 듯한 느낌이 들었고, 마치 하나가 된 것 같았습니다. 말로 표현할 수 없는, 더없는 행복감에 안긴 느낌이었어요. 사랑에 빠졌을 때의 황홀감, 첫 아이를 처음으로 팔에 안을 때의 벅찬 감정, 클래식 음악 콘서트에 있을 때 때때로 느끼는 정신적 고양, 기쁨의 눈물을 흘리게 하는 산과 숲, 호수 등 아름다운 자연의 평화로움과 장엄함을 떠올리는 것 정도가 인간 언어로 가장 가깝게 표현할 수 있는 수준일 거예요. 이 모든 감정을 합하고, 1천 배로 확대하면 '진정한 유산'에 대한 제한이 어느 정도 제거된 존재 상태를 엿볼 수 있을 거예요.

로신과 마곳은 임사체험을 하면서 경험한 일과 감정을 설명했지만, '장소'라고 부를 만한 어떤 이야기도 하지 않았다. 내가 연구한 체험자 중 절반이 임사체험 중 다녀온 '장소'를 설명할 수 없었고, 장소에 대해 이야기한 나머지 절반의 설명에서도 일관성을 거의 찾기 어려워 어느 것도 임사체험의 전형적인 이미지라고 할 수 없다.

그러면 죽은 후에 정신은 어디로 갈까? 천국으로 갈까, 지옥으로 갈까 아니면 다른 어디로 갈까? 임사체험자들이 죽은 후에 무슨 일이 벌어졌다고 이야기하는지 그리고 여러 문화의 다양한 사람들이 임사체험에 대해 일관된 이야기를 한다는 사실을 우리는 과학적 연구를 통해 알 수 있다. 하지만 현시점에서 과학은 그들이 말하는 것의 정확성에 대해 대체로 아무것도 알려줄 수 없다.

체험자들이 우리가 이 세상에서 관찰할 수 있는 것과 관련된 이야기를 할 때는 그들의 말이 맞는지 확인할 수 있는 경우도 있으므로 나는 '대체로'라고 말한다. 어떤 체험자는 실제로 일어난 일을 정확하게 묘사할 수 있고, 그저 상상한 이야기를 하는 체험자도 있다. 그런데 어떤 체험자들은 이것도 저것도 아니고, 실제로 일어난 일을 잘못 해석해서 이야기하기도 한다.

제프는 모터사이클 대회 중 충돌 사고로 자신의 오토바이 밑에 깔렸다. 움직이지 못한 상태로 바닥에 누워 있을 때 그의 헬멧으로 휘발유가 새어 들어왔고, 그는 유독 가스를 마신 후 구조되었다. 그는 뼈가 부러지고 찰과상을 입은 채 응급실로 실려 왔다. 유독가스에 상당히 취한 상태로 응급실로 이송되어 겁에 질리고 혼란스러워하며 난폭해졌다.

내가 다음 날 찾아가 면담할 때는 평온해졌지만 정신은 여전히 조금 혼미했다. 그는 충돌 후 의식을 잃었고, 그다음 고약한 냄새가 나는 곳에서 깨어났고, 얼굴 중 눈만 보이는 존재들에게 고문을 당하는 것 같았다고 내게 말했다. 그들 중 몇몇은 그를 눌러서 탁자에 묶었고 다른 몇몇은 그의 몸에 바늘을 꽂고 있었다. 이게 지옥 같은 임사체험일까?

그의 기억은 좀 흐릿해서 아주 명료한 전형적인 임사체험 기억과는 달랐다. 그리고 악마나 외계인에게 고문당했다고 짐작하는 게 그가 유일하게 떠올리는 희미한 기억이긴 하지만, 대부분 임사체험자처럼 무슨 일이 일어났는지 안다고 주장하지 않았다. 그렇다면 그의 기억은 유독 가스로 인한 환각은 아닐까?

전날 그를 치료했던 응급실 의료진과 이야기를 나눈 후 그의 기억이 임사체험도 환각도 아니라는 게 확실해졌다. 그건 실제로 일어난 일을 제프가 잘못 이해한 것이었다. 제프는 유독 가스로 인해 너무 난폭해져서, 의료진은 제프를 진찰하거나 혈액 채취 및 정맥 주사를 놓을 수 없었다. 눈 아래를 모두 가린 수술용 마스크를 쓴 의료진이 그를 진정시키려고 고약한 냄새가 나는 가스를 들이마시게 했다. 그다음, 그가 발버둥을 멈추자 의료진은 손목과 발목을 묶어놓은 후 정맥주사를 놓고, 피를 뽑을 수 있었다. 제프는 임사체험을 하지 않았지만, 환각 상태도 아니었다. 그는 의료진이 실제로 그에게 하는 일을 보고 듣고 느꼈지만 혼란스러운 상태여서 그걸 제대로 이해할 수 없었다.

하루 뒤, 마침내 제프의 사고가 명료해졌을 때 내가 알게 된 사실을 설명하면서 그가 겪었던 무시무시했던 환영을 이해하도록 도울 수 있었다. 그는 자신이 지옥으로 끌려가거나 미쳤던 게 아니라 그저 유독 가스를 들이마셔서 일시적으로 혼란한 상태였음을 알고 안심했다. 그리고 나는 그의 이야기를 진지하게 받아들여 추적한 덕에 그가 무시무시한 경험을 극복하는 데 도움을 줄 수 있어서 만족했다.

임사체험자들이 사후세계에서 경험했다는 이야기를 언제나 있는 그대로 받아들일 수는 없다. 그러나 문화적인 신념도 다르고 사후세계에 대한 기대도 다른 사람들이 일관되게 하는 이야기들은 진지하게 받아들여야 한다. 임사체험을 이야기하는 사람들의 말에 귀 기울여야 한다. 그들에게는 자신의 정신적, 육체적 충격을 처리할 공간과 시간이 필요하다.

우리는 '어딘가 다른 곳'으로 가는가? 그런 질문조차 혼동을 줄 수 있다. '어딘가 다른 곳'이라는 말이 '장소'를 뜻하기 때문이다. 증거가 보여주는 것은, 우리가 죽은 후에도 우리 중 일부는 적어도 한동안은 여전히 의식이 남아 있음을 시사할 뿐이다.

그리고 '어딘가 다른 곳'은 대개 우리가 사는 보통의 물질적인 환경과 달라 보이기 때문에 임사체험자들은 주로 '천국'이나 '영적인 세계'라고 이름 붙인다. 하지만 그런 이름이 반드시 물질적으로 다른 장소라는 뜻은 아니다. 우리는 때때로 '스포츠계'나 '연예계'나 '정치계'에 대해 이야기한다. 그렇게 말할 때는 물리적으로 다른 장소가 아니라, 그저 우리가 보통 때는 주목하지 않는 물질적인 세계의 '다른 측면'을 의미한다. 임사체험자들이 '영적인 세계'라고 부르는 곳 역시 사실 물리적으로 다른 장소라기보다 우리가 보통 때는 보지 못하는 익숙한 세상의 다른 측면인 것은 아닐까?

14장

신은 계실까?

내가 연구한 임사체험자의 3분의 2 이상이 임사체험을 하면서 최소한 한 명 이상을 만났다고 이야기한다. 그들 중 3분의 2는 죽은 사람을 만났는데, 어느 정도 검증 가능한 정보를 주었다. 그런데 그들 중 거의 90퍼센트가 뭔가 신성하거나 신 같은 존재를 만났다고 말한다. 그런 이야기의 정확성을 시험해볼 방법을 떠올릴 수가 없어 문제였다. 그렇지만 많은 체험자가 신성한 존재와의 만남을 임사체험에서 가장 의미 있는 부분으로 꼽았기 때문에 어쨌든 추적해야 한다고 느꼈다. 나는 그들 이야기 속에서 일관된 유형을 찾기 시작했다.

일부 체험자들은 임사체험 중 만난 신성한 존재를 그들이 가진 특정 종교의 신으로 인식한다. 침례교도 집안에서 성장한 줄리아(교회는 거의 다니지 않았지만)는 53세에 심장마비를 일으켰을 때 예수님과 하나님 아버지를 만났다고 설명했다.

먼저 예수님을 보았어요. 푸른 눈에 웃고 계셨어요. 예수님은 나에게 손을 내미셨어요. 그런데 기이하게도, 말을 하지 않으시는데도 무슨 말을 하시는지 알았어요. 하나님 아버지가 나를 보고 싶어 하신다고 이야기하셨어요. 우리는 내가 이제까지 본 적 없는 가장 아름다운 곳에서 떠다녔어요. 너무 평화로웠어요. 우리는 커다란, 흰 구름 같아 보이는 곳으로 갔어요. 길고 하얀 수염에 하얀 긴 머리의 남자가 크고 하얀 정사각형 모양의 물건 위에 앉아 계셨어요. 그분은 내가 그곳에 머물면 안 된다고 말하셨어요. 내가 돌아가야 한다고, 이 땅에서 내가 더 필요하지만 곧 와서 그분과 함께 있을 수 있다고 이야기하셨어요.

줄리아는 그 존재들을 예수님과 하나님으로 분명히 인식했다. 그리고 이는 그녀의 종교적인 성장 배경과 일치한다. 임사체험을 하면서 분명히 신성한 존재를 만났다고 이야기한 체험자들의 3분의 1 정도가 그랬다.

나머지 체험자들은 그들이 신성한 존재를 만났다고 인식하지만, 반드시 그들이 가진 종교의 신으로 인식하지는 않는다. 자신을 '냉담자'라고 여기는 수잰 잉그램은 22세에 자동차 사고를 당한 후 급히 응급실로 실려 갔다. 그녀는 나에게 자신이 '창조자'로 인식하는 존재를 만난 이야기를 했다. 그러나 그 창조자가 반드시 가톨릭에서 말하는 하느님은 아니었다.

그다음 또 다른 체험이 시작됐어요. 나의 창조자를 만난 걸 기억해요. 그분을 뭐라고 불러도 돼요. 하느님, 부처님, 크리슈나, 알라. 뭐든 상관없어요. 나는 간단하게 말하려고 그분을 하느님이라고 부를 거예요. 그러나 어떤 종교의 특정 신을 말하는 건 아니에요.

하느님은 내게 말씀하셨어요. 잠시 이야기하신 후 이제 내가 그곳에서 머무를 수도 있다고, 내 인생은 성공적으로 보일 것이라고 말씀하셨어요. 거기는 지내기 좋은 곳이었어요.

그러나 나는 이번 생에서 미처 완성하지 못한 걸 이루기 위해 다음 생에는 이 땅으로 돌아와야 했어요. 아니면 그때 당장 이 땅으로 돌아와 계속 살 수도 있었어요. 그리고 이 행성에서 임무를 완수한 뒤 그 문 너머의 세계로 갈 수 있다고 믿었습니다. 하느님은 문을 조금만 열어 문틈 사이로 새어 나오는 빛을 엿보게 하셨어요. 그리고 바로 그 순간, 나는 지구로 돌아와 계속 살아 나가기로 선택했어요. 내가 죽은 후에 그곳으로 가는 걸 막을 수 있는 건 없었어요. 그리고 다음 생에는 지구로 돌아오지 않아도 된다는 걸 알았어요. 내 목표를 이루겠다는 결심이 아주 굳건했던 게 기억나요. 어떤 목표를 이뤄야 하는지는 아직 확실히 모르지만.

나는 돌아오기로 결심했어요. 하나님과 내가 모두 웃고 있었던 기억이 나요. 하느님은 내 결정에 매우 기뻐하셨어요. 지구로 돌아오기로 한 그 결정 자체가 제 궁극적인 운명을 향한 또 다른 발걸음이었습니다.

수잰은 자신이 만난 존재를 신성한 존재로 인식했다. 그러나 줄리아와 달리 그 존재를 기독교 전통에서 말하는 하느님으로 인식하지는 않았다. 그저 이야기를 더 쉽게 하려고 '하느님'이라는 단어를 사용했다.

레이철 월터스 스테파니는 개신교 집안에서 성장했지만 나중에 자신의 집에서 사적인 의식을 통해 자연을 숭배하는 '절충주의 이교도'가 되었다. 그녀는 45세에 자궁경부암으로 말미암은 심한 출혈로 의식을 잃었을 때 임사체험을 하면서 매우 다른 영적 전통 아래 있는 존재인 불교와 켈트족의 신을 모두 만났다고 내게 설명했다.

나는 자애롭고 온화한 관음보살의 무릎에 안겨 있었어요. 나는 그분을 완전히 흠모했고, 이전의 인간 삶에서는 한 번도 경험해보지 못한 평화와 안도감을 느꼈어요. 그분은 나를 꼭 끌어안고 내 머리를 쓰다듬으며 나를 진정시키고 달래는 말을 하셨어요. 그분이 무슨 말씀을 하셨는지 아직 이야기할 수 없어요. 마음으로는 그분의 입이 움직이는 걸 아직도 볼 수 있지만, 그분의 말은 들을 수 없었어요. 내가 아는 건 그분이 나를 보살필 때 평화를 느꼈다는 것뿐이에요. 두려움은 전혀 없었고, 오직 깊고 영원한 평화만 느꼈어요. 그분은 내 오른쪽에 계셨어요. 왼쪽에는 고대 켈트족의 지혜로운 신 케르눈노스가 앉아 있었어요. 워낙 오래전의 신이어서 그분을 보고 반가웠지만, 평생 그분을 부른 적은 없었기 때문에 얼떨떨했어요. 케르눈노스 신은 명상을 하듯 눈을 감고 조용히 앉아 있었어요. 그의 머리에서 튀어나온 커다란 뿔들을 지켜보면서, 머리에 그런 무게를 모두 얹고 그렇게 가만히 앉아 있으려면 얼마나 강해야 할까 생각했던 기억이 나요.

사랑 넘치는 이 두 존재 앞에서 얼마나 오랫동안 누워 있었는지 모르겠어요. 내 아래팔과 손에 닿았던 관음보살 옷의 서늘한

비단 같은 감촉을 기억할 수 있어요.

수술에서 깨어날 때 '너는 괜찮아, 딸아'라는 말이 머리에서 가장 먼저 떠올랐어요. 관음보살의 목소리라는 걸 알았죠. 내가 괜찮아질 거라는 걸 알았어요.

전혀 다른 종교의 두 신이 함께 있었다는 게 상당히 놀랍다. 레이철 자신도 나에게 "이 두 신은 엄밀히 말해 함께 존재해서는 안 되는 신입니다. 이교도 원로와 문헌들은 다른 제도와 문화의 신들을 뒤섞어선 안 된다고 할 거예요. 다른 이교도들 역시 얼떨떨해하면서 '당신에게 분명 그들이 필요했겠지요'라는 말밖에 다른 어떤 설명도 해줄 수 없어요"라고 말했다.

다른 종교의 신들을 이렇게 결합했다(그리고 '당신에게 분명 그들이 필요했어요'라는 설명)는 것은 레이철이 임사체험을 개인적으로 해석하면서 어느 정도 자신의 창조적인 이미지를 만들어냈음을 보여준다. 레이철은 임사체험 중 마주친 신성한 존재들이 그녀에게 친숙한 마음속 이미지로 나타났을 수도 있다는 사실에 동의했다. 그녀는 "나는 기독교인이 아니에요. 그래서 내가 편안하게 느끼는 방식으로 임사체험이 표현되었다고 확신해요"라고 말했다.

존 사이델은 60세에 심각한 오토바이 사고로 쇄골과 갈비뼈 7개가 부러졌다. 중환자실에서 깨어났을 때 호흡하기 어려웠고, 엑스레이로 확인하니 그의 흉강 전체에 피가 가득 찼으며, 양쪽 폐는 망가져 있었다. 그는 가슴에서 피를 빼내는 응급수술을 하는 동안 겪었던 임사체험을 내게 설명했다.

> 그다음 기억나는 것은 하얀 세상으로 안내받은 일이에요. 천장이나 벽이나 모퉁이는 없지만 제한된 공간으로 보이는 방이었어요. 소매가 길게 늘어지는 흰색의 길고 헐거운 옷을 입은 인물이 내 앞에 있었어요. 긴 머리에 검은색과 회색이 섞인 수염이 길고 덥수룩했어요. 그는 오른쪽 손을 올리더니 내 왼쪽 어깨 너머를 가리켰어요. 내 상황과 현실에 대해 아주 따뜻하고 평화롭고 편안하다고 느꼈습니다. 그의 옷 주름과 수염을 아주 자세히 보았는데, 내가 마음속으로 떠올린 그 인물은 『반지의 제왕』의 간달프처럼 보였어요. 나는 깨어나 아내에게 간달프가 책임자였다고 말했어요.

존은 이사를 자주 다니는 가정에서 자랐고, 어디든 아버지가 새 직장에서 알게 된 신도들이 있는 교회에 다녔다. 그는 여러 종파의 수많은 예배에 참석했지만, 임사체험을 할 당시에는 여러 해 동안 교회에 가서 예배를 드리거나 기도하지 않던 시절이었다. 임사체험에서 흰옷 입은 인자하고 권위 있는 인물과 맞닥뜨리자 그가 떠올린 인물은 신이 아니라 J. R. R. 톨킨의 인기 판타지 소설에 등장하는 마법사였다. 임사체험을 하면서 신성하거나 하나님 같은 존재를 만났다고 이야기하는 모든 체험자 중 3분의 1은 그 존재를 그들의 종교적 믿음과 일치하는 존재로 인식했다. 그러나 나머지 3분의 2는 신과 같은 존재를 확인할 수 없었다고 말했다.

많은 체험자가 그들이 감지하는 신성한 존재에 대해 '하나님'이나 다른 어떤 익숙한 신의 이름을 붙이지만, 어떤 체험자들은 그런 이름이 부적절하다고 인정한다. 이븐 알렉산더는 "하나님이라는 용어가 너무 보잘것없는 단어로 보이는" 모든 사랑의 신을 묘사했다. 17세에 보도에서 쓰러져 맥박이 뛰지 않을 때 임사체험을 한 킴 클라크 샤프는 "그 존재의 장엄함을 묘사하기에 '하나님'이라는 단어조차도 너무 작아 보였다"라고 말했다.[161] 다른 많은 체험자는 그 존재를 확인하려고 애쓰지 않으면서 그저 모습을 설명한다.

27세에 빙판에 미끄러져 견인차와 충돌했을 때 임사체험을 했던 불가지론자 트레이시는 신성한 존재와 합쳐지는 느낌을 내게 설명했다.

말로 표현할 수 없을 정도로 따뜻하고 사랑 넘치는 무소부재의 빛에 완전히 둘러싸여 받아들여지는 느낌이었어요. 거기에서 흘러나오는 평온과 조건 없는 사랑은 말로 표현할 수 없어요. 공유된 지식이라고 할 수 있는, 방해받지 않고 직접 전달되는 생각이 내 존재의 모든 세포를 씻어내고 있었어요. 그분은 나이고, 그분은 내가 아니었어요. 나는 그분이고, 나는 그분이 아니었어요. 나는 그분 안에 있고, 그분의 일부였지만, 동시에 여전히 개별적이고 독특한 존재였어요. 내가 마치 그분의 원자라도 되듯 이 빛과 소리의 존재에게 대단히 소중한 존재라는 사실을 알았어요. 바닷물 한 방울은 비록 바다는 아니라도 바다의 본질이고, 바닷물 한 방울 한 방울 없이는 바다가 완전하지 않잖아요. 내가 흡수된 빛과 소리의 존재와 나 사이 관계가 그래요.

그분이 나에 대해 내 내면까지 알고 사랑하시듯 나도 순수하고 완전하게 그분을 알고 사랑해요. 그러나 빛과 소리의 존재를 그만큼 충분히 보지는 못해요. 그 모든 게 그저 어떻게 된 일인지, 그 모든 게 어떻게 신성한 의미가 되는지, 모든 게 어떻게 신성한 질서 안에 있는지를 아는 지식이 내 존재의 모든 세포에 흘러넘쳤고, 그곳에는 공간도, 시간도, 분리도, 어떤 이중성도 없었어요. 우리 각자는 신의 원자여서 자신을 사랑하고 신을 사랑하는 게 서로 사랑하는 방법이에요.

인간 몸의 일부인 손처럼 … 몸 전체는 아니지만 손이 없으면 완전한 몸이 되지 않듯이 … 내가 이 경이로운 존재의 독특한 원자와 같다는 걸 그 순간 그리고 내내 알았어요. 각각의 사람이 어떻게 그 근원의 원자인지를 단숨에 깨달으면서 환해지는 느낌이었어요. 말로 그 경험을 표현하기는 정말 어려워요. 한 번도 해돋이를 본 적 없는 사람에게 오늘 아침 해돋이의 노랑-분홍-금색이 어떻게 보였는지 표현하기보다 더 어려운 정도로요.

26세에 타고 있던 자동차가 뒤집혀 심한 뇌 손상을 입고 몸 여기저기가 골절되었던 루디 역시 신성한 존재와 하나가 되었다고 말했다.

나는 벨벳처럼 아주 부드럽고, 순수하고 무한한 어둠 속에 있었어요. 내가 바로 지금 선생님에게 이야기하는 내용을 인식하는 것보다 더 또렷하게 그 무한하고 광대한 어둠을 인식했어요.

온전하다는 느낌이 있었어요. 나는 함께 있고 완전하다고 느꼈지만, 생각은 혼란스러웠습니다.

그다음 반짝거리는 작은 점, 흰빛이 나타났어요. 우리는 서로에 대해 그리고 사랑이 넘치면서 평화롭게 하나가 되는 게 뭔지 알게 되었어요. 어둠을 의식한 후 그리고 그런 경험을 하면서 시간이 흐르는 걸 전혀 느끼지 못했어요. 여기서부터는 훨씬 더 심오하고 이야기하기 어려운 경험이에요. 무조건적인 사랑을 이해하려면 경험하는 수밖에 없어요.

그 빛이 나타나자마자 내가 녹아드는 느낌이었어요. 사랑의 빛이라고 믿는 존재와 소통하는 느낌이었죠. 내가 움직이고, 이동하면서 그 빛에 이끌리고, 다가가는 것 같았어요. 이해할 수 없는 속도로 영원을 여행하면서 동시에 가만히 있었다는 걸 알아요. 더 가까이 다가가자 빛이 더 밝아지면서 새하얗게 되었어요. 사랑의 빛은 그 모든 자질에서 비롯된 모든 풍요로움을 전부 합친 것이었고, 내 지식은 그런 경험으로 더욱더 깊어졌어요. 평화, 고요, 조화, 일체감, 행복, 무조건적인 사랑과 수용은 내가 신을 떠올릴 때 기대하던 것이었는데, 그보다 훨씬 더 대단했어요. 그 빛은 내가 다시 한번 경험하는 날까지, 공허한 형태의 의미와 물질적인 은유로밖에 이해하지 못할 본질적인 빛남과 풍요로움을 지니고 나의 전부가 되었어요. 그 경험에 대해 생각만 해도 숨이 멎을 듯한 아름다움을 느껴요. 나는 그 빛으로 들어가 그 빛과 하나가 되었어요.

많은 체험자는 임사체험 중 우리 모두 신성하다는 사실을 깨

달았다고 말한다. 림프종에 시달리던 몸이 죽음에 이른 아니타 무르자니는 임사체험을 하면서 우리 모두 신의 일부라는 사실을 느꼈다고 내게 말했다.

임사체험에서 나는 그 근원이 되었어요. 그리고 완전히 명료했고 … 내 체험의 성격 때문에 본질적으로 우리가 모두 하나라는 걸 깨달았어요. 우리 모두 통일체에서 나와 분리되었다가, 그다음 완전체로 돌아가요. 내 임사체험이 그런 합일을 언뜻 봤다고 느껴요. 나는 그걸 하나님이나 근원 혹은 브라만이나 그 모든 것으로 부를 수 있지만 사람마다 다른 의미로 받아들일 수 있다고 생각해요. 나는 신을 나나 다른 사람과 분리된 별개의 존재로 여기지 않아요. 내 생각에 신은 별개의 존재라기보다 존재의 상태예요.

이 에너지를 다른 단어로 국한해 설명한다면(근원, 하나님, 크리슈나, 부처나 뭐든) 우리 중 일부는 그 이름을 넘어서서 보는 게 어려울 수 있어요. 이 용어의 의미는 사람마다 다르고, 또한 무한한 존재를 일정한 형태 안에 가두게 되니까요. 우리는 대개 이런 이름에 대해 무언가를 기대하고, 많은 이름이 우리를 이중적인 생각에서 벗어나지 못하게 해서 이 에너지를 자신과 분리된 별개 존재로 보게 돼요. 그러나 우리 의식의 순수한 상태와 마찬가지로 우주 에너지는 우리와 하나가 될 수 있도록 무한하고 형태 없는 상태를 유지해야 합니다.

아니타는 아마도 복합적인 문화적 배경 때문에 대부분 체험자와 다른 임사체험을 한 것 같다. 그녀는 불교, 이슬람교와 힌두교를 많이 믿는 싱가포르에서 힌두교 부모 밑에서 태어났다. 그 다음 불교, 도교와 유교를 많이 믿는 홍콩으로 옮겨가 성장했고, 더 좋은 교육을 받으려고 가톨릭계 학교에 다녔다. 그래서 신에 대한 다양한 종교적 은유를 접했다.

어떤 체험자들은 대조적으로 아무런 종교적 배경 없이 성장했고, 무신론자로 임사체험을 하게 되었다. 그런 체험으로 그들의 신념은 흔들린다.

예를 들어 28세에 다발성 위궤양으로 많은 양의 피를 토하고 심장이 멈췄던 재니스 블라우스는 내게 이렇게 말했다. "언제나 나는 무신론자라고 사람들에게 공개적으로 이야기했어요. 그러나 임사체험을 한 후 신이 계시다는 걸 알아요. 그분은 터널 끝에서 기다리고 계셨고, 어떻게든 저는 이것을 알았어요. 나는 한 번도 경험한 적 없는 평화와 고요를 느꼈어요. 우리 몸이 죽어도 영혼은 살아 있고, 죽어가는 과정이 아주 기분 좋은 경험이라는 걸 알아서 지금은 정말 위안이 돼요"라고 말했다.

그리고 39세에 패혈증으로 살 가망이 없는 상태에서 2주간 입원했던 마샤는 육체 없이 어딘가 다른 차원의 세계를 여행하는 것처럼 묘사했다.

나는 환한 빛 속에서 여행하고 있었어요. 생각을 깊이 할 수 있었지만 내가 사람처럼 느껴지지는 않았어요. 완전히 평화롭고 집에 온 것 같았어요. 나는 비스듬히 위쪽으로 움직였어요. 그때는 생각하지 못했지만, 내 움직임은 열기구를 탄 채 아무 소리도 내지 않고 하늘에서 여행하는 것과 같았다고 할 수 있겠네요.

예수 그리스도의 하얗고 묵직하고 펄럭이는 옷을 볼 수 있었고, 나는 그곳이 내 목적지란 걸 알았어요. 나는 예수 그리스도를 믿지 않기 때문에 혼란스러웠던 기억이 나요. 혼란스러워서 여행을 계속하지 못하고, 완전히 평화스러웠던 기분도 사라졌어요. 평화는 여전히 강렬했고 그 느낌을 포기하고 싶지 않았지만, 너무 혼란스러워서 돌아왔어요.

회복하는 동안 내 체험을 되돌아보며 내 몸과 영혼 전체에서 완전한 평화를 느낄 수 있었어요. 나는 가톨릭 신자인 아버지와 감리교 신자인 어머니가 있는 가정에서 성장했고, 양쪽 종교에서 모두 훈련받았어요. 아주 어렸을 때 그리스도나 삼위일체를 믿지 않기로 마음먹었어요. 임사체험 후 감리교 교회에 한번 가서는 예배 내내 울었어요. 예수 그리스도를 믿지 않기 때문에 왜 그리스도에게 인도되었는지 이해할 수 없었어요. 왜 그런 체험을 했는지는 모르지만, 아직도 엄청난 평화를 느낄 수 있어서 다행이라고 생각합니다.

그들이 영적인 신념을 특정 종교적 믿음 측면에서 생각하든 아니면 특정 종교에 얽매이지 않고 우주와 연결된 느낌이라는 측면에서 생각하든 대부분 체험자는 임사체험 이후 그들의 삶 속에 뭔가 성스럽거나 신성한 존재가 있음을 알았다고 말한다. 내가 연구한 체험자 중 5분의 4 이상이 신 그리고 내면의 신성한 존재에 대해 더 강한 믿음을 가지게 되었다고 설명했다.

41세에 자궁 절제술 후 과다 출혈하게 되어 호흡이 멈췄던 타냐는 그러한 성스러운 느낌이 계속되었다고 내게 설명했다.

임사체험은 사라지지 않았어요. 사후세계, 영적인 세계 그리고 모든 사람이 진정으로 알고 싶다고 생각하는 질문, 말하자면 '정말 하나님이 계셔?'에 대해 완전히 깨닫게 되었어요. 이 답을 얻으려고 죽음의 문턱까지 가야 했던 거지요. 이제 하나님이 계시고, 그분이 우리 각자를 개인적으로 대하신다는 걸 알아요. 그런 일을 겪어야만 믿을 수 있었다고 해도 감사할 뿐입니다. 이런 경험을 하기 전과 지금의 나는 같은 사람이 될 수 없어요.

48세에 수술 상처의 심한 감염 때문에 임사체험을 했던 베로니카는 내게 비슷한 이야기를 했다.

그 체험으로 내 인생이 바뀌었어요. 하나님이 계시다는 걸 더욱 잘 깨닫게 되었죠. 또한, 지금은 삶에 특별한 의미가 생겼어요. 더 이상 모든 일을 당연하게 여기지 않아요. 또한, 하나님이 나의 가장 좋은 친구가 되셨어요. 나는 그분에게 의지하고 모든 일에 그분의 조언을 구해요. 끊임없이 기도하면서 저에게 베푸신 하나님의 선하심에 감사합니다. 지금은 매시간, 매분, 매초가 너무나 소중하고, 사람들을 돕기 위해 최선을 다해요. 내가 죽었다가 살아났다는 걸 알아요. 그래서 영원히 감사드려요.

그리고 28세에 혈청 간염으로 입원했던 다시는 임사체험 후 신과의 관계가 계속 이어졌다고 설명했다.

병원에서 혼수상태로 있는 동안, 아무 노력도 하지 않아도 자유롭게 움직일 수 있는 경험을 했어요. 똑바로 서 있는 느낌이어서 떠다녔다고 믿지는 않아요. 나는 강렬한 빛에 이끌려 다가갔어요. 음악을 들으면서 평화와 평온을 강렬하게 느꼈어요. 받아들여지고 사랑받는 느낌으로 충만한 기분이었습니다. 세상일은 전혀 생각나지 않았어요. 남편과 두 아이가 있었지만, 내가 어디에 있든 그들이 존재하지 않는 것 같았어요.

저는 두 개의 이미지를 보았는데 하나는 신이고 다른 하나는 예수님인 것 같았습니다. 그 사이에서 나는 너무 사랑받는다고 느꼈고, 만족했어요. 그분들은 대화를 나누었고, 이 땅에서 내가 해야 할 일이 있기 때문에 내가 왔던 길로 되돌아가야 한다고 결정하셨어요. 그래서 되돌아왔고, 아직 내 앞의 현실을 마주하고 있네요.

내 인생은 극적으로 바뀌었어요. 나는 이교도 출신이지만, 임사체험 이후 영적인 세계와 계속 개인적으로 친밀하게 만나고 있어요. 마치 다른 사람이 나를 통해 말하는 것처럼 내가 조절할 수 없는 생각과 말이 내 입에서 나와요. 하나님이 내게 큰 소리로 이야기하시는 걸 여러 번 들었어요. 하나님이나 예수님이 아니라면, 그게 누구든 내가 임사체험 중 대화하면서 들은 목소리였어요. 보통 저는 조언이나 지시를 받습니다.

마샤처럼 다시의 임사체험에서도 신성한 존재(하나님과 예수님)의 모습이 등장한다. 당시 그녀는 기독교인이 아니었지만, 하나님과 예수님은 그녀에게 익숙한 존재로 나타났다. 그녀는 지금도 잘못 판단하지 않으려고 조심하면서 자신에게 조언하는 신성한 존재를 "하나님이나 예수님이 아니라면, 그게 누구든 내가 임사체험 중 만나서 이야기를 나눈 존재"라고 말한다.

나는 우리가 사는 세상의 증거를 다루는 게 편안한 과학자다. 종교적인 교리를 다루는 건 내 영역이 아니다. 그리고 나는 과학을 중시하면서 신에 대해서는 별로 생각하지 않는 가정에서 성장했기 때문에 압도적으로 많은 임사체험자가 하나님 같은 존재를 만났다고 이야기해서 불편했다. 개인적인 성장 배경 때문만이 아니라 과학적으로 검증할 수 없는 일이기도 해서 더욱 그랬다. 그러나 과학자들은 어떤 증거는 탐구할 가치가 있고, 어떤 건 무시할 수 있는지를 골라서 선택할 수가 없다. 우리가 회의주의자라고 자처한다면 자료를 보지도 않고 우리 세계관과 맞지 않은 경험은 거부하고, 우리 견해와 맞는 경험은 받아들이는 그런 일을 해선 안 된다. 지그문트 프로이트는 "자신을 회의주의자로 여긴다면 자신의 회의주의에 대해 가끔 의심하는 게 좋은 계획이다"[162]라고 우리에게 경고했다.

임사체험자들이 사후세계가 어땠는지 이야기하듯 과학도 임사체험이 신에 대해 어떻게 이야기하는지 그리고 사람들이 공통으로 하는 이야기가 무엇인지는 알려줄 수 있다. 그러나 아직까지는 체험자들이 하는 말이 정확한지에 관해서는 아무 말도 할 수 없다. 그리고 사후세계에 대해 임사체험자들이 이야기하듯 신에 대한 이야기에 문화적 배경이 반영된 건지 아닌지 나로서는 알기 어렵다. 그러나 나는 뿌리 깊은 회의주의 때문에 이런 이야기들을 있는 그대로 받아들이기 어렵다.

신성하게 보이는 이 존재들이 그저 비현실적이라서가 아니다. 임사체험을 하면서 신성한 존재와 만난 이야기를 하는 체험자들은 하나님, 부처, 브라만, 크리슈나, 알라, 근원, 그 모든 것 혹은 관음보살이나 케르눈노스 등 갖가지 이름을 사용한다. 그리고 많은 체험자 자신(수잰, 레이철과 애니타 같은)이 이런 이름을 문자 그대로 받아들이지 말고, 단지 뇌가 말로 표현할 수 없는 경험을 이해하려는 시도로 보아야 한다고 인정한다.

줄리아 같은 일부 체험자들은 그들이 만나는 신성한 존재를 알아보고, 그런 만남에 전혀 놀라지 않는다. 레이철, 재니스, 마샤 같은 일부 체험자들은 이 존재들을 알아보지만 그들을 만나서 상당히 놀란다. 수잰과 아니타 같은 다른 체험자들은 여전히 그들이 만나는 신성한 존재를 알아보거나 이름 붙일 필요를 전혀 느끼지 않는다. 임사체험자들이 신성한 존재들을 어떻게 알아보거나 이름 붙이느냐가 아니라 그 존재 앞에서 어떻게 느끼느냐가 중요한 것 같다. 이름을 붙였는지 아닌지, 놀랐는지 아닌지와 상관없이 그들은 평화롭고, 평안하고, 고요하고, 편안하고, 감사하고, 무엇보다 사랑받는 느낌이었다고 다 함께 이야기한다.

그들이 만났던 신성한 존재를 일반적으로 자기 자신보다 훨씬 위대한 무언가로 본다는 점도(스스로가 신성한 존재의 일부임을 경험했더라도) 거의 모든 임사체험 이야기의 또 다른 공통점이다. 즉, 그들은 지금 자신을 신성하다고 생각할 수도 있지만, 그저 훨씬 더 위대하고 신성한 존재의 일부일 뿐임을 인식한다. 많은 체험자가 이런 상태를 설명하기 위해 바다의 파도라는 비유를 활용한다.[163] 파도는 거대한 바다의 극히 작은 일부분이지만, 나머지 바다와 같은 물로 구성되어 있다. 그러나 적어도 한동안은 자신만의 특성을 지닌 개별적인 물결로 온전한 상태를 유지한다. 미끄러져 견인차와 충돌했을 때 임사체험을 했던 트레이시가 "바닷물 한 방울은 비록 바다는 아니지만 바다의 본질이고, 바닷물 한 방울 한 방울 없이는 바다가 완전하지 않다"라고 말했듯이.

적어도 이 시점에서는 임사체험을 하면서 만나는 신성한 존재의 본질과 정체에 대한 질문이 과학으로 해결되지 않는다는 사실을 나는 받아들여야 했다. 그러나 사람들이 임사체험을 하면서 어떤 신을 만나든 그리고 그들이 그 신을 어떻게 해석하든 그게 임사체험의 가장 심오한 측면 중 하나로 보였다.

신성한 존재와의 만남에 대한 임사체험자들의 반응 그리고 그런 체험이 그들의 삶에 계속 영향을 끼치는 것을 지켜보면서 과학적으로 연구할 수 있는 더 큰 질문을 하게 되었다. '체험자들은 임사체험을 거친 후 어떻게 사는가?', '임사체험을 한 사람과 하지 않은 사람은 어떻게 다른가?'라는 질문이었다. (적어도 정신과 의사에게는) 그것이 가장 중요한 질문 중 하나였다.

임사체험으로 변화된 삶

다니던 대학이 방학이라 집에서 지내던 존 밀리아치오는 바람이 심하게 불던 7월 어느 날, 뉴저지 해변에서 스쿠버다이빙을 하고 있었다. 파도는 거칠었고, 시야가 너무 나빠 물속에서 1미터 앞조차 보이지 않았다. 1시간 정도 후, 그는 숨 쉬는 게 힘들어지기 시작했다. 그의 공기통이 비어 가고 있다는 신호였다. 그는 해안에서 90미터 정도 떨어져 있었고, 거친 파도 때문에 소금물을 많이 마시고 있었다. 목은 화끈거리기 시작했고, 숨이 가빠 현기증이 나기 시작했다.

그 순간 존의 기억은 약간 흐릿해졌다. 너무 지쳐서 더 이상 수영을 할 수 없자 두려움을 느꼈고, 그다음 갑자기 바다 위에 높이 올라가 물속의 검은 물체를 내려다보았던 걸 기억한다.

> 나는 완전한 평화와 고요를 느꼈어요. 걱정할 게 하나도 없었어요. 모든 게 해결될 거였어요. 그 순간에는 모든 게 끝난 것처럼 느꼈던 기억이 나요. 그리고 아주 평화로운 기분이었어요. 쉴 수 있을 것 같았고, 더 이상 수영할 필요가 없었어요. 마치 수영장에 있는 것 같았고, 수영장에서 물 위에 떠 있는 것 같았습니

다. 파도에 떠내려가기 시작했다는 걸 알고 있었어요. 그리고 그 이후에는 아무것도 기억나지 않았습니다. 파도에 다시 떠내려가는 게 내가 마지막으로 느낀 육체적인 감각이었어요. 그 이후로는 어떤 육체적인 감각도 기억나지 않아요. 그저 평화로운 느낌이었던 기억이 나요. 나를 맡기는 기분이었어요. 그것은 안도감이자, 나를 풀어주는 것 같았어요.

다른 스쿠버 다이버 두 명이 해변에 있었어요. 그들이 나를 물 밖으로 끌어냈지만, 나는 숨을 쉬지 않았어요. 그들이 내 잠수복 윗도리를 열어젖혔지만, 심장 박동을 확인할 수 없었어요. 한 명이 나에게 입으로 숨을 불어넣는 인공호흡을 시작했고, 다른 한 명은 무릎을 꿇고 심장을 압박했어요.

죽음에 대해 한 번도 생각해본 적이 없던 때였어요. 고작 열일곱 살이었으니까요. 내가 뭘 알았겠어요? 그러나 그런 경험을 하고 나니, 그게 죽어가는 거라면, 죽을 때의 경험이 그런 거라면 죽는 게 두렵지 않다는 생각입니다. 나쁘지 않았고 좋았고 평화로웠으니까요. 아무것도 할 필요 없이, 아무 걱정도 할 필요 없이 이끌리는 기분이었어요. 그저 어둠이 내려앉은 느낌이랄까요. 편안하고 고요했어요. 삶이 눈앞에 스쳐 지나가진 않았어요. 천국이나 지옥에도 가지 않았고요. 중간 단계도 아니었죠. 나는 어디에도 가지 않았어요. 그냥 휴식 상태라고 할 수 있겠네요. 봄날에 시냇가를 따라 풀밭에 아주 천천히 피는 꽃과 같아요. 그렇게밖에 설명할 수 없어요. 화창하고 밝고 평화롭고 새들이 지저귀고 있었어요. 나는 '죽음이 이런 거라면 그렇게 나쁘지 않아. 알다시피 그렇게 나쁘지 않아'라고 혼잣말했어요.

이 경험을 한 후 즉각적인 효과가 두 가지로 나타났어요. 첫 번째, 내가 왜 아직 살아 있는지를 이해했어요. 두 번째, 더 이상 죽는 걸 두려워하지 않게 되었어요. 최근에 할아버지가 돌아가셨을 때 나는 다른 가족들처럼 괴롭지 않았어요. 그리고 죽은 후에도 내 의식은 지속된다고 생각해요.

나는 수십 년 동안의 임사체험 연구를 바탕으로, 정신이 뇌와 어떤 관련이 있는지와 죽은 후에 결국 무슨 일이 일어나는지를 판단했다. 하지만 그런 결론은 그 증거가 무엇을 보여주는지에 대한 나의 의견일 뿐이다. 내 판단을 뒷받침할 좋은 증거를 확보했다고 생각하지만, 어떤 사람들은 그 증거를 다르게 해석할 수도 있고, 새 증거가 나타나 내 생각이 틀렸다는 걸 보여줄 수도 있을 것이다. 그러나 내가 확신하고, 증거도 압도적인 한 가지가 있는데 이는 임사체험이 사람들의 태도와 믿음, 가치관에 미치는 영향이다. 독자들이 이 책에서 딱 한 가지를 얻는다면, 사람들의 삶을 바꾸어놓는 임사체험의 변화시키는 힘을 제대로 이해하는 것이다.

임사체험이 그들에게 어떤 영향을 주었느냐고 체험자들에게 물을 때마다 가장 먼저 듣는 대답은 거의 똑같다. (존이 말했듯) 죽음에 대한 태도가 바뀌었다고 말한다. 나와 다른 사람들의 연구를 보면 죽을 뻔했지만 임사체험을 하지 않은 사람들보다 존처럼 임사체험을 했던 사람들이 죽음에 대해 훨씬 덜 불안해했다.[164]

임사체험자들은 죽음과 죽어가는 과정에 대한 두려움이 적었고, 죽음이라는 주제에 대해 이야기하기 꺼리지 않는 편이다. 임사체험자들은 대개 죽음에 대해 다른 종류의 삶으로 들어가는 관문이라고 이야기한다. 내 연구에 참여한 모든 체험자 중 86퍼센트가 임사체험 후 죽음에 대한 두려움이 줄었다고 답했다. 임사체험을 하면서 천국을 방문하거나 신을 보았다는 말을 하지 않은 존 같은 체험자조차 죽음이 닥쳐도 두려워할 이유가 없다는 믿음을 보인다.

세라 또한 23세에 출산 중 과다 출혈로 사망 후 죽음에서 위안을 찾았다고 말했다.

> 그 경험은 계속 남아 있을 거예요. 나는 죽을 뻔했던 게 아니에요. 실제로 죽었어요. 사망을 증명할 의학적 근거도 있었고요. 그때 이후 죽음에서 위안을 얻을 때가 많았어요. 내 만성 질환을 받아들이면서 생활 방식을 개선하는 법을 익혔어요. 그러나 최악의 시기에도 죽음을 두려워한 적은 없어요. 이렇게 두려움이 줄어드니 삶의 즐거움이 백배는 커진 느낌이에요.
>
> 나중에 암 진단을 받고 수술할 때, 그 이후에도 죽었을 때의 기분을 잊은 적이 없어요. 죽었다 살아나서도 상처받지 않았어요. 대신 삶의 질이 엄청나게 높아졌어요. 내가 보호받고 환영받을 거고, 아름답고 완벽히 평화롭게 죽을 거라는 걸 알기에 전혀 두려움이 없어요. 그 터널에서 따뜻하게 끌어안고 환영하던 포옹이 항상 내 마음속에 있어요.
>
> 나의 경우 어느 곳으로도 이동하지 않았어요. 육체에서 분리되어 위로 떠오르지도 않았어요. 나는 그저 그곳, 터널 속, 터널

의 끝에 있었어요. 죽는다는 것은 아름답고 평화롭고 우아했습니다. 나는 죽었습니다. 나는 진실을 알아요. 그래서 두렵지 않아요.

그리고 조지는 49세에 자신의 심장이 멎었을 때 겪은 임사체험을 활용해 죽음을 앞둔 사람들을 위로한다고 내게 말했다.

내가 할 수 있는 이야기는 임사체험으로 전혀 두려움을 느끼지 않았고, 오히려 엄청난 평화로움을 느꼈다는 사실 뿐이에요. 만약 이게 죽음이라면 나는 '왜 죽음을 두려워해?'라고 말해야 할 거예요. 나는 다른 체험자들의 이야기와 달리, '사후세계'에서 어떤 성스러운 존재도 보지 않았고, 나에게 다가오는 친척들도 없었어요. 하지만 나는 돌아오고 싶지 않았어요. 사실 나는 신앙도 없고, 천국이나 지옥도 믿지 않아요. 지금은 뭔가 다른 상태로 바뀌는 것이라고 생각해요. 그런 과도기적 상태가 무엇이든, 너무 좋은 느낌이어서 지금도 다시 돌아가고 싶을 정도예요. 어쨌든 죽어가는 과정이 이전처럼 두렵지 않아요.

그 체험으로 내 삶이 여러 면에서 바뀌었어요. 병원의 사회봉사 책임자로서 임사체험 덕분에 죽어가는 환자들의 두려움을 덜어줄 수 있다고 느껴요. 지금으로서는 삶을 즐길 수 있을 때 기꺼이 즐기려고 해요. 그러나 '밝은 빛 너머엔 뭐가 있을까'라는 생각을 매주 하지 않을 수가 없네요.

심리학자 마리에타 펠리바노바와 나는 임사체험의 어떤 특

15장 임사체험으로 변화된 삶

징이 죽음에 대한 태도 변화와 관련 있는지 확인하고자 했다.[165] 400명이 넘는 임사체험자 표본으로 연구한 결과, 임사체험 중에 신이나 신 같은 존재와 만난 경험이 죽음을 더 잘 받아들이고 죽음에 대한 두려움과 불안을 감소시키는 것과 관련 있었다. 임사체험 중에 먼저 죽은 사랑하는 사람을 만나고, 눈부신 빛을 보고, 기쁨을 느낀 경험 역시 죽음을 잘 받아들이는 것과 관련 있었다. 그리고 우주와 하나가 되는 느낌 역시 죽음에 대한 불안이 줄어드는 것과 관련되었다.

그런데 놀랍게도, 육체에서 분리되는 느낌은 죽음에 대한 태도와는 큰 관련이 없었다. 나는 육체에서 자유로워지는 경험이 죽음에 대한 두려움을 줄여준다고 예상했지만(다른 연구자들 역시 그랬다),[166] 그런 것 같지 않았다.

임사체험 후 이렇게 죽음에 대해 편안하게 생각한다는 걸 알게 되자 자살을 시도한 후 임사체험을 한 사람들은 어떤 심정인지 정신과 의사로서 궁금해졌다. 죽음에 대한 두려움이 사라지면 자살하고 싶은 사람들이 더 쉽게 자살을 시도할 수도 있다고 짐작했다.

그러나 자살 시도를 한 다음 날, 병실에서 만난 조엘은 그렇지 않았다. 조엘은 육체적으로 많이 고통스러워했고, 고통에 시달리는 삶에서 간절하게 벗어나고 싶었다. 그렇지만 자살하면 지옥에 떨어질까 봐 두려워했다. 그래도 결국 견딜 수 없을 정도로 고통을 당하자 그는 약물을 과다 복용했고, 그런 다음 놀랍게도 평화로운 임사체험을 했다. 다음 날 그가 나에게 임사체험 이야기를 했을 때 나는 그 체험으로 어떻게 달라졌는지를 물었다.

그는 병원 침대에 누워 고개를 저으면서 "죽음에 대한 생각이 완전히 달라졌어요. 죽음은 완전한 행복이었습니다. 어떻게 설명할 수가 없네요. 하지만 이건 확실히 말할 수 있습니다. 분명히 기대가 된다는 거예요"라고 말했다.

나는 "그 이야기를 해보세요"라고 말했다.

그는 계속해서 "나는 죽음 그리고 자살하면 내 운명이 영원히 어떻게 될지 두려워하곤 했어요"라고 말했다. 그는 잠시 입을 다물었다가 다시 "그러나 나는 자살을 시도했고, 내 예상과는 전혀 달랐어요. 내가 실수했지만, 어쨌든 사랑받았다는 말을 들었어요. 나는 지옥에 가지 않았어요. 어디로 갔는지는 모르겠어요. 그곳을 천국이라고 불러야 할 것 같아요"라고 말했다.

나는 "그래서 지금은 죽음을 두려워할 게 아니라 기대할 뭔가로 보는군요"라고 요약했다.

그는 고개를 끄덕이며 "물론이에요. 임사체험에서 겪은 모든 일을 말할 수는 없어요. 그러나 이건 말할 수 있어요. 빨리 돌아가고 싶어요"라고 말했다.

나는 "그래서 지금은 자살에 대해 어떻게 생각하세요?"라고 물었다.

그는 "오, 이런. 아니에요!"라고 단호하게 말했다. "그런 뜻이 아니었어요. 다시는 그러지 않을 거예요. 약물 과다 복용이라는 실수를 했지만, 새로운 삶을 살기 위해 되돌아왔어요."

나는 조심스럽게 물었다. "그러니 그걸 이해하도록 도와주세요. 당신은 의사가 치료할 수 없을 것 같은 고통, 너무 심해서 죽

15장 임사체험으로 변화된 삶

고 싶을 정도의 고통을 지닌 몸으로 돌아왔어요. 그 모든 걸 다시 끝내려고 하지 않는 이유가 뭐예요?"

"내가 더 이상 죽음을 두려워하지 않는 건 사실이에요. 그러나 더 이상 삶도 두려워하지 않아요. 그래요. 나는 아직도 많이 아파요. 그리고 지금으로서는 벗어날 길이 보이지 않아요. 그러나 또한 이유가 있어서 고통과 괴로움이 주어졌다고 생각해요. 이제 일어나는 모든 일에 의미가 있고, 우리의 모든 문제에 목적이 있다고 생각해요."

그는 말을 멈췄고, 침대 옆에 놓인 컵에서 물을 한 잔 마셨다. "나는 이유가 있어서 다시 보내졌어요. 나는 여기에서 할 일이 있어요. 고통은 내가 대처하는 법을 배워야 하는 것이지, 도망쳐야 할 대상은 아니에요." 그는 나의 반응을 보면서, 더 이야기해야 할지 가늠하듯 잠시 말을 멈췄다. 그다음 그는 이어서 말했다.

"이제는 내가 단순한 분자의 집합을 넘어서는 존재라는 걸 이해해요. 피부로 둘러싸인 이 육체의 문제는 그렇게 중요하지 않아요. 내가 여기 이 육체로 돌아온 데는 의미와 목적이 있으니까요."

조엘은 고개를 갸웃하더니 나를 바라보며 물었다. "긴가민가 하시는군요. 그렇죠?"

나는 어깨를 으쓱했다. "나는 정신과 의사예요. 나는 자살을 아주 심각하게 생각해요. 당신은 지난밤에 자살하려고 했어요. 위험을 넘기고 당신은 겨우 살아남았고, 아직도 그 경험에 따른 충격과 다시 살아난 데 대한 충격을 수습하는 중이죠." 그리고 잠시 침묵했다가 계속해서 "지금 하는 이야기를 들으니 안심이 됩니다. 하지만 아직 아주 취약한 상태예요. 계속 이야기를 나누고, 시간이 지나면서 상황이 어떻게 달라지는지 봅시다"라고 말했다.

우리는 며칠 더 계속해서 이야기를 나누었다. 그다음 그는 병원에서 퇴원했고, 동료한테 계속 심리 치료를 받았다. 그의 육체적 고통은 절대로 사라지지 않았지만, 다시는 자살을 시도하지 않았다.

태도가 바뀐 사람은 조엘만이 아니었다. 참을 수 없는 슬픔 때문에 자기 머리에 총을 쏘았고, 임사체험 후 천국에서 자신을 환영하는 듯한 어머니를 만났던 헨리를 떠올려보자. 그 체험으로 슬픔은 수그러들었고, 놀랍게도 자살하고 싶은 마음도 사라졌다. "지금은 그런 생각을 전혀 하지 않아요. 여전히 어머니가 그립지만, 어머니가 어디 계신지 알기 때문에 지금은 행복해요"라고 헨리는 말했다.

자살 시도 환자들을 연구한 결과, 4분의 1 정도가 자살 시도 과정에서 임사체험을 한다.[167] 임사체험자들은 자살을 시도했지만 임사체험을 하지 않은 사람들보다 이후에 자살 충동을 덜 느낀다.[168] 임사체험 후 대체로 죽음에 대해 긍정적인 태도를 보이고, 죽음에 대한 두려움도 줄어든다는 점을 생각할 때 역설적으로 보인다. 수십 년 동안 응급 정신과 치료를 하고, 자살 충동을 극복하도록 도왔던 나는 이런 사실을 알고 매우 놀랐다. 그러나 이 주제에 관한 모든 연구(나와 다른 연구자들)는 똑같은 결론에 이른다. "임사체험이 자살 충동을 줄인다"라는 결론이다.

이런 역설적인 효과를 인정하자마자 나는 자살 시도 중에 임사체험을 한 환자들에게 죽음에 대한 생각이 바뀌었는지, 어떻게 바뀌었는지 뿐 아니라 왜 바뀌었는지도 묻기 시작했다. 그들은 각양각색으로 설명했지만,[169] 그들의 말에서 공통된 주제를 찾을 수 있었다. 임사체험으로 그들이 자기 자신보다 더 위대한 뭔가의 한 부분이라는 것을 느꼈다는 말을 가장 많이 했다. 그런 관점에서 다시 보니 그들의 개인적인 어려움과 문제가 더 이상 그렇게 중요하지 않게 느껴진다고 했다.

그들은 이제 어떤 상황에 상관없이 자신을 소중하게 여긴다. 자살 시도 전보다 삶이 더 의미 있고, 소중하다고 느끼고, 이전보다 더 살아 있음을 느낀다. 많은 사람이 죽음은 끝이 아니라는 믿음과 다른 사람들과 연결되어 있다는 느낌으로 개인의 가치가 높아지고 더 의미 있는 삶을 살게 되었다고 말한다.

자살을 시도한 사람뿐 아니라, 임사체험을 한 사람 대부분이 죽음을 두려워하지 않게 되었다는 것은 삶을 두려워하지 않게 되었다는 의미이기도 하다. 자기 삶을 항상 통제하려던 태도에서 벗어나, 더 과감하게 모험하고, 최대한 인생을 즐길 수 있게 된다. 죽음에 대한 두려움이 사라지니 외적인 상황과 상관없이 삶을 더 풍요롭게 인식하게 된다는 이야기를 여러 해에 걸쳐 누누이 들었다.

글렌은 36세에 4.3미터 높이의 금속 사다리 위에서 휴대용 드릴을 사용하다 합선으로 감전 사고를 당했다. 그때 그는 죽음에 대한 생각을 바꾸어놓은 임사체험도 했다.

1973년에 그런 경험을 했는데, 아직도 오늘 아침에 일어난 일처럼 기억이 생생해요. 내 삶의 부정적인 부분을 바로 잡지 못하는 게 아쉬울 뿐, 죽는 건 두렵지 않아요. 나는 자유와 새로운 삶을 선물하는 죽음을 기다리고 있어요.

지금 삶은 다음 삶의 그림자예요. 내 삶은 이제 더 풍요롭고 재미있어졌어요. 심각한 상황에서 대다수가 슬퍼하거나 눈물을 흘릴 때도 나는 유머를 찾거나 목구멍에서 웃음이 올라오는 걸 느끼곤 합니다. 자유를 얻기 위해서는 상처도 받고 실패도 겪어야 한다는 것을 알아요. 충분히 배우면 이 세상에서 자유로워질 거예요.

가장 많이 기억나고, 가장 중요했던 점은 육체로부터 자유와 평화를 경험하게 된 거예요. 너무도 오랫동안 짊어지고 있던 무거운 짐 같은 육체가 없어진다는 것은 내가 진짜 죽을 때인 미래에 내 영혼에 대한 약속과도 같아요. 그곳에는 나를 도울 사람이 아무도 없을 테니까요. 그건 괜찮을 거예요. 나는 고통과 노화 과정, 노쇠해지는 부분이 끝나는 것일 뿐, 죽음은 더 이상 두렵지 않아요.

서른 살에 익사할 뻔했던 케이티는 갑판이 닫힌 카누가 소용돌이에 휩쓸려 전복돼 카누의 스프레이 스커트(카누의 입구에 부착하는 일종의 덮개로 보트에 물이 튀는 것을 막는 역할을 한다─편집주)에서 빠져나오지 못했을 때 임사체험을 했다. 그녀는 이후 죽음에 대한 두려움이 사라지면서 삶의 기쁨이 커지기도 했다고 말했다.

물을 모두 삼킨 순간, 내 몸의 모든 근육, 섬유 조직과 생각이 완전히 느긋해지면서 모두 정말 좋았어요. 그렇게 느긋하면서도 여전히 그렇게 의식이 또렷하다는 게 이상했어요. 그러나 그런 상황까지 완전히 받아들였어요. 그러고 싶었어요. 분명 내 차례라고 느꼈어요.

이런 경험이 내 삶을 바꾸었다고 믿어요. 돌이켜 생각하니, 좋은 경험이자 배움이 되는 경험이에요. 죽음을 두려워할 필요가 없다고, 죽음은 실제로 아름다운 경험일 수 있다고 느껴요. 그래서 내 주변의 모든 작은 일을 즐기고, 최선을 다해 살고, 매일 발을 멈추고, 바라보고, 귀 기울이기 위해 시간을 내고, 그리고 처음으로 그저 뭔가 보기 위해, 정말로 뭔가를 들여다보기 위해 시간을 내고 싶어졌어요.

'오, 봄의 첫 튤립이 피었구나'라고 스치듯 생각하고 분주한 일상에 파묻히는 것이 아니라, 밖으로 나가, 그 꽃을 보고, 느끼고, 그렇게 그저 잠시라도 즐길 거예요. 그저 바라보고, 삶이 얼마나 경이롭고 얽히고설켰는지 감탄하면서 엄청난 기쁨을 얻어요. 모든 게 훨씬 더 폭넓게 보여요.

페기는 45세에 자궁 절제술을 받는 동안 심장이 멎었을 때 임사체험을 했다. 그녀 또한 죽음에 대한 두려움이 사라지고, 매일매일 최선을 다해 살고 있다고 말했다.

자궁 절제술 동안 심장 박동이 느려지기 시작하더니 뒤이어 멈췄어요. 맥박도 없었어요. 마취과 의사는 심전도 그래프가 수

평이 되었다는 모니터 경보음을 들었고, 모니터 오작동이라고 생각했대요. 그는 모든 걸 점검한 후에야 진짜로 내 심장 박동이 멈췄고, 맥박이 없다는 걸 깨달았어요. 그는 산부인과 의사에게 수술을 멈추라고 소리쳤고, 코드블루를 불렀어요.

심장이 멈춘 순간에 나는 눈을 떴고, 눈부신 흰 빛에 휩싸여 있었어요. 전혀 두렵지 않았어요. 내 평생 그런 평화, 기쁨, 만족감, 무조건적 사랑과 완전한 수용을 느껴본 적이 없어요! 이 세상의 어떤 것으로도 내가 느꼈던 사랑과 비교할 수 없을 정도예요. 빛마저도 사랑처럼 느껴지는 금가루로 반짝이는 것 같았어요. 그곳에 있으면 멋지고, 평화롭고, 보호받는 느낌이었고, 내 가슴은 기쁨으로 가득 차 터질 것 같았습니다. 나는 그곳을 절대 떠나고 싶지 않았어요. 시간 개념이 전혀 없었어요. 내가 아는 한, 2초가 2일이 될 수도 있었어요. 나는 그게 끝나기를 바라지 않았어요.

무엇보다 하고 싶었던 일이었지만, 뭔가 망설여졌어요. 아마도 가족 때문이었는지 그저 내가 끝내지 못한 일 때문이었는지 모르겠어요. 그들은 전체 시간이 1분도 걸리지 않았다고 합니다. 그때 사후세계 그리고 무엇이 나를 기다리고 있는지 살짝 엿보았어요.

사랑은 누구나 주거나 받을 수 있는 가장 아름다운 선물입니다. 우리 모두 사람들과 관계를 잘 맺고, 아끼는 사람들에게 사랑을 표현해야 해요. 삶이 얼마나 짧고 취약한지 알기 때문에 이제 매일매일 최선을 다해 살려고 해요. 나는 죽음을 즐거운 마음으로 기다리며, 조금도 두렵지 않아요. 내가 떠나온 '집으로' 갈 수 있는 날이니까요. 하나님이 언제나 나와 함께 계실 거라는 걸 알아요. 이전과 달리 내 마음에 엄청난 평화와 기쁨이 있어요. 그리고 삶에 대해 새로운 열정을 느껴요.

임사체험이 사람들의 삶에서 이렇게 폭넓고 지속적인 효과를 나타낸다는 게 이 체험의 가장 놀라우면서도 공통적인 측면이다. 여러 해에 걸쳐 내가 만난 수많은 임사체험자의 이야기는 근본적으로 다르지 않았다. 그들은 자신의 태도와 신념이 크게 달라졌다고 주장했다. 나는 정신과 의사로서 사람들이 삶을 조금이라도 변화시키도록 돕는 게 얼마나 어려운지 잘 안다. 몇 주, 몇 달 혹은 몇 년 동안 집중적으로 노력해야 한다. 그런데도 체험자들은 임사체험으로 단 몇 초 만에 삶이 완전히 바뀌었다고 주장했다. 내가 처음 임사체험을 연구하기 시작했을 때는 이 이야기들의 정확성에 의문이었다. 그리고 여러 해에 걸쳐 다양한 임사체험 효과를 자세히 문서화했다.

사람들이 임사체험을 하면서 다른 현실을 보면(혹은 현실을 다른 방식으로 보면) 영원히 변화된다는 사실은 곧 분명해졌다. 그들은 계속해서, 임사체험한 세계를 일상의 물질세계보다 '더 현실적'이라고 여긴다. 그리고 그들은 임사체험을 잊고 체험 전의 태도, 가치관과 행동으로 돌아갈 수도 없고, 돌아가고 싶어 하지도 않는다.

내가 연구한 임사체험자들 중 90퍼센트는 임사체험 효과가 시간이 지나면서 오히려 점점 더 커졌다고 말했다. 그들 중 3분의 2는 임사체험 덕분에 자신을 더 좋게 생각하게 되었고, 기분이 좋아졌다고 말했다. 그리고 4분의 3은 임사체험 전보다 더 평온해졌고, 사람들을 잘 돕게 되었다고 말했다.

경험자들은 때때로 세상을 보는 눈이 달라진 것을, 앞이 잘 보이지 않는 비 내리는 밤길을 걷다가 갑자기 번개가 치면서 하늘이 밝아지고 그 자리의 길과 나무들, 모든 게 분명하게 보이는 것에 비유한다. 번갯불이 순식간에 사라지자마자 다시 어둠 속에 남겨져 그들은 더 이상 주변을 볼 수 없지만, 번갯불이 보여준 광경을 기억하며, 길과 나무들이 여전히 존재함을 부인할 수 없다.

몇몇 연구자는 임사체험자들의 자기 인식, 타인과의 관계, 삶에 대한 태도에서 공통된 변화를 발견했다.[170] 임사체험자들은 죽음 이후의 삶에 대한 새롭거나 강화된 믿음, 신과 같은 존재로부터 사랑과 아낌을 받는 느낌, 높아진 자존감 그리고 새로운 목적의식과 사명감을 가지고 깨어난다. 삶에 대한 이런 새로운 목적의식이나 사명감은 대개 어떤 일을 마치기 위해 돌려보내졌거나 삶으로 돌아가기로 선택한 경험과 관련된다. 임사체험자들은 보통 우리 모두가 더 위대한 존재의 일부라는 느낌을 안고 깨어난다.

마음속에서 타인에 대한 연민과 관심, 사람들과의 연대감과 봉사하려는 열망이 더 커진 것 같고, 그래서 대개 더 이타적으로 행동한다. 체험자들은 자신을 자애롭고 목적의식이 있는 존재, 우주에서 꼭 필요한 일부로 여기고, 특히 다른 사람을 희생시키면서 개인적인 이익을 얻는 게 더 이상 의미가 없다고 생각한다. 그들은 또한 사람들에 대해 더 많이 이해하고, 받아들이고, 너그러워진다고 말한다.

임사체험과 관련된 개인적인 변화는, 죽음 가까이 갔지만 임사체험은 하지 않은 사람들에게서 보이는 변화를 뛰어넘는다.[171] 죽을 뻔했던 사람들은 전보다 삶에 대해 더 감사함을 느끼지만, 임사체험을 하지 않은 사람은 대개 더 불안하고 우울해지고, 사회생활에 소극적으로 변하며, 외상 후 스트레스 장애에 시달리는 경우도 많다.[172] 죽을 뻔했던 경험에 대한 반응으로 그들은 대개 더 조심스러워지고 위험을 감수할 가능성이 줄어든다. 반면 임사체험을 한 사람들은 삶에 대해 더 큰 열정을 보이고, 자연과 우정에 더 깊이 감사하고, 남에게 어떻게 보일지 걱정하지 않고 그 순간을 더 충실하게 산다.

어릴 때 임사체험을 했던 90대 노인들과 이야기를 나눈 적이 있었다. 그들은 임사체험의 효과가 수십 년 전과 마찬가지로 지금도 강력하다고 공통으로 이야기한다. 심리학자 켄 링은 임사체험 후 삶의 변화에 대한 객관적인 척도를 처음 개발했고, 이것을 "삶의 변화 척도"[173]라고 불렀다. 나는 1980년대 초부터 임사체험을 한 사람들에게 그 척도를 사용하기 시작했다. 20년 후, 나는 같은 임사체험자들을 찾아내 삶의 변화 척도를 다시 작성하게 하면서 1980년대에 이야기한 변화들이 여전히 강력한지 확인하기로 마음먹었다.

그리고 상당히 놀라운 사실을 발견했다.

죽음, 영성, 삶에 대한 태도와 삶의 의미나 목적의식이 임사체험 후 가장 긍정적인 변화를 보인 것이다. 다른 사람과 자신에 대한 태도는 그만큼 인상적이지는 않지만, 여전히 좋아졌다. 종교와 사회 문제에 대한 태도는 약간 좋아졌을 뿐이고, 세속적인 일에 대해서는 임사체험 전보다 더 중요하게 여기지 않았다. 이런 모든 변화는 20년이 지난 후에도 사실상 똑같았다. 임사체험자들의 달라진 태도는 세월이 지나도 별로 변한 게 없었다.

훨씬 전에도 임사체험 후 성격이 크게 바뀌는 현상을 관찰한 사람이 있었다. 1865년, 퀸 빅토리아 병원 외과 의사이자 영국 왕립학회 회장인 벤저민 브로디는 물에 빠졌다가 구조된 선원에 대해 이렇게 기록했다.

"한 예로, 파도에 휩쓸렸던 한 선원은 의식을 잃은 상태에서 배의 갑판 위에 한동안 누워 있다가 회복 과정에서 자신이 천국에 다녀왔다고 주장했다. 그리고 다시 살아난 게 엄청난 고난이라며 심하게 불평했다. 그 남자는 사람들이 쓸모없다고 여기던 사람이었다. 그러나 사고가 일어난 이후 그의 품성은 바뀌었다. 그는 그 배에서 가장 모범적인 선원 중 하나가 되었다."[174]

나는 수백 명으로부터 임사체험 후 태도, 가치관, 신념에서 광범위한 변화가 일어났다는 이야기를 들었다. 어떤 사람들은 아주 간단한 말로, 어떤 사람들은 아주 유려하게 표현했다. 그러나 내가 개인적으로 가장 감동받은 말은 디트로이트 텔레비전의 심야 대담 프로그램 <더 라스트 워드>(The Last Word)에서 진행자 그레그 잭슨과 인터뷰한 후 받은 편지였다. 교육을 별로 받지 않은 나이 많은 여성이 텔레비전을 보고 감동을 받아 자신의 임사체험 효과를 전하기 위해 쓴 편지였다.

친애하는 그레이슨 박사님,

박사님이 출연한 프로그램 <더 라스트 워드>를 정말 잘 봤습니다. 그래서 전화했지만, 계속 통화 중이더라고요. ··· 1973년에 주님의 은총을 받았어요. ··· 아침 여섯 시 즈음에 주님이 들어오셔서 나를 데리고 천국으로 가서 그곳을 보여주셨어요. 주님은 자비로우시고, 그곳은 가장 평화로운 곳이었어요.

나는 몸이 누워서 나를 기다리고 있는 게 보이는 곳으로 돌아가고 싶지 않았어요. 나는 그분께 그곳에 있게 해달라고 부탁했지만, 그분은 안 된다고, 돌아가야 한다고 말씀하셨어요. 박사님도 아시다시피, 이 세상에 대해서는 아무것도 생각나지 않았어요. 진짜 대단한 경험이에요. ···

박사님, 너무 놀라웠어요. 그분이 나를 계속 그곳에 있게 해주셨으면 좋았을 텐데. 오, 엄청난 날이었어요. 죽는 게 두렵지 않아요. 아무도 돌아오고 싶지 않을 거로 생각해요. 목사님과 남편은 내가 정상이 아니라고 생각하는 것을 알았지만, 마음대로 생각하라고 했어요. 나는 그곳에 있었다는 걸 알아요. 내가 어디로 갈지도 알아요. ···

나는 은총을 받았어요. 주님은 내 삶의 나중 일들을 위해 나를 준비시키셨어요. 천국이 거기에 있다는 걸 나는 알아요. 새사람이 된 내 입은 기쁨으로 활짝 열렸고, 똑바로 걷고, 똑바로 말하고, 모든 사람을 올바르게 대하게 돼요. 그곳에 다녀오면 삶에 대한 생각이 달라져요. 물질적인 건 중요하지 않아요. 모든 사람이 그저 좋아 보여요. 사람의 잘못에도 이유가 있다고 생각해요.

그레이슨 박사님. 그저 믿기지 않을 정도로 진짜라고 말씀드리기 위해 편지를 써야만 했어요. 나는 그걸 잊지 않을 거예요. 절대 잊고 싶지 않을 거예요.

캐서린

이 편지로 알 수 있듯, 많은 체험자에게 나타난 태도 변화는 그저 빙산의 일각에 불과하다. 삶의 의미와 목적에 대한 보다 깊고 상세한 인식 그리고 뭔가 더 위대한 존재와의 연대감이 임사체험이라는 표면 아래에 있기 때문이다. 나는 임사체험의 영향이 강력하다는 것을 확실히 알았지만, 그 의미를 파악하는 데는 조금 어려움을 겪었다.

임사체험의 의미

성공한 여성 사업가였던 크리스틴은 37세에 심장마비로 심장 박동이 10분 동안 멈췄을 때 임사체험을 했다. 그녀는 기독교 가정에서 자랐고 교회에는 가끔 다녔다. 결혼해서 아이까지 낳아 기르느라 너무 바빠져 기독교는 삶에서 큰 역할을 하지 않게 되었고, '편할 때만' 아이들을 데리고 교회에 갔다. 그녀는 일벌레에다 걱정을 달고 사는 사람이 되었다. 자신을 저돌적인 사람이라고 소개했고, 여러 해 동안 일과 걱정에 치여 사느라 고혈압까지 얻었다. 그녀는 임사체험이 이 모든 걸 어떻게 바꾸어놓았는지 설명하기 시작했다.

가슴이 아프기 시작했어요. 1시간도 되지 않아 병원에 갔고, 의사는 남편에게 내가 심장마비라고 했어요. 밤새 내 심장이 일곱 번이나 멈췄어요. 마지막에는 10분 동안 멈췄죠. 무슨 일이 일어났는지 설명하려고 하니 사용할 수 없는 단어에 손을 뻗어 붙잡고 있는 느낌이 들었습니다. 백만 개 혹은 그보다 많은 불빛, 가장 아름답고, 눈부시고, 반짝이는 불빛들에 빨려 들어가는 느낌이었어요. 무섭지 않고, 자연스러웠습니다. 내 삶이 어린 시절부터 휙휙 책장을 넘기듯 내 앞에서 스쳐 지나갔어요. 언제, 어디에서, 왜 그런 일이 있었는지 모두 알고 이해하는 것 같았어요.

그다음 커다란 빛을 보았습니다. 마치 이 존재가 빛인 것처럼, 어떤 존재를 감싼 환한 조명 같은 이 커다란 빛을 보았어요. 이 존재 앞에서 나는 기쁘고, 편안하고, 평화롭고, 포근했어요. 마치 원래 있던 곳으로 돌아온 것 같았어요. 말로 표현할 수 없는, 완전하고 행복한 느낌이었어요. 그분과 함께 지내고 싶었어요. 내 삶에서 그보다 더 간절했던 일이 없을 정도로요. 완전한 만족이었어요. 나는 그분께 손을 뻗었고, 그분도 내게 손을 내미셨어요. 내 손을 잡기 직전, 그분은 '네 아이들은 네가 필요하단다'라고 말씀하셨어요. 그 이야기를 하실 때 그분은 내가 돌아가기를 원하시는 것 같았어요. 나는 즉시 그분이 원하시는 것을 원했고, 그래서 그분의 손을 잡지 않았어요. 단지 그분이 원하지 않으셨기 때문이에요.

이 체험으로 삶은 달라졌습니다. 거의 모든 사람을 조건 없이 깊이 사랑하고 이해하게 되었어요. 나를 속상하게 하고 화나게 하던 일들이 이제 더 이상 나에게 영향을 주지 않아요. 나는 아무것도 걱정하지 않아요. 여전히 관심은 가지만, 걱정은 안 합니다. 이제 내 삶에서 가장 중요한 일은 내가 해야 한다고 사람들이 생각하는 일이 아니라, 하나님이 원하신다고 내가 생각하는 일이에요. 다른 삶이 있다는 걸 사람들에게 알리고, 가족을 돌보는 게 내 일이에요.

임사체험 전의 나는 아주 저돌적이었고, 삶이 제공하는 모든 물질적인 것을 원하는 사람이었어요. 자존심이 정말 강했고, 성미 급하고, 편파적이고, 내 마음대로 일을 통제하고 싶어 했어요. '싫어'라는 대답은 절대 받아들이지 못했고요. 나에게 부정적으로 말하면 투우장에서 붉은 깃발을 흔드는 일과 같았어요. 싸우려고 돌진했을 거예요. 또 완벽주의자여서 사람들이 나와 함께 일하는 걸 좋아하지 않았어요.

그리고 인생에는 사회봉사가 들어설 구석이 없었어요. 정말이지 사람들 때문에 성가신 걸 전혀 좋아하지 않았거든요. 누구에게도 내줄 시간이 없었어요. 되돌아보니 돈 버는 것, 하고 싶은 일을 하는 게 가장 중요했어요. 사회적 지위도 그랬고요. 술도 많이 마시고, 담배도 많이 피웠죠. 그 모든 걸 즐겼어요. 최소한 그렇다고 생각했어요.

임사체험 후 모든 인간에 대해 조건 없는 사랑과 연민을 느끼게 되었다는 게 내 삶에서 가장 큰 변화예요. 소외된 사람들, 병들고, 배고프고, 집 없고, 늙고, 비참한 사람들, 또 너무 불행한 사람들을 보면 마음이 아파요. 이런 사람들을 돕고 싶다는 깊은 열망과 필요를 느껴요.

이제 모든 수입의 10분의 1 이상은 자선 단체에 기부해요. 더이상 사업에 얽매이지 않고, 돈을 주인으로 여기지 않습니다. 돈은 우리의 필요를 해결하고 다른 사람을 돕는 도구일 뿐이에요. 내 성미와 자존심을 충분히 다스리고 있고, 아무것도 나를 화나게 하지 못합니다. 아직도 문제들은 좀 남아 있지만, 배를 타고 파도를 넘듯 문제들을 극복해요. 평화와 기쁨, 만족을 느끼고, 나의 다음 삶을 기대하며 기다려요. 매일매일 정말 새롭습니다.

크리스틴 같은 많은 체험자는 임사체험 후 가장 의미 있는 변화가 바로 영성의 감각이 높아진 것이라고 말한다. 그들이 말하는 '영성'이란 그들의 개인 삶에서 일상 감각을 넘어서는 것[175] 그리고 영감, 의미와 목적을 찾으려는 개인적인 추구, 자신보다 더 위대한 무언가와 연결되려는 탐구 등을 포함한다.[176] 많은 체험자는 자신의 영성 개념 안에 타인을 사랑하고 보살피는 게 가장 중요하다는 신념을 담는다.

강한 종교적 믿음을 가지지 않고 성장한 나는 크리스틴과 다른 많은 체험자의 '신'이나 '하나님이 원하시는 일' 같은 말에 공감하기 어려웠다. 그러나 나보다 더 위대한 뭔가와 연결되는 느낌 그리고 다른 사람을 사랑하고 돌보는 일에서 의미와 목적의식을 발견한다는 개념은 내가 성장할 때 가족이 내게 심어준 가치관과 흡사하게 들렸다.

임사체험 후 더 영적으로 느끼게 되었다고 말하는 체험자들은 나와 똑같은 가치관과 욕구에 대해 그저 다른 말을 사용하는 걸까, 아니면 뭔가 전적으로 다른 것에 대해 이야기하는 걸까? 나는 그들의 개인적인 이야기에는 설득력이 있음을 알았지만, 그들의 영성을 조금 더 충분히 이해하기 위해 뭔가 객관적인 척도를 가지고 싶었다.

나는 임사체험을 한 사람들과, 죽을 뻔했지만 임사체험을 하지 않은 사람들을 비교하고 싶었다. 죽을 뻔한 일 자체가 충분히 삶이 달라질 만한 큰 사건이기 때문이다. 삶에 대한 만족, 더 위대한 뭔가와 연결되는 느낌, 목적의식 같은 영성의 다양한 측면을 측정하는 표준화된 질문지를 사용했다. 임사체험한 사람들이 훨씬 더 삶에 만족하고,[177] 새롭고 긍정적인 삶의 방향에 더 쉽게 마음을 열고, 사람들과의 관계가 더 긍정적으로 변했고, 개인적인 힘을 더 많이 느꼈으며, 삶에 더 크게 감사하고, 영적으로 더 크게 성장했다고 느꼈다.[178] 게다가 많은 사람이 임사체험 후 더욱 영적으로 성장하기 위한 탐구에 참여하고 싶어 했다.

엘리자베스는 28세에 그녀의 나팔관 중 하나가 파열되면서 자궁 외 임신이 끝났을 때 임사체험을 했다. 그녀는 그 후 영적인 지식을 탐구하게 되었다고 말했다.

나는 고등학교 이후 정규 교육을 받지 않았어요. 그리고 종교, 철학이나 과학적인 문제에 관심이 없었죠. 그러나 임사체험을 한 후 내내 그 분야 지식을 탐구하기 시작했어요. 다른 사람들의 임사체험이 책으로 소개되어 내 행동에 영향을 주기 몇 년 전이었어요.

임사체험 이후 과학, 철학, 신학 그리고 형이상학이라고 불리는 분야 지식에 대한 채워지지 않는 갈망이 내 삶을 지배했어요. 내가 '가벼운' 우주 의식 사건이라고 부르는 일을 몇 번 경험하고, 꿈, 도와주는 사람들 그리고 35년 동안 연습한 명상을 통해 영적인 보물 창고에 다가갈 수 있었어요. 나는 또 우주의 모든 게 연결되어 있다고 강렬하게 느껴요.

저는 가장 중요한 것은 지식을 구하고 나누는 것과 사랑을 받고 돌려주는 것이라고 생각합니다. 저는 영적인 것이 중요하다고 생각하며, 조직화된 종교의 신조와 교리는 사람이 만든 것이기 때문에 결함이 있을 수 있고, 역사가 보여주듯 그다지 효과적이지 않다고 생각합니다. 나는 교회의 가르침을 따르기보다는 내면의 영의 인도를 따릅니다.

이러한 지식에 대한 갈증으로 지금도 매일 수많은 주제를 연구하는 데 시간을 할애합니다. 배움과 지식은 우리가 이 세상을 떠날 때도 가지고 갈 수 있는 것들이에요. 그 비밀을 탐구하는 중이고, 그 탐구는 영원히 계속될 거예요. 각자가 자신의 행동과 신념에 책임을 지고 영적 깨달음을 향해 나아가는 것이 내 삶의 비결입니다.

정신과 의사 서비 카나와 나는 임사체험을 한 사람들이 새로운 영적인 태도와 끈질긴 노력 덕분에 더 큰 행복감을 느낀다고 이야기한다는 사실을 발견했다.[179] 그들은 또한 죽을 뻔했지만 임사체험을 하지 않은 사람들보다 경외감, 감사, 자비, 연민 어린 사랑과 내면의 평화 같은 매일의 정신적인 경험을 더 많이 이야기했다.[180] 여러 연구자의 연구 결과를 보더라도 임사체험을 한 사람들이 목적의식이 높아졌고, 공감 능력이 향상되며, 모든 사람이 서로 연결되어 있다는 인식과, 모든 종교가 특정 핵심 가치를 공유한다는 믿음을 갖는 것으로 나타났다.[181] 임사체험을 하고 나면 신의 인도 그리고 신과의 관계에 대해 더 많이 깨닫게 되는데도, 역설적이게도 대체로 어느 하나의 종교 전통에 대해서는 덜 심취하게 된다.

영성은 종교 전통들과 관련이 있을 수 있다. 그러나 많은 체험자는 그들의 영성을 어떤 종교적 관습이나 믿음과도 무관한 내면의 느낌으로 설명한다. 그들은 종교 의식이 필요 없을 것 같

16장 ...... 임사체험의 여파

은, 신과의 정말 강력하고 개인적인 유대감을 느낀다고 주로 이야기한다.[182] 많은 체험자는 임사체험 후 특정 종교에 얽매이지 않는 방식으로 영성을 받아들인다고 말한다. 모든 종교 전통을 존중하지만, 어떤 한 종교도 우선시하지 않는 방식이다.

캐서린 글렌은 27세에 병원에서 옮은 호흡기 감염으로 수술 후 회복하던 중 임사체험을 했다. 그녀는 임사체험에서 모든 종교의 핵심은 본질적으로 똑같다는 사실을 보았다고 내게 말했다.

> 이 중대한 사건이 내 삶에 정말 많은 영향을 주었습니다. 그 사건은 존재하는지도 몰랐던 창문과 문들을 열어주었어요. 종교들은 선반 위에 놓인 젤리 병들과 같다는 사실을 알게 됐습니다. 사람이 각각의 병에 다른 이름을 붙였을 뿐이죠. 그건 모두 젤리예요. 그건 모두 달콤해요.
>
> 신에게 닿기 위해 산에 올라가는 길은 많고, 어떤 길을 선택하든 정말 문제가 되지 않아요. 산꼭대기에 다다르면 모두에게 똑같은 사랑, 빛, 평화, 조화, 감사, 지혜, 진리와 승리가 있으니까요. 천국에는 종교가 없고, 그저 '젤리'만 있을 뿐입니다.

나는 철저히 물질주의적이었던 사람일수록 이런 영적 성장이 두드러진다는 사실을 알게 되었다. 더그는 영적인 세계를 언급하는 사람들을 언제나 비웃던 무신론자였다. 그는 71세에 위와 연결된 동맥이 파열되면서 내출혈을 일으키면서 임사체험을 했다. 그는 실제로 영적인 체험을 했다는 사실을 마지못해 인정하게 되었다고 내게 말했다.

새벽 2시 정도에 배가 아파서 잠을 깼어요. 토하거나 화장실에 갈 수도 없었고, 의식을 잃었어요. 아내는 내 신음을 듣고 구급차를 불렀습니다. 응급실 의사는 외과 의사를 불렀고, 외과 의사가 몇 가지 검사를 한 후 비장이 파열되었을지도 모른다고 판단해 수술을 시작했어요. 이때쯤은 내가 상당히 많은 피를 흘린 후였어요. 의사는 위와 연결된 동맥이 파열된 것을 발견했고, 거의 죽기 직전이었어요.

그 수술을 하는 동안 임사체험을 했어요. 나는 쏟아지는 빛을 듬뿍 받으며 벽 옆에 있었습니다. 그 벽 반대편에는 아무것도 없었고요. 그저 완전한 어둠이었어요.

그때 내게 선택권이 주어졌어요. 누가 그런 선택권을 주었는지 모르지만, 평소에 영적인 세계를 그렇게 부인했는데도, 내게는 정말 선택권이 있었어요. 나는 그걸 여전히 믿어요. 그때 '급행 체크아웃'을 선택하고 고통 없이 죽을 수 있었어요. 아니면 살면서 많은 고통을 겪으면서 입원을 반복하다가 어쨌든 죽을 수도 있었고요. 벽 반대편에는 그저 어둠뿐, 아무것도 없었습니다.

나는 '급행 체크아웃'을 선택하지 않기로 마음먹었어요. 내가 가게 될 벽 반대편에는 어둠밖에 아무것도 볼 수 없었으니까요. 또 괴로움을 당하다 어쨌든 죽는다는 암울한 예상이 사실이 아닐 수도 있다면 그걸 알아내는 것도 가치 있겠다고 느꼈어요. 그게 사실이라면 지금이 아니라 다음번에 죽어도 될 것 같았고요. 죽음에 대한 내 믿음을 바탕으로 한 선택이었지요. 전에는 사람이 죽으면 완전히 끝이라고, 개나 새의 죽음과 전혀 다르지 않다고 생각했어요.

지금 생각하니, 내게 정말 선택권이 있었다는 게 내 체험의 영적인 부분이라고 믿어요. 누구도 나 대신 선택하지 않았으니까요. 나는 영적이거나 종교적인 사람이 아니에요. 나는 대학을 졸업했고 가톨릭 가정에서 태어나 성장했지만, 이미 5~60년 전부터 성당을 다니지 않았어요. 다른 종교를 받아들이지도 않았죠.

임사체험으로 뭘 배웠느냐고요? 첫째, 선택할 수 있어서 감사해요. 그리고 둘째, 매일매일 최선을 다해 살려고 해요.

내게 선택권이 주어졌다고 진심으로 믿습니다. 그건 영적인 부분이죠? 그런데 사실 나는 영적인 부분에 대해 아직도 잘 모르겠어요. 임사체험의 영적인 부분에 대해 궁금하긴 해요. 나는 영적인 세계를 믿지 않지만, 내게 그런 일이 일어난 것 같아요.

마찬가지로, 자신을 언제나 무신론자로 여겼던 소아과 의사 나오미는 34세에 위궤양 출혈로 피를 흘리며 임사체험을 한 후 인정이 많아지고, 경쟁심이 줄었다고 말했다.

그 일이 생긴 후의 봄날을 놀랍도록 명료하게 기억해요. 마치 모든 걸 처음 보는 것처럼 주변의 모든 게 마법처럼 느껴졌어요. 나무들과 활짝 핀 꽃들이 내가 이전에는 한 번도 알아차리지 못한 새로운 차원으로 다가왔고, 마치 약에 취한 듯한 기분에 휩싸였죠. 다시는 살아 있는 걸 당연하게 여기지 않을 거예요. 또다시 죽음을 만나더라도 두려워하지 않을 수 있다고 느꼈어요. 부정적인 경험이 아니었으니까요. 이 통찰력을 바탕으로 내가 돌보는 많은 장애 아동과 불치병 아동의 가족을 돕고 있고, 좋은 결과도 얻었습니다. 또 나의 영적인 감각이 강해졌고, 이전에는 본질적으로 무신론자였던 내가 이제는 신에 대해 강한 믿음을 가지게 되었어요.

지금까지의 다른 어떤 경험도 내 삶에 이렇게 깊은 영향을 준 적이 없었습니다. 나는 또 물질적인 게 멋지기는 하지만, 개인의 정신이나 본질을 규정하지는 않는다고 느껴요. 내 삶은 과거 어느 때보다 더 균형이 잡혀 있어요. 명상과 다른 대체의학 기술을 훨씬 더 잘 받아들이게 되었어요. 저는 이제 의학적 문제를 조절하기 위해 약물이 아닌 생활 습관 교정을 시도하고 있습니다. 환자들에 대한 연민은 더 커졌고, 그 덕분에 더 좋은 의사가 되었다고 느껴요. 나는 아직도 그 체험의 여러 측면을 통합하고 있어요. 그리고 자신에게 다시 집중하면서 삶을 더 큰 그림으로 보기 위해 때때로 임사체험에 대해 숙고하는 게 좋다는 걸 알아요. 임사체험은 언제나 내 성장의 원동력이 된다고 생각해요.

이렇게 임사체험 후에 영적으로 성장했다고 주장하는 사례는 무척 흔하다. 어떤 식으로 말하든 그들은 주로 우리 자신보다 더 위대한 뭔가와 연결되는 느낌에 초점을 맞추고, 사람들을 사랑하고 돌보는 일이 중요하다고 강조한다. 몇몇 연구는 체험자들이 임사체험을 하기 전보다 사람들에 대한 연민과 관심을 더 많이 표현하고, 기꺼이 나서서 사람들을 도우려고 한다는 사실을 보여주었다.[183]

이것은 본질적으로 우리가 황금률로 알고 있는, "무엇이든지

남에게 대접을 받고자 하는 대로 너희도 남을 대접하라"라는 내용과 같다. 모든 주요 종교에는 기본적으로 이와 비슷한 내용이 지침으로 들어 있다.[184] 기원전 500년경의 고대 이집트 파피루스, 그리스 철학자 섹스투스와 이소크라테스의 저서, 구약 성경의 레위기, 신약 성경의 마태복음과 갈라디아서, 탈무드, 이슬람교의 코란, 힌두교의 마하바라타 및 파드마 푸라나, 불교의 우다나바르가, 자이나교의 수트라크리탕가, 논어와 도교의 태상감응편(太上感應篇)에도 그런 내용이 나온다.

　신을 믿는 종교들은 황금률을 "신의 명령"이라고 장려한다면, 신을 믿지 않는 종교들은 충만한 삶을 살기 위한 합리적인 지침으로 권장한다. "신이 있다면 나는 친절, 연민 그리고 깨달음의 원칙에 따라 살아야 한다. 그리고 신이 없다면, 글쎄, 어쨌든 친절, 연민 그리고 깨달음의 원칙에 따라 살아야 한다. 얼마나 놀랍도록 간단한가"라고 작가 딘티 무어가 말했듯.[185]

　신경과학의 최근 연구에 따르면, 황금률의 보편적 특성은 인간 집단이 살아남도록 돕기 위해 무의식적 뇌 메커니즘이 수천 년에 걸쳐 진화한 결과라고 말한다.[186] 체험자들은 이 황금률이 우리가 따라가기 위해 애써야 하는 도덕적 지침이 아니라 세상 원리에 대한 설명이며, 중력처럼 부인할 수 없는 자연법칙이라고 할 때가 많다.[187] 그들은 대개 임사체험에서 삶을 되돌아볼 때 그들의 행동이 사람들에게 끼친 영향을 느끼면서 이런 자연법칙을 직접 경험했다고 말한다. 그들은 자신의 잘못된 행동에 대해 처벌이나 판단을 받는다고 느끼지는 않지만, 삶을 되돌아보는 과정에서 그들이 남에게 주었던 모든 것을 되돌려 받는다.

수리하던 트럭이 움직이는 바람에 가슴이 으스러졌을 때 임사 체험을 했던 톰 소여는 삶을 되돌아보면서 자신의 모든 나쁜 짓을 피해자 처지에서 경험했다. 그는 누군가를 주먹으로 때렸던 기억을 되살려 나에게 설명했다.

열아홉 살 때 개조한 픽업트럭을 몰고 클린턴 애비뉴를 달리고 있는 내 모습을 봤어요. 한 남자가 밴 뒤에서 튀어나와 내 트럭과 거의 부딪힐 뻔했어요. 여름이어서 트럭 창문을 내리고 있었고, 나는 그에게 다가갔어요. 나는 그에게 비꼬는 말투로 '다음에는 횡단보도를 이용하시죠'라고 말했습니다. 그런데 그 남자가 그 말을 듣고 큰 소리로 욕을 하더니 창문 너머로 손을 뻗어 내 뺨을 철썩 때렸어요.

나는 화가 머리 꼭대기까지 나서, 트럭에서 내려 그 남자를 두들겨 팼어요. 여러 차례 때렸죠. 그는 뒤로 벌러덩 넘어져 도로에 머리를 부딪쳤어요. 그 남자를 거의 죽일 뻔했지만, 걱정은 하지 않았어요. 잔뜩 화가 나 있었거든요. 길 건너 주유소에서 남자들이 달려왔어요. "당신들도 그가 나를 먼저 때리는 걸 봤잖아요"라고 말했어요. 그리고 아주 찬찬히 트럭으로 돌아가 차를 몰았어요.

이제 삶을 돌아보는 시간입니다. 내 중심부에서 솟구치는 아드레날린이 바깥으로 흘러나오고, 손에는 따끔거리는 감각이 느껴지고, 얼굴이 빨개지는 온기를 느꼈습니다. 그 얼간이가 조용히 행복을 추구하던 나를 건드렸다는 격렬한 분노도 느껴지고요. 싸움을 벌이기 전이나 후에도 그 남자에 대해 아는 바가 전혀 없었어요.

그러나 임사체험 중에 삶을 돌아보면서 그가 취한 상태였고, 아내와 사별한 후 정신적으로 심각한 상태였다는 걸 알게 되었어요. 삶을 돌아보는 과정에서 그 남자가 술을 마셨던 술집 의자를 보았어요. 그가 그 승합차 뒤에서 나와 내 트럭 앞으로 뛰어들기 전, 한 블록 반을 걸어온 길을 보았어요.

나는 또 그의 입장이 되어 내 주먹이 곧장 얼굴로 날아오는 걸 보는 체험을 했어요. 분하고 화나고 당황하고 좌절하고 육체적 고통을 느꼈어요. 아랫입술을 깨무는 걸 느꼈어요. 다시 말해, 나는 그 남자의 몸 안에서 그의 눈을 통해 보고 있었어요. 나는 그날 나와 그 남자 사이에서 벌어진 일을 모두 다시 체험했어요. 내가 그 남자의 눈 속에 있었다고 생각하는 게 좋을 거예요. 그리고 처음으로 화가 잔뜩 난 톰이 어떻게 보이는지 뿐 아니라 어떻게 느끼는지도 보았어요. 그의 입장이 되어 그렇게 얻어맞으니 육체적 고통, 모멸감, 당혹감, 수치심과 무력감을 느꼈어요.

트럭에서 내려온 후 그 남자를 서른두 번 때렸어요. 그의 코뼈를 부러뜨리고, 얼굴을 정말 엉망으로 만들었죠. 그는 곧장 뒤로 나자빠져서 인도에 뒤통수를 부딪쳤어요.

맞아요. 그가 먼저 나를 때린 건 사실이에요. 하지만 삶을 돌아보면서 그렇게 할 수 있으면 해보세요. 나는 바로 남자의 무의식 상태까지 모든 걸 체험했어요. 내 삶을 돌아보면서 외부자의 시선, 제삼자의 시선으로 그 일을 경험했어요. 내 눈을 통해 그리고 남자의 눈을 통해 보면서 이 모든 게 동시에 일어났어요.

이렇게 삶을 돌아보는 동안 모든 걸 조건 없이 지켜보았어요. 판단하거나 부정적인 눈으로 보지 않았어요. 어떤 감정 혹은 옳고 그른 걸 따지거나 판단하는 마음 없이 뭔가를 관찰하는 경험을 했습니다.

정말 어떤 느낌이었는지 그리고 삶을 돌아보는 게 어떤 건지 말할 수 있으면 좋겠어요. 그러나 절대 정확하게 말할 수 없을 거예요. 이렇게 삶을 돌아볼 때 사람들에게 저지른 짓을 되돌려 받으면서 완전히 황폐해질까요? 아니면 사람들에게 나눠 준 사랑과 기쁨을 되돌려 받으면서 깨달음을 얻고 행복해할까요? 글쎄, 짐작할 수 있을까요? 거의 반반일 거예요. 각자 모든 일, 모든 사람을 어떻게 대했는지 다시 체험하고 판단하면서 광범위한 방식으로 스스로 책임질 거예요.

어떤 사람들은 임사체험으로 얻는 영적인 교훈이 상투적이고, 흔하고 진부한 종교적인 이야기라고 일축한다.[188] 글쎄, 사실 그렇다. 임사체험에서 얻는 교훈이 따분하고 오래된 이야기로 들릴 수 있는 이유는 우리가 모두 이전에 들었던 내용이기 때문이다. 매번 체험자들은 임사체험이 몰랐던 내용을 드러내는 게 아니라, 그보다는 한때 알고 있었지만 오래전에 잊었거나 무시했던 내용을 떠올리게 했다고 내게 말했다.

킴 클라크 샤프는 17세에 인도에 쓰러졌을 때 임사체험을 했다. 옆에 서 있던 한 간호사가 살펴보았지만, 킴의 맥박을 찾을 수 없었고, 누군가에게 구급대를 부르라고 말했다. 구급대원들이 금방 도착했고, 호흡이 멈춘 킴을 휴대용 호흡기에 연결했다.

그리고 소방대원들이 킴의 가슴을 압박하기 시작했다. 킴은 쓰러진 후의 체험을 내게 설명했다.

갑자기 내 발밑에서 거대한 빛의 폭발이 일어나더니 내 시야 한계까지 멀리 퍼졌어요. 아무 소리도 들리지 않았지만, 그 빛이 내게 지식을 주었어요. 언어라는 어설픈 수단보다 더 명료하고 쉬운 가르침이었어요.. 나는 삶에 대한 영원한 질문들, 너무 오래되어서 진부하다며 웃어넘겼던 질문들에 대한 답을 배우고 있었어요. 한때 알았지만, 왠지 잊어버렸던 것들을 다시 기억하는 느낌이었어요. 그리고 이전에는 이런 것들을 이해하지 못했다는 게 믿어지지 않았어요.

물론 진정한 영적 성장은 사람들이 어떻게 느끼거나 말하느냐가 아니라 그걸 일상생활에서 어떻게 실천하느냐로 확인된다. 교육자 프랭크 크레인은 "어떤 황금률도 행동으로 옮기지 않으면 아무 소용이 없다"라고 말했다.[189]

프랜 셔우드는 47세에 응급 복부 수술을 하는 동안 임사체험을 했다.[190] 그녀는 임사체험 자체가 아니라 배운 걸 실천하는 데 초점을 맞추는 게 중요하다고 내게 말했다.

이 모든 게 삶에 엄청나게 깊은 영향을 끼쳤고, 지금도 여전히 그렇습니다. 나는 예전의 내가 아니에요. 그러나 나는 여전히 나이고, 아마도 이전보다 더 자유로운 사람일 거예요. 내 모든 가치관이 변하고, 여전히 변하고 있고, 점점 더 명확해지고 있어요. 이웃과 더 깊은 관계를 맺고 싶은 갈망을 자주 느껴요. 그리고 언제나 신에게 더 가까이 다가가려고 해요. 그리고 일상생활을 하면서 내가 할 수 있는 모든 곳에서 내가 할 수 있는 모든 일이 나아지게 하고, 우리가 하는 모든 사소한 방법들로 사랑의 메시지를 퍼뜨리려고 노력해요.

임사체험은 강력한 힘을 발휘하고, 어떤 기쁨과 경외심을 느끼게 합니다. 그러나 더 이상 그 체험에만 초점을 맞추지 않는 순간이 옵니다. 그걸 정말 그저 시작일 뿐이라고(원한다면 새로운 탄생으로) 여겨야 하고, 그때부터 성장하기 시작합니다. 이번에는 성장이 새로운 현실이 됩니다. 임사체험은 사람들과 진정한 관계를 맺게 합니다. 자아는 점점 줄어들기 시작하고, 우리가 우리와 가깝고 소중한 사람에게 매달리려고 할 수도 있지만, 사실은 그들을 자유롭게 놓아주어야 합니다. 그렇게 하지 않으면, 우리가 지금 가지고 있는 목적의식을 잃게 될 거예요. 이것은 우리의 선하고 궁극적인 행복을 위한 성장이에요.

임사체험에 대해 이야기하는 데 그치지 말고 행동으로 옮겨야 해요. 이야기를 그만해야 한다는 게 아니라 이제 행동, 우리가 이 세상으로 돌아온 이유를 실천하는 행동도 해야 한다는 거예요. 임사체험은 우리 각자에게 다른 방식으로 나타났을지도 몰라요. 그러나 모두 똑같은 메시지를 크고 또렷하게 이야기합니다. 우리 모두 그게 뭔지 알아요. 천 가지로 말할 수 있지만, 모두를 아우르는 단 하나의 단어가 있어요. 사랑이에요. 그리고 그 메시지는 이래요. "내가 너희를 사랑했듯, 너희도 서로 사랑해야 한다." 이게 바뀌지 않는 진리예요.

사실 나는 임사체험의 가장 인상적인 효과가 생각과 태도 변화가 아니라 임사체험 후에 많이 나타나는 생활 방식의 극적인 변화라는 사실을 알게 되었다.

17장

새로운 삶

스티브 프라이스가 소총을 쏘고 있던 순간, 총알 파편이 그의 방탄조끼 팔 구멍 사이로 들어가 폐를 꿰뚫었다.[191] 마침내 도착한 의료진은 24세 해병인 그를 수술하기 위해 비행기에 태워 베트남 정글에서 필리핀의 미군 병원으로 옮겼다. 수술하는 동안 그는 몸에서 분리된 후 빛과 따뜻함, 평화로 가득한 더없이 행복한 체험을 했다. 건장하고, 문신투성이에 자칭 학교 불량배였다고 자신을 소개한 그는 내게 무슨 일이 있었는지 이야기하면서 눈물을 쏟았다.

갑자기 내가 천장 근처로 올라가 내 몸을 내려다보고 있다는 사실을 깨달았어요. 하얗고 눈부신 빛이 나를 에워싸고 감싸 안고 보듬어주었어요. 나는 엄청난 따뜻함과 평화를 느꼈고, 상상할 수 있는 가장 평화롭고 즐거운 기분에 휩싸였어요. 나는 에덴동산 같은 곳에 있었어요. '하나님'이라는 단어를 오랫동안 말하지 않았지만, 이제는 그 빛이 하나님이었다고 말할 수 있어요. 가장 사랑이 넘치는 어머니가 자신의 아이를 껴안는 것과 같아요. 그보다 백만 배는 더 강한 느낌이지만. 동산을 가로질러 흐르는 개울 건너편에 오래전에 돌아가신 할아버지가 계셨어요.
그분을 향해 갔지만, 그걸로 끝났어요.

**그는 회복된 후 전쟁터로 돌아가려고 했지만, 힘들다는 사실
을 알게 되었다.**

나는 부대를 이끌었어요. 내가 해야 할 일을 모두 했죠. 그러
나 임사체험 후에는 총을 쏠 수가 없었어요. 해병 말고는 되고
싶은 게 없었는데, 더 이상 그 일을 할 수 없다는 사실을 깨달았
어요. 임사체험은 내 삶에 어마어마한 영향을 주었어요. 아무리
애서도 소총을 쏠 수가 없었어요. 결국, 해병대를 떠났고, 지금
은 실험실 기사로 일하고 있어요. 나는 주 방위군에 들어갔어요.
사람들을 죽이는 게 아니라 돕는 일이니까요. 지금은 혈기 넘치
고 남자다움을 자랑하는 해병이었던 때와는 완전히 다른, 온화
하고 사려 깊은 사람이 되었어요. 정말 섬세해져서 다른 사람이
상처를 받으면 그걸 느낄 수 있을 정도가 됐어요. 사람들과 형이
상학적인 이야기를 많이 해요. 이전에는 그런 이야기를 하는 사
람들을 놀리곤 했죠.

스티브처럼 많은 체험자가 임사체험을 한 후 이전의 생활 방
식이 더 이상 편안하게 느껴지지 않거나 만족스럽지 않다고 이
야기한다. 그 때문에 스티브처럼 직업을 바꾸는 사람들도 있다.
내가 연구한 체험자 중 3분의 1은 임사체험 후 직업을 바꾸었고,
4분의 3은 생활 방식이나 행동이 뚜렷이 달라졌다고 말한다. 이

런 변화는 임사체험 전에 법 집행이나 군대처럼 폭력과 관련 있는 직업을 가졌던 체험자들에게서 가장 극적으로 나타난다.

수술 후 과다 출혈로 죽을 뻔했던 36세 경찰관 조 제라시는 임사체험 후 스티브와 비슷한 삶의 변화를 이야기했다.

나는 콧대가 세고 허튼 행동을 하지 않는 경찰관이었어요. 그런데 임사체험으로 모든 게 바뀌었어요. 병원을 나설 때는 완전히 다른 사람이 되어 있었어요. 유혈 사태를 자주 보는 경찰관으로 다시 돌아갔지만, 너무 폭력적이어서 이제는 텔레비전도 볼 수 없을 지경이 되었어요. 총을 쏠 수가 없어서 순찰하던 나와 동료가 위험을 당한 후에는 경찰을 그만두고 교사가 되기 위해 재교육을 받았어요. 고등학교에서 가르치는 게 만족스럽지만, 학생의 사생활에 너무 지나치게 간섭해서 질책을 받을 때가 많아요.

1970년대에 마피아를 위해 돈을 모으던 미키 또한 임사체험 후 성격이 완전히 뒤바뀌고 달라졌다.[192] 사람들과 싸우며 돈을 벌면서 일확천금을 노리는 물질세계에 몸담았던 그의 임사체험 전 마지막 직장은 마피아가 운영하는 리조트의 총지배인이었다. 그 호텔에서 공연한 연예인들에게 성 접대와 다른 불법적인 접대를 제공하는 게 주요 역할 중 하나였다. 이런 위치에서 그는 고급 매춘부들을 많이 관리했고, 그들을 거칠게 대할 때가 많았다. 그런데 심장마비를 일으켰을 때 임사체험을 하면서 더없는 행복을 느끼고, 빛을 보고, 신성한 존재 그리고 여러 해 전에 죽은 정말 사랑했던 형제와 이야기를 나누었다.

임사체험에서 돌아온 후 그는 스티브나 조와 비슷한 영향을 받았다. 그는 서로 사랑하고 돕는 게 가장 중요하고, 경쟁과 물질은 무의미하다고 느꼈다. 그런 태도 변화는 미키의 마피아 친구들과 맞지 않았고, 그들은 미키가 가족 같았던 마피아를 순순히 떠나게 해주었다. 그가 직업을 바꾸고, 비행 청소년들과 가정폭력 피해자들을 돕기 시작하자 이제는 여자 친구가 불평했다. 여자 친구는 그가 퇴원한 후 함께 점심을 먹고 있던 어느 날, 울음을 터뜨리면서 "당신은 예전의 그 사내가 아니야!"라고 말했다. 미키가 무슨 뜻이냐고 묻자 여자 친구는 "더 이상 세상 것에 관심이 없잖아요"라고 했다. 돈과 보석, 자동차에 관심이 없다는 뜻이었다. 그렇게 두 사람의 관계는 깨졌다. 미키는 임사체험 전과 후 그의 태도와 행동을 선명하게 비교하면서 말했다.

이 경험을 하기 전에는 사람들이 자기 스스로 책임져야 한다는 게 확고한 내 생각이었어요. 스스로 돕지 않으면 지옥에나 가라는 식이었죠. 사람들을 상당히 냉소적인 태도로 대했어요. 임사체험 전에는 내가 어떤 식으로든 사람들을 돕는 직업을 가지리라곤 상상도 못 했어요. 그러나 후에는 이렇게 사람들을 상담하고 있어요. 사람들의 말을 열심히 듣죠. 사람들은 내게 이렇게 말합니다. "내 말을 정말 잘 들어주시는군요. 내가 마음속으로 어떻게 느끼는지 정말 잘 이해하세요." 하지만 이전에는 이런 식으로 말했어요. "잘 들어, 친구. 시간 없으니 결론만 얘기할게. 신은 스스로 돕는 자를 돕는다고 해. 그러니 가서 당신이 알아서

해. 바깥세상은 전쟁터니까 항상 자기 스스로 지켜야 한다는 걸 잊지 마."

이전에는 "할 수 있는 한 최선을 다해야지. 살아남아야 해"라고 생각했어요. 다른 사람이 불쌍해지면 '제기랄, 내가 알게 뭐야!'라고 혼잣말했어요. 고집불통이었죠. 그러나 체험 후 인생관이 송두리째 바뀌었어요. 사람들이 고통을 당하면 고스란히 느껴져요. 이전에는 때때로 사람들에게 고통을 주었다면, 더 이상 그렇게 살 수 없어요.

이전에는 보스도 챙겨야 했어요. 도박이든 뭐든 일에 빠져들면 해내고야 말았죠. 그게 규칙이었어요. 그런데 임사체험으로 다른 사람의 고통을 더 잘 알아차리고, 예민해지게 되었어요. 지금도 고통당하는 사람들을 생각하면 눈물이 많이 나요. 나를 아는 사람들은 그걸 이해하지 못해요. 때때로 가만히 앉아 나 자신을 돌아보면서 "도대체 내가 여기에서 뭘 하는 거지? 이것보다 10배는 벌 수 있는데"라고 말하죠.

하지만 이제 나는 그걸 원하지 않아요. 내게 필요한 건 간단해요. 나는 아주 만족스러워요. 나는 원룸에서도 살 수 있어요. 전에는 커다란 캐딜락과 고급 아파트가 있었어요. 그때는 그런 것들이 필요했어요. 내 정체성을 지키려면 그랬죠. 이제 솔직히 말해서, 내가 하루 10달러를 벌든, 만 달러를 벌든 아무 차이가 없어요. 중요하지 않습니다. 우리가 여기 이 땅에서 여행하는 데 중요한 건 그게 아니니까요.

지금 당장은 몰려든 청구서들 때문에 정신이 없어요. 온갖 청구서가 쌓여 있죠. 그러나 그것 때문에 속상하지 않아요. 더 이상 돈 자체를 좇지 않아요. 돈을 빨리 벌려고 더 이상 예전 같은 일을 할 수 없으니까요. 그럴 수 없죠. 내가 지금 생각하는 건 하늘의 대장인 신에게 나를 데려가달라는 게 아니에요. 그보다는 그분과 나 사이의 관계예요.

직업을 바꾸게 되는 이런 태도 변화는 경쟁 위주의 직업을 가졌던 사람에게서도 나타난다.

에밀리는 49세에 멕시코만에서 수영하다 거의 익사할 뻔했을 때 임사체험을 했다. 그녀는 그 일을 겪은 후 '킬러' 본능과 가치관을 잃었다고 말했다.

나는 17년 동안 매우 성공적인 부동산 중개인이었어요. 그런데 그 일을 겪은 후 이제 사업을 내 아들들 중 한 명에게 넘기고 루터 교회의 비영리 조직에 들어가 노인들이 살 집을 찾아주고 있어요. 나는 지금 매일 최선을 다해 살고 있고, 절대로 죽는 걸 두려워하지 않는다고 말할 수 있어요. 그저 최고의 여행처럼 느껴지니까요!

임사체험으로 사람들에 대한 연민이 커졌고, 분노와 증오는 헛되고 잘못된 감정이라는 걸 강렬하게 느끼게 되었어요. 살아있다는 기쁨으로 가득 차니 혈기 넘치기로 유명했던 내 태도에서 많은 부분이 사라졌어요. 거래를 성사시키던 '킬러' 본능도 없어졌어요! 큰돈을 버는 게 더 이상 우선순위가 아니에요. 상처받은 사람들을 공감하고 도우려는 마음이 가슴에서 솟아나요. 나는 어느 때보다 자식들과 보내는 시간을 소중하게 여겨요.

이전에는 '거래'를 위해 가족 모임에 나가곤 했지만, 더 이상 그러지 않아요. 더 이상 돈 때문에 들볶이지 않아요. 그만한 가치가 없으니까요. 사랑하는 사람들에게 내가 얼마나 그들을 많이 아끼는지 말할 기회를 절대 놓치지 않으려고 합니다. 또 다른 기회가 없을지도 모르니까요.

마찬가지로 고든 앨런은 기업가이자 무자비하고 성공적인 금융인이었지만 45세에 울혈성 심부전으로 심하게 아팠다.[193] 그는 임사체험 후 사업을 모두 접고 돈의 세계에서 멀리 떠났다. 그는 자격증을 갖춘 심리 상담사가 되었고, 자신의 새로운 깨달음을 활용해 사람들이 삶을 바꾸도록 돕고 있다.

내가 너무너무 큰 축복으로 받은 그 모든 기술과 재능에는 돈 버는 것보다 더 큰 목적이 있으며, 이제 나만의 방식으로 그걸 활용해야 한다는 생각이 즉각 전해졌어요. 완전히 내 삶이 변화한 순간이었죠.

이 세상으로 돌아왔을 때 가슴은 벅찼고, 이걸 불타는 상태라고 말할 수 있을 겁니다. 내가 몸에서 분리되는 체험을 거치면서 경험한 사랑의 느낌은 그대로 남아 있어요. 나는 거기에 있었고, 그건 내 안에 있어요. 그것은 사라지지 않고, 변하지 않았어요. 그래서 앞으로 어떻게 살지 이해하려고 노력하고 있습니다.

그리고 금융계나 사업이나 어떤 것에서든, 과거의 삶에서 얻은 뭔가를 지키려고 애쓰지 말아야겠다고 결심했어요. 그래서 내가 더 이상 금융 전문가로 일하지 않을 거라는 사실에, 내 도움으로 더 이상 돈을 많이 벌 수 없을 거라는 사실에 가장 격한 반응을 보인 사람들에게 전화를 걸었어요. "이봐요, 있잖아요. 우리가 마지막으로 이야기를 나누었을 때 내가 말했던 방식이 별로 좋지 않았어요. 그리고 내가 당신에게 잘해주지 못했고, 당신을 좋아하지 않았다고 말하지 않으면 솔직하지 못한 거 같아서 그냥 당신에게 전화해서 용서를 구하고 싶었어요"라고 했어요. 완전한 침묵이 흐르죠. 그다음 조금 더듬거리다가 그들은 무슨 말이든 하고, 그걸로 끝이죠.

아주 흥미롭게도, 세속적인 물건들에 더 이상 집착을 느끼지 않는다는 체험자들의 주장은 그들이 그걸 포기했다는 의미는 아니다. 사실 많은 체험자가 더 이상 재산을 쌓으려는 충동을 느끼지 않기 때문에 역설적으로 물질적인 즐거움을 더 충분히 자유롭게 즐긴다. 그들은 세속적인 소유물을 포기하지는 않지만, 애착을 덜 느낀다. 그들은 더 이상 무엇을 가졌느냐로 자신을 평가하지 않는다.

고속도로 관리공단 관리자로 자신의 트럭에 부딪혀 가슴이 으스러졌던 톰 소여는 언젠가 자신의 캐딜락 엘도라도를 다섯 시간 운전해 우리 집에서 열린 모임에 오면서 활짝 웃고 있었다. 사실 중고차였지만, 그런 사치스러운 자동차는 이제 물질적인 소유에 전혀 관심 없다고 주장하는 생산직 근로자에 대한 이미지와는 맞지 않는 것 같았다. 하지만 그는 그게 모순이라고 생각하지 않았다. 그는 엘도라도의 아주 편안한 좌석과 핸들링을 즐겼다면서, 그가 운전했던 어떤 차보다 훨씬 더 즐거웠다고 말했다. 그는 물건을 소유하려는 욕망 때문이 아니라, 달콤한 맛과 매끄러운 승차감처럼 모든 삶에서 얻어야 할 즐거움 때문에 중고 캐딜락을 샀다. 그리고 아니나 다를까 2년 후 더 이상 할부금을 낼 수 없어 그 차를 뺏겼지만, 그는 눈 하나 깜빡하지 않았다. 그에게는 캐딜락을 소유하는 게 절대 중요하지 않았다. 잠시 그 차를 운전하는 황홀감이 중요했다.

어떤 사람들은 임사체험으로 삶의 우선순위가 바뀌었을 뿐 아니라, 파괴적인 생활 방식에서 벗어났다고 느낀다. 댄 윌리엄스는 37세에 마약 금단 증상으로 심장이 멎었다. 그는 임사체험 후 놀랄 만큼 변화했다고 내게 이야기했다.

> 처방약과 마약에 중독되어 모든 걸 잃었어요. 적어도 아홉 번은 약물치료 센터에 갔고, 마약 복용 혐의로 열두 번 넘게 기소되었고, 술 문제로도 몇 번 기소되었어요. 정신을 차리고 멀쩡해지려고 노력할 때마다 결국 포기하고 말았어요. 삶은 거의 포기 수준이었죠.
>
> 거의 빈털터리 노숙자로, 습관을 버리지 못하고 마약을 훔치던 형편없는 마약 중독자였던 남자가 어떻게 노인 생활공동체를 차리고, 종종 죽어가는 사람들을 위로하게 되었을까요? 임사체험의 변화시키는 힘이 얼마나 놀라운지 나는 아직도 헤아릴 수 없어요. 나와 아내는 아직도 그 효과에 놀라고 있습니다. 그것은 정말로 축복이었어요. 나는 논리와 과학적인 방법을 활용해 삶의 문제를 해결하려고 하던 극단적인 회의주의자였어요.

나는 영적으로 무지했고, 길을 잃었죠.

나는 2003년 10월에 다시 체포되었어요. 약물 남용 담당 의사들과 변호사들은 내가 15년 동안 매일 약을 남용하다 끊으면 금단 증상으로 죽을 수 있다고 말했어요. 그래서 나는 감옥에서 죽을 준비까지 했어요. 감옥에서 지낸 지 7일째 되는 날, 대발작을 하면서 심장이 멎었던 거예요. 나는 다시 살아났고, 급히 병원으로 옮겨졌죠.

내가 몸 밖으로 나와 돌아다니다가 돌아갔던 게, 떠날 수 있었지만 갈 곳이 없어서 그랬던 게 기억나요. 부옇고 캄캄한 곳에서 떠다니거나 매달려 있던 느낌이었어요. 즉시 끌려가는 느낌이 들기 시작했어요. 이 세상 느낌이 아니었어요. 나의 모든 고통은 사라졌어요. 처음 들었던 생각은 '세상에선 맛볼 수 없는 기분인데!'였어요. 그게 어떤 기분이었는지 간단하게 말로 옮길 수가 없네요. 아마도 열반, 사랑의 가장 순수한 형태, 뭐 그런 것이 아니었을까요. 내가 절대 같은 사람으로 돌아가지 않으리라는 걸 그냥 알았어요. 유백색 물질(milky stuff)을 통해 이 느낌을 향해 나아가고 있다는 것을 느꼈고, 그것에 이끌렸습니다.

이때 나와 함께 있는 존재를 느낄 수 있었어요. 안내인이나 천사라고 부를 수 있다고 생각하지만, 실제 인물이나 사람은 보지 못했어요. 주변에 온통 빛밖에 없었지만, 빛 때문에 눈이 아프지는 않았어요. 측정할 수 없을 정도로 밝은 빛이었어요. 그 존재는 빛 가운데서 나를 안내했어요. 내 옆이나 뒤에 있는 것 같았어요. 나는 그 존재를 믿었어요. 마치 그 존재를 아는 것 같았고 평화로운 느낌이었어요. 두려운 느낌은 전혀 없었어요. 완벽했습니다. 그걸 정말 표현할 수가 없네요.

어느 시점에서 내가 무엇에 중독되었는지를 보고 직면할 수 있었어요. 아니면 그것과 싸웠다고 말할 수 있어요. 최악의 내가 드러났고, 나는 화가 잔뜩 났어요. 그런 모습이 된 게 부끄러웠어요. 내 인생 처음으로 격렬한 분노를 느꼈고, 내 인생 처음으로 중독을 조절할 수 있었어요. 임사체험에서 나는 중독과 싸워서 이겼고, 지금은 벗어났어요. 16년 전에 그런 일이 일어난 후 약을 먹거나 마시고 싶지 않았고, 그러지도 않았어요. 임사체험에는 더 많은 요소가 있었지만, 그게 가장 영향력이 강했어요. 지금은 이웃에게서 뭔가를 빼앗는 대신 이웃에게 봉사하며 살아갑니다. 지금은 내가 누구이고, 어디로 가는지 알아요. 더 이상 길을 잃지 않습니다.

물론 임사체험자들도 여전히 우리와 똑같은 사람이다. 여러 감정과 생각, 좋은 면과 나쁜 면, 유쾌한 점과 불쾌한 점, 이타적인 면과 이기적인 면이 복잡하게 뒤섞여 있다. 톰 소여가 완벽한 사례다. 그의 아내 일레인은 임사체험이 뒤섞인 축복이라고 말했다. 그녀는 검은 눈을 반짝이며 톰이 임사체험을 하기 전에 어땠는지 설명했다. "그는 폭력적이었어요. 신발과 물건들을 던지면서 자신이 가장이니 뭐든 자기 말대로 하라고 소리쳤어요." 그 다음 그녀는 웃으면서 덧붙였다. "그런데 임사체험 후에는 인정 많고, 온화하고, 배려심이 많아졌어요. 그는 임사체험 후 지난 수년 동안 나나 아이들에게 한 번도 폭력을 행사하지 않았어요."

반면, 그녀는 그가 이제 모든 사람을 똑같은 사랑과 연민으로 대하고, 어려움에 빠진 낯선 사람을 도우러 나가기 때문에 때때로 소외감을 느낀다고 불평했다. 그녀는 고개를 젓고 한숨을 쉬면서 "우리 소파가 무너져 내리고 있는데도 새 소파가 필요하다는 사실에는 별로 신경 쓰지 않아요. 새 소파를 살 돈도 모았지만 남편은 소파를 살 필요성도 못 느끼더라고요."

임사체험이 사람들을 성자(聖者)로 만들지는 않으며, 임사체험 후에 인생에 아름다운 무지개와 나비만 있는 건 아니다. 나는 임사체험이 때때로 심각한 문제를 일으킨다는 사실을 발견했다.

18장

임사체험의 후유증

대부분의 임사체험자는 긍정적인 효과를 주로 말한다. 그러나 일상생활과 그렇게 근본적으로 다른 심오한 체험을 한 후 어떻게 문제가 하나도 없을 수 있을까? 사실 모든 임사체험 효과가 긍정적인 것은 아니다. 어떤 사람들은 자신의 임사체험과 종교적인 믿음이 맞지 않아 어려워한다. 어떤 체험자는 더 이상 같은 의미를 가질 수 없는 이전의 역할과 생활 방식으로 돌아가기 어려워하거나 체험의 영향을 사람들에게 말하기가 점점 힘겨워진다. 어떤 이는 자신이 여전히 살아 있다는 사실 혹은 살아났다는 사실에 화가 난다고 말한다.

61세의 교사 세실리아는 어느 날 밤, 구토를 심하게 하다가 양쪽 옆구리가 찢어지는 듯 아팠다. 몹시 고통스러웠고 열이 치솟고 몸이 계속 떨렸다. 이를 달그락달그락 부딪치도록 떨었고, 아무리 담요를 덮어도 따뜻해지지 않았다. 남편은 그녀를 차에 태워 병원으로 갔고, 엑스레이로 보니 오른쪽 옆구리에 주먹만 한 덩어리가 있었다. 그녀는 곧바로 수술을 받았고, 그 결과 괴사한 맹장이 터져 복강에 광범위한 감염을 일으킨 것을 확인했다. 그녀는 열이 치솟았을 때 임사체험을 했다고 말했다.

우주적인 어둠이라고 표현할 수밖에 없는 곳으로 옮겨지는 느낌이었어요. 마치 우주 공간으로 이동해 내가 지구로 알고 있는 곳을 내려다보는 것 같았어요. 그건 푸르스름한 빛을 띤 지구본 같았어요. 내가 옮겨간 아득한 거리에서는 아이들이 가지고 노는 커다란 탱탱볼 정도 크기로 보였어요. 나는 '이제 가도 좋아요. 씨는 뿌려졌으니 당신의 일은 계속될 거예요'라는 메시지를 받았어요.

나는 굉장한 평화와 자유를 느꼈어요. 내가 가르친 학생들이 밖으로 나가 사람들을 돕는 모습을 보았고, 내가 사랑했던 일이 나 없이도 계속된다는 걸 알았어요. 이 어마어마한 우주에서 우리 각자가 얼마나 작은 존재인지 느꼈어요. 물론, 나와 가까운 사람들은 내 죽음을 슬퍼할 거예요.

그러나 사실 나의 죽음은 지구에서 모래알 하나, 바다에서 물방울 하나 줄어드는 것만큼 미미한 일입니다. 죽음은 전혀 두려울 게 없어요. 죽음 덕분에 믿어지지 않을 정도의 사랑과 평화를 느꼈어요. 우리가 남기고 가는 물질적인 것들이 얼마나 보잘것없는지도 보았어요. 나는 갈 준비가 되었다고 느꼈고, 방 안에서 지켜보고 기다리던 두 영혼에 팔을 내밀었어요. 그런데 그들은 뒤로 물러서기 시작하더니 나를 두고 떠났어요! 그들이 점점 사라질 때 나는 도리어 '나, 여기 있어요. 나도 데려가 줘요'라고 애원했어요.

세실리아의 더없이 행복했던 체험은 고통에 시달리는 몸으로 돌아오면서 끝이 났다.

현실 세계로 돌아오는 여정이 시작되었어요. 몸이 회복되는 과정은 더디고 지루했어요. 내 몸은 치유되고 있었지만, 죽지 못해 아쉬웠어요. 내가 체험했던 참으로 아름다운 평화를 떨쳐낼 수가 없었어요. 몇 주 동안 우울증을 겪었어요. 모든 게 아주 힘들어졌어요. 옷 입고, 신발 끈 묶고, 음식을 씹고 삼키고, 차를 운전하고, 운전대를 돌리고, 계단을 올라가고, 손잡이를 돌리고, 걷고, 걷고 … 모든 게, 말하기조차 힘들었어요! 육체를 끌고 다닌다는 게 그저 너무 힘든 일 같았어요. 그런 기회를 다시 가질 때까지 또다시 20년 이상을 기다려야 할지도 모른다고 생각했던 기억이 나요. 내가 그런 평화를 누리기 위해서는 자연스럽게 죽음을 맞아야 한다는 것을 알았습니다.

그 구덩이에서 어떻게 빠져 올라가야 하는지 몰랐어요. 구덩이는 그냥 점점 더 깊어지는 것 같았죠. 필사적으로 답을 찾으려고 애쓰면서 가능한 한 구석구석 찾아보았어요. 이 문제를 어떻게 헤쳐 나갈지를 놓고 일기를 쓰려고 노트 한 권을 샀어요. 나는 먼저 화가 나서 하나님에게 썼어요. '왜 내가 살아 있어요?'라고 물었어요.

분노보다는 슬픔이나 아쉬움 때문에 더 고통스러운 임사체험자들도 있다. 자전거를 타다 음주 운전자의 차에 정면으로 부딪힌 린은 혼수상태에서 깨어난 후 임사체험으로 돌아가고 싶은 감정을 털어놓았다.

나는 돌아오고 싶지 않았어요. 임사체험이 내 삶을 어떻게 바꾸었고, 바꾸고 있는지를 생각하면 가슴이 먹먹해요. 그 사고 후, 재활시설에서 나오고 나서는 너무 우울해서 죽고만 싶었어요. 부모님은 나를 정신과 병원으로 데리고 가셨고, 나는 석 달 정도 아무와도 대화하려고 하지 않았어요. 이곳에 있는 게 얼마나 싫은지 그리고 그곳으로 돌아가고 싶다는 생각밖에 떠오르지 않았어요. 내가 일해온 목적과 정체성을 모두 잃은 느낌이었어요. 그곳은 정말 굉장했고, 나는 몹시 돌아가고 싶었어요. 나는 너무 화가 났고, 세상 사람들은 그저 너무 못되게 보였고, 아무도 이런 나를 이해할 수 없었죠. 정신과 병원 역시 이 문제를 마음놓고 털어놓을 수 있는 곳은 아니었어요.

사고 후에는 잠만 청했어요. 또 육체적으로 무척 아팠고, 정말 혼란스러웠어요. 이제 내가 아무것도 모른다는 걸 깨달았으니까요. 그런 경험을 해서 몹시 화가 났어요. 임사체험은 그저 신기한 일로만 끝나진 않아요. 삶이 더 힘들어지기도 합니다. 최소한 나는 그랬어요.

'정말 감사해요. 그런데 조금 더 말해주었다면 얼마나 좋았을까요? 차라리 아예 말해주지 않을 수는 없었어요?' 뭐, 이런 식으로 언제나 따지는 느낌이었어요. 우리가 죽어도 계속 존재한다는 사실에 감정적으로 적응하려면 정말 시간이 좀 걸려요. 나는 그저 이해할 수 없었어요.

그때쯤, 걸프전이 시작되었고 나는 세상에서 왜 그렇게 나쁜 일이 많이 일어나는지 이해하기 힘들었어요. 나는 너무 고통스러웠고, 왜 그런 일이 일어나야 했는지 하나도 이해하지 못했어요. 그게 너무 혼란스러운 한 가지였어요. 믿을 수 없을 정도로 굉장한 창조주가 있다면 그분은 왜 죄 없는 아이들, 사람들과 동물들이 해를 당하도록 놓아두시나요?

린은 그렇게 살아 있다는 걸 편안하게 느끼기까지 몇 년이 걸렸지만, 결국 두 번째 기회가 주어져 감사하게 되었다.

사고를 당한 지 몇 년이 되었지만, 나는 이제 막 편안하게 배우기 시작하고 있다고 느껴요. 그리고 이상하게 들리겠지만, 살아 있어서 너무 신이 나요. 그건 대단한 선물이에요. 나는 죽는 게 두렵지 않지만, 아직 준비되지 않았을 뿐이에요. 나는 먼저 하고 싶은 게 너무 많아요. 지난밤, 바깥에 앉아서 달을 보고 있었어요. 여기에서 또 다른 천체를 바라볼 수 있다는 게 너무 놀라웠어요. 내가 그저 너무 많은 걸, 특별히 시간을 당연하게 여긴 것 같은 느낌이었어요. 더 이상 나쁜 날이 없다는 말은 아닙니다. 끔찍한 날들도 있어요. 그러나 살아 있어서 기뻐요. 임사체험 직후에 느끼던 방식과는 정말 달라요.

어떤 체험자들에게는 분노나 우울증이 아니라 심한 타격을 주는 혼란이 문제다.

루이즈 코프스키는 29세에 출산하려고 마취되었을 때 임사체험을 했다. 그녀는 자신의 심장 박동이 점점 더 커지다가 갑자기 멈추는 소리를 들었다. 그녀는 임사체험을 통해 다른 차원으로 보이는 곳에 다녀왔고, 깨어났을 때는 어느 세계가 진짜이고 어느 세계가 꿈인지 엄청나게 혼란스러운 상태였다.

내 심장 박동이 멈추는 걸 들었을 때 나는 우주에 있는 것 같았어요. 나 자신이 빛으로 보였고, 저 밖에는 수많은 다른 빛이 나와 함께 있었어요. 정말 평화롭고 또 평화로웠어요. 그곳에 대해 처음으로 깨달은 것이 그거예요. 그곳은 너무 평화롭고, 편안하고, 조용했어요. 나는 돌아가야 한다는 걸 알았어요. 누가 나에게 돌아가야 한다고 말했는지는 구체적으로 떠오르지 않지만 실망했던 기억이 납니다.

그때 분만실로 돌아와 내 몸 위에서 의사와 간호사들을 보았던 기억이 나요. 그리고 바로 그 순간에 내 몸으로 들어갔어요. 어떻게 그랬는지 모르겠어요. 구체적으로 어떻게 들어갔는지 기억나지 않아요. 마취된 상태로 돌아왔던 것 같아요. 한동안 깨어나지 못했어요.

깨어났을 때 현실과 내가 '꿈'이라고 부르는 걸 분리할 수 없어서 겁이 났어요. 그게 꿈이 아니었다는 걸 알지만, 무슨 이름으로 불러야 할지 몰라서 그냥 마음속으로 꿈이라고 불렀어요. 정말 끔찍한 시간을 보냈어요. 그저 그 일로 괴로운 시간이었어요. 다음날 간호사와 의사가 왔다 갔다 하고, 남편과 친정 부모님, 시부모님이 오셨음에도 아이에게 모유 수유를 하고 있다고 남편에게 말했어요. 그러나 여전히 그게 꿈이라고, 그 현실이 꿈이고 내가 임사체험한 게 진짜 현실이라고 느꼈어요. 그게 내 문제였어요.

몇 주 동안은 그저 끔찍했어요. 나는 결국 둘째 날에 남편에게 그 이야기를 했어요. 남편은 마취 효과 때문일 거라고 했어요. 나는 달랐다고, 심오한 경험이었다고 했고요. 그저 그걸 설명할 단어들을 떠올릴 수 없었어요. 나는 이게 현실이고 다른 하나는 꿈이라고 계속 혼잣말했어요. 그리고 꽤 오랫동안 내가 넋을 잃고 있었다고 생각했고, 그래서 억눌러야 했어요. 그런 생각이 날 때면 중단하고 머리에서 떨쳐내며 '이게 진짜야, 이게 진짜야, 내가 경험했던 게 진짜가 아니고'라고 계속 되뇌어야 했어요. 몇 달 동안 그랬어요. 마음속에서 그런 생각이 떠오르면 너무 무서워서 밀어내곤 했어요. 내가 체험했던 일 때문이 아니라 그 후유증 때문에 겁이 났어요.

그 일에 대해 심리적으로 정말 혼란스러웠어요. 그리고 극복하는 데 긴 시간이 걸렸어요. 내가 정말 죽을 뻔했는지 몰랐지만, 두 가지 현실을 분리하는 게 어려웠어요. 병원에서 일어나는 일, 아기와 함께 있고 사람들이 오는 게 그냥 꿈 같았고, 다른 세계가 현실 같았어요. 거기서부터 문제가 생겼어요. 체험 자체는 아주 좋았어요. 그러나 현실과 체험을 구분하는 게 문제였어요. 제정신을 유지하려면 그런 체험을 묻어두어야 할 것 같았어요.

이전에 임사체험이란 말을 한 번도 들은 적이 없어서 내가 겪은 일을 이해할 수가 없었어요. 요즘 그런 일이 일어난다면 좋아할 거예요. 지금은 내가 죽은 후에 일어날 일, 천국 같은 걸 체험했다는 사실을 잘 알아요. 그러나 아직까지 정말 완벽하게 알지는 못해요. 임사체험 덕분에 그곳에 대해 조금 안도감을 느껴요. 어쨌든 나는 사후세계를 믿었어요. 내 생각에, 임사체험은 그걸 뒷받침하는 일종의 작은 증거 같아요.

또 분노와 우울증이나 혼란스러움은 없지만 임사체험에 대해

이야기할 때 제대로 이해받지 못하거나 비웃음을 받는다고 느끼는 체험자들도 있다.

이디스는 38세에 위궤양으로 위 점막이 파열되었을 때 임사체험을 했다. 그녀는 육체의 극심한 고통과 대조적으로 더없이 행복한 체험이라고 했다.

그다음 내가 새로운 환경에 있다는 걸 알게 되었어요. 내 몸은 갑자기 병원 침대와 모든 의료 장비의 제약에서 벗어나 있었어요. 천장 구석의 가느다란 거미줄과 창문 위 조금 갈라진 회반죽까지 병실 전체가 잘 보였습니다. 이런 이상한 상황이 전혀 불안하거나 두렵지 않았습니다. 나는 이런 체험 전체를 완전히 즐기고 있었어요.

주위를 둘러보고 위에서 내 몸을 샅샅이 살펴보다가 놀라운 빛을 알아차리게 되었어요. 이것은 매일 보는 햇빛의 빛줄기나 100와트 전구의 밝은 빛이나 맹렬히 타오르는 불빛이나 수많은 촛불과는 달랐어요. 한밤중 하늘에서 보이는 별들의 폭발도 아니었어요. 빛나면서 눈부시게 반짝였어요. 따뜻한 빛이었어요. 비현실적인 평화와 빛나는 광채를 지닌 빛이었어요. 지구에는 그런 색깔을 가진 게 하나도 없어요. 그 빛의 비현실적인 아름다움의 깊이를 표현할 말이 없어요. 그곳은 완전한 사랑의 장소이자 근본적으로 영원히 안전한 곳이에요.

빛 속 어딘가에서 나는 또 다른 존재를 느꼈어요. 주위를 둘러보았지만, 그게 뭔지 정확히 알아낼 수 없었어요. 확실히 내가 아는 의미의 인간은 아니었어요. 뚜렷한 형태는 없었어요. 동물도, 채소도, 광물도 아니었어요. 그러나 이 존재를 두려워할 필요가 없다는 사실을 본능적으로 알았어요. 나는 훨씬 더 평화롭고 안전하다고 느꼈어요. 마치 사방에서 '너는 여기에서 안전해'라는 목소리가 들리는 것 같았어요.

어디에서 그런 목소리가 나오는지 알 수 없어서 꼼짝할 수 없었어요. 그 목소리는 내가 영원히 그곳에 머물 수도 있고 아니면 내 몸으로 돌아가 계속 살아갈 수도 있다고 말했어요. 나는 그 모든 육체적 고통으로 돌아가고 싶지 않았어요. 불행, 갈등과 스트레스로 돌아가고 싶지 않았어요. 나는 그곳이 좋았고, 그런 평화, 고요, 안도감을 포기하고 싶지 않았어요. 온갖 의료 기기를 달고 침대에 누워 있는 몸을 내려다보니 내가 있는 곳에 더욱더 머물고 싶어졌어요.

그때 눈앞 커다란 텔레비전 화면에서 내 삶이 생생한 3차원 색깔로 보이기 시작했어요. 몇 년 동안 생각하지 않았던 것들까지 모두(세세한 것 하나 빠뜨리지 않고) 눈에 들어왔어요. 어느 때보다 강렬하게 내 안에 줄다리기가 일어나고 있다고 느꼈어요.

돌아갈까-머무를까 … 머무를까-돌아갈까! 가자! 가자! 가자!

내가 말로 할 필요도 없이 그 목소리는 나의 결정을 알았어요. 남편과 두 아이 때문에 어떤 일이 있어도 내 몸으로 돌아가야 한다는 사실을 알았어요. 그 목소리는 우리가 상상할 수 있는 모든 천상의 온화함으로 '너는 돌아가서 가족을 똘똘 뭉치게 할 거고, 가족의 시멘트 같은 역할을 할 거야'라고 덧붙였어요.

그다음 커다랗고 즐거운 미끄럼틀 같은 슬링 안에서 굉장히 부드럽게 내려와 아주 천천히 내 몸으로 돌아왔어요. 쿵 하는 자극을 느꼈어요! 반사적으로 눈을 떴고, 재빨리 방을 훑어보았어요. 의심의 여지 없이 내 몸으로 돌아왔어요.

그러나 그녀가 의식을 되찾은 후 임사체험에 대해 이야기하면 조롱당하고, 오해받고, 정신과 치료를 받아야 한다는 협박도 당했다.

나는 신이 났어요! 답답해서 속이 터지기 전에 내 이야기를 하고 싶었어요. 얼마나 숭고하고 경이로운 장면을 보았는지! 무한한 힘과 우아함을 지닌 빛을 묘사하려고 애썼어요. '그 빛을 한 조각 지니고 온 게 얼마나 행운이야. 항상 내 안에 간직할 거야'라고 속으로 생각했어요.

한 간호사가 내 혈압을 점검하려고 왔어요. 그녀를 보고 내 경험을 말하기 시작했어요. 간호사는 내가 말을 마칠 때까지 열심히 들었어요. 간호사는 내 소매를 내리면서 '그래요, 아주 흥미로워요. 그러나 당신은 너무 아파서 환각을 본 거예요'라고 말했어요. 내 말을 간호사가 이해하지 못했다고 생각했어요.

조금 후에 두 번째 간호사가 들어왔고, 내 이야기를 그녀에게 했어요. 이야기를 마치자 간호사는 그들이 주는 약을 먹으면 이상한 꿈을 꿀 때가 많다고 말했어요. 그러나 나는 내가 무엇을 보았는지 알아요. 내게 무슨 일이 일어났는지 알아요. 그건 이상한 꿈이 아니었어요! 그렇게 생생하고 그렇게 현실적인 게 어떻게 꿈일 수 있었겠어요? 조금 더 기다렸다가 누군가에게 내 경험을 다시 이야기하는 게 좋겠다고 생각했어요.

밤 근무 간호사가 다가왔을 때 나는 세 번째로 이야기하려고 했어요. 이번에는 내가 이야기를 끝내자 그 간호사가 차갑고 사무적인 태도로 내가 계속 그런 식으로 이야기하면 정신과 의사를 불러오겠다고 말했어요. 그 말을 듣고 나는 정말 겁이 났어요. 의사가 나를 미쳤다고 생각한다면 그 일에 대해 입을 다무는 게 낫겠다고 생각이 들더군요. 그 빛을 꼭 붙잡고, 절대 놓치지 않겠지만, 조용히 침묵을 지키는 게 내가 할 수 있는 최선이라는 걸 깨달았어요. 그래서 그렇게 했어요.

임사체험 후 우리 문화에서 기대하는 인간과 인간 사이의 경계를 이해하고 유지하는 데 어려움을 겪는 사람들도 있다. 우리 모두가 서로 연결되어 있다는 감각을 경험한 이들은 때때로 남들이 부적절하다고 느낄 수 있는 방식으로 다가간다. 임사체험 후 경찰관에서 교사로 변신한 조 제라시는 학생들의 개인적인 문제까지 도와주려는 '전문가답지 않은' 행동으로 계속해서 교장의 질책을 받았다. 임사체험 후 인생에서 자신의 길을 찾으려고 애쓰던 25세 앨릭스는 어느 날 자동차에 자신이 키우던 골든 리트리버와 여행 가방을 싣고 내 문 앞에 나타났다. 그는 강연에서 내가 임사체험에 대해 말하는 걸 들었고, 2시간을 운전해 집까지 왔다. 자신이 임사체험 후유증에서 벗어날 때까지 내가 기꺼이 집에 머물게 해줄 거로 기대해서였다. 다행히 나는 정신과 의사로 훈련받았으므로 내 결혼 생활을 위해 건강한 경계를 지키는 법을 알았다. 조용한 식당에서 함께 저녁을 먹으며 한참 이야기를 나누면서 나는 그의 문제와 걱정에 대해 열심히 들었다.

그리고 임사체험의 복잡성을 잘 이해하는, 그가 사는 지역의 심리 상담사와, 사람들과 터놓고 이야기를 나눌 수 있는 지역 임사체험자들의 모임에 연결해줄 수 있었다.

그리고 무엇이 필요한지 깨달았다. 임사체험을 실제 일어난 일로 진지하게 받아들이며 체험자들을 돌봐줄 사람들 그리고 외롭고 혼란스러운 체험자들이 황폐해진 감정에 대처하기 위해 서로 돕는 모임이 필요하다고 생각했다.

1980년대에는 임사체험에 대해 아는 사람들이 많아졌다. 그리고 의사 동료들이 임사체험에 대한 나의 관심을 알게 되면서 그들 중 일부는 내게 환자들을 의뢰하기 시작했다. 임사체험 후유증으로 겪는 어려움에 대해 정신과 치료를 받게 하기 위해서였다.[194] 그들을 각각 개별적으로 심리 치료하는 데 어느 정도 성공한 후 그들 모두를 한 집단으로 묶으려 했다. 나는 그들이 나보다 서로에게서 더 많은 이해와 지지를 얻는다는 걸 곧 알게 되었다. 집단은 금방 집단 심리치료 모임에서 누구든 참여할 수 있고, 자유롭게 서로 돕는 모임으로 발전하였다. 그 모임은 지금까지도 40년 이상 한 달에 한 번씩 지속적으로 열리고 있다. 많은 참가자들이 가족을 그 모임에 데리고 왔다.

10대인 케니는 고압 전선에 감전되었을 때 심장이 멎었다. 그는 천국과 지옥의 환상을 두루 경험한 임사체험을 했고, 그리스도에게 구원받았고, 사명을 가지고 돌아왔다고 느꼈다. 케니의 부모는 아들과 함께 나를 보러 왔다. 자신이 왜 달라졌는지 이해하지 못하는 학교 친구들 때문에 아들이 소외감을 느꼈기 때문이었다. 나는 케니를 임사체험자 모임에 데리고 갔고, 다시 케니는 부모를 모시고 갔다. 그래서 케니의 부모는 아들만 그런 문제를 겪는 게 아니라는 사실을 알 수 있었다. 케니가 그 모임에 나오지 않게 된 지 한참 후에도 부모는 계속 참석했다.

케니는 그 모임에 참석한 후 30년이 지나도록 임사체험 후유증과 계속 씨름했다. 그는 이제 그런 씨름을 이렇게 요약한다.

> 그 이후 많은 우여곡절을 겪었어요. 좋을 때도 있었고, 힘들 때도 있었어요. 몇 년에 걸쳐 정말이지 나의 따뜻한 마음을 발견했어요. 나는 인간의 감정적인 면을 다루는 데 진정한 재능이 있고, 최악의 어려움을 겪는 사람들을 위로하고 이끄는 데 능력이 많다는 걸 알아요. 감전 사고가 내 삶을 바꾸었어요. 내 삶에 목적이 있고, 사람을 돕는 직업을 가지거나 그저 사람들을 도울 수 있어서 나보다 더 큰 뭔가를 할 수 있다는 걸 알아요.

많은 체험자가 임사체험 후 일상으로 되돌아가는 데 어려움을 겪기 때문에 1984년, 국제임사체험연구협회는 체험자들을 돕기 위한 5일 워크숍을 후원했다.[195] 나는 임사체험을 직접 겪은 연구협회 이사 바버라 해리스 횟필드와 함께 워크숍을 주최했다. 우리는 참가자 32명을 초대했다. 절반은 체험자, 절반은 돕는 사람들(의사, 간호사, 심리학자, 사회 복지사, 성직자)이었고, 양쪽에 모두 해당하는 참가자도 있었다. 그 워크숍에서는 체험자들을 병든 환자나 무력한 피해자로 대하지 않고자 다양한 치료 전략과 방법을 탐색했다.

우리는 세 가지 목표에 초점을 맞춘 일반적인 지침을 제시했다. 첫 번째는 체험자가 각기 가장 도움이 되는 방식으로 임사체험을 이해하도록 도와주는 일이다. 두 번째는 변화의 기폭제로서 임사체험의 힘을 존중하는 일이다. 그리고 세 번째는 체험자들이 삶의 목표를 이루는 데 초점을 맞추는 일이다. 그 워크숍은 또한 이런 목표들을 이루기 위한 다양하고 구체적인 방법들을 제시했다. 그중 핵심 요소는 체험자끼리 돕는 모임이었다.

의료 기관이 삶에서 임사체험 같은 경험의 중요성을 인정하기까지는 또다시 10년이 걸렸다. 1994년, 미국정신의학협회의 『진단과 통계 편람』(Diagnostic and Statistical Manual, DSM-IV)은 그런 체험이 심각한 혼란을 일으켜 사람들이 도움을 받으려고 할 수 있다는 사실을 처음으로 인정했다. 편람에는 "종교적 또는 영적 문제"라는 새 범주가 포함되었는데 이는 전문적인 관심을 집중적으로 기울여야 할 수도 있지만, 그 자체로는 정신 질환이 아닌 문제들을 다룬다.[196] "종교적 또는 영적 문제"에는 가령 "신앙의 상실이나 의문 혹은 영적인 가치에 대한 의문"이 포함된다. 이 새 범주를 설명하는 글에서 필자들은 임사체험을 하나의 예로 들면서 임사체험 후 자주 생길 수 있는 분노, 우울증 그리고 고립감 같은 어려움을 설명하기 위해 내 환자들의 사례를 활용했다.[197]

임사체험을 했던 환자들을 만날 가능성이 높은 병원 직원(주로 의사, 간호사와 성직자)을 위해 나는 지난 몇 년 동안 추가 지침들을 개발했다. 체험자의 가족과 친구들도 유용하게 사용할 수 있다.

우선, 자세한 이야기를 해달라고 재촉하거나 무슨 일이 일어났는지 대신 설명하거나 해석하려고 하지 말고 먼저 체험자들의 임사체험 이야기를 열심히 경청해야 한다. 두 번째는 임사체험이 정상적이고 흔한 경험이라고 체험자들을 안심시키면서 그 사건이 개인에게 미친 깊은 영향을 인정하는 일이다. 세 번째는 체험자들이 자기에게 일어난 태도, 신념이나 가치관 변화를 알아차리고 그런 변화가 삶에 어떤 영향을 줄 수 있는지 탐색하도록 격려하는 일이다. 또한, 조금이라도 화가 나거나 슬프거나 혼란스럽거나 당혹스럽거나 이해하기 힘들거나 쩔쩔매게 하는 체험이나 후유증과 관련된 게 있는지 구체적으로 물어보면 도움이 된다.

동료 마리에타 펠리바노바와 나는 최근 체험자들이 임사체험에 대처하는 데 도움을 받기 위해 어떤 유형의 도움과 지원을 구하는지, 그들이 그렇게 하는 데 무엇이 장애가 되는지 그리고 이런 노력이 유익한지, 유익하다면 어떻게 유익한지를 연구했다.[198] 우리는 도움을 구했던 체험자들의 3분의 2가 임사체험 후 '1년 이상'이 지난 다음에야 그렇게 했다는 사실을 알게 되었다. 그들은 여러 이유로 도움을 구했다. 임사체험 후유증에 시달리는 게 가장 흔한 이유다. 그리고 체험 자체 문제에 따른 특징이 두 번째 이유다. 임사체험 때문에 사람들과 문제가 생긴다는 게 세 번째 이유다.

도움을 구하는 체험자들의 3분의 1은 정신 건강 전문가들을 만났다. 그보다 적은 수는 영성 상담자들, 전문 의료진, 국제임사체험연구협회 같은 단체, 게시판, 소셜 미디어 그룹 그리고 종교 전문가들과 관련된 온라인 자료에서 도움을 구했다. 4분의 1은 개인적으로 심리 치료나 심리 상담을 받았다. 그보다 적은 수의 체험자들은 최면술을 받고, 명상을 하고, 약을 찾고, 심령 치료사를 찾아가거나 가족 상담, 집단 상담이나 자립 모임에 참여했다. 어떤 체험자들은 요가나 몸을 움직이는 다른 치료에 참여했다.

도움을 구했던 체험자의 4분의 3이 방법을 찾을 수 있었고, 임사체험이 긍정적인 경험이었다고 느꼈다는 게 이 연구로 얻은 좋은 소식이다. 체험자들은 임사체험과 그 후유증으로 인한 어려움에 대해 새로운 통찰과 관점을 얻었다고 가장 많이 이야기한다. 어떤 사람들은 자기 생각과 감정을 털어놓을 수 있는 안전한 장소가 생기고, 임사체험을 이해하는 데 도움을 받았으며, 감정적으로 지지받을 수 있어서 도움이 되었다고 말했다. 안타까운 소식은 도움이 필요하다고 느낀 경험자의 4분의 1이 도움을 받지 못했다는 것이다. 그렇게 도움을 받을 수 있다는 사실을 몰랐고, 미쳤다고 생각할까 봐 두렵고, 믿지 않을까 봐 두려웠다는 게 그들이 가장 많이 이야기한 이유다.

오늘날에는 임사체험자와 일반인을 위한 많은 지원 모임이 있다. 미국의 여러 도시 그리고 전 세계 여러 나라의 20여 곳에 50군데가 넘는 국제임사체험연구협회 관련 모임이 있다.[199] 임사체험을 한 사람들에게 정보를 제공하면서 이해를 돕고, 일반인도 임사체험에 대해 이해하기 쉽고 도움이 되는 방식으로 배우고 토론하는 환경을 제공한다. 게다가 가까운 곳에 지원 모임이 없는 사람들을 위해 국제임사체험연구협회는 온라인(IANDS Online Sharing Groups)을 통해 인터넷 기반의 지원 모임에 참여하도록 안내한다.[200] 안전하고 비밀이 보장되며 서로 배려하는 환경에서 개인적인 경험을 공유하는 것을 강조하는 소그룹이다.

　체험자들 그리고 그 가족을 도우면서 나는 당사자만 힘든 후유증을 앓는 게 아니라는 사실을 알게 되었다. 임사체험 후 바뀐 체험자의 가치관, 태도, 신념, 행동을 가족과 친구들이 이해하고 적응하기 어려워할 때가 아주 많다.[201] 톰 소여의 아내 일레인 소여는 남편이 임사체험 후 자신의 개인적인 감정과 가족의 물질적인 필요를 대수롭지 않게 여긴다고 불평했다. 체험자들이 임사체험을 삶에 어떻게 적용하는지 그리고 가족들이 체험자의 새 정체성을 어떻게 바라보고 받아들이는지에 따라 임사체험 후 가족 관계의 장기적인 방향이 결정된다. 미국과 오스트레일리아의 연구자들은 배우자가 임사체험을 한 경우 체험 전보다 결혼 생활에 잘 적응하지 못하면서 안정감이 떨어진다는 사실을 발견했다.[202] 결국, 65퍼센트는 이혼으로 끝났다. 부부가 해결해야 할 과제, 상대방의 역할에 대한 의견 충돌 그리고 서로 다른 가치관과 목표에 대해 제대로 이야기를 나누지 못해 결혼 생활이 불안정해진다.

　부모가 아이들의 임사체험 후유증을 이해하고 받아들이는 게 특히 어려울 수 있다. 케니의 부모는 인기 있고 외향적이었던 아들이 학교 스포츠, 록 음악과 친구들과 어울리는 일에 흥미를 잃고 대신 자신에게 더 의미 있게 느껴지는 삶의 목표를 개발하는 일에 몰두하자 혼란스러워했다. 아들과 그들이 겪고 있는 일을 이해하기 위해 고군분투하던 그들은 케니가 그만둔 후에도 지원 그룹을 계속 찾았다.

어느 때인가, 병원의 소아외과 의사가 여섯 살 아들의 심장 수술을 앞둔 어머니와 이야기를 나누어달라고 청했다. 날 때부터 구멍이 있던 심장을 치료하기 위해 필요한 수술이었다. 그 아들은 구멍 때문에 심장 박동이 점점 더 불규칙해지고, 때때로 숨쉬기 힘들어했다. 수술 전날 밤, 아들의 심장 박동이 멈췄다. 그러나 의사들이 심장 충격기를 준비하는 과정에서 스스로 다시 뛰기 시작했다. 다음 날 아침, 아들이 휠체어를 타고 수술실로 들어갈 때 어머니는 불안해 보였고, 심장외과 의사는 정신과 의사를 급히 불러달라고 요청했다.

내가 보비의 병실에 들어갔을 때 그의 어머니 진저는 아들의 빈 침대 옆 의자에 앉아 손으로 티슈를 만지작거리고 있었다. 열린 문을 노크하고 들어가자 그녀는 나를 올려다보았다. 나는 자기소개를 하고, 보비가 수술받는 동안 어머니와 이야기를 나누라고 보비의 심장외과 의사가 내게 부탁했다고 설명했다. 그녀는 고개를 끄덕이더니 자기 손을 내려다보았다. 엉엉 울지는 않았지만, 조금씩 훌쩍이고 있었다.

나는 조심스럽게 이야기를 꺼냈다.

"이 모든 상황이 참 무서우시죠? 내 아들이 심장 수술을 받는다고 생각하면 나 역시 꽤 걱정될 것 같아요."

진저는 조금 더듬거리면서 말했다. "너무 혼란스러워요. 몇 년 동안 아들이 괜찮을지, 왜 이런 일이 일어났는지, 내가 뭔가 잘못한 건 아닌지 많이 고민했어요." 그녀는 잠시 말을 멈추고 손가락에 티슈를 둘둘 말았다.

"그다음 수술을 받기로 결심했어요. … 그다음 지난밤…."

그녀는 기억을 지우려는 듯 고개를 저었다.

"지난밤?"

그녀는 나를 올려다보며 "보비의 심장 박동이 멈췄던 걸 아시죠?"라고 물었다. 나는 고개를 끄덕였고, 그녀는 내가 무슨 말을 하기도 전에 재빨리 손을 내려다보았다.

나는 "무슨 일이 있었어요?"라고 물었다.

"보비는 깨어났어요. 그러나 그것 때문에 오늘 아침 수술이 더 걱정되었어요. … 그다음 오늘 아침에…."

"오늘 아침?"

그녀는 계속 손을 내려다보고 있었다. "보비가 수술하러 가기 직전에 내가 말했어요…." 목소리는 약간 갈라졌고, 침을 꿀꺽 삼켰다. "나는 아들에게 '두 손을 모으고 모든 일이 무사히 끝나길 기도하자'라고 말했어요. 그런데 보비는 나를 똑바로 바라보고 활짝 웃으면서 '아니에요, 엄마. 우리는 그럴 필요가 없어요'라고 말했어요."

그녀는 다시 침을 꿀꺽 삼키고, 여전히 손으로 티슈를 만지작거리면서 계속 이야기했다.

"아들은 우리가 손 모아 기도할 필요가 없다고 말했어요. … 난 아들의 수술이 걱정되었는데, 걔가 거기에서 그런 식으로 말대꾸해서 혼란스럽고 속상했어요. 그래서 아들에게 '누가 너한테 그렇게 말했어?'라고 물었죠. 그런데 아들이 계속 나를 똑바로 바라보면서 '어젯밤에 예수님이 이야기하셨어요'라고 하더군요. 아들 때문에 겁이 났어요, 의사 선생님."

진저는 목이 메어 말을 잇지 못했다. 나는 그녀의 팔에 다정하게 손을 올려놓았고, 그녀는 나를 올려다보았다. 그녀의 눈은 뭔가를 찾고 있었다.

나는 고개를 끄덕이며 "얼마나 속상했을지 이해합니다. 아들이 다른 말은 하지 않았어요?"라고 물었다.

"수술은 잘될 것이고, 심장은 좋아질 것이라고 예수님이 자기에게 말씀하셨다는 거예요. 그다음 아들이 두 손을 모으고 기도해야 하느냐고 예수님에게 물었대요. 그런데 그분이 웃으시면서 손은 모으지 않아도 된다고 말씀하셨다는 거예요. 마음속으로 기도하기만 하면 하나님이 들으신다고 아들에게 말씀하셨대요."

그녀는 계속 내 얼굴을 살피면서 말을 잠시 멈췄다가 다시 말을 이었다. "무슨 말을 해야 할지 몰랐어요. 그래서 그저 아들의 손을 꽉 잡고 아무 말도 하지 않았어요. 평소에 보비는 그런 식으로 말하지 않아요. 그땐 마치 다른 사람이 아들의 입을 통해 말하는 것 같았어요. … 섬뜩했어요."

나는 다시 고개를 끄덕이면서 안심시키는 말을 하려고 애썼다. "보비가 그렇게 말하는 걸 들으니 분명 두려웠을 거예요. 그러나 그건 드문 일이 아닙니다. 심장이 멎거나 심장 수술 같은 위기를 겪은 사람들은 예수님이나 하나님을 보았다는 말을 하는 경우가 많습니다."

손 밑에서 팔 긴장이 조금씩 풀리는 걸 느꼈고, 나는 말을 이었다. "우리가 이런 상황을 제대로 이해할 수 없기 때문에 무섭다는 것을 압니다. 그러나 이런 체험을 하는 본인은 보통 잘 지내요. 그런 체험 때문에 정신줄을 놓지는 않지요. 보통 더 침착해지고, 보비가 더 편안한 마음으로 수술을 받는 데 도움이 될 수도 있어요. 보비가 미쳤거나 무슨 문제가 있다는 뜻은 아니에요. 그저 보비도 어머니와 똑같이 자신의 심장병과 수술을 두려워했다는 뜻이에요. 어젯밤의 체험은 아이가 그 문제를 직면하는 데 도움이 되었을 거예요."

진저는 깊은 한숨을 내쉬고 고개를 끄덕였다.

"그런데 … 내 아들을 찾을 수 있을까요?"

나는 웃으면서 고개를 끄덕였다. "보비는 더 튼튼해진 심장을 가지고 돌아올 거예요. 그리고 아마도 자신이 하나님의 손 안에 있고, 일이 잘 풀릴 거라는 믿음이 더 강해져서 돌아올지도 몰라요."

그녀는 웃으면서 안도의 한숨을 깊이 내쉬었다. 그녀는 "감사합니다, 의사 선생님. 저도 괜찮아질 거예요"라고 말했다.

그녀가 내 말을 믿는지 가늠해보면서 나는 잠시 침묵했다. 그리고 "나중에 다시 올까요?"라고 물었다.

그녀는 "아니, 아니에요. 수술만 잘되면 괜찮을 거예요"라고 재빨리 대답했다. 그녀는 잠시 입을 다물었다가 "그저 생각을 정리하고 싶네요"라고 덧붙였다.

"이 일에 대해 병원 목사님과 이야기하실래요?"

그녀는 머뭇거리면서 "그냥 집에 가서, 다니는 교회의 목사님과 이야기해볼게요"라고 말했다.

나는 그녀에게 내 명함을 주고 보비가 입원한 동안이든 퇴원 후든 상관없이 더 이야기하고 싶으면 주저하지 말고 전화하라고 말했다. 그녀는 나에게 감사 인사를 했고, 나는 병원 목사에게 그녀 이야기를 할지 말지 고민하면서 병실을 나왔다. 나는 이야기하지 않기로, 그녀가 원하면 직접 도움을 청하도록 그냥 두기로 했다. 나는 바비의 차트에 간단한 메모를 써서 아들의 수술에 대한 우려를 의논하기 위해 어머니를 만났고, 어머니나 의료진이 도움이 될 것 같다고 생각하면 다시 만나겠다고 적어두었다.

가족과 친구들이 임사체험자와 친밀하게 지내면서 그들의 태도와 신념, 행동이 변하는 일도 드물지 않다. 나는 임사체험 연구자들도 마찬가지로 변한다는 사실을 발견했다. 내가 임사체험자들을 만나거나 임사체험 학회에 참석하려고 집을 나설 때면 아내 제니는 내가 나갈 때와 같은 남편으로 돌아올지 걱정할 때가 많았다. 그리고 나 역시 때때로 그게 궁금했다는 사실을 인정해야 한다. 임사체험에 몰입하면서 나도 성장하고, 정신과 뇌 그리고 우리 인간이 정말로 어떤 존재인지에 대한 관점이 바뀐다는 사실을 알았다.

19장

현실에 대한 새로운 관점

아내 제니는 고등학생 때부터 내 여자 친구였다. 고등학생이었던 제니는 새벽 4시쯤 "네 아빠가 뭔가 이상해! 아빠를 깨울 수가 없어. 네 도움이 필요해!"라는 어머니의 놀란 목소리를 듣고 잠이 깼다. 제니는 어머니를 따라 부모님 침실로 들어갔고, 아버지는 그곳에서 꼼짝하지 않고 반듯이 누워계셨다. 가끔 낮게 숨을 헐떡거릴 뿐이었다. 그다음 헐떡거림이 멈췄다. 적십자에서 청소년 인명 구조 훈련을 받았던 제니는 아버지에게 인공호흡을 시작했고, 어머니는 의사에게 전화했다. 제니는 의사가 도착해 아버지의 사망을 선언할 때까지 30분 동안 심폐소생술을 계속했다.

25년 후, 장모님 앨리스가 새해 연휴에 제니와 나, 아이들이 사는 우리 집을 방문했다. 우리는 10대 초반의 아들과 딸을 깨워 뉴욕 타임스퀘어에서 새해를 맞이하는 카운트다운 장면을 텔레비전으로 지켜보았다. 우리는 뉴욕에서 사람들이 추위에 떨면서 새해를 축하하는 장면을 지켜보면서 간식을 먹으며 아늑한 시간을 보냈다. 아이들이 잠을 자러 간 후 장모님과 아내와 나는 샴페인을 홀짝이면서 지난해를 되돌아보고 새해 희망을 이야기했다. 남편과 함께 보냈던 과거의 새해 전야 행사를 떠올리고 있었을지도 모를 장모님은 잠시 침묵 후 아내에게 물었다. "네 아버지가 죽기 전날 밤에 내가 꿨던 꿈 이야기 한 적 있었니?"

아내와 나는 서로 바라보았고, 제니는 "아니요"라고 말했다. 장모님은 자신이 어두운 방 안에 있었고, 어떤 남자가 거기에 함께 있다는 것을 알아차렸던 어떤 꿈에 대해 이야기했다. 문은 열려 있었고, 그 사이로 눈부신 흰 빛이 쏟아져 들어왔다. 그 남자는 문 사이로 걸어 나가기 시작했고, 장모님도 따라가고 싶었지만, 그럴 수 없었다. 이상하게도 두렵지 않았고, 그 남자가 괜찮을 거라는 사실을 알았다. 그다음 남자는 문밖으로 걸어 나갔고, 빛 속으로 사라져 장모님만 어둠 속에 남았다. 장모님은 꿈에서 깨어난 후 "분명 죽는 게 그런 걸 거야. 사람들을 뒤에 남겨두고, 문 사이로 걸어 나가 빛 안으로 들어가는 것 같은. 이걸 아침에 남편한테 이야기해야겠어"라고 혼잣말했다. 그다음 장모님은 다시 잠이 들었다. "그런데 네 아버지가 그전에 돌아가셔서 그럴 기회가 없었구나."

나와 아내 모두 깜짝 놀랐다. 아내도 이 꿈에 대해 들어본 적이 없었기 때문이었다. 그 꿈은 장인의 죽음과 관련해 정말 중요한 이야기 같았다. 그런데도 장모님은 한참 후에 생각난 일처럼 이제야 그 이야기를 했다. 나는 이야기를 들으면서 그 꿈이 장모님에게 얼마나 위안이 되었을지 그리고 그 경험을 이야기하기까지 25년 동안 얼마나 주저했을까 생각했다. 그 일로 죽음을 둘러싼 영적인 체험이 너무 개인적이어서 이야기하기 어려울 때가 많고, 따라서 우리가 아는 것보다 훨씬 더 흔할 수 있다는 사실을 깨달았다.

그 일로 또한 내가 장모님의 이야기를 눈 하나 깜빡하지 않고 선뜻 받아들였다는 사실을 인정하게 되었다. 오래전, 홀리가 내 넥타이에 묻은 스파게티 소스 얼룩을 보았다고 말했을 때 내가 얼마나 혼란스러웠는지 되돌아보았다. 수십 년이 지난 지금은 장인의 죽음을 예감했던 것 같은 장모님의 이야기는 완전히 그 럴듯하게 들렸다.

의대에 다닌 후 정신과 의사로 훈련받은 세월과 임사체험을 연구한 수십 년 동안, 뇌 기능만으로는 우리 생각과 감정을 설명 할 수 없는 상황을 상당히 다양하게 접했다. 그래서 내가 정신과 뇌에 대해 배운 내용 중 일부는 사실이라기보다 '가설'이었음을 깨닫게 되었다. 우리 정신(생각, 감정, 소망, 두려움…)이 순전히 육 체의 뇌 작용에 따라 만들어진다는 개념은 엄밀한 과학적인 사 실이 아니다. 그런 개념은 과학적인 사실을 설명하기 위해 제시 된 철학적 이론, 그것도 여러 많은 이론 중 하나일 뿐이다. 그런 이론 중 일부는 생각과 감정의 작용을 더 잘 설명할 수도 있다. 나는 수십 년 동안 과제에 따라 다양한 방법론을 적용하면서 정 신과 뇌에 대한 다양한 이론을 받아들이는 게 훨씬 편해졌다.

임사체험은 물질적인 뇌와 비물질적인 정신을 모두 포함하는 것 같다. 우리는 물질적인 뇌에 초점을 맞추어 임사체험과 관련 된 화학적. 전기적 변화를 탐구할 수 있다. 아니면 비물질적인 정신에 초점을 맞추고 평화와 사랑의 느낌, 유체이탈을 하고, 먼 저 죽은 사람과 만나는 현상을 탐구할 수도 있다. 이렇게 양쪽 측면(물질적. 비물질적)은 모두 있으며, 초점을 바꾸면 어느 쪽이든 볼 수 있다. 즉, 물질적인 뇌의 기능으로 볼 수도 있고, 비물질적인 정신의 기능으로 볼 수도 있다. 하지만 두 관점 중 어느 하나도 그 자체만으로는 임사체험을 완전히 설명하지 못한다.

거의 20년 전, 펜실베이니아대학교의 신경 과학자 앤디 뉴버그가 프란체스코회 수녀들의 뇌 혈류를 측정한 적이 있다. 특히, 그들이 기도할 때 뇌의 특정 부위가 활발해진다는 사실을 발견했다. 이 뇌 검사 결과를 동료 신경 과학자들에게 보여주자 그들은 반응은 순전히 물질적이었다. "신과 대화하고 있다고 생각하게 만드는 부위군요!" 그러나 똑같은 뇌 검사 결과를 수녀들에게 보여주자 물질적인 측면과 비물질적인 측면이 뒤섞인 반응을 보였다. "하나님이 저와 대화할 때 사용하는 뇌 부위군요!" 앤디는 이렇게 요약한다. "회의론자들은 내 연구 결과를 이용해 종교적 경험은 뇌의 신경학적 조작에 불과하다는 결론을 내렸고, 종교인들은 내 연구를 인용해 인간 안에는 생물학적으로 '신을 위해 타고난' 부분이 있다는 사실을 확인했다."[203]

임사체험을 이렇게 여러 방식으로 설명할 수 있다면, 어떤 모델을 활용할지 어떻게 결정할까? 임사체험은 물리적 뇌의 변화 결과일까 아니면 비물질적인 정신의 경험일까? 우리는 둘 중 하나만 선택해야 하나 아니면 둘 다 인정할 수 있을까?

죽음의 순간에, 정신이 육체와 분리되는 경험을 하게 하는 뇌의 전기적 또는 화학적 변화에 의해 임사체험이 촉발된다는 의견은 그럴듯해 보인다. 임사체험에 대한 물질적인 이해와 비물질적인 이해는 본질적으로 서로 충돌하지 않는다. 물질적인 측면과 비물질적인 측면은 설명하거나 묘사하는 차원이 다르기 때문이다. "내 책상은 적갈색이다"(물질적인 묘사)와 "내 책상은 할 아버지의 유산이다"(비물질적인 묘사)라고 말할 때와 비슷하다. 둘 다 맞지만, 어느 하나도 그 자체만으로 내 책상을 완전히 설명하지 못한다. 따라서 임사체험에 대한 물질적인 설명과 비물질적인 설명 모두 옳을 수 있지만, 어느 하나도 그 자체만으로는 임사체험을 완전히 설명할 수 없다.

일상생활에서는 물질적인 부분과 비물질적인 부분이 하나가 되어 협력하는 것 같다. 물질적인 몸의 변화가 비물질적인 정신의 깊은 변화로 이어질 수 있다. 몇 년 전 내 친구들 중 몇몇이 은퇴하기 시작했을 때 나는 그들이 부러웠지만, 내가 은퇴한다는 생각은 떠올릴 수 없었다. 정신적인 문제가 있는 환자들을 치료하는 일, 의대 학생들과 정신과 수련의를 가르치는 일 그리고 임사체험을 연구하는 일 모두를 즐겁게 해내는 나였다. 내 정체성의 전부라곤 할 수 없었지만, 내 삶의 정말 크고 만족스러운 부분이었다. 내가 그 일을 하지 않는다면 과연 무엇으로 그 구멍을 메울 수 있을지 상상하기 어려웠다.

그러다가 내 고관절이 망가져 교체하는 수술을 받아야 했다. 나는 수술 후 몇 주간 주로 침대에 누워 지내야 했고, 그 후로도 몇 주 동안 물리치료를 받은 다음에야 일터로 돌아갈 수 있었다. 그 몇 주간 강제로 쉬게 되면서 놀랍게도 뜻밖의 새 기회들이 열렸다. 그게 여러모로 정신과 교수로서의 내 일만큼 만족스럽고 흥미진진하다는 사실도 알게 되었다. 덕분에 아내와 함께 지내는 시간이 많아졌고, 임사체험에 대해 알게 된 사실을 더 넓은 세상과 공유하는 다양한 방법들을 찾을 수 있게 되었다. 고관절

교체라는 물질적인 사건은 은퇴를 준비하는 내 태도에 비물질적인 깊은 영향을 남겼다.

그리고 몸의 물질적인 변화가 정신의 변화로 이어지는 것처럼, 비물질적인 생각과 감정은 물질적인 몸의 변화로 이어질 수도 있다. 생각하고 느끼는 모든 것이 뇌에 변화를 낳는다. 눈부시게 아름다운 석양을 보며 넋을 잃거나 초콜릿 과자를 맛볼 때, 어려움을 겪는 사람을 도와주면서 기쁨을 느낄 때 그런 감정들은 모두 뇌의 전기적, 화학적 변화로 이어진다. 뇌의 MRI 스캔은 비물질적인 정신에 초점을 맞추는 마음 훈련인 명상이 스트레스에 반응하는 뇌 영역의 크기를 줄여 시간이 흐르면서 물질적인 뇌까지 바꾼다는 걸 보여준다.[204] 체험자들의 기능적 MRI 뇌 스캔과 뇌전도 모두 그들이 임사체험을 되새길 때 긍정적인 감정, 심상(心象)과 관련된 영역에서 전기 활동과 혈류가 늘어나면서 물질적인 뇌가 변한다는 걸 보여준다.[205] 심리 치료를 받는 환자들의 뇌를 촬영한 MRI, PET, SPECT 스캔은 비물질적인 과정인 심리 치료를 통해 생각이 바뀌면 불안이나 우울과 관련된 부위의 혈류와 대사 활동이 줄어들면서 물질적인 뇌가 변하는 것을 보여준다.[206]

일상생활에서는 물질적인 뇌와 비물질적인 정신이 하나로 뭉쳐서 작용하는 것 같다. 그러나 임사체험을 한 사람들은 뇌가 제 기능을 못할 때 의식을 가지고 깨어 있었던 체험을 했으므로 때때로 정신이 뇌와 관계없이 활동할 수 있으며, 정신이 그저 물질적인 뇌의 산물이 아님을 확신하게 되었다고 이야기한다. 그리고 그들은 물질적인 몸이 죽은 다음에도 정신이나 의식은 계속

이어질 수도 있다고 믿게 되었다. 대부분 체험자는 임사체험을 말로 적절히 표현할 수 없기에 비유로밖에 설명하지 못한다. 그렇다면 우리는 그들이 경험한 것을 어떻게 해석할 수 있을까? 임사체험을 하지 않은 사람들은 이 모든 것을 어떻게 받아들일까?

많은 사람이 나와 같을 것이다. 우리는 눈으로 보고 귀로 들은 증거와 그 증거로 얻은 논리적인 추론을 바탕으로 살아간다. 우리는 무엇이 진실이고 무엇이 진실이 아닌지를 말해주는 신의 계시를 받지 않았다. 내가 연구한 임사체험자 대부분은 직접 체험한 개인적인 증거 때문에 진실을 안다고 확신한다. 그렇다면 임사체험을 하지 않은 나머지 사람들은 어떻게 해야 할까? 그렇게 확신할 수 있을까? 임사체험에서 본 진실에 대한 체험자들의 주장을 어떻게 평가해야 할까?

나는 우리가 모든 답을 가지고 있지 않다는 사실을 받아들이게 되었다. 임사체험을 연구하면서 해답을 알지 못하더라도 편하게 여기게 되었으므로 불확실성과 모호함이 더 이상 나를 두렵게 하지 않는다.

2년 전 어느 날 오후, 잠이 들진 않았지만 아주 느긋하게 누워 있던 때였다. 나는 상당히 몽롱한 상태였고, 몸이 점점 더 커지는 느낌이 들었다. 처음에는 그 느낌과 관련된 특별한 감정이 없었지만 계속 커지면서 내가 지구보다 훨씬 커진 것 같았다. 우주를 통해 계속 팽창하면서 먼 별들을 향해 뻗어 나가는데, 갑자기 내 몸을 구성하는 원자들의 크기는 커지지 않았다는 사실을 깨달았다. 각각의 원자들 사이의 거리가 점점 멀어지면서 내 몸이 커지고 있었다. 이런 경험은 놀랍게도 수십 년 전 내가 미국정신의학협회에서 발표하기 전날 밤에 꾸었던 무시무시한 꿈과 같았다. 나는 수십 년 전의 꿈과 마찬가지로 그게 그저 나의 상상이자 감정이라는 사실을 알았다. 그러나 수십 년 전의 꿈은 무시무시했지만, 이 경험은 더없이 행복했다. 빠른 속도로 멀어지는 원자들 사이에서 왔다 갔다 하며 공포에 사로잡히는 대신, 우주로 팽창하는 자유로움을 즐기고 있었다. 나는 내 몸의 원자들을 한데 모아야겠다고 느끼지 않았다. 대신 광대한 우주를 탐험하는 느낌을 즐겼다.

그 경험으로 더 생생하고 활기차진 느낌이었다. 수십 년 전처럼 몸이 떨리고 땀에 흠뻑 젖지 않았다. 하지만 그렇다고 해도, 이 경험은 똑같은 내용과 똑같은 구성의 무시무시한 옛날 꿈과는 느낌이 너무 달랐다. 내가 달라져서 두 경험을 다르게 느꼈다고 생각한다. 오랫동안 임사체험자들의 이야기에 귀 기울인 경험이 쌓여 설명할 수 없는 미지의 세계도 편안하게 받아들이게 되었다.

40여 년 동안 나는 임사체험이 체험자 자신 그리고 체험자와 만나는 사람들에게 얼마나 깊은 영향을 주는지 지켜보았다. 그리고 임사체험이 연구자인 내게 끼친 영향도 지켜보았다. 그렇다면 오랫동안 임사체험과 관련을 맺지 않은 일반 사람들은 어떨까? 그들도 임사체험의 영향을 받을 수 있을까?

실제로 임사체험자가 보이는 태도와 가치관, 행동 변화 중 일부가 그저 임사체험에 대해 간접적으로 알게 된 사람들에게서도 나타난다. 심리학자 켄 링은 이런 효과를 임사체험자들 혹은 비슷하게 감염된 사람들로부터 옮을 수 있는 '좋은 바이러스'라고 부른다.[207] 이러한 경험을 직접 겪지 않은 사람들이라도 임사체험에서 위로와 희망, 영감을 얻을 수 있다는 임상 보고가 의학 문헌에 점점 더 많이 발표되고 있다.

대학생들을 대상으로 한 다섯 가지 연구는 이런 간접 효과를 확실히 보여준다. 미국 오하이오주 마이애미대학교의 한 연구는 사회학 수업에서 임사체험을 공부한 학부생의 80퍼센트 이상이 학기 말 그리고 다음 해에도 다른 사람에 대해 더 연민을 느끼면서 자존감도 더 높아졌다는 사실을 발견했다.[208] 몬태나주립대학교의 또 다른 연구는 임사체험에 대한 교육 과정을 끝마친 간호대학 학생들이 죽음에 대해 덜 두려워하고, 영적인 문제에 더 관심을 가지고, 삶의 목적의식이 더 커졌다는 사실을 발견했다.[209] 코네티컷대학교의 각기 다른 두 연구는 임사체험에 대한 심리학 수업을 들은 학부생이 삶에 더 감사하고, 자신을 더 수용했으며, 사람들에 대해 더 연민 어린 관심을 가진다는 사실을 발견했다.[210] 그 연구들은 또한 임사체험을 공부한 후 영적 감각이 커지고, 물질적 소유에 대한 관심이 줄어들고, 죽음에 대한 두려움이 줄어든다고 전한다.

그리고 뉴질랜드 매시대학교의 한 연구는 임사체험에 대한 교육 자료를 온라인으로 본 집단과 그렇지 않은 집단의 학생들을 비교했다. 임사체험에 대한 지식을 접한 학생들이 훨씬 더 삶에 감사하고, 영성이 깊어지고, 죽음에 대해 더 긍정적인 태도를 보였다.[211] 그리고 물질적인 소유와 성취에 대해 덜 불안해했다.

켄터키주 한 고등학교의 건강 교육 과정에서도 임사체험에 대한 지식을 포함했다.[212] 한 선생님은 동맥류로 죽을 고비를 넘길 때 임사체험을 했던 자기 경험을 이야기하기도 했다. 그 선생님은 몸에서 분리된 후 평안을 느꼈고, 그 체험 후 삶에 대해 새로운 활력을 느끼고, 더 이상 죽음을 두려워하지 않게 되었다고 말했다. 임사체험 교육의 효과에 대한 예비 보고서는 학생들의 감정과 행동이 긍정적으로 변했다는 사실을 보여준다. 따라서 지금까지 수행된 6개의 연구 모두 고등학생, 대학생 또는 간호대학생에게 임사체험을 교육하는 것이 긍정적인 영향을 미친다는 결론을 내렸다.

수십 년 동안 의사, 간호사, 병원 원목과 다른 의료인에게 임사체험에 대해 가르치고 나니 임사체험에 대한 인식이 의료 현장에서도 영향을 끼치기 시작하는 걸 보게 되어 감격스럽다. 이제 많은 의대와 간호대학이 임사체험에 대한 지식을 교육 과정에 포함시키고 있다.[213] 최근 몇 년 동안 의료인들이 환자들의 임사체험 빈도와 그 영향에 점점 더 관심을 갖게 되면서 임사체험에 대한 지식을 활용하는 새 치료법이 나오고 있다.[214]

전통적인 치료법으로는 효과가 없었던 자살 충동 환자들의 치료에 임사체험에 대한 지식을 활용하면 자살 생각이 극적으로 줄거나 없어질 수도 있다는 사실을 여러 연구는 보여주었다.[215] 임사체험에 대한 지식은 비통해하는 사람들의 고통을 줄여 불안, 분노와 비난하는 마음이 사그라들게 하고, 삶에 다시 몰입하는 느낌을 갖게 도울 수 있음을 보여주는 연구도 있다.[216] 임사체험은 죽음에 대한 두려움을 해소하고 삶을 즐기며 서로에 대한 연민을 느끼는 데 도움을 주는 등 사회 전반에 걸쳐 파급 효과가 있는 것으로 보인다.

임사체험 그리고 임사체험의 영향력에 대한 인식이 확산하면서 사람들에게 좋은 영향을 줄 수 있고, 실제로도 확인된다는 증거가 늘고 있다. 36세에 수술 후 과다 출혈로 임사체험을 했던 조 제라시는 그런 면을 이렇게 요약해서 말했다.

> 우리 사회에 부정적인 말이 가득하다고 느낄 때가 있어요. '이걸 하지 마. 저걸 하지 마'라고, 흑백논리로 정말 폐쇄적으로 이야기할 때가 많죠. 그런데 사람들이 애정과 관심만 보여준다면 '하지 말라'에 신경 쓸 필요가 없어요. 너무 이상적이고 비현실적으로 들릴 걸 알아요. 그러나 나는 사랑이 증오만큼이나 전염성이 있다고 믿어요.
>
> 그리고 그렇게 되려면 어딘가에서 사람들이 변화하기 시작해야 해요. 작게는, 그저 내 경험을 당신에게 이야기하면 누군가 당신이 쓴 글을 읽을 거예요. 그 영향력은 금방 퍼져 나가요. 그리고 이런 체험을 한 사람이 나만이 아니에요. 전 세계에 수천 명이 있어요. 내 이야기가 천 배가 되면 얼마나 퍼질 수 있는지 알 거예요! 그렇게 할 수 있어요. 사실 이미 시작되었어요.

20장

죽음 이전의 삶

임사체험에 대해 우리가 관심을 갖는 이유 중 많은 부분은 죽음 이후의 삶에 대해 알려줄지도 모른다는 기대 때문이다. 그리고 정말, 대부분 임사체험자는 우리의 일부가 죽음 이후에도 계속 삶을 이어간다고 확신한다. 그들은 또한 임사체험으로 얻은 깨달음이 죽음 이전의 삶을 위해서도 똑같이 중요하다고 생각한다. 임사체험은 삶의 목적과 의미에 대해 대체로 새로운 관점으로 볼 수 있도록 한다.

나는 죽음 이전과 이후 모두에 초점을 맞추고 있다는 사실을 드러내려고 이 책의 제목을 『애프터 라이프』라고 지었다(원서명은 '애프터'[AFTER]이다-편집주). 이 책에서는 죽음 '이후'에 무슨 일이 일어날지 뿐 아니라 임사체험 '이후' 이 땅에서 다시 살아가야 하는 사람들에게 무슨 일이 일어나는지도 이야기한다. 내가 이해하는 임사체험은 궁극적으로 죽음에 관한 것이 아니라 변화와 쇄신에 관한 것이며, 지금 우리 삶에 목적을 불어넣는 일이다.

나는 이 책이 정신과 뇌의 관계 그리고 사후세계가 어떻게 펼쳐질지를 뛰어넘어 임사체험 이야기를 하는 데 도움이 되기를 기대한다. 그리고 이 대화가 지금 여기에서의 삶에 대한 더 중대한 문제로까지 확장되기를 바란다. 우리는 죽어서 다른 곳에 있을지도 모르지만, 지금 존재하는 곳은 바로 여기다. 반세기 동안 수많은 임사체험자를 만나면서 나는 임사체험이 지금 우리에게 어떤 의미인지에 대해 많은 깨달음을 얻었다.

임사체험은 누구에게든 일어날 수 있는 흔한 경험이라는 게 내가 얻은 첫 번째 깨달음이다. 대부분 연구자는 죽을 고비를 넘긴 사람들의 10~20퍼센트 혹은 전체 인구의 5퍼센트 정도가 임사체험을 했으리라고 추정한다.

지난 40년 동안 수많은 연구가 진행되었지만 누가 임사체험을 경험하게 될지 예측하게 하는 변수를 찾지는 못했다. 즉, 임사체험은 종교와 인종에 상관없이 남녀노소 누구에게나 나타날 수 있는 일이다. 임사체험은 결코 드문 일이 아니고, 특정 사람들만 겪지도 않는다. 임사체험을 경험하지 않은 사람들에게 이것은 어떤 의미일까? 당신도 머지않아 임사체험을 한 누군가를 만날 수 있다는 뜻이다. 20명 중 한 명(미국인 기준)이 임사체험을 했다면 친척이나 직장 동료, 학교에 임사체험자가 적어도 한 명 이상은 있을 확률이 높다.

두 번째 깨달음은, 임사체험은 이례적인 상황에 놓인 사람들에게 일어나는 정상적인 경험이라는 것이다. 임사체험에 대한 기억은 공상이나 상상한 일에 대한 기억과는 다른 것 같다. 우리 뇌는 임사체험을 꿈이나 환각처럼 처리하는 게 아니라 실제로 일어난 일로 처리한다. 임사체험이 어떤 정신 질환과 관련이 있는지 수많은 연구로 찾아내려고 했지만, 실패했다. 실제로 몇몇 연구는 임사체험이 죽을 고비를 넘긴 사람에게 정신 질환이 생기지 않도록 보호하는 역할을 한다고 주장한다. 이것이 임사체험을 하지 않은 사람에게는 어떤 의미일까? 임사체험이 정신 질환의 징후가 아니라 정상적인 경험이라는 사실은 그저 임사체험을 했다는 이유만으로 심리 상담사나 정신 건강 전문가를 찾아갈 필요는 없다는 뜻이다. 그들이 '정상'이라고 안심시키고, 그 체험이 진짜라고 인정하고, 적극 이야기할 기회를 주어 자신을 이해하도록 하는 게 그들을 위해 할 일이다.

세 번째 깨달음은, 임사체험이 깊고 오래가는 여러 후유증을 남긴다는 것이다. 삶의 즐거움이 커진다는 긍정적인 영향이든, 직장이나 이전 생활 방식으로 돌아가기는 어려운 것 같은 부정적인 영향이든 임사체험자들의 삶과 인간관계 변화 그리고 그 변화의 의미를 인정하고 대처해야 도움이 된다. 대부분 체험자는 스스로 헤쳐 나가지만, 가족과 친구는 물론 의료인들도 이런 영향을 알아차리고, 체험자들에게 도움이 필요할 수도 있다는 징후를 놓치지 말아야 한다. 체험자와 가까운 사이라면 관계의 변화를 알아차리고, 일상생활에서 임사체험 후유증을 극복하기 위해 체험자가 삶을 어떻게 변화시키고 싶은지 결정하도록 도와야 할 수 있다.

네 번째 깨달음은 임사체험이 죽음에 대한 두려움을 줄인다는 것이다. 대부분은 죽음이 끔찍한 경험일 것으로 예상한다. 그러나 체험자들은 거의 똑같이 임사체험 후 죽음과 죽어가는 과정에 대한 두려움이 엄청나게 줄었다고 말한다. 그리고 죽음에 대한 두려움이 완전히 사라졌다고 하는 체험자도 많다. 전형적으로 더없이 행복한 체험을 했든, 드물게 무시무시했든 동일했다. 임사체험이 죽음에 대한 두려움을 줄인다는 사실을 알면 자신의 죽음에 대한 생각도 달라진다. 죽어가는 과정이 행복하지는 않더라도 보통 평화롭다는 사실을 알면 죽음을 두려워할 필요가 없다는 뜻일 수도 있다. 또한, 사랑하는 사람이 죽어가는 과정에서 고통스러울까 봐 걱정하는 것을 덜 수도 있다.

그렇다고 슬프지 않다는 의미는 아니다. 사랑하는 사람의 죽음은 여전히 그 사람과의 관계 그리고 함께했던 역사를 잃어버리는 일이다. 그들의 고통에 대해서는 걱정하지 않더라도, 그들을 잃는 아픔은 여전할지도 모른다. 체험자들 역시 임사체험 후에도 사람들이 죽을 때 깊이 슬퍼한다.

죽는 순간에 대한 두려움이 줄어들면 역설적이게도 살아가는 일에서도 두려움이 줄어든다. 많은 체험자는 더 이상 죽음을 두려워하지 않기 때문에 더 이상 임사체험 이전에 생각했던 만큼 잃을 게 많다고 느끼지 않는다고 말한다. 그들은 더 이상 자기 삶을 그렇게 엄격하게 통제해야 한다고 생각하지 않고, 어느 정도 자유롭게 위험을 감수할 수 있다고 여긴다. 이러한 사실은, 실수를 너무 두려워하지 말고 마음을 열고 인생이 제공하는 모든 것에 감사하도록 우리를 격려한다.

그리고 이것은 다섯 번째 깨달음으로 이끄는데, 임사체험은 체험자들이 과거나 미래의 꿈에 연연하기보다 현재 이 순간에 더욱 충실하게 살도록 이끈다. 현재에 충실하려는 이런 경향은 최소한 어느 정도는 죽을 뻔했던, 즉 마지막일지도 모른다고 생각한 순간을 맞닥뜨렸던 경험에서 비롯된다. 임사체험을 했던 사람들이 그 기억을 계속 간직하고 살아가려고 하고, 그래서 하루하루 최선을 다하려 한다는 게 이해가 됐다. 임사체험을 겪고 살아난 사람들은 작별 인사를 하거나 미완성 과제를 처리할 기회도 없이 마지막 순간을 직면했다.

지금 이 순간이 우리의 마지막일 수도 있다고 생각하면 배우자, 아이들, 친구들, 거리에서 만난 낯선 사람들 그리고 자기 자신을 어떻게 대하게 될까? 죽을 뻔했던 체험자들이 현재에 더 충실하려고 노력하는 사례를 보며 용기를 얻어 우리도 더 충만하게 삶을 누리고 현재에 충실하려 할 수도 있다. 그리고 현재에 더 충실하면서 최선을 다해 살면 각각의 경험에서도 즐거움을 얻고 고통에도 감사할 수 있다.

존 렌 루이스는 아내 앤 페러데이와 함께 태국 전역을 여행하다 버스에서 도둑질하려던 사람에게 독살당할 뻔했다.[217] 잠시후 앤은 존의 입술 주위가 파랗게 질리고, 맥박을 느낄 수 없다는 사실을 알아차리고 깜짝 놀랐다. 앤은 남편을 근처 병원으로 간신히 데리고 갔고, 병원 의사들은 루이스가 살아나기 힘들다고 생각했다. 루이스가 마약을 먹었다고 추측해 마약 해독제, 산소와 정맥 주사를 투여했다. 그는 일곱 시간 후, 그가 '영원 의식'이라고 부르는 상태에서 깊은 감동을 주는 임사체험을 한 후 다시 살아났다.

노을, 새소리, 위대한 예술, 유쾌한 사람들이나 맛있는 음식처럼 '좋은' 경험에서 이전보다 더 즐거움을 얻기는 하지만, 예전 같았으면 불쾌하다고 느꼈을 일, 가령 태국의 병실이나 매우 습한 날, 심한 감기와 같은 것에서도 그만큼 즐거움을 얻어요. 내가 감기를 긍정적으로 즐길 수 있다는(종일 침대에서 마음껏 뒹굴뒹굴할 수 있어서만이 아니라, 내 코와 목의 이상한 감각에서도 쾌감을 느낀다는) 사실을 알고 깜짝 놀랐습니다.

그 무렵, 몇 년 동안 고통받았던 귀에서 나는 이명이 가벼운 성가심에서 오랜 친구처럼 반갑게 느껴지는 기분 좋은 소리로 바뀌었다는 것을 알게 되었습니다. 그뿐 아니에요. 60세인 내 몸을 괴롭히는 피로와 여러 사소한 통증을 실제로 즐기기 시작했습니다.

임사체험을 제대로 이해하면 매일매일을 마지막 날로 여기며 살아갈 수 있다. 다음 기회가 오지 않을 수도 있다는 걸 알기에 매일매일을 의무가 아니라 기쁨으로 채울 수 있게 된다. 시인 퍼트리샤 클래퍼드는 말한다. "당신이 아이에게 무지개를 보여주는 동안에도 일은 기다리고 있다. 그러나 무지개는 당신이 일하는 동안 기다려주지 않는다." 이 순간을 충만하게 산다고 해서 미래를 계획하지 않거나 과거를 떠올리지 않는다는 뜻은 아니다. 그러는 동안에도 순간에 충실하고, 그 순간의 경험에 완전히 몰입할 수 있다는 뜻이다.

여섯 번째 깨달음은 임사체험이 정신과 뇌의 관계에 대해 의문을 갖게 한다는 것이다. 일상생활에서 우리 뇌와 정신은 똑같아 보인다. 그러나 체험자들은 뇌가 완전히 제 기능을 할 수 없는 임사체험 상태에서 생각과 인식이 어느 때보다 더 명료하다고 하나같이 말한다. 게다가 그들은 때때로 자신의 물질적인 몸 밖에서 본 관점으로 몸 주위에서 일어난 일을 정확히 인식했다. 이런 역설은 뇌와 정신의 상호작용에 대한 다른 가설이 필요하다는 사실을 보여준다. 연구자들은 물리적 뇌가 휴대 전화처럼 작동하여 비물리적 정신으로부터 생각과 감정을 받아 신체가 이해하고 사용할 수 있는 전기적·화학적 신호로 변환할 수 있다고 제안한다. 그리고 극단적인 상황에서는 그걸 걸러낼 뇌가 없더라도 정신이 상당히 작동을 잘할 수 있음을 보여준다.

정신이 뇌와 별개로 작동한다는 부분이 체험자가 자기 몸 밖에서 사물을 정확하게 보는 임사체험에 대한 가장 좋은 설명인지는 모르겠다. 그러나 그런 증거를 가지고 다른 설명을 하긴 어렵다. 그리고 눈이 빛의 파장을 걸러내는 역할을 하듯 뇌가 생각과 감정을 걸러내는 역할을 한다는 것이, 뇌가 제 기능을 하지 못할 때도 또렷하게 보고 생각하게 되는 임사체험에 대한 가장 좋은 설명인지는 모르겠다. 그런 가설은 분명히 정신이 무엇이고 어디에 있으며, 정확히 뇌와 어떻게 상호작용하는지에 관해 더 많은 질문을 하게 만든다. 그러나 그 증거에 대해 현재로선 나는 다른 방식으로 설명하기 어렵다. 우리는 결국 다른 설명을 찾아낼지도 모르지만, 그때까지는 정신과 뇌가 별개이며 뇌가 우리 생각과 감정을 걸러내는 역할을 한다는 게 가장 그럴듯하고 실제적인 가설이다.

생각과 감정이 어떻게 우리 뇌와 관련되는지에 대해 임사체험이 던지는 질문들은 우리가 그저 생물학적인 기계인지 아니면 그 이상의 존재인지에 대해 생각하게 한다. 뇌와 정신이 독립적으로 기능한다는 개념이 이해가 되든 안 되든, 임사체험으로 인해 뇌와 정신이 어떻게 작동하느냐에 대한 현재의 가설에 대해 의심할 수밖에 없고, 우리 생각과 감정에는 뇌세포의 전기적·화학적 변화보다 더 많은 게 있을지도 모른다고 추측하게 된다.

일곱 번째로, 임사체험은 죽은 후에도 의식이 지속될 수 있을지도 모른다는 궁금증을 갖게 한다. 물질적인 뇌가 작동하지 않는 극단 상황에서 정신이 작동할 수 있다는 게 사실이라면 뇌사 후에도 정신이 계속 존재하는 게 가능할지도 모른다. 죽은 후에 무슨 일이 일어나는지에 대한 답을 찾는 일은 오늘날 동원할 수 있는 과학적 방법을 넘어서는(아니면 우리의 과학적 상상력을 넘어서는) 일일 수도 있다.

그러나 과학적인 해답이라고 해봐야(얻는다 해도) 아원자 입자들이 거품 상자에 남긴 거품 자국처럼 간접적인 증거일 것이다. 죽은 후에도 어떤 의식은 지속된다는 주장이, 아무도 죽었는지 몰랐던 사랑하는 사람을 만난 임사체험에 대한 가장 좋은 설명인지 아닌지 나는 모른다. 하지만 나는 그 증거가 무엇인지에 대해서는 다른 어떤 설명도 할 수 없다. 우리는 결국 또 다른 설명을 찾아낼지도 모르지만, 그때까지는 죽은 후에도 의식이 어떤 형태로든 지속된다는 게 가장 그럴듯하고 실제적인 가설 같다.

우리가 극단적인 상황에서 육체의 감각으로 보고 듣는 것을 뛰어넘어 인식할 수 있고, 육체적인 뇌가 처리할 수 없는 내용을 기억할 수 있다는 사실은 임사체험뿐 아니라 여러 연구를 통해 밝혀지고 있다. 그래서 우리가 육체 이상의 존재이고, 우리 몸이 작동을 멈춘 다음에도 우리의 일부는 이어질 수 있으며, 우리는 자신보다 더 위대한 뭔가와 긴밀하게 연결되어 있는 듯 살아가는 것이 내게는 이치에 맞는 것 같다. 그리고 이런 것이 우리가 어떻게 살아갈지 그리고 삶의 의미와 가치를 어디에서 찾을지에 엄청난 영향을 준다.

몇 년 전, 나는 달라이 라마가 사는 인도 다람살라를 방문했다. 불교학자들과 서양 과학자들이 정신과 물질을 주제로 대화하는 자리에 참가하기 위해서였다.[218] 나는 주로 임사체험에 초점을 맞춰 의식이 뇌에 의해 만들어지는지 아닌지에 대한 과학적 연구를 소개했다. 미국에서 강연할 때의 전형적인 청중과 달리 불교 수도승들은 과학자들이 그런 연구를 한다는 사실에 놀라기는 했지만, 내가 설명하는 체험들을 상당히 잘 알고 있었다.

그러나 나에게는 서양 과학과 불교의 차이에 대한 달라이 라마 자신의 발언이 더 중요했다. 그는 양쪽 분야 모두 관찰과 논리적인 추론을 바탕으로 하고, 둘 다 믿음보다 경험을 우선시하면서 진리를 탐구한다고 주장했다. 그러면서 서양 과학자들은 자연 세계를 변화시키고 지배하기 위해 세계가 어떻게 작동하는지 이해하려고 노력하는 것 같다고 덧붙였다. 즉, 우리가 사는 환경에 대한 지배권을 얻는 게 대다수 과학자의 목표다. 반면 불교도들은 자연 세계와 더불어 더 조화롭게 살기 위해 세계가 어떻게 작동하는지에 대한 원리를 이해하려고 노력한다. 다시 말해, 괴로움을 줄이기 위해 지배권을 얻기보다 자연과 더불어 공존하는 게 불교의 목표다. 그런 구별은 내게 깊은 영향을 주었다. 그리고 과학자로서 내가 하는 모든 일에 대해 내가 왜 그 일을 하는지 그리고 그 일이 어떤 목적에 도움이 될지 질문하게 되었다. 이러한 가르침으로 내가 연구하는 이유가 "이 연구 결과로 세계가 어떻게 돌아가는지에 대해 내가 뭘 배울 수 있을까?"에서 "이 연구 결과가 세상의 괴로움을 줄이는 데 어떻게 도움이 될까"로 바뀌었다.

자연을 지배하려는 목표와 괴로움을 줄이려는 목표가 꼭 상호 배타적인 것은 아니다. 의학자들은 질병을 지배하기 위해 그리고 환자들의 괴로움을 줄여주기 위해 꾸준히 질병을 연구한다. 그러나 불교적 관점에서는 우리가 바꿀 수 없는 현상까지도 이해하는 것이 세상의 고통을 완화하는 데 도움이 될 수 있다고 말한다. 임사체험은 우리의 통제를 넘어선 영역이고, 이 기조는 달라지지 않을 것이다. 그러나 우리는 임사체험과 임사체험의 영향에 대해서는 이해할 수 있다. 그리고 우리가 지금까지 확보한 증거를 보면, 임사체험을 더 잘 이해하면(과학과 의학에서의 임사체험을 포함해) 괴로움을 줄이는 데 도움이 된다.

임사체험을 하지 않은 사람에게 이 모든 것은 어떤 의미일까? 내가 이 책의 제목을 『애프터 라이프』로 정한 데는 세 가지 이유가 있다. 그 제목은, 죽음 이후에 무슨 일이 일어날 수 있는지 그리고 임사체험 이후에 무슨 일이 일어나는지 뿐 아니라, 당신이 이 책을 읽은 이후에 무슨 일이 일어날 수 있는지도 암시한다. 부디 이 책을 모두 읽은 다음에도 내 말을 곰곰 되새기면서 삶과 죽음, 그 너머에 대한 생각과 감정을 계속 지닌 채 살아갈 수 있기를 바란다.

우리는 이제 무엇 때문에 임사체험이 일어나는지 이해한다. 임사체험은 우리가 정신과 정신의 능력에 대해 지금 알고 있는 내용보다 새로 알아야 할 게 훨씬 많다는 사실을 보여준다. 또한 임사체험은 체험자들이 자기 삶을 재평가하고, 시간을 보내는 방식 그리고 사람들과 관계 맺는 방식을 바꾸도록 자극한다. 임사체험은 우리에게 죽음이 두려움과 고통보다는 평화나 빛과 관련 있다고 말해준다.

임사체험은 우리에게 삶에서 부와 권력보다는 의미와 연민이 중요하다고 말해준다. 임사체험은 우리에게 삶의 물질적인 측면과 비물질적인 측면을 모두 인식하면 이해의 폭이 훨씬 넓어진다고 말해준다. 그리고 그 증거는 체험자들과 그들이 사랑하는 사람들 혹은 임사체험을 연구하는 연구자들만 바꾸는 게 아니다. 임사체험은 이에 관해 읽는 사람들 역시 완전히 바꾸어놓을 수 있고, 궁극적으로 우리 관점 그리고 서로를 대하는 방식까지 바꾸는 데 도움을 줄 수 있다고 믿는다. 이 책을 읽는 독자들 역시 임사체험에 대해 알아가면서 자극을 받아 각자의 삶을 재평가하고, 새롭게 관계를 맺으면서 삶을 더욱더 큰 의미와 기쁨으로 채우기를 바란다.

감사의 글

수년 동안 많은 분의 지도와 협력이 없었다면 이 책을 쓰지도 못했고, 이제까지의 일들을 해내지도 못했을 것을 너무나 잘 안다. 그리고 이 여정 내내 나에게 조언하고 힘을 불어넣어 준 그분들에게 많은 공로를 돌리는 게 마땅하다.

가장 먼저, 내 연구에 참여한 수많은 임사체험자에게 한없는 감사를 드린다. 그들 중 일부는 40년 넘게 임사체험에 대한 설문지를 작성해주었다. 많은 사람이 이 연구에 관해 통찰력 있는 의견을 주었고, 더 연구해달라고 이것저것을 제안했다. 그들이 시간과 지식, 지혜를 너그러이 나눠 주지 않았다면 이 일 중 어느 하나도 해낼 수 없었을 것이다. 이분들로부터 배운 것을 공유할 수 있게 되어 영광으로 생각한다.

아버지 빌 그레이슨, 어머니 데비 그레이슨에게 어마어마한 빚을 졌다. 아버지는 내가 어릴 때부터 믿음이 아니라 증거를 바탕으로 하여 과학과 지식에 대한 열망을 심어주셨다. 어머니는 어릴 때부터 마음에서 우러나지 않으면 우리가 하는 어떤 일도 의미가 없다고 가르치셨다. 그리고 두 분 모두 무슨 일을 하든 사람들을 돕느냐 아니냐가 성공의 기준이 된다는 사실을 몸소 보여주셨다.

돌아가신 이언 스티븐슨 교수와 레이먼드 무디에게도 깊은 감사를 드린다. 스티븐슨 교수는 설명되지 않는 현상을 연구하기 위해 어떻게 과학적인 방법을 적용해야 하는지 보여주었다. 그리고 무디는 수많은 사람 그리고 나에게도 임사체험에 대해 알려주었다.

또 나와 함께 국제임사체험연구협회(www.iands.org)를 공동 설립한 개척자들에게도 많은 빚을 졌다. 그 협회는 임사체험을 본격적으로 세상에 알린 조직이다. 공동 설립자인 켄 링, 마이클 새봄, 존 오뎃은 임사체험을 철저히 연구하는 데 앞장서 왔다.

그뿐 아니라 나와 함께 임사체험 연구를 하면서 정말 많은 기여를 한 동료들, 특히 돌아가신 이언 스티븐슨 교수와 켄 링, 에밀리 윌리엄스 켈리, 서비 카나, 잰 마이너 홀든, 에드 켈리, 낸시 에번스 부시, 마사유키 오카도, 샘 파니아, 피터 펜윅, 바버라 해리스 휫필드, 로런 무어, 마리에타 펠리바노바, 렌스 랭, 짐 후랜, 미치 리스터, 지나 어새필리, 에이드리아나 슬류처스, 알렉산더 모레이라 알메이다, 엔리코 파코, 크리스천 애그릴로, 칼 잰슨, 예브게니 크루피츠키, 제프 롱, 핌 밴 로멀, 로스 던시스, 돌아가신 존 벅먼, 데비 제임스, 셰럴 프라카소, 해리스 프리드먼, 돌아가신 척 플린, 데이비드 허퍼드, 짐 터커, 폴 마운시, 앨런 마티, 네이선 파운틴, 로리 데어, 도나 브로섹, 짐 카운실, 캐런 패커드, 리사 해커, 찰스 팩스턴, 클로디아 쇼벗, 샬럿 마셜, 헬레나 카솔, 버네사 찰랜드 버빌, 스티븐 로리스 그리고 엔조 태글리아주키에게 감사의 마음을 전하고 싶다.

또한, 버지니아대학교 지각 연구부(www.uvadops.org) 동료들에게 정말 많은 빚을 졌다. 에드 켈리, 에밀리 윌리엄스 켈리, 짐 터커, 로리 데어, 마리에타 펠리바노바, 칼로스 앨버라도, 낸시 징론, 킴 펜버시, 로스 던시스, 크리스티나 프리츠는 내 연구를 비평하면서 개선해주었다. 그리고 수 러덕, 팻 에스테스와 다이앤 카이서는 내 연구의 일상적인 작업을 엄청나게 많이 도와주었다. 대학교에서 연구비 지원을 받지 못하면서도(전부 기부금으로 운영되었다) 반세기 이상 치밀하게 과학적 탐구를 계속해온 지각 연구부는 나와 다른 과학자들이 지금까지 계속해서 미지의 세계를 안전하게 탐구할 수 있는 기지가 되었다.

돌아가신 체스터 F. 칼슨과 돌아가신 프리실라 울펀에게도 무한한 감사를 드린다. 그분들의 유산이 버지니아대학교의 내 석좌 교수 자리의 기금이 되었다. 여러 해에 걸쳐 연구 자금을 지원한 비영리 연구 재단들, 특히 BIAL 재단(Fundção BIAL), 심리와 정신 건강의 최첨단 분야 연구소(Institut für Grenzgebiete der Psychologie und Psychohygiene), 보건 과학을 위한 일본-미국 기금, 아주마 나가마사 기금, 제임스 맥도널 재단, 번스타인 형제 재단과 페처 연구소(이전 이름은 존 E. 페처 재단) 그리고 이 연구를 뒷받침한 리처드 애덤스, 셰럴 버치, 데이비드 라이터 그리고 나를 지지해준 버지니아대학교, 미시간대학교 그리고 코네티컷대학교 동료들에게 감사를 드린다.

또한, 수십 년에 걸쳐 내 연구의 허점들을 들추어내 보여준 많은 동료에게 빚을 졌다는 사실을 인정한다. 그들의 비판은 의심의 여지 없이 내 연구의 질을 높였고, 임사체험을 더 잘 이해하게 해주었다.

혼자 쓸 수 있는 책은 거의 없다. 나 역시 이 책을 쓰면서 많은 도움을 받았다. 앞서 말했듯 이 책에서 인용한 이야기들을 처음으로 해준 많은 임사체험자에게 정말 많은 빚을 졌다. 나보다 나를 더 잘 아는 아내 제니가 내가 쓴 글을 가장 먼저 읽었다. 아내는 내가 그 이야기들에 보인 반응이 제대로 표현되었는지, 감정과 어조가 진짜인지 확인해주었다. 나는 그다음 모든 글을 재능 있는 조력자 제이슨 벅홀츠에게 넘겼다. 그는 이야기를 생생하게 전달하는 방법 그리고 내가 쓰고 싶은 책에서 사람들이 읽고 싶은 책으로 바꾸는 방법을 알려주었다. 마지막으로 나보다 현명한 누나 낸시 베커먼은 평생 그랬듯 내 모든 실수와 애매함을 공들여 찾아내 고쳐주었다.

이 책에 대한 내 생각이 현실이 되도록 도와준 아이디어 아키텍츠(Idea Architects)의 통찰력 있는 팀에게 무한한 감사를 돌려야 할 것 같다. 특히 더그 에이브럼스와 라라 러브 하딘은 내 작업에 대한 의욕과 열정으로 내가 이 책을 완성하도록 이끌어주면서 결정적인 역할을 했다. 또한, 이 책 집필에 대해 많이 지도해주고, 실질적으로 조언해준 세인트 마틴스 프레스(St. Martin's Press)의 편집자 조지 위테에게도 감사드린다. 40여 년 전부터 책을 쓰라고 격려해준 스티브 베어먼, 아카 스와미 베온다난다 그리고 글에서 자신을 드러내기를 꺼리는 내성적인 나를 이해하도록 도와준, 친절하고 무궁무진한 통찰력을 지닌 정신과 의사 리비카 발라에게도 많은 빚을 졌다.

마지막으로, 반세기 넘게 나의 나침반이자 돛, 내 삶의 동반자 그리고 가장 좋은 친구인 아내 제니 그레이슨에게 영원한 감사를 표현하고 싶다. 아내는 우리가 함께 사는 동안 거의 내내 임사체험 연구로 우여곡절을 겪어온 나에게 든든한 바위가 되어주었다. 아내의 사랑과 도움이 없었다면 성공적인 아버지, 친구, 정신과 의사 그리고 작가가 될 수 없었을 것이다.

머리말

1 Raymond A. Moody, *Life After Life* (Covington, GA: Mockingbird Books, 1975).

2 Jeno Platthy, *Near-Death Experiences in Antiquity* (Santa Claus, IN: Federation of International Poetry Foundations of UNESCO, 1992).

3 Farnaz Masumian, "World Religions and Near-Death Experiences," in *The Handbook of Near-Death Experiences*, ed. by Janice Miner Holden, Bruce Greyson, and Debbie James (Santa Barbara, CA: Praeger/ABC-CLIO, 2009), 159-83.

4 Allan Kellehear, "Census of Non-Western Near-Death Experiences to 2005: Observations and Critical Reflections," in *The Handbook of Near-Death Experiences*, 135-58.

5 Terry Basford, *The Near-Death Experience: An Annotated Bibliography* (New York: Garland, 1990).

6 Geena Athappilly, Bruce Greyson, and Ian Stevenson, "Do Prevailing Societal Models Influence Reports of Near-Death Experiences? A Comparison of Accounts Reported before and after 1975," *Journal of Nervous and Mental Disease* 194(3) (2006), 218-22.

1장. 과학은 설명할 수 없는 일들

7 헨리의 임사체험과 그 체험에 대한 나의 심리학적 해석은 다음에 설명되어 있다. John Buckman and Bruce Greyson, "Attempted Suicide and Bereavement," in *Suicide and Bereavement*, ed. by Bruce L. Danto and Austin H. Kutscher (New York: Foundation of Thanatology, 1977), 90-104.

8 Sigmund Freud, "The Unconscious," in *Standard Edition of the Complete Psychological Works of Sigmund Freud, Vol. 14*, ed. by James Strachey (London: Hogarth Press, 1915), 159-204.

9   David Landy and Harold Sigall, "Beauty Is Talent: Task Evaluation as a Function of the Performer's Physical Attractiveness," *Journal of Personality and Social Psychology* 29(3) (1974), 299-304.

10 Bruce Greyson, "Telepathy in Mental Illness: Deluge or Delusion?" *Journal of Nervous and Mental Disease* 165(3) (1977), 184-200.

11 Raymond A. Moody, *Life After Life* (Covington, GA: Mockingbird Books, 1975).

2장. 시간을 초월한 경험

12 Albert von St. Gallen Heim, "Notizen über den Tod durch Absturz [Notes on Fatal Falls]," *Jahrbuch des Schweizer Alpen-Club* [Yearbook of the Swiss Alpine Club] 27 (1892), 327-37.

13 이 인용문은 다음에 실린, 영어로 번역된 하임의 임사체험에서 가져왔다. Russell Noyes and Roy Kletti, "The Experience of Dying from Falls," *Omega* 3 (1972), 45-52.

14 Joseph Timothy Green, "Did NDEs Play a Seminal Role in the Formulation of Einstein's Theory of Relativity?" *Journal of Near-Death Studies* 20(1) (2001), 64-66.

15 이 인용문은 다음 글의 47쪽에서 가져왔다. Noyes and Kletti, "The Experience of Dying from Falls."

16 Ronald W. Clark, *Einstein: The Life and Times* (New York: Avon, 1971), 54.

17 Albrecht Fölsing, translated by Ewald Osers, *Albert Einstein* (New York: Penguin, 1997), 66.

18 아인슈타인은 상대성 이론을 다음에서 주장했다. Albert Einstein, "Zur Elektrodynamik bewegter Körper," *Annalen der Physik* 322(10) (1905), 891-921. (조지 바커 제프리와 윌프레드 페렛이 영어로 번역해 *The Principle of Relativity*[London: Methuen, 1923.]에 On the Electrodynamics of Moving Bodies란 제목으로 실었다.)

19 조의 임사체험은 다음에 설명되어 있다. Darlene Taylor, "Profile of an Experiencer: Joe Geraci," *Vital Signs* 1(3) (1981), 3 and 12.

20 Ian Stevenson and Bruce Greyson, "Near-Death Experiences: Relevance to the Question of Survival after Death," *JAMA* 242(3) (1979), 265-67; Bruce Greyson, "A Typology of Near-Death Experiences," *American Journal of Psychiatry* 142(8) (1985), 967-69; Bruce Greyson, "Varieties of Near-Death Experience," *Psychiatry* 56(4) (1993), 390-99.

21 제인은 자신의 임사체험을 다음에서 설명했다. Jayne Smith, ". . . Caught Up into Paradise," *Vital Signs* 3(1) (1983), 7 and 10; and in Jayne Smith, "Unconditional Love: The Power and the Glory," *Vital Signs* 19(1) (2000), 4.

3장. 인생 되돌아보기

22 Ian Stevenson and Emily Williams Cook, "Involuntary Memories during Severe Physical Illness or Injury," *Journal of Nervous and Mental Disease* 183(7) (1995), 452–58; Russell Noyes and Roy Kletti, "Panoramic Memory: A Response to the Threat of Death," *Omega* 8(3) (1977) 181–94.

23 그의 임사체험에 대한 설명은 다음 책의 77~78쪽에 나온다. Francis Beaufort, *Notice of Rear-Admiral Sir Francis Beaufort, K.C.B.* (London: J. D. Potter, 1858).

24 톰은 다음 책에서 그의 임사체험을 설명했다. Sidney Saylor Farr, *What Tom Sawyer Learned from Dying* (Norfolk, VA: Hampton Roads Publishing, 1993).

25 바버라는 다음 두 책에서 자신의 임사체험을 설명했다. Barbara Harris and Lionel C. Bascom, *Full Circle* (New York: Pocket Books, 1990); Barbara Harris Whitfield, *Final Passage* (Deerfield Beach, FL: Health Communications, 1998).

26 David Haber, "Life Review: Implementation, Theory, Research, and Therapy," *International Journal of Aging and Human Development* 63(2) (2006), 153–71; Robert N. Butler, "The Life Review: An Interpretation of Reminiscence in the Aged," *Psychiatry* 26(1) (1963), 65–76; Myrna I Lewis and Robert N. Butler, "Life-Review Therapy: Putting Memories to Work in Individual and Group Psychotherapy," *Geriatrics* 29(11) (1974), 165–73.

4장. 인간의 언어는 감당할 수 없는 체험

27 Bruce Greyson, "Incidence and Correlates of Near-Death Experiences in a Cardiac Care Unit," *General Hospital Psychiatry* 25(4) (2003), 269–76.

28 빌은 다음에서 그의 임사체험을 설명했다. Harry Cannaday (as told by Bill Urfer), *Beyond Tomorrow* (Heber Springs, AR: Bill Urfer, 1980).

29 이 인용문은 다음 책의 134쪽에 나온다. Igor Kononenko and Irena Roglič Kononenko, *Teachers of Wisdom* (Pittsburgh: RoseDog Books/Dorrance, 2010).

30 Bruce Greyson, "Near-Death Experiences and Attempted Suicide," *Suicide and Life-Threatening Behavior* 11(1) (1981), 10–16; Bruce Greyson, "Incidence of Near-Death Experiences following Attempted Suicide," *Suicide and Life-Threatening Behavior* 16(1) (1986), 40–45; Bruce Greyson, "Near-Death Experiences Precipitated by Suicide Attempt: Lack of Influence of Psychopathology, Religion, and Expectations," *Journal of Near-Death Studies* 9(3) (1991), 183–88; Bruce Greyson, "Near-Death Experiences and Anti-Suicidal Attitudes," *Omega* 26(2) (1992), 81–89.

31 몇몇 임상의들은 일부 체험자들이 그들의 임상 체험 이야기를 꺼리는 현상을

탐구했다. 예를 들자면, 다음과 같다. Kimberly Clark, "Clinical Interventions with Near-Death Experiencers," in *The Near-Death Experience*, ed. by Bruce Greyson and Charles Flynn (Springfield, IL: Charles C. Thomas, 1984), 242–55; Cherie Sutherland, *Reborn in the Light* (New York: Bantam, 1995); Regina M. Hoffman, "Disclosure Needs and Motives after a Near-Death Experience," *Journal of Near-Death Studies* 13(4) (1995), 237–66; Regina M. Hoffman, "Disclosure Habits after Near-Death Experiences: Influences, Obstacles, and Listener Selection," *Journal of Near-Death Studies* 14(1) (1995), 29–48; Nancy L. Zingrone and Carlos S. Alvarado, "Pleasurable Western Adult Near-Death Experiences: Features, Circumstances, and Incidence," in *The Handbook of Near-Death Experiences*, ed. by Janice Miner Holden, Bruce Greyson, and Debbie James (Santa Barbara, CA: Praeger/ABC-CLIO, 2009), 17–40; L. Suzanne Gordon, "An Ethnographic Study of Near-Death Experience Impact and Aftereffects and their Cultural Implications," *Journal of Near-Death Studies* 31(2) (2012), 111–29; Janice Miner Holden, Lee Kinsey, and Travis R. Moore, "Disclosing Near-Death Experiences to Professional Healthcare Providers and Nonprofessionals," *Spirituality in Clinical Practice* 1(4) (2014), 278–87.

5장. 무엇이 진짜인지 어떻게 알까?

32 임사체험 척도와 그 척도의 정신 측정 타당성은 다음 자료에 설명되어 있다. The NDE Scale and its psychometric properties are described in Bruce Greyson, "The Near-Death Experience Scale: Construction, Reliability, and Validity," *Journal of Nervous and Mental Disease* 171(6) (1983), 369–75; Bruce Greyson, "Near-Death Encounters with and without Near-Death Experiences: Comparative NDE Scale Profiles," *Journal of Near-Death Studies* 8(3) (1990), 151–61; and Bruce Greyson, "Consistency of Near-Death Experience Accounts over Two Decades: Are Reports Embellished over Time?" *Resuscitation* 73(3) (2007), 407–11.

33 Kevin Drab, "The Tunnel Experience: Reality or Hallucination?" *Anabiosis* 1(2) (1981), 126–52; C. T. K. Chari, "Parapsychological Reflections on Some Tunnel Experiences," *Anabiosis* 2 (1982), 110–31.

34 J. Kenneth Arnette, "On the Mind/Body Problem: The Theory of Essence," *Journal of Near-Death Studies* 11(1) (1992), 5–18.

35 Rense Lange, Bruce Greyson, and James Houran, "A Rasch Scaling Validation of a 'Core' Near-Death Experience," *British Journal of Psychology* 95 (2004), 161–77.

36 Ian Stevenson and Bruce Greyson, "Near-Death Experiences: Relevance to the Question of Survival after Death," *JAMA* 242(3) (1979), 265–67.

37 Henry Abramovitch, "An Israeli Account of a Near-Death Experience: A Case Study of Cultural Dissonance," *Journal of Near-Death Studies* 6(3) (1988), 175-84; Mark Fox, *Religion, Spirituality, and the Near-Death Experience* (London: Routledge, 2003); Kenneth Ring, *Heading Toward Omega* (New York: Coward, McCann & Geoghegan, 1984).

38 Monroe Schneider, "The Question of Survival after Death," *JAMA* 242(24) (1979), 2665; Ian Stevenson and Bruce Greyson, "The Question of Survival after Death—Reply," *JAMA* 242(24) (1979), 2665.

39 예를 들면 다음과 같다. Bruce Greyson and Ian Stevenson, "The Phenomenology of Near-Death Experiences," *American Journal of Psychiatry* 137(10) (1980), 1193-96; Bruce Greyson, "Near-Death Experiences and Personal Values," *American Journal of Psychiatry* 140(5) (1983), 618-20; and Bruce Greyson, "The Psychodynamics of Near-Death Experiences," *Journal of Nervous and Mental Disease* 171(6) (1983), 376-81.

40 이런 인용문은 다음 자료의 273쪽에 나온다. Arvin S. Gibson, "Review of Melvin Morse's Transformed by the Light," *Journal of Near-Death Studies* 13(4) (1995), 273-75.

41 자주 인용되는 이 말은 레이먼드 울핑거가 1960년대 말에 스탠퍼드대학교에서 대학원 수업을 하는 동안 한 말이다. 나중에 비판자들은 "일화의 복수형은 자료가 아니다"로 왜곡했다. 그 인용문은 다음 자료에서 각각 779쪽, 83쪽에 나온다. Nelson W. Polsby, "The Contributions of President Richard F. Fenno, Jr.," *PS: Political Science and Politics* 17(4) (1984), 778-81; Nelson W. Polsby, "Where Do You Get Your Ideas?" *PS: Political Science and Politics* 26(1) (1993), 83-87.

42 Jared Diamond, "A New Scientific Synthesis of Human History," in *The New Humanists*, ed. by John Brockman (New York: Barnes & Noble Books, 2003).

43 여기에 실린 두 인용문은 아래 자료에서 1459, 1461쪽에 나온다. Gordon C. S. Smith and Jill P. Pell, "Parachute Use to Prevent Death and Major Trauma Related to Gravitational Challenge: Systematic Review of Randomised Controlled Trials," *BMJ* 327(7429) (2003), 1459-61.

44 Thomas Kuhn, *The Structure of Scientific Revolutions* (Chicago: University of Chicago Press, 1962), chapter 6.

6장. 몸에서 분리되는 경험

45 앨은 날짜가 나오지 않은 자비 출판 소책자 『빛으로 가는 길』(*Roadway to the Lights*)에서 자신의 임사체험을 설명했다. 그의 임사체험은 또한 다음 자료에서

논의되었다. Emily Williams Cook, Bruce Greyson, and Ian Stevenson, "Do Any Near-Death Experiences Provide Evidence for the Survival of Human Personality after Death? Relevant Features and Illustrative Case Reports," *Journal of Scientific Exploration* 12(3) (1998) 377-406; and in Emily Williams Kelly, Bruce Greyson, and Ian Stevenson, "Can Experiences Near Death Furnish Evidence of Life after Death?" *Omega* 40(4) (2000), 513-19.

46 오그스톤 경은 자서전 222~233쪽에서 자신의 임사체험을 설명했다. Alexander Ogston, *Reminiscences of Three Campaigns* (London: Hodder and Stoughton, 1919).

47 이 인용문은 다음 책 67쪽에 나온다. Jill Bolte Taylor, *My Stroke of Insight* (New York: Viking/Penguin, 2006).

48 Michael Sabom, *Recollections of Death* (New York: Harper & Row, 1982).

49 Penny Sartori, *The Near-Death Experiences of Hospitalized Intensive Care Patients* (Lewiston, NY: Edwin Mellen Press, 2008).

50 Janice Miner Holden, "Veridical Perception in Near-Death Experiences," in *The Handbook of Near-Death Experiences*, ed. by Janice Miner Holden, Bruce Greyson, and Debbie James (Santa Barbara, CA: Praeger/ABC-CLIO, 2009), 185-211.

51 이 인용문은 다음 자료의 5쪽에 나온다. William James, "Address by the President," *Proceedings of the Society for Psychical Research* 12(1) (1897), 2-10.

52 Janice Miner Holden and Leroy Joesten, "Near-Death Veridicality Research in the Hospital Setting: Problems and Promise," *Journal of Near-Death Studies* 9(1) (1990), 45-54; Madelaine Lawrence, *In a World of Their Own* (Westport, CT: Praeger, 1997); Sam Parnia, Derek G. Waller, Rebekah Yeates, and Peter Fenwick, "A Qualitative and Quantitative Study of the Incidence, Features and Aetiology of Near Death Experiences in Cardiac Arrest Survivors," *Resuscitation* 48(2) (2001), 149-56; Penny Sartori, *The Near-Death Experiences of Hospitalized Intensive Care Patients* (Lewiston, NY, Edwin Mellen Press, 2008); Bruce Greyson, Janice Miner Holden, and J. Paul Mounsey, "Failure to Elicit Near-Death Experiences in Induced Cardiac Arrest," *Journal of Near-Death Studies* 25(2) (2006), 85-98; Sam Parnia, Ken Spearpoint, Peter Fenwick, et al., "AWARE-AWAreness during REsuscitation—A Prospective Case Study," *Resuscitation* 85(12) (2014), 1799-1805.

53 Emilia J. Benjamin, Salim S. Virani, Clifton W. Callaway, et al., "Heart Disease and Stroke Statistics—2018 Update: A Report from the American Heart Association," *Circulation* 137(12) (2018), e67-e492.

54 Bruce Greyson, Janice Miner Holden, and J. Paul Mounsey, "Failure to Elicit Near-Death Experiences in Induced Cardiac Arrest," *Journal of Near-Death Studies* 25(2) (2006), 85-98.

55 Catherine T. Milne, "Cardiac Electrophysiology Studies and the Near-Death Experience," *CACCN: The Journal of the Canadian Association of Critical Cared Nurses*

6(1) (1995), 16-19.

56　이 인용문은 다음 자료의 72쪽에 나온다. Charles Whitehead, "Everything I Believe Might Be a Delusion. Whoa! Tucson 2004: Ten Years On, and Are We Any Nearer to a Science of Consciousness?" *Journal of Consciousness Studies* 11(12) (2004), 68-88.

7장. 환각일까, 임사체험일까?

57　Mark Zimmerman and Jill I. Mattia, "A Self-Report Scale to Help Make Psychiatric Diagnoses," *Archives of General Psychiatry* 58(8) (2001), 787-94.

58　Eve Bernstein and Frank Putnam, "Development, Reliability, and Validity of a Dissociation Scale," *Journal of Nervous and Mental Disease* 174(12) (1986), 727-35; Bruce Greyson, "Dissociation in People Who Have Near-Death Experiences: Out of Their Bodies or Out of Their Minds?" *Lancet* 355(9202) (2000), 460-63.

59　Mardi Horowitz, Nancy Wilner, and William Alvarez, "Impact of Event Scale: A Measure of Subjective Stress," *Psychosomatic Medicine* 41(3) (1979), 209-18; Bruce Greyson, "Posttraumatic Stress Symptoms following Near-Death Experiences," *American Journal of Orthopsychiatry* 71(3) (2001), 368-73.

60　Leonard Derogatis, *SCL-90-R Administration, Scoring, and Procedures Manual— II* (Towson, MD: Clinical Psychometric Research, 1992); Bruce Greyson, "Near-Death Experiences in a Psychiatric Outpatient Clinic Population," *Psychiatric Services* 54(12) (2003), 1649-51.

61　이 사례는 다음 책의 71쪽에 설명되어 있다. Bruce Greyson, "Is Consciousness Produced by the Brain?" in *Cosmology and Consciousness*, ed. by Bryce Johnson (Dharamsala, India: Library of Tibetan Works and Archives, 2013), 59-87.

62　Bruce Greyson and Mitchell Liester, "Auditory Hallucinations Following Near-Death Experiences," *Journal of Humanistic Psychology* 44(3) (2004), 320-36.

63　나는 다음에 소개한 여러 학자의 연구에 의지해 이 차이를 설명했다. Bruce Greyson, "Differentiating Spiritual and Psychotic Experiences: Sometimes a Cigar Is Just a Cigar," *Journal of Near-Death Studies* 32(3) (2014), 123-36. I drew on the work of a number of scholars to delineate this distinction, including Janice Miner Holden, in *Near-Death Experiences*, produced by Roberta Moore (Fort Myers, FL: Blue Marble Films, 2013); Harold G. Koenig, "Religion, Spirituality, and Psychotic Disorders," *Revista de Psiquiatria Clinica* 34 (Supplement 1) (2007), 40-48; David Lukoff, "Visionary Spiritual Experiences," *Southern Medical Journal* 100(6) (2007), 635-41; Penny Sartori, "A Prospective Study of NDEs in an Intensive Therapy

Unit," *Christian Parapsychologist* 16(2) (2004), 34–40; Penny Sartori, *The Near-Death Experiences of Hospitalized Intensive Care Patients* (Lewiston, NY: Edwin Mellen Press, 2008); Adair Menezes and Alexander Moreira-Almeida, "Differential Diagnosis between Spiritual Experiences and Mental Disorders of Religious Content," *Revista de Psiquiatria Clinica*, 36(2) (2009), 75–82; Adair Menezes and Alexander Moreira-Almeida, "Religion, Spirituality, and Psychosis," *Current Psychiatry Reports* 12(3) (2010), 174–79; Alexander Moreira-Almeida, "Assessing Clinical Implications of Spiritual Experiences," *Asian Journal of Psychiatry* 5(4) (2012), 344–46; Alexander Moreira-Almeida and Etzel Cardeña, "Differential Diagnosis between Non-Pathological Psychotic and Spiritual Experiences and Mental Disorders: A Contribution from Latin American Studies to the ICD-11," *Revista Brasileira de Psiquiatria* 33 (Supplement 1) (2011), 529–89; and Kathleen D. Noble, "Psychological Health and the Experience of Transcendence," *Counseling Psychologist* 15(4) (1984), 601–14.

64   Bruce Greyson, "Consistency of Near-Death Experience Accounts over Two Decades: Are Reports Embellished over Time?" *Resuscitation* 73(3) (2007), 407–11; Lauren E. Moore and Bruce Greyson, "Characteristics of Memories for Near-Death Experiences," *Consciousness and Cognition* 51 (2017), 116–24.

65   Gary Nixon, Brad Hagen, and Tracey Peters, "Psychosis and Transformation: A Phenomenological Inquiry," *International Journal of Mental Health and Addiction* 8(4) (2010), 527–44.

8장. 현실보다 더 현실 같은 임사체험

66   이 인용문은 다음 자료의 275~276쪽에 나온다. Mark Leary, "Why Are (Some) Scientists so Opposed to Parapsychology?" *Explore* 7(5) (2011), 275–77.

67   Kat Eschner, "Scientists Didn't Believe in Meteorites until 1803," *Smithsonian Magazine*, April 26, 2017, www.smithsonianmag.com/smart-news/1803-rain-rocks-helped-establish-existence- meteorites-180963017/.

68   John Waller, *The Discovery of the Germ* (New York: Columbia University Press, 2003).

69   Richard B. Hornick, "Peptic Ulcer Disease: A Bacterial Infection?" *New England Journal of Medicine* 316(25) (1987), 1598–1600.

70   Lisa Feldman Barrett, "Psychology Is Not in Crisis," *New York Times*, September 1, 2015, www.nytimes.com/2015/09/01/opinion/psychology-is-not-in-crisis.html/.

71   Thomas M. Schofield, "On My Way to Being a Scientist," *Nature* 497 (2013), 277–78.

72   Neil deGrasse Tyson, "Neil deGrasse Tyson on Death and Near Death

Experiences," 2017년 5월 3일, <92nd Street Y>에서 발췌. www.youtube.com/watch?v=y5qEBC7ZzVQ.

73 캐플런의 이야기는 다음 자료의 379쪽에 나온다. Paul C. Horton, "The Mystical Experience: Substance of an Illusion," *Journal of the American Psychoanalytic Association* 22(2) (1974), 364-80.

74 이 인용문은 다음 자료의 7쪽에 나온다. Robert L. Van de Castle, "The Concept of Porosity in Dreams," *EdgeScience* 14 (2013), 6-10.

75 루미의 이 인용문은 이드리스 샤흐(Idries Shah)가 다음 자료에서 인용했다. Elizabeth Hall, "The Sufi Tradition: Interview with Idries Shah," *Psychology Today*, July 1975, www.katinkahesselink.net/sufi/sufi-shah.html.

76 Sam Parnia, Ken Spearpoint, and Peter B. Fenwick, "Near Death Experiences, Cognitive Function and Psychological Outcomes of Surviving Cardiac Arrest," *Resuscitation* 74(2) (2007), 215-21.

77 H. Valerie Curran, "Psychopharmacological Perspectives on Memory," in *The Oxford Handbook of Memory*, ed. by Endel Tulving and Fergus Craik (New York: Oxford University Press, 2000), 539-54.

78 Jonathan W. Schooler and Eric Eich, "Memory for Emotional Events," in *The Oxford Handbook of Memory*, ed. by Endel Tulving and Fergus Craik (New York: Oxford University Press, 2000), 379-92.

79 Alexandre Schaefer and Pierre Philippot, "Selective Effects of Emotion on the Phenomenal Characteristics of Autobiographical Memories," *Memory* 13(2) (2005), 148-60.

80 Lucia M. Talamini and Eva Goree, "Aging Memories: Differential Decay of Episodic Memory Components," *Learning and Memory* 19(6) (2012), 239-46.

81 Nathan Schnaper, "Comments Germane to the Paper Entitled 'The Reality of Death Experiences' by Ernst Rodin," *Journal of Nervous and Mental Disease* 168(5) (1980), 268-70.

82 Bruce Greyson, "Consistency of Near-Death Experience Accounts over Two Decades: Are Reports Embellished over Time?" *Resuscitation* 73(3) (2007), 407-11.

83 Geena Athappilly, Bruce Greyson, and Ian Stevenson, "Do Prevailing Societal Models Influence Reports of Near-Death Experiences? A Comparison of Accounts Reported before and after 1975," *Journal of Nervous and Mental Disease* 194(3) (2006), 218-22.

84 Andrew J. Dell'Olio, "Do Near-Death Experiences Provide a Rational Basis for Belief in Life after Death?" *Sophia* 49(1) (2010), 113-28.

85 Jeffrey Long (with Paul Perry), *Evidence of the Afterlife* (New York: HarperOne, 2010).

86 리앤의 생명이 위독했던 때는 다음에 설명되어 있다. Alan T. Marty, Frank L. Hilton, Robert K. Spear, and Bruce Greyson, "Post-cesarean Pulmonary Embolism,

Sustained Cardiopulmonary Resuscitation, Embolectomy, and Near-Death Experience," *Obstetrics and Gynecology* 106(5 Pt. 2) (2005), 1153-55. 리앤은 다음 책에서 그녀의 임사체험을 설명했다. LeaAnn Carroll, *There Stood a Lamb* (Kearney, NE: Morris Publications, 2004).

87 낸시는 다음 책에서 그녀의 임사체험을 설명했다. Nancy Evans Bush, *Dancing Past the Dark* (Cleveland, TN: Parson's Porch Books, 2012).

88 Lauren E. Moore and Bruce Greyson, "Characteristics of Memories for Near-Death Experiences," *Consciousness and Cognition* 51 (2017), 116-24.

89 Charlotte Martial, Vanessa Charland-Verville, Héléna Cassol, et al., "Intensity and Memory Characteristics of Near-Death Experiences," *Consciousness and Cognition* 56 (2017), 120-27; Arianna Palmieri, Vincenzo Calvo, Johann R. Kleinbub, et al., "'Reality' of Near-Death Experience Memories: Evidence from a Psychodynamic and Electrophysiological Integrated Study," *Frontiers in Human Neuroscience* 8 (2014), 429.

9장. 죽음과 임사체험은 어떻게 다른가?

90 Olaf Blanke, Stéphanie Ortigue, Theodor Landis, and Margitta Seeck, "Stimulating Illusory Own-Body Perceptions," *Nature* 419(6904) (2002), 269-70.

91 Willoughby B. Britton and Richard R. Bootzin, "Near-Death Experiences and the Temporal Lobe," *Psychological Science* 15(4) (2004), 254-58.

92 Susan Blackmore, *Dying to Live* (Amherst, NY: Prometheus, 1993); Melvin L. Morse, David Venecia, and Jerrold Milstein, "Near-Death Experiences: A Neurophysiological Explanatory Model," *Journal of Near-Death Studies* 8(1) (1989), 45-53; Vernon M. Neppe, "Near-Death Experiences: A New Challenge in Temporal Lobe Phenomenology? Comments on 'A Neurobiological Model for Near-Death Experiences,'" *Journal of Near-Death Studies* 7(4) (1989), 243-48; Frank Tong, "Out-of-Body Experiences: From Penfield to Present," *Trends in Cognitive Science* 7(3) (2003), 104-6.

93 이 인용문은 다음 자료의 458쪽에 나온다. Wilder Penfield, "The Twenty-Ninth Maudsley Lecture: The Role of the Temporal Cortex in Certain Psychical Phenomena," *Journal of Mental Science* 101(424) (1955), 451-65.

94 이 인용문과 이 단락의 네 문장은 다음 책의 174쪽에 실렸다. Wilder Penfield and Theodore Rasmussen, *The Cerebral Cortex of Man* (New York: Macmillan, 1950).

95 Orrin Devinsky, Edward Feldmann, Kelly Burrowes, and Edward Bromfield, "Autoscopic Phenomena with Seizures," *Archives of Neurology* 46(10) (1989), 1080-88.

96 Nina Azari, Janpeter Nickel, Gilbert Wunderlich, et al., "Neural Correlates of Religious Experience," *European Journal of Neuroscience* 13(8) (2001), 1649-52; Peter Fenwick, "The Neurophysiology of Religious Experience," in *Psychosis and Spirituality*, ed. by Isabel Clarke (London: Whurr, 2001), 15-26; Andrew B. Newberg and Eugene G. d'Aquili, "The Near Death Experience as Archetype: A Model for 'Prepared' Neurocognitive Processes," *Anthropology of Consciousness* 5(4) (1994), 1-15.

97 Mario Beauregard, Jérôme Courtemanche, and Vincent Paquette, "Brain Activity in Near-Death Experiencers During a Meditative State," *Resuscitation* 80(9) (2009), 1006-10.

98 Bruce Greyson, Nathan B. Fountain, Lori L. Derr, and Donna K. Broshek, "Out-of-Body Experiences Associated with Seizures," *Frontiers in Human Neuroscience* 8(65) (2014), 1-11; Bruce Greyson, Nathan B. Fountain, Lori L. Derr, and Donna K. Broshek, "Mystical Experiences Associated with Seizures," *Religion, Brain & Behavior* 5(3) (2015), 182-96.

99 Peter Brugger, Reto Agosti, Marianne Regard, et al., "Heautoscopy, Epilepsy, and Suicide," *Journal of Neurology, Neurosurgery, and Psychiatry* 57(7) (1994), 838-39; Devinsky et al., "Autoscopic Phenomena with Seizures."

100 이 인용문은 다음 책의 222쪽에 나온다. Alexander Ogston, *Reminiscences of Three Campaigns* (London: Hodder and Stoughton, 1919).

101 이 인용문은 다으미 책의 67쪽에 나온다. Jill Bolte Taylor, *My Stroke of Insight* (New York: Viking/Penguin, 2006).

102 예를 들면 다음과 같다. Olaf Blanke, Stéphanie Ortigue, Theodor Landis, and Margitta Seeck, "Stimulating Illusory Own-Body Perceptions," *Nature* 419(6904) (2002), 269-70.

103 Bruce Greyson, Sam Parnia, and Peter Fenwick, "[Comment on] Visualizing Out-of-Body Experience in the Brain," *New England Journal of Medicine* 358(8) (2008), 855-56.

104 Pim van Lommel, "Near-Death Experiences: The Experience of the Self as Real and Not as an Illusion," *Annals of the New York Academy of Sciences* 1234(1) (2011), 19-28; Jaap W. de Vries, Patricia F. A. Bakker, Gerhard H. Visser, et al., "Changes in Cerebral Oxygen Uptake and Cerebral Electrical Activity during Defibrillation Threshold Testing," *Anesthesia and Analgesia* 87(1) (1998), 16-20; Holly L. Clute and Warren J. Levy, "Electroencephalographic Changes during Brief Cardiac Arrest in Humans," *Anesthesiology* 73 (1990), 821-25; Thomas J. Losasso, Donald A. Muzzi, Frederic B. Meyer, and Frank W. Sharbrough, "Electroencephalographic Monitoring of Cerebral Function during Asystole and Successful Cardiopulmonary Resuscitation," *Anesthesia and Analgesia* 75(6) (1992), 1021-24.

105 Loretta Norton, Raechelle M. Gibson, Teneille Gofton, et al.,

"Electroencephalographic Recordings during Withdrawal of Life-Sustaining Therapy until 30 Minutes after Declaration of Death," *Canadian Journal of Neurological Sciences* 44(2) (2017), 139–45.

106 Kevin R. Nelson, Michelle Mattingly, Sherman A. Lee, and Frederick A. Schmitt, "Does the Arousal System Contribute to Near Death Experience?" *Neurology* 66(7) (2006), 1003–9.

107 Bruce Greyson and Jeffrey P. Long, "[Comment on] Does the Arousal System Contribute to Near Death Experience?" Neurology 67(12) (2006), 2265; Maurice M. Ohayon, Robert G. Priest, Jürgen Zully, et al., "Prevalence of Narcolepsy Symptomatology and Diagnosis in the European General Population" *Neurology* 58(12) (2002), 1826–33.

108 Arthur J. Cronin, John Keifer, Matthew F. Davies, et al., "Postoperative Sleep Disturbance: Influences of Opioids and Pain in Humans," *Sleep* 24(1) (2001), 39–44.

109 Britton and Bootzin, "Near-Death Experiences and the Temporal Lobe."

110 Arianna Palmieri, Vincenzo Calvo, Johann R. Kleinbub, et al., "'Reality' of Near-Death Experience Memories: Evidence from a Psychodynamic and Electrophysiological Integrated Study," *Frontiers in Human Neuroscience* 8 (2014), 429.

111 예를 들면 다음과 같다. James E. Whinnery, "Psychophysiologic Correlates of Unconsciousness and Near-Death Experiences," *Journal of Near-Death Studies* 15(4) (1997), 231–58.

112 William Breitbart, Christopher Gibson, and Annie Tremblay, "The Delirium Experience: Delirium Recall and Delirium-Related Distress in Hospitalized Patients with Cancer, Their Spouses/Caregivers, and Their Nurses," *Psychosomatics* 43(3) (2002), 183–94.

113 Nancy L. Zingrone and Carlos S. Alvarado, "Pleasurable Western Adult Near-Death Experiences: Fea-tures, Circumstances, and Incidence," in *The Handbook of Near-Death Experiences*, ed. by Janice Miner Holden, Bruce Greyson, and Debbie James (Santa Barbara, CA: Praeger/ABC-CLIO, 2009), 17–40.

114 Sam Parnia, Derek G. Waller, Rebekah Yeates, and Peter Fenwick, "A Qualitative and Quantitative Study of the Incidence, Features and Aetiology of Near Death Experiences in Cardiac Arrest Survivors," *Resuscitation* 48(2) (2001), 149–56; Michael Sabom, *Recollections of Death* (New York: Harper & Row, 1982).

115 Melvin Morse, Doug Conner, and Donald Tyler, "Near-Death Experiences in a Pediatric Population: A Preliminary Report," *American Journal of Diseases of Children* 139(6) (1985), 595–600; Pim van Lommel, Ruud van Wees, Vincent Meyers, and Ingrid Elfferich, "Near-Death Experiences in Survivors of Cardiac Arrest: A Prospective Study in the Netherlands," *Lancet* 358(9298) (2001), 2039–45.

116 1982년 5월 15~21일에 캐나다 토론토에서 열린 미국정신의학협회 135회 연례회의에서 발표한 논문. Bruce Greyson, "Organic Brain Dysfunction and Near-Death Experiences,"; Karlis Osis and Erlendur Haraldsson, *At the Hour of Death* (New York: Avon, 1977); Sabom, *Recollections of Death*.

117 Karl L. R. Jansen, "The Ketamine Model of the Near-Death Experience: A Central Role for the N-Methyl-D-Aspartate Receptor," *Journal of Near-Death Studies* 16(1) (1997), 5-26; Ornella Corazza and Fabrizio Schifano, "Near-Death States Reported in a Sample of 50 Misusers," *Substance Use and Misuse* 45(6) (2010), 916-24.

118 Rick Strassman, *DMT* (Rochester, VT: Park Street Press, 2001); Christopher Timmermann, Leor Roseman, Luke Williams, et al., "DMT Models the Near-Death Experience," *Frontiers in Psychology* 9 (2018), 1424.

119 Charlotte Martial, Héléna Cassol, Vanessa Charland-Verville, et al., "Neurochemical Models of Near-Death Experiences: A Large-Scale Study Based on the Semantic Similarity of Written Reports," *Consciousness and Cognition* 69 (2019), 52-69.

120 Karl L. R. Jansen, "Response to Commentaries on 'The Ketamine Model of the Near-Death Experience . . . ,'" *Journal of Near-Death Studies* 16(1) (1997), 79-95.

121 Daniel Carr, "Pathophysiology of Stress-Induced Limbic Lobe Dysfunction: A Hypothesis for NDEs," *Anabiosis* 2(1) (1982), 75-89.

122 Jansen, "The Ketamine Model of the Near-Death Experience"; Melvin L. Morse, David Venecia, and Jerrold Milstein, "Near-Death Experiences: A Neurophysiologic Explanatory Model," *Journal of Near-Death Studies* 8(1) (1989), 45-53; Juan C. Saavedra-Aguilar, and Juan S. GómezJeria, "A Neurobiological Model for Near-Death Experiences," *Journal of Near-Death Studies* 7(4) (1989), 205-22.

123 존 아일랜드(번역), *The Udāna and the Itivuttaka* (Kandy, Sri Lanka: Buddhist Publication Society, 2007).

10장. 죽어갈 때의 뇌

124 이븐은 다음 책에서 자신의 임사체험을 설명했다. Eben described his near-death experience in Eben Alexander, *Proof of Heaven* (New York: Simon & Schuster, 2012).

125 Surbhi Khanna, Lauren E. Moore, and Bruce Greyson, "Full Neurological Recovery from Escherichia coli Meningitis Associated with Near-Death Experience," *Journal of Nervous and Mental Disease* 206(9) (2018), 744-47.

126 이 인용문은 다음 책 4쪽에 나온다. Stephen M. Kosslyn and Olivier M. Koenig, *Wet Mind* (New York: Free Press/Macmillan, 1992).

127 이 인용문은 다음 책 76~77쪽에 나온다. Wilder Penfield, *Mystery of the Mind* (Princeton, NJ: Princeton University Press, 1975).

128 이 인용문은 다음 책 11쪽에 나온다. Alva Noë, *Out of Our Heads* (New York: Hill and Wang, 2009).

129 이 인용문은 다음 책 249쪽에 나온다. Nick Herbert, *Quantum Reality* (Garden City, NY: Anchor/Doubleday, 1985).

130 이 인용문은 다음 책 64쪽에 나온다. Noë, *Out of Our Heads*.

131 William James, *Human Immortality* (Boston: Houghton Mifflin, 1898).

11장. 정신은 뇌가 아니다

132 이 인용문은 다음 책 71~73쪽에 나온다. Anita Moorjani, *Dying to Be Me* (Carlsbad, CA: Hay House, 2014).

133 "Beyond the Mind-Body Problem: New Paradigms in the Science of Consciousness," September 11, 2008, New York, www.nourfoundation.com/events/Beyond-the-Mind-Body-Problem-New-Paradigms-in-the-Science-of-Consciousness.html

134 Athena Demertzi, Charlene Liew, Didier Ledoux, et al., "Dualism Persists in the Science of Mind," *Annals of the New York Academy of Sciences* 1157(1) (2009), 1-9.

135 Alexander MoreiraAlmeida and Saulo de Freitas Araujo, "Does the Brain Produce the Mind? A Survey of Psychiatrists' Opinions," *Archives of Clinical Psychiatry* 42(3) (2015), 74-75.

136 이 인용문은 다음 자료의 1104~1105쪽에 나온다. Basil A. Eldadah, Elena M. Fazio, and Kristina A. McLinden, "Lucidity in Dementia: A Perspective from the NIA," *Alzheimer's & Dementia* 15(8) (2019), 1104-6.

137 이 인용문은 다음 자료의 168쪽에 나온다. Henri Bergson, "Presidential Address"(translated by H. Wildon Carr), *Proceedings of the Society for Psychical Research* 27(68) (1914), 157-75.

138 Michael Grosso, "The 'Transmission' Model of Mind and Body: A Brief History," in *Beyond Physicalism*, ed. by Edward F. Kelly, Adam Crabtree, and Paul Marshall (Lanham, MD: Rowman & Littlefield, 2015), 79-113.

139 이 인용문은 윌리엄 헨리 새뮤얼 존스가 번역한 다음 책(원서는 기원전 400년 정도에 쓰였다) 179쪽에 나온다. Hippocrates, *Hippocrates. Volume 2: The Sacred Disease, Sections XIX & XX*, translated by William Henry Samuel Jones (Cambridge, MA: Harvard University Press/Loeb Classical Library, 1923). (Original work written around 400 BC.)

140 이 인용문은 다음 책 22~24쪽에 나온다. Aldous Huxley, *The Doors of Perception* (New York: Perennial Library/Harper & Row, 1954).

141 Edward F. Kelly and David E. Presti, "A Psychobiological Perspective on 'Transmission' Models," in *Beyond Physicalism*, ed. by Edward F. Kelly, Adam Crabtree, and Paul Marshall (Lanham, MD: Rowman & Littlefield, 2015), 115-55; Marjorie Woollacott and Anne Shumway-Cook, "The Mystical Experience and Its Neural Correlates," *Journal of Near-Death Studies*, 38 (2020), 3-25.

142 Michael Nahm, Bruce Greyson, Emily W. Kelly, and Erlendur Haraldsson, "Terminal Lucidity: A Review and a Case Collection," *Archives of Gerontology and Geriatrics* 55(1) (2012), 138-42.

143 George A. Mashour, Lori Frank, Alexander Batthyany, et al., "Paradoxical Lucidity: A Potential Paradigm Shift for the Neurobiology and Treatment of Severe Dementias," *Alzheimer's & Dementia* 15(8) (2019), 1107-14.

144 Robin L. Carhart-Harris, David Erritzoe, Tim Williams, et al., "Neural Correlates of the Psychedelic State as Determined by fMRI Studies with Psilocybin," *Proceedings of the National Academy of Sciences* 109(6) (2012), 2138-43; Robin L. Carhart-Harris, Suresh D. Muthukumaraswamy, Leor Roseman, et al., "Neural Correlates of the LSD Experience Revealed by Multimodal Neuroimaging," *Proceedings of the National Academy of Sciences* 113(17) (2016), 4853-58; Suresh D. Muthukumaraswamy, Robin L. Carhart-Harris, Rosalyn J. Moran, et al., "Broadband Cortical Desynchronization Underlies the Human Psychedelic State," *Journal of Neuroscience* 33(38) (2013), 15171-83; Fernanda Palhano-Fontes, Katia Andrade, Luis Tofoli, et al., "The Psychedelic State Induced by Ayahuasca Modulates the Activity and Connectivity of the Default Mode Network," *PLOS ONE* 10(2) (2015), e0118143.

145 이 인용문은 다음 책 191쪽에 나온다. Larry Dossey, *The Power of Premonitions* (New York: Dutton, 2009).

12장. 죽은 후에도 의식은 지속되는가?

146 Bruce Greyson, "Seeing Deceased Persons Not Known to Have Died: 'Peak in Darien' Experiences," *Anthropology and Humanism* 35(2) (2010), 159-71.

147 바버라의 임사체험을 요약한 이야기는 다음 책 125~127쪽에 나온다. Julia Dreyer Brigden, *Girl: An Untethered Life* (Santa Rosa, CA: Julia Dreyer Brigden, 2019).

148 Emily W. Kelly, "Near-Death Experiences with Reports of Meeting Deceased People," *Death Studies* 25(3) (2001), 229-49.

149 코르피디우스 이야기는 호러스 래컴이 번역한 다음 책(원서는 기원후 77년에 쓰였다) 624~625쪽에 나온다. Pliny the Elder, *Natural History, Volume 2, Books 3–7*, translated by Horace Rackham (Cambridge, MA: Harvard University Press, 1942). (Original work written AD 77.)

150 이 이야기는 다음 자료 92~93쪽에 나온다. Eleanor M. Sidgwick, "Notes on the Evidence, Collected by the Society, for Phantasms of the Dead," *Proceedings of the Society for Psychical Research* 3 (1885), 69–150.

151 이 이야기는 다음 책 42~46쪽에 나온다. Brad Steiger and Sherry Hansen Steiger, *Children of the Light* (New York: Signet, 1995).

13장. 천국과 지옥은 있을까?

152 도티가 임사체험 덕분에 영적으로 성장한 이야기는 다음 책 77쪽과 105쪽에 나온다. P. M. H. Atwater, *Coming Back to Life* (New York: Dodd, Mead, 1988).

153 Bruce Greyson and Nancy Evans Bush, "Distressing Near-Death experiences," *Psychiatry* 55(1) (1992), 95–110.

154 Saint Teresa of Ávila, *Interior Castle* (New York: Benziger Brothers, 1912). 원서는 1577년에 쓰였다.

155 Saint John of the Cross, *Dark Night of the Soul* (London: John M. Watkins, 1905). 원서는 1584년에 쓰였다.

156 Mother Teresa, *Come Be My Light* (New York: Doubleday, 2007).

157 Nancy Evans Bush and Bruce Greyson, "Distressing Near-Death Experiences: The Basics," *Missouri Medicine* 111(6) (2014), 486–91.

158 캣은 다음 책에서 자신의 임사체험을 설명했다. Kat Dunkle, *Falling into Darkness* (Maitland, FL: Xulon Press, 2007).

159 로이신은 다음 책에서 자신의 임사체험을 설명했다. Róisín Fitzpatrick, *Taking Heaven Lightly* (Dublin: Hatchette Books Ireland, 2016).

160 마곳은 다음 책에서 자신의 임사체험을 설명했다. Margot Grey, *Return from Death* (London: Arkana, 1985).

14장. 신은 계실까?

161 킴은 다음 책에서 자신의 임사체험을 설명했다. Kimberly Clark Sharp, *After the Light* (New York, William Morrow, 1995).

162 이 인용문은 제임스 스트레이치가 번역한 다음 책 53쪽에 나온다. Sigmund Freud, "New Introductory Lectures on Psycho-Analysis. Lecture XXX. Dreams and Occultism," in *The Standard Edition of the Complete Psychological Works of Sigmund Freud*, Vol. 12, translated by James Strachey (London: Hogarth Press, 1933), 31-56.

163 소설가 캐서린 앤 포터는 1918년에 세계적으로 유행한 스페인 독감에 감염되어 죽을 뻔했을 때 임사체험을 했다. 그녀는 자신의 이야기 <창백한 말, 창백한 기수>(Pale Horse, Pale Rider)에서 "물결치는 파도처럼" 움직이는 천국 같은 곳에서 먼저 죽은 사랑하는 사람들과 만난 체험을 설명했다. Steve Straight, "A Wave among Waves: Katherine Anne Porter's Near-Death Experience," *Anabiosis* 4(2) (1984), 107-23.

15장. 임사체험으로 변화된 삶

164 Bruce Greyson, "Reduced Death Threat in Near-Death Experiencers," *Death Studies* 16(6) (1992), 523-36; Russell Noyes, "Attitude Change following Near-Death Experiences," *Psychiatry* 43(3) (1980), 234-42; Kenneth Ring, *Heading toward Omega* (New York: Coward, McCann & Geoghegan, 1984); Michael Sabom, *Recollections of Death* (New York: Harper & Row, 1982); Charles Flynn, *After the Beyond* (Englewood Cliffs, NJ: Prentice Hall, 1986).

165 2019년 8월 31일, 미국 펜실베이니아주 밸리 포지에서 열린 국제임사체험연구협회 2019년 학회에서 발표한 다음 자료를 보라. Marieta Pehlivanova and Bruce Greyson, "Which Near-Death Experience Features Are Associated with Reduced Fear of Death?"

166 Natasha A. Tassell-Matamua and Nicole Lindsay, "'I'm Not Afraid to Die': The Loss of the Fear of Death after a Near-Death Experience," *Mortality* 21(1) (2016), 71-87.

167 Bruce Greyson, "Incidence of Near-Death Experiences following Attempted Suicide," *Suicide and Life-Threatening Behavior* 16(1) (1986), 40-45.

168 Bruce Greyson, "Near-Death Experiences and Attempted Suicide," *Suicide and Life-Threatening Behavior* 11(1) (1981), 10-16; Kenneth Ring and Stephen Franklin, "Do Suicide Survivors Report Near-Death Experiences?" *Omega* 12(3) (1982), 191-208.

169 Bruce Greyson, "Near-Death Experiences and Anti-Suicidal Attitudes," *Omega* 26 (1992), 81-89.

170 Russell Noyes, Peter Fenwick, Janice Miner Holden, and Sandra Rozan Christian, "Aftereffects of Pleasurable Western Adult Near-Death Experiences," in *The Handbook of Near-Death Experiences*, ed. by Janice Miner Holden, Bruce Greyson,

and Debbie James (Santa Barbara, CA: Praeger/ABC-CLIO, 2009), 41-62; Sabom, *Recollections of Death*; Bruce Greyson, "Near Death Experiences and Personal Values," *American Journal of Psychiatry* 140(5) (1983), 618-20; Flynn, *After the Beyond*; Margot Grey, Return from Death (London: Arkana, 1985).

171 Ring, *Heading toward Omega*; Cherie Sutherland, *Transformed by the Light* (New York: Bantam Books, 1992); Peter Fenwick and Elizabeth Fenwick, *The Truth in the Light* (New York: Berkley Books, 1995); Zalika Klemenc-Ketis, "Life Changes in Patients after Out-of-Hospital Cardiac Arrest," *International Journal of Behavioral Medicine* 20(1) (2013), 7-12.

172 Esther M. Wachelder, Véronique R. Moulaert, Caroline van Heugten, et al., "Life after Survival: Long-Term Daily Functioning and Quality of Life after an Out-of-Hospital Cardiac Arrest," *Resuscitation* 80(5) (2009), 517-22.

173 케네스 링이 1980년 예비판에서 소개한 이 척도의 개발과 역사는 다음 자료에 설명되어 있다. Bruce Greyson and Kenneth Ring, "The Life Changes Inventory—Revised," *Journal of Near-Death Studies* 23(1) (2004), 41-54.

174 이 인용문은 다음 책 184쪽에 나온다. Sir Benjamin Collins Brodie, *The Works of Sir Benjamin Collins Brodie* (London: Longman, Green, Longman, Roberts, and Green, 1865).

16장. 임사체험의 의미

175 Lynn G. Underwood, "Ordinary Spiritual Experience: Qualitative Research, Interpretive Guidelines, and Population Distribution for the Daily Spiritual Experience Scale," *Archive for the Psychology of Religion* 28(1) (2006), 181-218.

176 Eltica de Jager Meezenbroek, Bert Garssen, Machteld van den Berg, et al., "Measuring Spirituality as a Universal Human Experience: A Review of Spirituality Questionnaires," *Journal of Religion and Health* 51(2) (2012), 336-54.

177 Bruce Greyson, "Near-Death Experiences and Satisfaction with Life," *Journal of Near-Death Studies* 13(2) (1994), 103-8.

178 Surbhi Khanna and Bruce Greyson, "Near-Death Experiences and Posttraumatic Growth," Journal of Nervous and Mental Disease 203(10) (2015), 749-55; Bruce Greyson and Surbhi Khanna, "Spiritual Transformation after Near-Death Experiences," *Spirituality in Clinical Practice* 1(1) (2014), 43-55.

179 Surbhi Khanna and Bruce Greyson, "Near-Death Experiences and Spiritual Well-Being," *Journal of Religion and Health* 53(6) (2014), 1605-15.

180 Surbhi Khanna and Bruce Greyson, "Daily Spiritual Experiences before and after

Near-Death Experiences," *Psychology of Religion and Spirituality* 6(4) (2014), 302–9.

181 Steven A. McLaughlin and H. Newton Malony, "Near-Death Experiences and Religion: A Further Investigation," *Journal of Religion and Health* 23(2) (1984), 149–59; Cassandra Musgrave, "The Near-Death Experience: A Study of Spiritual Transformation," *Journal of Near-Death Studies* 15(3) (1997), 187–201; Bruce Greyson, "Near-Death Experiences and Spirituality," *Zygon* 41(2) (2006), 393–414; Natasha A. Tassell-Matamua and Kate L. Steadman, "'I Feel More Spiritual': Increased Spirituality after a Near-Death Experience," *Journal for the Study of Spirituality* 7(1) (2017), 35–49.

182 Greyson, "Near-Death Experiences and Spirituality"; Tassell-Matamua and Steadman, "'I Feel More Spiritual'"; Kenneth Ring, *Life at Death: A Scientific Investigation of the Near-Death Experience* (New York: Coward, McCann & Geoghegan, 1980).

183 Russell Noyes, Peter Fenwick, Janice Miner Holden, and Sandra Rozan Christian, "Aftereffects of Pleasurable Western Adult Near-Death Experiences," in *The Handbook of Near-Death Experiences*, ed. by Janice Miner Holden, Bruce Greyson, and Debbie James (Santa Barbara, CA: Praeger/ABC-CLIO, 2009), 41–62.

184 Antony Flew, *A Dictionary of Philosophy* (London: Pan Books, 1979), 134; William Spooner, "The Golden Rule," in *Encyclopedia of Religion and Ethics*, Volume 6, ed. by James Hastings (New York: Charles Scribner's Sons, 1914), 310–12; Simon Blackburn, *Ethics* (Oxford: Oxford University Press, 2001), 101; Greg Epstein, *Good without God* (New York: HarperCollins, 2010), 115; Jeffrey Wattles, *The Golden Rule* (Oxford: Oxford University Press, 1996); Gretchen Vogel, "The Evolution of the Golden Rule," *Science* 303(5661) (2004), 1128–31.

185 이 인용문은 다음 책 196~197쪽에 나온다. Dinty Moore, *The Accidental Buddhist* (New York: Broadway Books, 1997).

186 Donald Pfaff and Sandra Sherman, "Possible Legal Implications of Neural Mechanisms Underlying Ethical Behaviour," in *Law and Neuroscience: Current Legal Issues 2010, Volume 13*, ed. by Michael Freeman (Oxford, UK: Oxford University Press, 2011), 419–32.

187 David Lorimer, *Whole in One* (London: Arkana, 1990).

188 예를 들어, Ted Goertzel, "What Are Contact 'Experiencers' Really Experiencing?" *Skeptical Inquirer* 43(1) (2019), 57– 59.

189 다음 책 45쪽에 인용되어 있다. Robert D. Ramsey, *School Leadership From A to Z* (Thousand Oaks, CA: Corwin Press, 2003).

190 Fran described her NDE in Frances R. Sherwood, "My Near-Death Experience," *Vital Signs* 2(3) (1982), 7–8.

17장. 새로운 삶

191 스티브의 임사체험은 다음 자료의 35쪽에 설명되어 있다. "Fascinating Near-Death Experiences Changed Lives—Forever," *Weekly World News*, December 19, 2000. 또한, 다음 책 217~227쪽도 보라. Barbara Harris and Lionel C. Bascom, *Full Circle* (New York: Pocket Books, 1990).

192 미키의 임사체험은 다음 책 41~44쪽에 설명되어 있다. Charles Flynn, *After the Beyond* (Englewood Cliffs, NJ: Prentice Hall, 1986).

193 고든은 다음 자료에서 자신의 임사체험을 설명했다. The Day I Died, produced by Kate Broome (London: BBC Films, 2002).

18장. 임사체험의 후유증

194 나는 다음 자료에서 이 사례 중 몇 개를 설명했다. Bruce Greyson, "The Near-Death Experience as a Focus of Clinical Attention," *Journal of Nervous and Mental Disease* 185(5) (1997), 327–34.

195 Bruce Greyson and Barbara Harris, "Clinical Approaches to the Near-Death Experiencer," *Journal of Near-Death Studies* 6 (1987), 41–52.

196 American Psychiatric Association, *Diagnostic and Statistical Manual of Mental Disorders*, 4th Edition (Washington: American Psychiatric Association, 1994), 685.

197 Robert P. Turner, David Lukoff, Ruth Tiffany Barnhouse, and Francis G. Lu, "Religious or Spiritual Problem: A Culturally Sensitive Diagnostic Category in the DSM-IV," *Journal of Nervous and Mental Disease* 183(7) (1995), 435–44.

198 2019년 11월 15일, 미국 애틀랜타에서 열린 "2019년 정신적 변화 체험 통합을 위한 미국 학회"(2019 American Center for the Integration of Spiritually Transformative Experiences Conference)에서 발표됐다. Marieta Pehlivanova, "Support Needs and Outcomes for Near-Death Experiencers."

199 이 모임들의 현재 연락처는 다음 주소에서 얻을 수 있다. www.iands.org/groups/affiliated-groups/group-resources.html.

200 이 모임들에 대한 정보는 다음 주소에서 얻을 수 있다. www.isgo.iands.org.

201 Rozan Christian and Janice Miner Holden, "'Til Death Do Us Part': Marital Aftermath of One Spouse's Near-Death Experience," *Journal of Near-Death Studies* 30(4) (2012), 207–31; Mori Insinger, "The Impact of a Near-Death Experience on Family Relationships," *Journal of Near-Death Studies* 9(3) (1991), 141–81.

202 Charles P. Flynn, *After the Beyond* (Englewood Cliffs, NJ: Prentice Hall, 1986); Cherie Sutherland, *Reborn in the Light* (New York: Bantam, 1992).

203 이 인용문은 다음 책 178쪽에 나온다. Andrew Newberg and Mark Robert Waldman, *Why We Believe What We Believe* (New York: Free Press, 2006).

204 Adrienne A. Taren, J. David Creswell, and Peter J. Gianaros, "Dispositional Mindfulness Co-Varies with Smaller Amygdala and Caudate Volumes in Community Adults," *PLOS One* 8(5) (2013), e64574.

205 Mario Beauregard, Jérôme Courtemanche, and Vincent Paquette, "Brain Activity in Near-Death Experiencers during a Meditative State," *Resuscitation* 80(9) (2009), 1006-10.

206 David Linden, "How Psychotherapy Changes the Brain—The Contribution of Functional Neuroimaging," *Molecular Psychiatry* 11(6) (2006), 528-38; Jeffrey M. Schwartz, "Neuroanatomical Aspects of Cognitive-Behavioural Therapy Response in Obsessive-Compulsive Disorder: An Evolving Perspective on Brain and Behaviour," *British Journal of Psychiatry* 173 (Supplement 35) (1998), 38-44.

207 Kenneth Ring and Evelyn Elsaesser Valarino, *Lessons from the Light* (New York: Insight/Plenum, 1998).

208 Charles Flynn, *After the Beyond* (Englewood Cliffs, NJ: Prentice Hall, 1986).

209 Kenneth Ring, "The Impact of Near-Death Experiences on Persons Who Have Not Had Them: A Report of a Preliminary Study and Two Replications," *Journal of Near-Death Studies* 13(4) (1995), 223-35.

210 Kenneth Ring, *The Omega Project* (New York: William Morrow, 1992); Ring, "The Impact of Near-Death Experiences."

211 Natasha Tassell-Matamua, Nicole Lindsay, Simon Bennett, et al., "Does Learning about Near-Death Experiences Promote Psycho-Spiritual Benefits in Those Who Have Not Had a Near-Death Experience?" *Journal of Spirituality in Mental Health* 19(2) (2017), 95-115.

212 Glenn E. Richardson, "The Life-after-Death Phenomenon," *Journal of School Health* 49(8) (1979), 451-53.

213 Robert D. Sheeler, "Teaching Near Death Experiences to Medical Students," *Journal of Near-Death Studies* 23(4) (2005), 239-47; Mary D. McEvoy, "The Near-Death Experience: Implications for Nursing Education," *Loss, Grief & Care* 4(1-2) (1990), 51-55.

214 Ryan D. Foster, Debbie James, and Janice Miner Holden, "Practical Applications of Research on Near-Death Experiences," in *The Handbook of Near-Death Experiences*, ed. by Janice Miner Holden, Bruce Greyson, and Debbie James (Santa Barbara, CA: Praeger/ABC-CLIO, 2009), 235-58.

215 John M. McDonagh, "Introducing Near-Death Research Findings into

Psychotherapy," *Journal of Near-Death Studies* 22(4) (2004), 269-73; Engelbert Winkler, "The Elias Project: Using the Near-Death Experience Potential in Therapy," *Journal of Near-Death Studies* 22(2) (2003), 79-82.

216 Mette Marianne Vinter, "An Insight into the Afterlife? Informing Patients about Near Death Experiences," Professional Nurse 10(3) (1994), 171-73; Bruce J. Horacek, "Amazing Grace: The Healing Effects of Near-Death Experiences on Those Dying and Grieving," *Journal of Near-Death Studies* 16(2) (1997),149-61.

20장. 죽음 이전의 삶

217 존은 다음 자료에서 자신의 임사체험을 설명했다. John Wren-Lewis, "The Darkness of God: A Personal Report on Consciousness Transformation through an Encounter with Death," *Journal of Humanistic Psychology* 28(2) (1988), 105-12.

218 Bruce Greyson, "Is Consciousness Produced by the Brain?" in *Cosmology and Consciousness*, ed. by Bryce Johnson (Dharamsala, India: Library of Tibetan Works and Archives, 2013), 59-87.

옮긴이 이선주

연세대학교 사학과를 졸업하고, 서울대학교 대학원에서 미술사를 공부했다. 《조선일보》기자, 월간지《톱클래스》편집장을 지냈다. 현재는 바른번역 소속 전문 번역가로 활동하고 있다. 옮긴 책으로는 『코끼리도 장례식장에 간다』, 『세계사를 바꾼 16가지 꽃 이야기』, 『혼자 보는 미술관』, 『매일매일 모네처럼』, 『퍼스트맨』, 『히틀러를 선택한 나라』, 『절대 성공하지 못할 거야』 등이 있다.

애프터 라이프

1판 1쇄 발행 2023년 11월 15일

지은이 브루스 그레이슨
옮긴이 이선주
발행인 박명곤 **CEO** 박지성 **CFO** 김영은
기획편집1팀 채대광, 김준원, 이승미, 이상지
기획편집2팀 박일귀, 이은빈, 강민형, 이지은
디자인팀 구경표, 구혜민, 임지선
마케팅팀 임우열, 김은지, 이호, 최고은

펴낸곳 (주)현대지성
출판등록 제406-2014-000124호
전화 070-7791-2136 **팩스** 0303-3444-2136
주소 서울시 강서구 마곡중앙6로 40, 장흥빌딩 10층
홈페이지 www.hdjisung.com **이메일** support@hdjisung.com
제작처 영신사

© 현대지성 2023

"Curious and Creative people make Inspiring Contents"
현대지성은 여러분의 의견 하나하나를 소중히 받고 있습니다.
원고 투고, 오탈자 제보, 제휴 제안은 support@hdjisung.com으로 보내 주세요.

현대지성 홈페이지

이 책을 만든 사람들

기획 채대광 **편집** 채대광 **표지 디자인** 임지선 **본문 디자인** 구경표